THE LIBRARY BOOK

Susan Orlean

亲爱的 图书馆

［美］苏珊·奥尔琳 —— 著　文泽尔 —— 译

文汇出版社

新经典文化股份有限公司
www.readinglife.com
出　品

致伊迪斯·奥尔琳，我的过去
致奥斯汀·吉莱斯皮，我的未来

记忆首先是相信，然后才是记住。

——威廉·福克纳，《八月之光》

当他们问我们在做什么时，你可以回答：我们正在牢记。

——雷·布拉德伯里，《华氏 451》

我心里一直都在暗暗设想，天堂应该是图书馆的模样。

——豪尔赫·路易斯·博尔赫斯，《诗人》

1

《故事起始》（1940）
罗达·W.巴科迈斯特 著
X 808 B127

《从现在起，享受明天》（1951）
雷·吉尔斯 著
362.6 G472

《一个开始的好地方》（1987）
劳伦斯·克拉克·鲍威尔 著
027.47949 P884

《从头开始》（1994）
马丁·B.科本哈夫 著
230 C782

注：作者在本书各章节前均列出与章节主题或内容相关的书目，以起到标题作用，并
配上书名、出版年份、著作者和在洛杉矶公共图书馆的索书号等信息，与本书的
图书馆主题相呼应。

即便是在这里，在不乏引人注目的发型的洛杉矶，哈利·皮克也能引起人们的注意。"他有一头金发。一头非常、非常耀眼的金发。"他的律师对我说道，接着用手在前额来回晃动，表演了一出皮克猛甩自己厚刘海的哑剧。另一位律师对皮克的头发同样印象深刻，她曾在证人陈述中询问皮克。"他的发量很足，"她说道，"绝对称得上是个金发男子。"我还采访过一位纵火调查员，他这样形容皮克踏入法庭的场景："好一头了不起的秀发！"听上去就像他的头发是独立存在的个体。

对于小哈利·奥马尔·皮克而言，拥有存在感是件非常重要的事。他生于1959年，在圣菲斯普林斯长大，这是一座河谷平原中的小镇，离西北方向的洛杉矶不到一个小时车程，四周环绕着暗褐色的圣罗莎山，单调感萦绕其间。此地是建立在"享受舒适生活，遵循平庸日常"这一法则之上的，但哈利渴望着脱颖而出。自儿童时期起，他就有些狂放不羁，常参与那些能够让围观者兴高采烈的未成年人违法行为，玩些恶作剧。女孩子喜欢他迷人的魅力、有趣的言行、脸上的酒窝——况且，他还很有胆量。他可以说服任何人去做任何事。他在戏剧和发明上颇具天赋。他很会讲故事，懂得编造情节，是个伶俐的说谎者；他善于捏造事实，使自己的生活不那么单调和枯燥。根据他姐姐的说法，哈利是世界上最爱胡说八道的人，能够不假思索地讲出各种瞎话，虚构出各式各样的故事，连家人都不愿意相信他说的话。

这里离好莱坞足够近，近到足以感受到从好莱坞持续散发出来的诱惑与召唤，凭借这一客观条件，再加上他那能够将一切重塑成故事的天生本领，几乎可以预见到——哈利·皮克决心成为一名演员。在高中毕业并且在军队里服役过一段时间后，他搬到了洛杉矶，开始怀抱着梦想生活了。他已经开始将"当我成为电影明星之后"这种说法放到日常的谈话中。他总是说"当我……"，而不是"如果我……"，因为对于他而言，这种说法不是猜测，而是对事实的陈述。

尽管他的家人从未在电视节目或者电影中真正看到过他，但他们始终认为，哈利在好莱坞时确实获得过一些很有前途的角色。哈利的父亲告诉我，他相信哈利参加过一个以医疗为主题的综艺节目——大概是在某家大型综合医院里实地拍摄的，除此之外，哈利还在电影《比利·杰克的审判》中演了一个角色。世界最大的电影和电视在线数据库IMDb列着巴里·皮克、帕里·皮克、哈利·皮考克、巴里·皮埃尔几个名字，甚至还有一位来自英国普利茅斯的哈利·皮克，却完全没有列出身在洛杉矶的小哈利·皮克。据我所知，哈利·皮克唯一一次出现在电视上，是在1987年的当地新闻里：他因为纵火焚烧洛杉矶中央图书馆、焚毁近五十万本书、使七十多万本书受损而被捕。这是洛杉矶历史上最严重的火灾之一，也是美国历史上最严重的图书馆火灾事件。

洛杉矶中央图书馆由建筑师贝特伦·古德休设计，1926年落成，位于洛杉矶市中心、第五街和花街的拐角处，曾被称作诺曼山丘的下坡位置。这座山丘以前要高上不少，不过在被选为图书馆的所在地之后，为了使这处地块更易于建造，山丘上部就被挖掉了。图书馆当年正式开馆时，这块市中心街区十分繁荣和忙碌，半山腰上遍布着半木质结构的维多利亚式建筑，看着相当笨重，因为位于高处而显得摇摇欲坠。近年来，这些老房子已经全部消失，图书馆附近遍布着暗色外立面的办公楼，它们一栋连着一栋，肩并肩矗立着，在山丘左侧投下一道道长长的阴影。中央图书馆有一整块街区那么宽，但只有八层楼高，与那些大长腿似的办公楼相比，一眼望去恐怕只能够到它们的脚踝。话说回来，它所展现的可是 1926 年的建造水平，在当时——在这个楼层普遍不高、建筑通常为四层楼的市中心，它的首次亮相就是作为此地最高点而一鸣惊人的。

　　按照规定，图书馆每天上午 10 点正式开门，然而，早在黎明破晓时就已经有人在四周徘徊，每天都是如此。他们要么靠在图书馆的每一面外墙，要么半坐半靠在边缘地块的矮石墙上，要么就待在主入口西北侧的花园里，摆出一副翘首以盼的姿态，因为从那里可以直接看到图书馆前门。这栋大楼当然不可能在规定时间之前开门，于是，他们便保持着那种明显无用的审慎态度，一直盯住图书馆大门。在最近一个暖和的早上，花园里的人们成群聚集在如穹庐般的巨大树荫下，旁边那条细长的河道缓慢流淌，似乎散发出一丝凉意。到处都堆放着拉杆箱、手提袋和书包。混凝土色的鸽子在箱包周围穿梭，嚣张地飞来飞去。那个身材瘦小的年轻人，两侧腋下的白衬衫已经渗出一圈汗水，只见他单脚站立，整个人摇摇晃晃，一手夹着一个文件袋，正试图从后面的裤袋里掏出手机。在他身后是个背着松垮黄色背包的女人，她坐在长凳的边上，身体前倾，眼睛闭起，双拳紧握，不知道是在打盹还是在祈祷。她身旁站着一个戴圆顶礼帽的男人，他正掀起自己的 T 恤，露出一团呈半月形、光滑圆亮的粉色肚子。两个拿着点名簿的女士将一小群四处乱转的孩子聚在一起，领着他们到图书馆前门。我走到花园一角，那里有两个男人坐在一台青铜制的世界和平钟旁，显然是在讨论两人一起吃过的饭。

"你必须承认,大蒜酱汁真的很好吃。"其中一个男人说道。

"但我不吃沙拉。"

"噢,得了吧,你这家伙,每个人都吃沙拉!"

"但我不吃。"停顿片刻,"我喜欢喝胡椒博士汽水。"

在谈话的每个间隙,他们都会瞥一眼图书馆主入口,那里坐着一名警卫——主入口有很多扇门,其中一扇开着,警卫就坐在里面,任何一个路过的人都能看见他。这扇开着的门意味着不请自来的攀谈:人们一个接一个走到警卫身边,问他同样的问题,他却连眼睛都没眨一下,就让他们自觉离开了:

"图书馆开了吗?"

"没有,还没有开。"

下一个回答:"上午 10 点。"

下一个回答:"开的时候你会知道的。"

下一个回答:"还没有开。"

下一个回答:"上午 10 点,伙计。"——警卫的脑袋来回摆动,眼珠滴溜溜地转动——"上午 10 点,就像牌子上写的那样。"

每隔几分钟,就会有人走近警卫,亮出身份证件,他便挥挥手示意进入,因为图书馆实际上已经开始运转,它和正在为这一天做准备的工作人员一起活跃起来了。货运部早在拂晓时分就开始工作,将数万册书装进塑料箱里。箱里装着的书,要么是本市七十二家分馆中的某家向这里要求借出的,要么就是这里借来、现在要归还给某家分馆。除此之外,还有一些全新的书,刚刚在中央图书馆里进行了索引编入,现在正要送去给分馆。

警卫全天候地驻守在图书馆里:值班警卫早上 7 点开始轮班。与此同时,管理图书馆网站的马修·马特森已经在地下室的办公桌前待了一个小时：随着早晨的到来，网站访问量激增，他正关注着这一切。

整栋大楼共有十一个学科分区，各区的图书管理员和接待员都在忙着整理书架，检查新书，开始一天的工作。阅览桌和单人阅读隔间都还空着，每把椅子都好好地藏身于每张书桌之下，一切都笼罩在静谧中，比图书馆平日柔和的安静更为深沉。在历史类分区，年轻的图书管理员伊尔·海勒整理出了一车的书，这些受损或无人问津的书将会从书架上被淘汰。当这些事情完成之后，她拿出一份书单，上面列出本分区所辖范围内希望被订购的书。然后，她根据书单，逐一在对应的细分类目下进行检查，确保它们还没有被收藏进来。如果书单上的书通过了这个小测试，她就会去查看网上评论和图书馆馆员的内情报告，确保它们值得购买。

在儿童区的木偶剧院里，来自全市各地的儿童区馆员聚集在一起，参加他们的每月例会。本次会议的讨论主题是"如何将讲故事时间安排得更有效率"。三十名成年人挤坐在剧院的小椅子里，以十分恳切的态度听着同侪的演讲。"选一只大小合适的泰迪熊——"当我走进去时，负责主持会议的馆员正好说到这里，"我一直在用的那只，我以为它有婴儿那么大，但其实我错了——那只泰迪熊的尺寸，实际上相当于一个提早出生太多的早产儿。"随后，她又指着一块贴满毛毡贴布的布告栏说道："别忘了，法兰绒板是很棒的。"她继续说道："你可能会想要用它们来展示企鹅一件一件穿衣服的样子。不仅如此，你还可以预先藏些东西在贴布下面，比如小兔子和小鼻子。"

楼上，图书馆预算主管罗伯特·莫拉莱斯和业务经理玛德琳·拉克利坐在一起，正在跟洛杉矶市图书馆馆长约翰·萨博讨论资金问题。此时此刻，就在他们所处位置的正下方，大厅的主时钟指向了 10 点，中央图书馆三个主要馆员之一赛琳娜·特拉扎斯正守候在大厅的中心轴线上，如此一来，她就可以在大门敞开时，对上午的繁忙时段开展监督工作。

这里有种剧院后台的感觉——那种你听不到或是看不到，但在幕布升起之前的一瞬间，却已经能够在剧院里隐约感受到的纷乱——在戏剧开始之前，后台的人们已经很好地找准自己的位置，放好自己的东西。此刻，时钟敲响早已预定好的时间。自 1859 年开始，图书馆入口已经打开了成千上万次；正是在那一年，公共图书馆首次在洛杉矶出现。然而，每当警卫大声喊着"图书馆已开放"时，空气中就开始弥漫起一种加速感，让人感觉重要的事情即将展开——现在，大戏要正式开始了。在今天这个早晨，赛琳娜·特拉扎斯对了对自己的手表，警卫队长大卫·阿吉雷也对了对自己的手表，接着用无线电联络入口处的警卫，给出开门许可。又过了一小会儿，警卫从椅子上站起身来，用力推开大门，让加利福尼亚上午时分那如黄油一般的光线彻底洒进入口。

一股自外部涌入的空气，开始在大厅里来回飘荡。随后，就在转瞬之间，人潮已经涌了进来——刚刚还散落在花园各处的徘徊者现在飞一般窜过来，坐在矮石墙上的人，大早上迷迷糊糊的人，由学校组织的小团体，商人，推着婴儿车、专门冲着"故事时间"而来的孩童家长，学生，还有无家可归的人——他们总是径直冲向洗手间，然后又直奔计算机中心。除了他们之外，还有学者、打算来消磨时间的人、真正的读书人、纯属好奇的人和纯属无聊的人，所有人都在为《爱尔兰艺术家词典》、《千面英雄》、林肯的传记、《今日比萨》杂志、《进阶针织全集》、20 世纪 60 年代在圣费尔南多谷拍摄的西瓜照片、《哈利·波特》——永远都有《哈利·波特》——以及被纳入馆藏的数百万种图书、手册、地图、乐谱、报纸和照片而奔波雀跃，折腾出不小的动静。此刻的图书馆里人潮涌动，各种声音绵延不绝，他们在寻找类似《婴儿取名指南》这样的工具书，查阅查尔斯·帕内尔 ❶ 传记和印第安纳州地图，或者向图书管理员咨询，希望能够找到一本虽然挺浪漫但又不会过于浪漫的小说；他们在此收集、整理税务信息，接受英语辅导，查阅电影资讯，追踪他们的家族历史。他们之所以选择坐在图书馆里做这些事情，而不是借了书后去别处，仅仅是因为这里坐起来很舒服。有时候，他们也会做一些与图书馆完全无关的事情。比如，在今天早上的社会科学分区，就有一位女士坐在阅读桌旁给棉布衬衫的袖子缝扣子。在历史分区，有个穿着细条纹西装的男人，他不看书，也不浏览资讯，而是坐在单人阅读隔间里，手藏在桌子边缘下面，手里拿着一袋多力多滋薯片。每次吃薯片时，他都会故意假装在努力压低自己的咳嗽声。

我是在图书馆里长大的，至少我自己是这样认为的。童年时期的我住在克利夫兰郊区，离榭柯高地公共图书馆系统下辖的伯特伦·伍兹分馆只有几个街区的距离。从我还很小的时候开始，每周都会跟妈妈一起去好几次图书馆。每一次，我都会跟妈妈一起走进大门，不过一进门就会分道扬镳，各自朝着自己最喜欢的区域走去：要知道，即便是在我仅有四五岁时，我就已经得到大人的许可，得以在图书馆内独自行动。过了一会儿，我们又在借阅台

---

❶ Charles Parnell，爱尔兰民族主义政治家，领导了 19 世纪的爱尔兰自治运动。

重聚，一起等待柜台里的馆员将书里的借阅卡取出来，并用登记章盖上印戳——盖章的声音特别大，像是时间的巨拳在重重地捶击借阅卡：在那一行行属于他人和过去的、歪歪扭扭的截止日期下方，再印上一行歪歪扭扭的截止日期。

我们在图书馆待的时间，对我而言永远都不够长，因为这个地方实在太丰富了。我喜欢在一排排的书架边来回晃悠，一遍遍地扫视书脊，直到被什么东西一下子吸引住才会停下脚步。每次造访都十分梦幻，宛如过渡平滑又自然的幕间乐曲，每次造访都向我承诺：我离开时比抵达时更富有了。这和跟妈妈去商店完全不同，后者意味着我想要的东西和妈妈愿意给我买的东西之间的拉锯战，但是在图书馆里，我可以得到自己想要的任何东西。在借阅登记完成之后，我喜欢待在车里，把所有借来的书摞到大腿上，感受它们坚实而温暖的重量，享受它们聚酯薄膜制的书套贴在腿上的触感。离开一个不用付钱就能拿到东西的地方实在令我兴奋，很快就能读到的新书也令我激动不已。在回家的路上，我跟妈妈讨论如何规划阅读的先后次序，以及需要大概多久才能还书：我们都认为这种谈话是郑重而严肃的。直至图书到期、需要归还或者续借之前，我们都可以慢悠悠地度过这段迷人却又转瞬即逝的时光。对了，我们也一致认为，伯特伦·伍兹分馆里所有的馆员都很漂亮。我们常常会在回家路上花好几分钟时间来讨论她们的美貌，接下来，妈妈总是会说出同样的话：如果可以自由选择任一职业来相伴终生的话，那她肯定会选择当一名图书馆馆员。接着，我们两个会在心里不约而同地感叹这将是件多么神奇的事，车里这时就会出现一段短暂的沉默。

当我长大了一些之后，通常会自己走去图书馆，尽可能地多带些书回家。当然，我偶尔还是会跟妈妈一起去，还会在路上感到同样的陶醉，仿佛我还是那个孩子。即便是在高中的最后一年，我已经常常自己开车前往，我们仍会时不时结伴同行。一旦有妈妈在身边，这段旅程徐徐展开时的感觉就会跟小时候完全一样：同样的节奏，同样的间歇，同样的感触和幻想，完完全全一样，都是我们曾经多次遵循的那种完美且深沉的韵律。眼下这些日子里，当我再一次开始想起妈妈的时候——尽管她已经永远逝去了——我仍然很愿意想象我们两人坐在车里，一同前往伯特伦·伍兹分馆，在那里进行一次更为波澜壮阔的旅程。

我们家非常热衷于图书馆。我们是个非常热爱读书的家庭，不过更多是从图书馆借书来读，而不是拥有一排排放满书的书架。爸妈很重视书，但他们在大萧条时期长大，早已领悟到金钱瞬息万变的特性，他们通过那段艰难岁月学到一件事：能借就不买。因为这种节俭——也许无关节俭——他们相信读书纯粹就是为了获得阅读体验。他们读书的目的，不是为了拥有某种必须被永久收藏和保管的物体，不是为了要去获得某项纪念品。在他们看来，读一本书就是进行一次旅行，并不需要什么纪念品。

在我出生的那个年代，我家的经济状况很好，爸妈学会了如何去小小奢侈一把，但在某些消费行为上，却仍旧十分顽固地坚守着他们在大萧条时期培养出的心态，其中包括：能从图书馆借到的书，就不会轻易购买。我们家里那排并未塞满的书架上，放着几套百科全书（这是一个不适合从图书馆借阅的典型例子，因为你当时经常会用到百科全书，而且每次都挺紧迫），还有一大堆出于各种不同原因最后还是买了的书。其中包括几本 20 世纪 60 年代出版的性爱手册（我印象最深的是《理想婚姻：性生理与性技巧》，因为——很显然，每当爸妈不在家的时候，我都会偷偷找出来翻一翻）。我猜，爸妈之所以会买这些与性爱相关的书，是因为他们根本就不好意思把这些书直接放到图书馆的借阅台上。除此之外，书架上还收有一些旅行指南和咖啡桌书❶，属于父亲的几本法律相关图书，以及十几本小说。这些小说要么是别人送的礼物，要么是父母出于某种原因买下的——通常只是试图向客人证明自己拥有这本书罢了。

上大学时，我和爸妈的区别之一，就是我热衷于占有书籍。回想起来，购买教科书是一切的开始。我仍然记得自己不再喜欢在图书馆里慢慢踱步，也不满足于只在借阅时间内拥有一本书。我想被属于我自己的书围绕着，让它们构成一尊我读过的所有故事的图腾柱。于是，当有了自己的公寓后，我很快就装好书架，塞满精装版图书。我依然会借助大学图书馆来做研究，但除此之外，我成了一个如饥似渴的购书狂。一旦我走进一家书店，离开时一定不会空着手，而且常常不只买一本。我喜欢那些印刷还没多久的崭新书籍发出的味道——新油墨和新纸张所带来的刺鼻碱水味，是你在一本上架许久的图书馆藏书上绝对闻不到的。我喜欢书脊刚被折弯时的裂纹，喜欢几近潮湿、新崭崭的书页，仿佛它们被自身所承载的内容打动了。有时我会觉得，恐怕正是因为自己在爸妈那些摆放得稀疏零散的书柜旁度过了童年时光。不过，具体原因并不重要。总之，我成了狂热的买书信徒，有时还会幻想自己拥有一家书店。那时，当妈妈跟我讲她正在图书馆预约借阅某

---

❶ Coffee Table Book，指放在咖啡桌上供人翻阅的大型画册，大都装帧精美，售价高昂。

本书时，我都会感到很生气，还会质问她："为什么不直接去买？"

当我读完大学，在"哈罗德·T和薇薇安·B.夏皮罗大学本科生图书馆"内的一排排书架间完成学位论文后，我开始放下对伯特伦·伍兹分馆的奇妙童年之旅的执念，人生第一次认真思考图书馆的实际用途。

我想——我可能会一直这么想——自己大概会用余生时光，以一种如饥似渴般的心情去惦记关于图书馆的种种，就跟我小时候总是在惦记自己最渴望去的那座游乐园一般。对于我而言，图书馆也许不只是一处真实存在的地点，更是一片安插在记忆之间的书签，一条能唤醒某个时刻的情绪的通道：唤醒那些诞生于很久之前、在我脑海中被打上"妈妈"和"过去"标记的情绪。哪曾想到，过了很长一段时间之后，图书馆又以出乎意料的方式回到我的生活之中。那还是在2011年，我丈夫得到一份新的工作，地点在洛杉矶，于是我们举家离开纽约，往西部去。我对洛杉矶并不怎么了解，但在那些年里偶尔还是会去一趟，拜访居住在洛杉矶市区或周边的表亲。成为作家后，我也多次前往洛杉矶，完成与杂志和书籍相关的工作。在那几次旅程中，我在海滩区域往返奔波，在峡谷里上上下下，在山间来回穿梭，却从没考虑过要去一次洛杉矶市中心——当时的我认为，所谓洛杉矶市中心，不过是由大量每天傍晚5点前就人去楼空的办公建筑物所组成的玻璃景观罢了。我当时眼中的洛杉矶是一个呈辐射状展开的甜甜圈，被奶白色的海洋环绕着，四周耸立着群山，只留一个大洞在中间。我从没去过当地的公共图书馆，也从没惦记过它，不过现在想起来，当时我就认定有这么一座图书馆存在，它可能是一座总馆，可能就在市中心。

刚搬来加州时，我儿子还在上一年级。他在学校的第一项作业，是要采访一个为这座城市工作的人。我建议找个垃圾收集工或者警察，但他说想采访图书馆馆员。我们刚来不久，对这座城市尚不了解，不得不去查询最近的图书馆地址，结果查到的是洛杉矶公共图书馆系统的斯蒂迪奥城分馆，离我们家大约一英里，正好跟伯特伦·伍兹分馆到我儿时的家差不多距离。

当我跟儿子去做采访时，被一种极为熟悉的感觉所淹没，那是对图书馆之旅的本能回忆：父母和孩子一起，行驶在去图书馆的路上。我曾有过多次这样的出行，但现在身份已经完全改变，我自己成了带着孩子参加特别旅程的家长。我们把车停好，朝图书馆走去，这还是我第一次来到这里。整栋建筑物洁白无瑕，看起来十分时髦，屋顶像戴着一顶薄荷绿色的蘑菇帽。从外面来看，它一点都不像由粗粝砖头建造而成的伯特伦·伍兹分馆，但真正进去后，熟悉感如同雷电一般袭来，让我有点喘不过气。时间已经过了几十年，如今我身在三千英里之外，但我依然觉得自己被什么东西抬起，迅速飞回到那个无比精确的时间及地点，回到和妈妈一道走进图书馆的场景。什么都没有改变——同样的铅笔写在同样的纸上发出同样的沙沙声，中央区域的书桌那边传来刻意压低的私语声，运书的小车吱嘎作响，偶尔会听到书本掉落在桌上的闷响。伤痕累累的实木借阅台，像船只一样大的馆员办公桌，还有那块晃动的布告栏，上面同样贴满乱七八糟的通知。这种温柔、稳重的忙碌感觉，如同厨房里慢悠悠烧开的沸水，无论在哪座图书馆都一模一样。书架上的书，这自不必多说，也一样在增增减减。

我惊呆了。实际上，时间并非在图书馆停住了，而是时间本身仿佛就存在于此，收藏在此，以及在全世界所有的图书馆里——不仅仅只有我的时间和生命，还包括所有人类的时间。在图书馆里，时间确实是被拦截了——但它不只是被拦截，同时也被贮藏起来。图书馆是一方储存故事的蓄水池，同时也储存着每一个来找故事的人。在图书馆里，我们可以窥见永生；在图书馆里，我们得以永生。

　　如此这般，图书馆施加在我身上的魔力终于被再度唤醒。也许它永远不可能被消除，但我已经疏离它太久了，以至于像是去游览一个曾经无比深爱，但已随着人生流逝而逐渐被遗忘的国度。我知道想拥有和去购买一本书的感觉，却忘记漫步在图书馆的书架间的感觉：找到自己想要的那本书，也瞧瞧它旁边有哪些书，留意它们独特的一致性，看着一个想法如何从一本书传递到另一本书，就像在玩一个传话游戏❶。我可能会从杜威十进制图书分类法❷的 301.412（乔安娜·斯特拉顿的《先锋女人》）开始，然后将自己所站的位置挪动数英寸，来到 301.4157（唐纳德·雷特的《盖达尔》）的面前，接下来是 301.45096（《我父亲的梦想：巴拉克·奥巴马回忆录》），最后是 301.55（乔恩·朗森的《盯着山羊看的男人》）。在图书馆的书架前，你的想法可以合乎逻辑，也可以是出乎意料的、难以理解的，或随心所欲的。

　　在儿子采访馆员之后不久，我碰巧遇见肯·布雷彻，他是洛杉

---

❶ the game of telephone，一种适合多人参与的经典派对游戏。以耳语或肢体语言的方式对旁人形容一个词或短语，以此类推传下去，最终将传递结果和原始版本进行对比，往往会有较大出入。

❷ Dewey Decimal System，由美国图书馆专家麦尔威·杜威发明，主导和影响了包括中国在内的世界多国图书馆分类体系。该体系采用阿拉伯数字为分类码，以哲学、社会科学、自然科学等主要学科分为十种主要类别，各种类别下设十种次类别。

矶图书馆基金会的负责人。洛杉矶图书馆基金会是个非营利性组织，专门为各种图书馆项目提供支持，也为图书馆相关的特别策划和公共服务工作募集资金。布雷彻提出要带我去参观中央图书馆，因此，几天之后，我便开车到市区去见他。飞驰在公路上时，可以看到市中心耸立着暗色调的摩天大楼，图书馆就在它们之中。夏天和秋天的时候，这座城市一直少雨，我周围的风景显得明亮而泛白，像是枯萎了一般，散发出几乎灰色的白光。就连街边的棕榈树也像是流失原本的色彩，那些略带红色的屋顶也泛白了，像是有人往上面撒了糖霜。

我对这里仍有新鲜感，洛杉矶的广袤无边令我吃惊。仿佛我只要一直开下去，城市就会在我眼前不断展开，它像是一张随着前进而缓缓展开的地图，并不是一座真正的城市，不会只在某个特定的地方开始和结束。在洛杉矶，你的双眼会不自觉地动起来，不断搜寻某个终点，却永远不可能真正找到，因为终点并不存在。洛杉矶的广袤和开阔有些令人陶醉，但同时也会带来不安——这是一个并不打算让你靠近的地方，一个你可以尽情想象自己彻底陷入虚无的地方，如同一个零重力的口袋。来洛杉矶之前的那五年时间，我住在纽约的哈德逊山谷，所以更习惯于在开车的每个转弯处迎面遭遇一座山或是一条河，再将目光投向前方某个具体的事物，比如一头牛、一栋房子或者一棵树。在更早之前的二十年里，我一直都住在曼哈顿，在那里，人们对你何时进城或出城了解得一清二楚。

我希望中央图书馆看起来会像是我最熟悉的那种大型图书馆。比如纽约公共图书馆和克利夫兰公共图书馆，它们都采用严肃的建筑风格，都拥有宏伟的出入口，具有一种犹如宗教机构般的肃穆氛围。但是，洛杉矶中央图书馆看起来更像是小孩子用积木随手拼装起来的玩意儿：整座建筑——整体上呈浅黄色，有着全黑色的嵌入式窗户，以及一些颇为狭窄的出入口——如同一首由方方正正的棱角加上凹凸、高台、露台拼凑而成的幻想曲，全部指向一座由彩色瓷砖镶嵌而成的中央金字塔。它看起来既古老又现代，让我颇为震惊。当我走得更近一些时，从远处看似简单的块状结构开始发生变化，每面墙上都逐渐浮现出一层浅浅的浮雕石像。这些石像中有维吉尔、达·芬奇与柏拉图，有野牛群与奔跑的骏马，有旭日和鹦鹉螺，有弓箭手、牧羊人、印刷工和学者，有卷轴、花环和波浪。用英语和拉丁语写下的哲学箴言被镌刻在外立面上，像是一条古老的手卷。与周围沉默的塔式楼房相比，这座特立独行的图书馆更像是一份宣言，而不是一栋建筑物。

进到里面，我晃来晃去，边走边看都有些什么书。苏格拉底静候一旁，板着一张脸，凝望着路过的我。我跟着熙熙攘攘的游客来到主楼的中心位置，接着走过发出各种咔嗒声和嗡嗡声的总服务台，登上一道宽阔的楼梯，旋即来到一处巨大的圆形大厅。大厅里空空如也，我在入口处观望了一会儿，最后还是走了进去。这是图书馆内少有的弥漫着神圣氛围的地方，充满浓重、深沉的静谧，几乎能让人误以为自己正在水底遨游。圆形大厅极具压迫感，里头的一切都堪称是超越普通人类的宏大，令人震惊不已。墙上画满了体量巨大的壁画，以美洲土著人、牧师、士兵和殖民者为主题，以泛灰的淡紫色、蓝色和金色为主色调。地板由光滑的洞石地砖铺成，呈棋盘状排列。天花板和拱门上则平铺着红、蓝、赭三色的正方形瓷砖。圆形大厅的正中央悬挂着一盏巨大的吊灯：

那是一条沉重的黄铜链吊着的一只蓝色玻璃地球，它发着光，周围环绕着黄道十二宫。

这座图书馆是我至今为止见过最漂亮的建筑物之一。当布雷彻带领我参观时，我对此处的一切都感到异常兴奋，几乎处于时刻眩晕的状态，就像个好不容易约到心仪异性、正在进行第一次约会的人那样喋喋不休。我跟他一道穿过圆形大厅，走向一座被称为"文明女神像"的大型雕塑——那是一尊五官端正立体、姿态完美无瑕的女性全身立像，由大理石雕琢而成，雕像的右手握着一柄三叉戟。

布雷彻修长瘦削得像一根铅笔，他有着一双明亮的眼睛，满头纯白的头发，随时都会发出爽朗的笑声。走着走着，他开始对墙上挂着的每一种固定陈设、每一处雕刻、每一方铭文进行讲解。除了讲解之外，他还告诉我，他是如何走上图书馆之路的，其中包括在亚马孙河中部一个无文字记录的部落居住，以及为圣丹斯协会工作的各种经历。他似乎对自己正在开口告诉我的关于图书馆的一切都感到万分激动，他的激动加上我的兴奋，我们在外人眼中看来一定是极度活跃的两个怪人。就这样，我们慢慢朝前走，每走几英尺就停下来瞧瞧这栋建筑的某个与众不同之处，或者浏览一下书架上的藏书，又或是听他讲讲这个或者那个——内容五花八门，反正都是此地非常重要的故人与故事。关于图书馆的一切都有故事——建筑师、壁画家、致力于发展每一方面收藏的专业人士、各个部门的负责人，以及几十年来在图书馆内工作或者经常光顾图书馆的人。其中的许多人都已逝去，但不知为何仍然感觉得到他们，仿佛他们还驻留在这里的某处，挥之不去，成为图书馆的生命当中不可分割的一部分。

我们总算来到了小说区，并在第一排书架附近停下。布雷彻暂时停止了他的解说，伸手取过一本书，将它打开，高举到脸颊旁边，同时深吸一口气。我以前从没见过有人像这样去嗅一本书。正当我这样想着时，布雷彻又猛吸了几口，这才将书重新合上，放回到书架。

"你还可以从这里头的一些书中闻到烟的味道。"他几乎是自言自语般地呢喃道。当时的我看起来一定是一脸茫然，因为他打量了我好一会儿。可我真的不太明白这番话的意思，只好试探性地回应："它们闻起来有烟味，是因为图书馆过去允许那些常来看书的人抽烟吗？"

"不对！"布雷彻说，"那是从火里面冒出来的烟！"

"火？"

"火！"

"火？什么火？"

"大火，"他说，"那场大火。那场令这座图书馆被迫关闭的大火。"

1986年4月29日，图书馆被烧毁的那一天，我住在纽约。虽然当时我与图书馆的浪漫史还没有恢复，我还是很关心书的一切，因此，我确信自己肯定会留意到图书馆大火的新闻，无论它具体位于地球上的哪个角落。洛杉矶中央图书馆的火灾可不算一件小事，不至于像一支在垃圾桶里焖烧的香烟一样没人提及。这场大火连续烧了七个小时，温度达到两千华氏度 ❶；火势之大，可以用恐怖来形容，洛杉矶全城的几乎每个消防员都被拉到了火灾现场。

---

❶ 美国温度计量单位，约等于摄氏度乘以一点八再加三十二。

超过一百万册图书被彻底烧毁或损坏。我简直无法想象，我竟然会对如此重要的事件一无所知，况且它还牵扯到书——尽管当时我还住在这个国家的另一头。

参观完图书馆回家后，我查阅了从 1986 年 4 月 29 日起的《纽约时报》。那起火灾发生于太平洋时区上午 10 点左右，纽约已是午后，当天的《纽约时报》已经发行，因此，我对火灾事件没有被刊登并不感到惊讶。那天的头版新闻是：黑手党约翰·高蒂的审判延期；参议员鲍勃·多尔警告说联邦预算案有问题；以及一张里根总统和妻子向民众挥手告别、乘船前往印度尼西亚的照片。

头版右侧的单列报道板块，标题为"苏联宣布发电站发生核事故／辐射水平持续上升，蔓延至斯堪的纳维亚半岛，方才承认事故"。到了第二天，后续报道的标题字号才加大到令读者感到恐慌的地步，"苏联通报核电站灾难，向国外寻求援助，以求扑灭反应堆大火"，发稿于苏联切尔诺贝利。这天的报纸还有一篇长达三页的特别报道，标题为"核灾难：核辐射云持续扩散，呼吁多方援助"。

到第三天的时候，切尔诺贝利核电站事故终于被广泛传播，并且引起美国股市暴跌，创造了当时的单日最大跌幅纪录。5 月 1日，《纽约时报》终于在 A14 版面的一则简短报道中提到洛杉矶中央图书馆被烧毁。这则短讯完整陈述了基本事实，提到有二十二人受伤，起火原因仍然不明。随后一天的报道中则提供了更多细节，包括采访洛杉矶市的居民，询问他们对图书馆可能会无限关闭做何感想。除此之外，那一周就再没有更多跟进报道了。美国历史上最大的一场图书馆火灾，被切尔诺贝利核泄漏抢去了风头。当我们大多数人都在关心是否将要见证世界末日的时候，无数图书毁于一旦。

2

《火灾！为您及您的家人提供 38 条救生建议》（1995）
詹姆斯·J. 吉本斯 著
614.84 G441

《火灾特性与自动洒水装置》（1964）
诺曼·K. 汤普森 著
614.844 T474

《火：是敌是友？》（1998）
多萝西·辛肖 著（享有专利权）
X 634 P295-2

《火灾！图书馆在燃烧》（1988）
巴里·D. 赛特隆 著
X614 C997

1986 年 4 月 28 日，正值洛杉矶当地特别炎热的时节。这一天完全没有春天那种丝绸般的明亮，四处弥漫着郁结而沉闷的气氛。不过，到了第二天的清晨，天气突然变得温和。空气清新，天空呈现出最深的蔚蓝色。

这是诡异且过于悲伤的一年，从 1 月就初现端倪：挑战者号航天飞机爆炸，七名宇航员丧生。到了 4 月 28 日这天，人们已经被一整个星期的坏消息压得喘不过气来：一场毁灭性的地震袭击了墨西哥中部；英国好几所监狱接连发生纵火事件，数十名囚犯逃脱；美国和利比亚的关系陷入僵局。在离图书馆不远、位于加州卡森市的建筑工地上，一台推土机切断了一处主下水道的顶盖，未经处理的污水正涌进洛杉矶河。

4 月 29 日上午 10 点，中央图书馆照常开放，刚开门几分钟，馆里就开始繁忙了起来。大约两百名员工已经在大楼各处就位，从运输台到传送台再到书库，每个人都准备好了。格伦·克雷森，自 1979 年起就加入图书馆的参考馆馆员，当时正在历史区的桌前工作。世界语言区的馆员西尔瓦·马努吉安最近刚买了一辆新车，所以她在图书馆的停车场小心翼翼停好车后才进来上班。馆内大约有两百名读者，要么浏览着书架上的书，要么已在阅览桌前安顿了下来。四名讲解员正带着一大群咯咯笑的学生开始图书馆参观之旅。馆长伊丽莎白·泰奥曼与纽约建筑师诺曼·菲弗在她的办公室里，后者受聘负责图书馆建筑整体的翻修和扩建。菲弗对这份委托感到极为激动。他很喜欢古德休大楼——"我第一次看到它时，还以为自己已经死了，上了天堂"，他这样对我说道——迫不及待能够赶紧开始修复工作，并且为它添上一栋体量很大的崭新翼楼。当时图书馆有超过六十年历史，整体破旧不堪，而且空间太小，已无法满足这座城市的需求，此前人们就如何改善中央图书馆争论了整整二十年，而这项建设计划正是争论的最终结果。菲弗的草图就摊开在泰奥曼的办公桌上。他将西装披在办公室后面的椅子上，西装口袋里放着旅馆和租来的车的钥匙。

当时，图书馆的防火设施包括烟雾探测器和手提式灭火器，但没有安装洒水器。美国图书馆协会（The American Library Association，简称 ALA）总是建议图书馆内不要选用洒水器，因为水对书籍的破坏甚至比火灾还要严重。然而，在 1986 年，ALA 改变了立场，开始建议安装洒水装置。事实上，那天早晨，在伊丽莎白·泰奥曼办公室楼下的大厅里，菲弗的同事史蒂文·约翰逊正在与消防部门开会，讨论将洒水装置隐蔽地安装在那些历史悠久的房间里。这座图书馆是在防火门发明之前建造的，而防火门在今天已经是所有大型建筑的标准要求，可以有效阻止火势从建筑中的一处区域蔓延到另一区域。防火门是如此有效，以至于大多数老建筑的翻新工作都是从防火门开始的，大多数州的法律也强制要求安装。为图书馆安装防火门的资金已经列入城市预算超过五年，但不知为何，这件事一直没有得到重视；不过，终于到了工人们要去安装的一天——也正好就是这一天。

多年来，这家图书馆就因多次违反消防法规而被屡次曝光。到了这个特殊的时刻，仍然有二十二个消防安全问题没有得到解决。其中大部分都是"可改进的"，包括安全出口被锁住、灯泡暴露在外、电线高度磨损和尚未安装防火门，而非建筑本身固有的结构性问题。新的违规行为经常出现，消防部门也对此紧跟不放。有些建筑保护主义者一度提出质疑，他们怀疑有人夸大了危险性，以便拆除这座建筑，重建新楼。尽管是略有些夸张，但大楼的问题也确实存在。二十年前，即 1967 年，消防部在一份评估报告中下过结论，声称中央图书馆发生重大火情的可能性"非常高"。几年后，《洛杉矶时报》形容图书馆"部分为寺庙，部分为大教堂，剩下的全是火灾隐患"。当伊丽莎白·泰奥曼还是图书馆专业的学生时，她写了一篇概述中央图书馆建筑现存问题的论文，声称图书馆过于拥挤，但更令人不安的是大量的火灾和安全隐患。这篇论文最后拿到了 A。

图书馆里的物品总是来来去去，所以，无论哪天都不可能确切知道里面收藏了什么。这种情况一直持续到 1986 年，为了保险起见，中央图书馆对藏品进行了估值，总价约为六千九百万美元。其中包括至少两百万份图书、手稿、古董地图、杂志、报纸、地图册、乐谱，四千部纪录片，可追溯至 1790 年的人口普查记录，自 1880 年来在洛杉矶制作并上演的戏剧节目，每个人口超过一万人的美国城市的电话号码簿，以及全美国最好的橡胶领域专业书籍——由著名的橡胶界权威人士哈里·皮尔森先生于 1935 年捐赠。图书馆还收藏有莎士比亚的对开本，二十五万张可追溯到 1850 年的洛杉矶照片，从福特 T 型车开始的每一个汽车品牌和型号的汽车维修手册，五百个来自世界各地的民俗娃娃，美国西部唯一的综合专利证书收藏，以及两万一千本运动主题图书。还有国内收藏量最大的食品和烹饪图书——共计一万两千册，包括三百本法国烹饪书，三十本烹饪橘子和柠檬的书，以及六本烹饪昆虫指南，比如经典的《蝴蝶在胃里飞舞》。

4 月 29 日，还过几分钟就到上午 11 点，图书馆的烟雾探测器发出了警报。图书馆的电话接线员打电话给消防部门的调度员，说：

"中央图书馆的铃响了。"警卫在大楼内分散开来，指挥各处来客尽快离馆。并没有人显得特别惊慌。图书馆的火警警报经常会响，原因也各式各样——尚在燃烧的香烟被扔进废纸篓，偶尔会有来自炸弹妄想狂的威胁电话，最为常见的情况是什么情况都没有——只是火灾报警系统因极度老旧，动不动就出差错。对于工作人员和老读者而言，火灾警报的威慑力就跟马戏团小丑用的那个小喇叭差不多。收拾好所有东西，迅速撤离大楼，这事实在太令人厌烦了，以至于有些馆员听到警报声后只想躲进自己的工作间里，等一切恢复正常再说。大多数人都把个人物品统统留在原处，听到警报声响起后出门时，他们自认为马上就能回来。

当警报响起的时候，诺曼·菲弗马上开始着手收拾草图和外套，泰奥曼却告诉他完全不必如此麻烦，因为她确信只会中断一小会儿。一些老读者在人员疏散时也懒得收拾东西。这天早上，房地产经纪人玛丽·路德维希正在历史区做家谱研究。她才刚发现自己跟佛蒙特州一个叫霍格·霍华德的男人有亲戚关系时，警报就响了。她并没有慌慌张张地弄乱材料，而是全都原样留在阅览桌上，连那只装着这两年来全部研究笔记的公文包都没拿，径直走向出口。

读者和工作人员跑出大楼时，几乎没有拥挤和冲撞。唯一有正式报告的骚乱情况来自一位年长的妇女，她告诉调查人员有一名蓄着小胡子的年轻金发男子在匆忙经过时撞倒了她。她说，男子看起来十分激动，不过他还是先停下来，帮她重新起身，接着才冲出门去。

整栋大楼仅用八分钟就清空了，大约四百名读者和工作人员聚集在外面的人行道上。太阳渐渐升高，人行道正逐渐变得暖和起来。一些馆员趁机点上一根契斯特菲尔德香烟，这个牌子是馆员们的首选。西尔瓦·马努吉安决定在停车场里等着，这样就可以好好照看自己的新车了。文学与哲学区的馆员海琳·莫切德洛夫在那儿陪她聊天，还夸赞了她的车。海琳这人深深挚爱着中央图书馆，总爱说自己还是个小孩子的时候就时常被家里人留在图书馆的台阶上。当一辆消防车呼啸而来，消防员开始进入第五街旁的大楼时，所有人都还带着点兴致在看热闹。消防部门对中央图书馆的造访总是如此：无比频繁，又稍纵即逝。通常来讲，消防员会四处看看，然后在几分钟内重置警报。十号消防分队——如果用消防部门的术语来说就是 EC 10——做了初步检查，其中一名消防队员用无线电向负责人报告"没有任何迹象"；换句话说，又是虚惊一场。一名消防队员便去了地下室解除警报，系统却拒绝重置——它坚持显示已检测到烟雾。消防员认为是系统出了故障，但为了确保不发生问题，他们决定再到四处看看情况。

大楼里有着蜿蜒的走廊和楼梯，可消防员手头并没有地图，只能一步一步地往前探查。图书馆是围绕着四座独立藏书的"书库"为主体来进行整体调配的，这是 1893 年专门为美国国会图书馆发明的藏书模式。中央图书馆的书库被设计成狭窄、独立的垂直隔间——基本上就是巨大无比的混凝土浇筑甬道——从地下室一路延伸至二楼天花板。每一层隔间由钢格书架分隔为七层。书库的开敞式交织设计使空气能在书之间自由流通，这被认为是对书籍有益的。

然而，对于人类而言，这种书库模式并不怎么受欢迎。隔间普遍很昏暗，简直如同坟墓，又像烟囱一样狭窄。它们的墙由坚固的混凝土浇筑而成，每一层的内部还不到正常的半层楼高，走在里面想要找着路，就得弯腰蹲下。陈旧的电路无法应付比四十瓦灯泡更亮的光源，这使得书库始终处于昏暗之中。中央图书馆的部分馆员专门制作了矿工头盔——其实就是在安全帽的帽檐绑上手电筒——以便到书库里找书时使用。除了缺乏光线，想在书库里面找东西本来就是挑战。图书馆当初是为了容纳百万册藏书而建造的。可现在的藏书量早已突破两百万册，所以只好把书堆在楼梯间、缝隙和角落里，书架上任何一处间隙都被塞得满满当当。

　　九号消防分队，即 EC 9，也对最初的警报做出回应，他们的消防车停在希望街一侧的大楼旁。一名 EC 9 的消防员抬头望了望，发现屋顶东端冒出青烟。与此同时，EC 10 的消防员还在大楼里查探，刚刚抵达大楼东北书库里的小说区。在那里，他们看到一缕青烟沿着一排书架蔓延，书架始于罗伯特·库弗❶，终于约翰·福尔斯❷。这时，烟雾开始向上盘旋，像幽灵一样在敞开的书架空隙间飘荡。消防员试图用无线电向指挥部报告烟雾情况，但只能听到沙沙的干扰声——书库三英尺厚的混凝土墙壁挡住了信号。无可奈何之下，一名消防员好不容易爬出书库，在阅览室里找到一部电话。他向指挥部报告了他们的发现。

　　起初，小说区书库里的烟就像洋葱皮一样苍白。随后，烟的颜色逐渐加深，变成了鸽子灰色。接着又转为了黑色。从小说区以 A 为开头的书一直到以 L 为开头的书，烟雾以懒懒散散地缭绕在四周。它们聚集成柔软的泡芙状，像汽车的保险杠一样在书架上方微微颤动。突然，锋利的火苗从烟雾中喷出，开始向上猛蹿。霎时间，更多的火苗从深处爆发出来。温度骤然升高，达到四百五十一华氏度，书开始冒烟。书封像爆米花一样噼里啪啦爆裂。

---

❶ Robert Coover，美国后现代小说家。

❷ John Fowles，英国小说家，代表作为《收藏家》《法国中尉的女人》。

书页开始燃烧，变得焦黑，从装订线上挣脱出来，一股黑烟带出的碎纸片在上升气流中飞扬逃窜。火焰掠过小说区，在移动的过程中持续燃烧。接下来，大火开始冲向烹饪书籍存放区，烹饪书一一被点燃。火焰攀升至第六层，接着又蔓延至第七层。这一路上的每一本书都绽放着火光。在第七层，大火猛地撞上了混凝土制的天花板，来回翻滚，又大规模涌回第六层。这团火焰四处寻找着更多的空气和燃料。纸张、书套、微缩胶卷和杂志皱成一团，继而消失不见。在第六层，火焰拥堵到书库的墙壁上，然后决定向侧面移动。它烧穿第六层的架子后四处搜寻，直到找到连接东北部书库至西北部书库的狭长通道。火焰涌入这条通道，急促向前，一路进军至西北部书库内部，这里储存着中央图书馆的专利证书收藏。大火紧紧攥住了一盒接一盒的专利证书。证书盒子是如此厚实，还与火焰对抗一番。然而，热量逐渐聚集，越积越多，盒子还是冒出了烟雾，开始燃烧、爆裂，一切消失殆尽。一股强风刮来，填满了由大火造成的真空。热空气入侵墙体。地板开始断裂。一张张如同蜘蛛网的热裂纹出现了。天花板上的横梁开始坍塌，混凝土碎片朝着各个方向如子弹般射出。温度达到九百华氏度，书库的钢架从灰色变为白色，就好像从内部被照亮了一般。很快，这些闪亮的架子几近融化，发出樱桃红色的耀眼光辉。最后，统统扭转变形，倒塌在地，将怀中的书籍扔进火中。

身在大楼里的两支消防分队以最快的速度将救火设备接到供水管上，接着进入了书库，但他们最大的那根水管因为充满水而变得硬邦邦的，无法在狭窄的楼梯上拐弯。当时当班的队长之一迪恩·凯西还记得，他死命拽着水管，水管却没有挪动分毫。消防员只好换成更小也更灵活的水管。小水管里喷出的细流嘶嘶作响，瞬间就在火焰中蒸发，起不到任何作用。书库中全是开放式的书架网格，好不容易扑灭一小片火焰后，别处的火焰马上又会从空隙处蹿上来。消防员们只好先往书架上抛防火覆盖物，希望能保护这些书不受火水交织的灭顶之灾。

消防队主管唐纳德·卡特向市政厅和消防部门主管唐纳德·曼宁发出通报，说图书馆内部发生了紧急情况。EC 9 和 EC 10 已应接不暇。于是，整座城市的消防分队都被召集起来。上午 11 点 30 分，八名指挥官和二十二个消防分队在第五街和花街集合，他们都装备好全套的消防服和呼吸器。还有一辆特派救护车停在希望街上待命。对于已经扩充人员的消防队而言，火灾规模也实在太大了，因此卡特寻求了更多的支援。在不到一个小时里，这支队伍逐渐壮大为由六十个消防分队、九辆救护车、三架直升机、两支紧急空中部队、三百五十名消防员和一个纵火罪调查小组组成的超大救火军团——加起来已经超过整个洛杉矶市消防部门可调动资源的一半。消防部门主管唐纳德·曼宁也来到图书馆。他很担心，如果城市里再发生一场重大火灾，消防部门恐怕会不够人手应付。于是，他要求各郡县的消防局在中央图书馆真正起大火之前，也尽量调集全部力量赶到市区待命。与此同时，图书馆里的火就像溢出的墨水一样，迅速流动着蔓延开来。消防局发言人托尼·迪多梅尼科当时正在第五街上观察情况。他忧心忡忡地跟一位记者说："一旦第一个书库开始燃烧，那就会是一部新的《再见，查理》❶。"

在关于火的物理学知识当中，有一个化学术语叫"化学计量

---

❶ *Goodbye, Charlie*，于 1964 年上映的美国电影，是一出情节混乱、演技浮夸的闹剧。

焰",指火焰达到氧气与燃料完美燃烧比的状态——换句话说,就是有足够的空气供火焰进行充分燃烧。这样的比例会导致充分且理想的燃烧,足以创造出一场完美的火灾。在实验室以外几乎不可能创造出这种化学计量焰,它需要燃料、火焰和氧气的精确平衡才能达成——我们当然知道,这终究是理论上的说法,现实里不会发生。许多消防员一辈子都没遇到这样的火灾,将来也不可能遇见。不久前,我和一位名叫罗恩·哈默尔的男士喝了杯咖啡。此人现在在当纵火案调查员,但在图书馆失火时,哈默尔还是一名消防队队长。三十年过去了,他仍然对那天在图书馆所看到的一幕深感敬畏。说起这件事时,他那难以置信的惊愕表情,就像在说自己亲眼看到了不明飞行物。哈默尔在消防部门工作的几十年里,扑灭了数千起火灾,可是他却表示,自己从未经历过像中央图书馆火灾那么离奇的火情。通常来讲,火焰呈红色、橙色、黄色、蓝色和黑色。可是中央图书馆里的火却是无色的。你可以透过火看到后面的东西,就仿佛它是一块流动的玻璃。在少数有颜色的燃烧点,火焰则呈淡蓝色——虽然极为灼热,看起来却又显得冰冷。哈默尔说,他从未见过这样的火。他觉得自己正站在铁匠烧起来的熔炉当中。"我们以为自己正注视着地狱的最深处,"他说着,轻轻叩击面前的咖啡杯,"完全燃烧是几乎不可能的,但在这种情况下却实现了。这火已经超脱了现实。"如今在洛杉矶管理消防博物馆的弗兰克·博登对我说过这样一番话:"在每个消防员的职业生涯中,都曾经历一些令人难忘的非凡火灾。这场就是其中之一。"

图书馆外,守候在人行道上的人们注意到了浓烟,以及集中的大量消防设备。原本觉得虚惊一场的无聊，很快就变成震惊。图书馆公关主管迈克尔·伦纳德跑到附近的一家摄影器材店，他告诉收银员需要店里库存的所有胶卷。一回到图书馆，他就迅速拍下大楼熊熊燃烧的照片，浓烟从上面的窗户里翻滚出来，但是他无法把镜头对准身边的图书馆员，因为他们正极度痛苦地看着眼前的烈火。有些馆员正在放声哭泣。西尔瓦·马努吉安告诉我，她能闻到微缩胶卷燃烧时的糖浆味。她说，当她站在那里看着大楼燃烧时，一张烧焦的书页飘到了人行道上，她记得那一页来自一本名为《上帝在审判你》的书。建筑师诺曼·菲弗猜想整栋大楼将会彻底烧毁，他转身对伊丽莎白·泰奥曼说："它本来是我职业生涯中最大的机会，现在却要烧成平地了。"消防委员会的几名成员在听到火灾消息后赶到了现场，与围观者们一起站在人行道上。跨国石油公司 ARCO 的总部设在街对面的摩天大楼里。当 ARCO 的员工看到骚乱时，很多人下楼来看看是否能帮上忙。ARCO 的总裁罗德里克·库克是挽救和翻修这栋老建筑的支持者。他一看到街上挤满消防车，就从比特摩尔酒店为消防员和旁边聚集的各路人员订购了咖啡和食物。

怀曼·琼斯那天早上不在中央图书馆里。琼斯当时是洛杉矶公共图书馆馆长，负责管理该市所有七十三座图书馆，包括中央图书馆。他的办公室在古德休大楼的四楼。那天早上，他正在好莱坞的分馆，在一个全新扫盲项目的启动仪式上讲话。自 1970 年起，琼斯就任职公共图书馆的馆长。他来自密苏里州，身材高大，脾气暴躁，是那种会同时抽两根香烟的急性子，同时还是爵士钢琴演奏家和技巧熟练的业余魔术师。他在以前的岗位上监督过十多个新成立图书馆的建设工作。这次他来到洛杉矶，希望能拆除中央图书馆，用更现代化的建筑来取代它，不过他也勉强同意改建和扩建旧馆的计划。他总是喜欢说加州一团糟，洛杉矶一团糟，图书馆也是一团糟，但无论如何也会试图让它变得更好。好莱坞的活动一结束，琼斯就离开现场，打算返回自己在中央图书馆的办公室。在驱车回市区的路上，他从街头小贩那里买了一份涂满辣椒酱的热狗。此刻，他坐在方向盘前，打开收音机，拆开热狗包装，突然听到了图书馆着火的消息。他当即一甩手，将热狗扔出窗外，全速朝市区开去。

警方封锁了第六街、第五街、希望街、花街和格兰德大街，并关闭了港口高速公路的一段，整座城市的交通就此瘫痪。图书馆前的人行道上的人群越聚越多。电视台和电台的记者排起长队，等待哪怕任何一丁点消息。在图书馆里，大火持续烧了三个小时。大楼里的空气已经变得灼热无比。喷在烈火上的水不管有多少，瞬间就沸腾了，就像有人为了喝茶在上面摆了个水壶似的。消防水管喷出的水汇集在地下室，足足有五十英寸深。里面实在太热，消防员无法忍受太久，每隔几分钟就从大楼里出来换班，唯有这样，他们身体的核心温度❶才能恢复到正常水平。因为呼吸量极大，通常能维持一个小时的补充氧气瓶，现在十分钟就用完了。沸水冒出高温蒸汽，渗透进消防员厚重的防火衣里。他们的耳朵、手腕和膝盖都被烤焦了。他们的肺因吸入过量浓烟，变得焦灼。在这一天的时间里，总计有五十位消防员因烧伤、吸入烟雾及呼吸困难现象而被送到邻近医院接受治疗。一名消防员被直升机从屋顶

---

❶ 指人体胸腔、腹腔和中枢神经的温度，即身体内部的温度。

上接走，因为他伤得实在太重，无法从火场中返回外面。所有的消防员后来都得以康复，但事故造成的伤亡人数，始终是洛杉矶市应急服务部门处理过的单起事件中最多的。

随着时间的流逝，大火似乎要将整座图书馆都给活生生吞没了。书库内部高度压缩的空间，使得这里更像是发生了一场船上火灾，而非建筑物火灾——火势大到令人窒息，凶猛残暴，还能自给自足。主管曼宁向记者抱怨道："这座建筑的设计师可能确实是一位伟大的建筑师，但他并不知道在面临防火问题时，应该让自己的屁股从灼热的岩石上挪开。"随着消防员的报告越来越悲观，曼宁承认这是消防部门有史以来遇到最为艰难的一场火灾，"要想拯救这座大楼，必须使出浑身解数。"作为一则公开声明，这话听起来像是保留了一种可能性：哪怕使出浑身解数，这场火也根本拯救不了。曼宁的副手将伊丽莎白·泰奥曼拉到一边，说他不知道还能再做些什么，因为火势实在太大，大楼本身又太过适宜燃烧，书库的结构如同壁炉的烟道，书籍又为火焰提供了如此之多的燃料。他让泰奥曼立即给他列出一份大楼里不可替代物品的清单，以防他们只能救下这些东西。泰奥曼还记得，她在这一刻才意识到火灾是真实的，可能会毁掉整座图书馆。她瞬间变得非常难过，当即决定专心去做些能够见效的事，比如向消防员描述楼层的平面图，告诉他们希望能够保全哪些物品。

主管曼宁向刚刚抵达的怀曼·琼斯作了简报，然后前往市政厅，向市长汤姆·布拉德利通报了火灾情况，并警告大楼有可能会倒塌。那天早上，布拉德利正在圣地亚哥开会。他一听说火灾就马上飞回来，却在机场附近遭遇堵车，眼下还在回市政厅的路上。

到了中午，本地新闻都在播报火灾的消息。帕蒂·埃文斯是洛杉矶市社区重建局的管理人员，她花了近两年时间研究如何为中央图书馆的翻修提供资金。火灾发生的这天，她在陪审团当值，没有听说这件事。等到法庭休庭吃午饭时，她打电话到办公室询问近况。她的秘书叫她先深吸一口气，然后才告诉她，图书馆失火了。埃文斯马上跑回陪审团休息室，要求和法官进行一次私谈，后者同意让她提前离开。当她到达图书馆时，决定放弃市政府的官僚作风，接受了当地电视台记者的采访，并请求全市居民在火灾被扑灭后到市中心来做志愿者。

珍本界的人士特别关注图书馆的新闻，奥利维亚·普利曼尼斯是一名古籍修复员，擅长霉菌和霉变的研究。她住在得克萨斯州，但那周正好在洛杉矶。当洛杉矶郡艺术博物馆的纸张保护主管听说火灾时，马上给普利曼尼斯打了电话，"中央图书馆着火了。你必须马上到那里去。"

尽管有一场暴风骤雨级别的大火正在里面兴风作浪，但如果你从街上看图书馆，它也并不痛苦。外立面的粉饰灰泥依旧很光滑，没有受到任何惊扰。石灰岩墙面看起来就像凉爽的绸缎。雕像茫然地凝视着远方。窗户在阳光下闪闪发光。图书馆安静如初。若不是屋顶上的灰白薄烟，你可能都不知道里面有什么不对劲。突然，随着一声响亮又清脆的断裂声，图书馆西侧的窗户爆裂了，红色的火焰像手臂一样朝着上方和外面伸出，猛击着石制的外立面。一位图书馆员在人行道上看着看着，突然哭了起来。馆员们站在人行道上，心生恐惧，缩成一团。有人说觉得自己像在看一部恐怖电影。据馆员格伦·克雷森的说法，微风中飘荡着"心碎与灰烬的味道"。

大楼里，因为辐射热的存在，空气开始翕动起来。救援人员试图进入书库时，感觉像凭空撞上了路障，仿佛那些热气已经变成固体。"我们只能忍受十秒，最多十五秒，"其中一名消防员告诉我，"然后我们就必须立刻离开那里。"温度达到两千华氏度。然后上升至两千五百华氏度。消防员开始担心会发生闪络现象，这是一种非常可怕的火灾状况：封闭空间内的所有东西——甚至包括烟雾——都会变得异常灼热，达到可以自燃的程度，导致每一样物体的表面都会发生一次彻底的、消耗性的燃烧。正如消防员所说，这是一个由"房间中的火"转变为"火中的房间"的时刻。随着温度的升高，发生闪络的可能性也越大。大火的主体继续转移，沿着图书馆二楼移动了三百英尺，然后停下来，轻舔东南部书库的狭窄通道。救援人员从西侧向大火发起冲锋，用了十五分钟接上水管，一次次地用沉重的水柱打击大火。一个救援小组用大锤猛击墙壁，捣毁书库里那密不透风的管道结构。过热的空气从书库中涌出，进入了阅览室，就像热气从打开的烤箱中猛地溢出来一样。

　　西北书库的第六层和第七层的架子倒塌了。

　　倾倒在火上的水现在是一个解决方案，也是一个既成问题。许多没有被烧毁的书都被水给浸湿了。书的封面和书页像气球一样鼓起。比起火灾，图书馆员总是更担心水灾，现在他们两个问题都有了。书籍救援人员先于消防队穿过大楼，往架子上扔耐高温石棉布，在开始洒水之前尽可能地保护书籍。在屋顶上，重型设备27号连队的重型凿岩机在混凝土上打了十八个孔洞，以释放出一些可怕的热量。

　　最后，火灾持续五个多小时后，火焰那如液体般溢出的速度终于减缓，屈服于水流，以及从天花板和地板上的孔洞涌入的冷空气。大火从大楼的东南区域败退，蜷缩在东北区书库中愤怒地燃烧，一本书接一本书地吞噬自己，仿佛一只不停吃薯条的怪物。消防员在三楼、书库墙壁上以及屋顶上打出更多孔洞。4月的新鲜空气与室内闷热的气体混合在一起，使气温一点一点地降了下来。随着火势变小，消防员深入了火场，用水淋透了它的每一个角落。

西北书库里火焰被扑灭了。

东北区书库里的大火仍在持续焖烧，这里是火灾的起点，但它已不像今天早些时候那么猛烈了，因为此时它已经耗费大部分的燃料。东北区书库里存放的书支离破碎，变成灰烬、粉末、烧焦的书页、黑色尘埃，堆积成厚厚的一英尺。剩余的火焰如同一面旗帜，飘扬着，翻滚着，逐渐沉寂，最终完全熄灭。这场大火总共用掉了一千四百瓶氧气，一万三千四百四十平方英尺的救护罩，两英亩的塑料布，九十包锯屑，三百多万加仑的水，还调动了洛杉矶市大部分消防人员和设施。1986年4月29日下午6点30分，中央图书馆的大火终于被宣布扑灭，它被称为"一次重大的打击"，持续烧了七小时三十八分钟。

3

《每位房主都需要知道的霉菌知识及应对方法》（2003）
维基·兰卡吉 著
693.893 L289

《皮革装订的保存》（1894）
H. J. 普莱德莱思 著
085.1 B297

《书信的辉煌：书在无常世界中的永恒》（2003）
尼古拉斯·A. 巴斯班 著
025.7 P725

《霍平"N"波平的爆米花食谱》（1995）
吉娜·斯蒂尔 著
641.65677 S814

损失清单：一卷 1860 年出版的《堂吉诃德》，其中有法国版画家古斯塔夫·多雷绘制的插画。所有关于《圣经》、基督教和教堂的藏书。首字母从 H 到 K 的所有人物传记。所有英美戏剧的剧本。所有剧院历史作品。所有莎士比亚著作。九万本关于计算机、天文学、物理学、化学、生物学、医学、地震学、工程学和冶金学的藏书。科学区所有未经装订的手稿。建筑师安德里亚·帕拉迪奥在 16 世纪时写的一本书。最早可以上溯至 1799 年的五百五十万份美国专利书清单及对应的图纸和说明。所有大约来自同一时期的加拿大专利书材料。按作者名排列从 A 到 L 的四万五千部文学作品。来自 1635 年科弗代尔《圣经》中的一页——这是第一个完整的、用现代英语翻译的《圣经》版本。《简氏航空年鉴》上溯至几十年前的完整收藏。九千本商业图书。六千册杂志。一万八千本社会科学类图书。范妮·法默的波士顿烹饪学校 1896 年首版食谱。六本爆米花食谱和一万两千本其他各种食谱书。所有特种光面纸印刷的艺术期刊和艺术类图书——这种纸张在浸入水后会溶解为胶质的糊状物。每一本鸟类学图书。占馆藏四分之三的微缩胶卷。两万张照片上的信息标签，它们一旦沾湿就直接脱落。每一本被随意搁置在着火处的书——我们无从知道它们是什么书，所以也无法知道我们到底失去了什么。一共有四十万册图书在大火中被烧毁，另外还有七十万册图书被烟或水严重毁坏——很多书是两种情况兼而有之。被销毁或是损坏的图书数量，相当于十五个分馆的全部藏书总数。这是美国历史上损失最大的公共图书馆事故。

　　此地被炙烤了整整五天。周边残存的热量引起零零散散的小火苗。整体温度一直徘徊在华氏一百度，所以消防员仍然穿戴防护装备和呼吸装置，在室内待十分钟后就要轮班。大火熄灭后，工作人员立即赶往地下室和主楼层进行"除水"工作。工程师担心在积水过多的重压下，地板会承受不住，往下坍塌。工程师想给大楼降温，但又不能冒险用水去损坏更多的藏书。他们想尽快清理废墟，以散发积存的热量，但主管曼宁指示他们不要扰乱现场，以保存调查人员可能需要的任何东西，用来确定事故原因。

在火灾发生的那七个半小时里，馆员们一直守在图书馆附近，火灾扑灭后也一直留在这里。一得到消防部门批准，近两百名工作人员就马上涌进大楼。里面一片肮脏，烟雾缭绕，满是积水和碎纸片。纸张烧完后的灰烬一直堆积到脚踝处。融化的架子看起来特别怪异。怀曼·琼斯宣称，图书馆的内部"看起来就像是一部由闹罢工的特效人员制作出来的劣质电影"。格伦·克雷森和另一位名叫罗伊·斯通的图书管理员走进书库里，想调查一下浩劫之后得以留存下来的东西。除此之外，他们还打算寻找罗伊妻子的手提包，她也是一名馆员，在警报响起时将手提包落在了里面。他们找了半天，没有看到手提包，于是又从书库里爬出来，来到存放专利证书的房间，在那里发现专利证书和盒子在超高温下充分燃烧后残余的炭堆，以及一排融化的打字机。儿童图书管理员比莉·康纳和海琳·莫切德洛夫结伴穿过一片遍地狼藉的空间。她俩现在都退休了，但仍然经常来图书馆，我们找了一天谈论她们经历的火灾。我们碰面的房间恰巧是当时烧毁得最厉害的房间之一，现在这里成了一间会议室，布置得很漂亮。她们谈起火灾时，就像是这天早上才发生的事情。康纳说，当她们在火灾后立即冲进大楼时，感觉眼前就是死后世界——去读读但丁，就知道是怎么一回事了。莫切德洛夫像只叽叽喳喳的小鸟，她激动不已地说，火灾当天，她就跟肯尼迪总统遇刺那天一样心烦意乱。我采访过的另一位资深馆员告诉我，看到图书馆成为一片废墟，使她内心深感创伤，连身体都受到了影响——她在接下来的四个月里都没有来例假。

幸存下来的书被叠摞起来，重新进行整理。它们有的已经直接从书架上掉落，有的胡乱堆积在书架上，书页和书封统统粘在一起。古籍修复员奥利维亚·普利曼尼斯告诉怀曼·琼斯，霉菌孢子在有水环境下会被激活，短短四十八小时内就会四处绽放，他们必须迅速行动起来，尽可能将受损图书冷冻保存。一旦书开始发霉，那么这一切就无可救药了——赶在发霉前，工作人员必须在温度极低的地方完成打包、搬运等一系列工作，并且还要找到足够的空间来存放七十万册受损图书。

到了那天晚上，火灾的消息已经传遍了整座城市。数百名志愿者来到图书馆帮忙，虽然也不知道具体能提供些什么帮助。实际上，这里能找到的只有区区几顶安全帽，没有任何可以装书的纸箱子，也没有多余的地方可以存放图书。况且，湿掉的图书也不能简单地存放在普通仓库里。几年前，图书馆附近的博纳文图尔酒店在餐厅的冷库里提供了一处专用空间，如果某一本珍本图书被弄湿了，管理员可以在这里处理好。但是，酒店的冷库可绝对装不下七十万本湿漉漉的书。洛杉矶拥有总价值达数百万美元的鱼类加工产业链，近郊农业同样闻名遐迩，是全国最大的粮仓之一，周边郡县也到处都有巨大的冷库。有人建议赶紧联系一些大型渔业公司，图书馆方面照做了，结果这些公司的冷库基本上都塞满了，但也普遍都很愿意腾出一些地方来。

志愿者们被送回了家，图书馆方面让他们明天黎明再回来。

广播电台和电视台发出社会号召，希望第二天能有更多志愿者到图书馆来帮忙。青少年社团联盟联系了会员们，督促他们在此事上予以全力协助，并且提醒他们："这是一项繁重而艰辛的工作，要干很多目前还不知道具体内容的体力活，所以请一定穿上轻便舒适的衣物前往。"IBM公司也给员工专门安排了前往参加图书馆抢救志愿者活动的时间。第二天一大早，将近两千名志愿者出现在图书馆里。一夜之间，这座城市成功采购了数千只纸箱，一千五百顶安全帽，几千卷打包用胶带。除此之外，图书馆还得到了埃里克·伦德奎斯特的鼎力帮助，他是机械工程师出身，之前的工作是品牌爆米花经销商，凭借着专业技能和业余爱好，他成功地将自己打造成一名专门负责晾干各类潮湿物品的行业专家。"将书和杂货混放是否不妥"这类想法，并不会困扰到伦德奎斯特，因为他迅速将第一本打捞上来的藏书跟去年夏天从花园里采摘下来的豌豆和胡萝卜冻在一起，结果成功弄干了这本藏书。

抢救工作十分艰巨。那些被浸湿和烟熏后好不容易抢救回来的书，和每一本幸存下来的书，都需要被运走；大楼必须彻底腾空，这样才能将这里修缮好。怀曼·琼斯决定不对外披露藏书被转运到了哪里，假若真的是蓄意纵火，那就要防止纵火犯仍在寻找这些书的可能性。

在伦德奎斯特的指导下，志愿者们在接下来的三天里，夜以继日地进行藏书搬运工作。他们中的大多数都不认识彼此，因为这次事故意外地聚集，一起连续工作好几个小时。每个人都不知疲惫，心态也十分平和。他们自觉地组成一条以人为基本单位的长锁链，一只手挨着另一只手，将书一本一本地接力传递，直到它完全通过被烟熏得焦黑的大楼，到达图书馆门外。瞧那场面，就好像是在这紧急的时刻，洛杉矶民众自觉组成了一座有生命的图书馆，以血肉之躯给遭难的藏书遮风挡雨。他们依靠爱书的天性，在很短的时间内创造了一套系统，用它来保护和传递那些共享给社会上每一个人的知识，尽力保全我们赖以联系彼此的纽带——而这正是中央图书馆每天都在做的事情。

志愿者最终打包了五万多只箱子，每只箱子平均装有十五本包裹严实的书。一旦箱子被装满，就会被堆放到运货板上——总共堆放一千八百多趟——然后被装上卡车。保持干燥且未受损坏的书被送到一处市区仓库里妥善保存。那些已经受潮和熏坏的书则被冷冻卡车送到各大食品仓库，存放在冻虾和西兰花之间，平均温度在零下七十华氏度上下。没有人确切知道它们什么时候能够解冻，也没人知道有多少藏书最终能够得到拯救。因为从未有人尝试过如此大规模的救书行动。

当这些书陆续被运走时，调查人员开始在大楼中四处搜寻，记录地板上的燃烧痕迹，以及大火蔓延的路径。尽管图书馆长期违反众多消防法规，一座堆满书籍、布满不良电线的建筑物确实也很有可能自发起火，但调查人员几乎从一开始就坚信有人故意纵火。这实际上是一个相对保守的假设，因为美国的图书馆火灾几乎总是在火灾术语中被描述为"纵火"，即因人为干预而引起的火灾——大多数恶果是由无目的的破坏行为失控招致。

洛杉矶政府雇用了十九名纵火调查员。二十名来自联邦酒精、烟草和枪支管理局（ATF）的特工也加入了本案的调查工作。研究小组首先关注的是起火原因，打算先找到相关的线索——也许先是一根磨损的电线引发了小火，最终酿成了大火，或是打火机液体流出，又或是一根香烟被不小心扔到了某本杂志旁边。洛杉矶市公开悬赏两万美元，以获取火灾源头的有效讯息。ATF 在此基础上追加五千美元奖金，一位匿名捐赠者又追加了五千美元。

经过两天紧锣密鼓的现场勘查，调查人员始终没有得出任何具体结论。不过，他们所使用的"纵火"一词倒是开始流入到种种传闻之中。《洛杉矶每日新闻》刊登了一篇题为《中央图书馆火灾高度疑似纵火》的报道。《洛杉矶先驱报》则报道，相关调查人员正向图书馆员工们展示一张"疑犯"的合成画像。5 月 6 日，火灾发生整整一周之后，《洛杉矶时报》的一篇报道宣称："图书馆发生的这场火灾乃是人为纵火所导致，布拉德利和消防队长已经确认。"报道引述了主管曼宁的话："没有任何隐瞒的必要，我们可以明确告诉你，这场火灾就是人为纵火。"据曼宁说，他们正在寻找"一名二三十岁的金发男子，他在火灾发生地附近被数名图书馆员工目击……此人身高六英尺，体重约一百六十五磅，蓝色瞳孔，金发，蓄着小胡子，脸型极为瘦削。他当时穿着网球鞋、牛仔裤和休闲衬衫。"他们依照目击者的描述，绘制并向公众公开了一幅完整的合成画像。画像中的男子长着一道宽阔的前额，大眼睛，鹰钩鼻，一撇如同动画片中骗子似的小胡子，还有一头茂密得几乎在头顶形成一圈柔软光环的金发，两侧头发散开，在耳朵上方堆积出半圆形。看到这样一副尊容，你虽然无法肯定这就是哈利·皮克，但也不会随便发誓说这显然不是他。

在这一周里，切尔诺贝利核电站事件占据了全世界所有报纸的几乎全部新闻版面，除了《真理报》。该报纸仅对核电站事故进行简短报道，并想方设法地为中央图书馆的火灾事件留出足够的报道空间。在切尔诺贝利恐慌的第一周过去之后，美国各地的报纸总算找到报道图书馆大火的空档；各地都出现了类似"大火摧毁珍贵书籍""火焰吞噬洛杉矶中央图书馆""大都市悲剧""大火烧毁珍贵藏品"这样的头条新闻。《波士顿环球报》指出，切尔诺贝利与洛杉矶发生的这两起事件有着"鬼魅般的对称性"，因为无论哪起事件都引发了人类对自身无法控制之灾祸的最原始恐惧，以及对外来威胁、对大自然所拥有巨大能量的恐惧。

中央图书馆一直是个繁忙的地方。每年借出的图书有九十多万册；服务台解答相关问题六百余万个；每年总共有七十万人进出图书馆大门。火灾发生两天后，除了四十万册被彻底摧毁的书残留下来的焦黑色粉末之外，图书馆内变得空空如也。雕像都被白色塑料布覆盖着。墙壁和天花板上到处都涂满柏油，看上去脏兮兮的。阅览室里空无一人。所有的出入口都被锁上，并且用警用胶带封锁起来。在第五街的人行道上，靠近图书馆入口的地方，有人挂上了一块手写的牌子，上面写着："谢谢你，洛杉矶！我们将会变得更为宏大、更加美好。"

4

《关于加利福尼亚，以及在这里定居的理由》（1870）＊
＊内含折页地图
加利福尼亚州移民联合会 著
979.4 C1527

《移民与南加州经济》（1964）
南加州研究委员会 著
330.9794 S727-7

《圣哈辛托公墓墓志铭集锦，1888—2003》（2003）
霍尔·戴尔 著
979.41 S227Ha

《邮差总按两次铃》（1944）
詹姆斯·M.凯恩 著

哈利·皮克的姐姐黛布拉喜欢将他们的家庭描述为一部无休无止的悲剧。她说这句话时并没有透露出任何自艾自怜的态度，也并不沮丧，而是以评论者特有的冷静语调在叙述，仿佛是在描述宇宙中的某种客观常识——在这个家庭里，运气、财富、悲剧和灾难都是随机出现的，没有任何规律可言。依照黛布拉的说法，皮克的厄运并不算是可耻，也不怎么会让家族蒙羞；它就像是掷硬币时落在了与期待相反的那一面，仅此而已。

我之所以会与黛布拉相遇，是因为我正在寻找哈利·皮克，想弄清楚他是否真的放火烧了中央图书馆。如果是真的，他为什么要这么做？况且，如果他真是无罪的话，又怎么会受到指控呢？要找到哈利可并不容易。我发现洛杉矶市电话簿里所留的哈利·皮克的电话号码，实际上是哈利父亲的，他也叫哈利。我打电话时，黛布拉接了电话。在我们总算弄清了我正在找哪一位哈利后，我马上就向她解释了自己为什么要找到她的兄弟。听完后，黛布拉告诉我，小哈利死了。他在1993年就去世了。在告知我这个消息之后，她接着说道，我要写图书馆失火的故事和哈利的真实遭遇，这令她很高兴。她在电话里邀请我到她那里去，说是想当面跟我谈谈，所以我第二天就直接赶了过去。

黛布拉身材矮小、肌肉结实，长着一对淡蓝色的眼珠，蓄着金色的短发，抽烟或者微笑的时候，会露出一对漂亮的酒窝。从外表上看去，她简直像是个勇敢坚强的少年，但事实上她五十多岁，已经当了祖母。我们见面那天，她穿着白色的短袖紧身上衣，下面套一条宽松的阔腿牛仔裤。这两件衣服的反差太大，看起来像是从两个体形迥异的朋友那里临时借来的。黛布拉是个寡妇，之前一直独自居住，孩子们早就长大离家了。最近，她搬回跟父母住，这样就好照顾他们，帮他们做些事，让父母不那么劳累，也可以节约房租。

皮克家族在赫米特拥有一座农场，农场上修的房子有两间卧室和两间卫生间。赫米特坐落于圣哈辛托山谷，位于洛杉矶市中心以东约八十英里的位置，是个建有很多家族农场的小镇。赫米特小镇距离皮克家孩子们成长时所居住的圣菲斯普林斯约一小时车程。我去见黛布拉的那天特别热，热得让人眼盲。赫米特镇没有任何树木，整体呈现出一种完全静止的状态，在炙热阳光的笼罩下，眼前的所有东西仿佛都在飘忽不定地闪烁着，仿佛置身于烤箱当中。就连通往山顶房屋前的道路也闪耀着刺目的光芒。他们家的草坪、人行道和车道统统闪闪发光。当开车经过他们家门前刚修补过的人行道时，我能听到汽车轮胎裹上黏糊糊柏油时的声音。

"好吧，你找到我们了。"黛布拉在我停车时喊道。她站在门前示意我进去。客厅里，年纪很大的老哈利正躺在沙发上打鼾，母亲则躺在扶手椅上打盹。角落里的电视机里突然爆发出一阵热烈的掌声，以及那种来自综艺节目的笑声。我们来到后院，将两张折叠椅拖到屋檐下的阴凉处。黛布拉打开一罐啤酒，开始谈起弟弟，他过去的模样，还有他曾经是多么爱开玩笑。她边说边笑，接着就开始猛烈咳嗽，往地上吐了口痰。稍微好些之后，她抿了口啤酒，屏住呼吸，一言不发，过了好一会儿才重新开口，告诉我哈利是如何孜孜不倦地给自己找麻烦的——例如，他在那起火灾之后、从看守所里释放出来时，竟像个疯子一样咧嘴笑，这太愚蠢了，因为报纸后来刊登的所有大幅照片都在故意给读者造成一种刻板印象：瞧他那模样，恐怕真的认为整件事不过是场闹剧。

"他非常聪明，却没有任何判断力。因此，他往往都把事情做得太过了。"黛布拉说，"就是因为如此，他才惹上了麻烦，他只是不明白——不明白这是多么愚蠢的举动。"

皮克家不打算再增添更多麻烦；黛布拉说，他们已经有很多麻烦了。她开始罗列自己有过的各种负担，多到难以想象：她生下来后不久差点猝死；她患有长期纤维肌肉痛，这是一种十分痛苦的神经性疾病；她的女儿在高中时被人强奸，后来成了瘾君子，生了两个孩子却失去监护权，现在流落街头。黛布拉抿了口啤酒，接着往下列举。她说，她的一个侄子在帮派纠纷中被杀，另一个侄子患有严重自闭症。她的丈夫体重近六百磅，不久前死于重度中风。厄运甚至会代代相传。她的外祖父和外祖母几年前从密苏里州搬到加州，却在车祸中意外丧生。当我们走进房子里时，她给我看了当时报道车祸事故的报纸。这篇报道被精心装裱，陈列在厨房附近门厅过道里的一方小摆设上。我说，这场事故听起来很可怕，但黛布拉只是耸了耸肩："嗯，他们当时喝醉了。"

讲完皮克家族遭遇过的麻烦后，黛布拉接着说道："尽管如此，我还是要告诉你一件可以完全肯定的事。"她停顿了一会儿，笑了笑，开口道："我们绝对不是个无聊的家族。"

20 世纪 40 年代时，皮克家从密苏里州来到了加州，当时的加州就像一块巨大的电磁铁，将农户从北美草原上硬生生吸过来。"加利福尼亚"这个词语本身，似乎就是"希望"的代名词；在海洋、山峦和沙漠之间，竟然有一大片完美的、散发着金光的富饶之地。在当时，吸引他们的地方是赫米特和圣菲斯普林斯这样的小镇，至于洛杉矶市区，却是集肮脏污秽于一身的所在——鱼龙混杂，到处都是外国移民和演员。尽管距离洛杉矶市中心只有一个小时的路程，这帮人宁愿远离城市，不与城里有任何往来。名义上，洛杉矶是这一地区各个小镇的锚定点，可实际上，洛杉矶的存在却被这些小镇上的人给抹除掉了，无论是精神上还是社会学上。这种根源性的无视，本来只该属于月球背面才对。最有可能成立的一种解释是——圣哈辛托山谷诸多小镇上的定居者根本就不打算挨着洛杉矶，恰恰相反，他们想要彻底远离。他们渴望拥有更多的空间、更少的人口、更大的自主权、更少的喧哗、更安逸的生活。某种意义上来说，像皮克家这样的移民家族，总是试图重现在密苏里州曾经拥有的乡村生活；他们想要生活在加州的浓密阔叶林、灌木丛和牧场之中，而不是洛杉矶那狂热、外向、纽约化的大都市混乱中。就仿佛圣哈辛托山谷并不是洛杉矶近郊的一片普通区域，而是大平原向西不断延伸的支流，跃过那座他们连名字都不想提的大城市，继续向西前行——它的精神终点，大概在遥远、蛮荒的某个地方，比如阿拉斯加。即便加州已经盖满房屋，这块土地仍然透着一种荒凉感。

老哈利·皮克生于密苏里州，在他还是个少年时，全家就搬到了加利福尼亚。他高中读了一半就辍学，最终当上专精于金属工艺的机械师，成为南加州航空公司数千名工人中的一员。因在战后国防合同和太空竞赛中获得大笔资金，当时南加州的航空产业迅速壮大。他在很年轻时就结了婚。很快，他和妻子玛丽就有了四个孩子——黛布拉、布伦达、比利和小哈利·皮克。

在这些为航空产业服务的工厂周围，一座座农场被仓促地修建起来，光秃秃的土地也被犁开，以最快的速度摆上一排两居室平房，以容纳像皮克家这样的新生代小家庭。这些社区几乎是在一夜之间建成，看起来整齐划一，像是用工厂流水线打造出来、空运到这里后就让人直接住进去。孩子们从每栋房子里奔跑出来玩耍，每家每户所有的东西都是相似的。围绕着这些社区开发项目，小卫星城如雨后春笋般涌现，其中包括数量惊人的快餐店和床垫店。大多数邻居家里的母亲都待在家里陪孩子，玛丽·皮克却在一家超市当收银员，这家店位于洛杉矶都市圈的边缘位置——在这种地方工作会被小镇居民认为是完全错误的选择，因为它离洛杉矶太近了。我跟黛布拉说我就住在洛杉矶，她认为我可能会知道这家超市。"就是靠近洛杉矶的那家超市，你知道的，那家犹太人家族开的超市。"她说，"你知道那家超市的，对吗？"

皮克家的四个孩子成长于 60 年代。他们比其他家庭的孩子更能独自生活，因为他们的父母都要工作，而且是晚上工作，白天睡觉。在完全没有家长照管的情况下，几个孩子都学会了抽大麻、喝啤酒。他们有时还会做些恶作剧或者边缘儿童犯罪的坏事。孩子们跟警察混得挺熟，因为他们都被警察拦下过，但他们绝非警察局的常客。

当全家人都在家的时候，也会有很多吵闹和冲突。据黛布拉的妹妹布伦达·皮克·赛拉诺说，他们的父亲是个"残忍又刻薄的男人"。在拜访黛布拉一个月之后，我打电话给布伦达，跟她聊起哈利。谈话过程中，她告诉我老哈利刚刚去世了。我说感到很抱歉，询问她发生了什么事。"我当时去探望他，他已经在沙发上躺了好几个小时，"布伦达说，"我和他讲话的时候，他没有回答，也没有任何反应，我就以为他又喝醉，整个人昏过去了。"又过了几个小时，他仍然没有动静，喊他也没有反应。布伦达开始怀疑是不是发生了什么事，于是把父亲从沙发上抱起来，送到医院里。医生告诉她，父亲已经昏迷不醒了。他再也没有恢复知觉。布伦达说，就在父亲的生命维持器被关掉前，她俯下身去，对父亲低声说："我不知道你为什么从来都没有爱过我。"她知道，有些人会认为她这样做很残酷，但她告诉我，她为自己最终说出他给她带来的真实感觉而感到骄傲。

根据战后家庭的普遍情况和简易房屋社区的传统来衡量，皮克家过着一种极为传统、循规蹈矩的生活。他们不富有也不贫穷，不追求远大的抱负；他们心怀一种平稳安逸的未来愿景——孩子们会一直离家很近，长大了就去洛克希德公司、罗克韦尔公司或是麦克唐纳·道格拉斯公司找份工作。如果以人类学角度来审视这座城镇，你将会发现，其实很难找到皮克家有什么与众不同。在他们乏善可陈的家庭成员特征中，无论哪一方面的定位都很不清晰。或许他们家的人数要比一般家庭少一些；或许他们各方面的阶层流动更多是横向而非向上的，老哈利·皮克跟我说他参与建造了航天飞机，所以我有段时间觉得他是一名机械工程师，但是，机械工程师所需的教育水平与我对这个家庭的了解并不相符，使我想要将他们套在社会学当中加以解释的努力付诸东流。不过后来，黛布拉终于跟我解释说他实际上是在麦克唐纳·道格拉斯的工厂装配线上工作，我总算松了口气——这显然对我更有意义。

在学校读书时，哈利和他的兄弟姐妹在体育方面都不突出，要知道，优异的体育成绩可是圣菲斯普林斯等小城镇学校最具价值的社会资本，如果一个小镇学生在体育方面很拔尖，那他有可能通过选秀等方式脱颖而出。除了体育，哈利家的孩子也没有让自己在学业上有所成就——相比之下，这比成为体育明星逊色，在当地是价值稍低的社会资本，但到底也是一种与大部分普通人区分开的方式。甚至连他们全家都是白人这点也表现得很不显著——除了哈利之外，皮克家的孩子们都跟学校里的西班牙裔孩子成为好朋友。布伦达总是跟驾驶低底盘汽车的男人一起出去玩，最后嫁给一个墨西哥家庭出身的年轻人。比利加入一个拉美裔帮派，尽管黛布拉说帮派成立的原因仅仅是为了保护家人，而不是要做什么不法勾当。黛布拉当时很受男生欢迎，但她也有需要独自去应付的挑战——学校有些女孩一度让她的日子很艰难，为了自保，她开始在钱包里放上一把美工刀。在十年级时，她因砍伤一名学生而被停学。她向我解释，她砍的那个女孩当时正在找她麻烦。"我那样做的意思是——放马过来吧！"她很开心地回忆道，"否则我还能怎么办？"

　　1959 年出生的小哈利是四个孩子当中年纪最小的；他备受呵护，得到全家人的宠爱，甚至有些被宠坏了。有一段时期，他身上似乎拥有某种魔法，可以帮他逃脱皮克家族厄运的纠缠。他身材高大，体形魁梧，有着牛仔般的窄臀和大长腿，他本来有机会在电影中扮演演员乔恩·沃伊特❶的弟弟。他总是告诉人们，他想当演员，即便是在还很小的时候就总这么说。他的长相和魅力使这个愿望很有可能会实现。除此之外，他还有些其他优势。只要愿意用功，他总可以在学校里表现得很好。他可以用双手写字。他会表演魔术。他有办法让人们放声大笑。他的性格就跟小狗一样，非常可亲可爱，渴望着去讨好人，渴望着玩耍，渴望获得关注。他身后总有两三个崇拜他的姑娘跟着，如同一群小鸭子。比

---

❶ Jon Voight，知名演员、导演，曾在 1978 年到 1979 年间获第 31 届戛纳电影节、第 36 届金球奖和第 51 届奥斯卡的最佳男主角奖。

利、布伦达和黛布拉相继退学，哈利却留下来，还拿到了毕业证书。他是家里第一个做到这件事的人。他的哥哥觉得他并没有多大能耐，但家里其他人都感受到哈利身上的潜力；他将会是家里最优秀的孩子，成为一个成功走出小镇、最终变得强大的人。不过说实话，他那无边无际的虚荣心，还有喜欢自吹自擂的毛病，有时候会惹恼别人，包括自己的家人。姐姐布伦达曾经用叉子捅他，就因为他的炫耀惹恼了她。她告诉我，她爱哈利，但他真的认为自己就是个国王。

对哈利本人而言，并非每件事都是完美的。他因作业不规范而被迫留校察看了好几次。尚未成年的他被人发现正在饮酒，还遭到警察的粗暴对待。他总是喜欢尽可能多地去浪费时间。在十几岁的时候，他和夏令营的辅导员一起抽大麻，后者对他进行了性侵。据姐姐们所说，这次侵犯摧毁了哈利，在此之后，他几次试图自杀。黛布拉认为，正是辅导员的侵犯将哈利强行变为同性恋。"他并不想成为同性恋，他想当个直男。"她一边说着，一边用手指轻弹啤酒罐上的拉环，直到它啪的一声折断了。一只乌鸦沿着院子的边缘跳来跳去，像一只发条玩具似的转动着头。黛布拉把拉环朝乌鸦扔去，然后靠在椅子上接着说了下去："真的，他试过把自己变成异性恋。"

在受侵犯之后的几年里，哈利一直保持着异性恋的表面形象。他试图表现得像个花花公子，跟几个暧昧的女孩纠缠。高三的时候，他终于和其中一个女孩建立了稳定的关系，他俩跟每个人都说正在计划结婚。哈利一毕业就去参军了。他女朋友答应会等他，可是等他退伍回家后，却发现她正在跟别人约会。据黛布拉说，那次分手把他彻底压垮了。

几个月后，哈利跟另一个女孩交往。他们开始约会后不久，女孩就怀上了双胞胎。我便顺口问他们之间的关系怎么样。"挺好的，问题是这个女孩喜欢派对。"黛布拉说，"她去参加派对，结果失去了其中一个孩子，接着还去派对，又失去了另一个。"黛布拉深吸一口气，补充道："我认为这就是哈利最终变成同性恋的原因。每次他对一个女孩认真时，总会有些事情发生。他总是会告诉我：'黛布拉，这太伤人了。'"说到这里，她别过头去："我的父母会因为我告诉他们哈利是同性恋而杀了我。哈利竟然走上这样一条路，对我父亲而言，实在是太难以接受了。"

就在这时，厨房的滑动门发出了刺耳的声音，门被打开，老哈利·皮克走了出来。他又高又壮，挺着大肚子，有一张微微泛红、看起来十分亲切友好的脸庞，满头银发直直矗立，像是一个个感叹号在不停颤动。他刚开始是在跟黛布拉嘀咕午饭的事，突然发现我坐在椅子上。我马上作了自我介绍，说自己正在写哈利的事。

"哈利真的很了不起，"他回应道，同时伸手刮了刮下巴的胡楂，然后又梳理起自己的头发，"哈利本该成为最顶尖的大人物，他本可以做到的。"

"他认识很多明星，不是吗，爸爸？"黛布拉说，"他认识上面那些自命不凡的家伙们。"

"他认识百分之八十的大明星，"她的父亲纠正了她。他扯了扯自己的头发，接着说道："他认识伯特·雷诺兹 ❶，他娶了那女的叫什么名字来着。黛布拉，叫什么名字？"

"朗尼·安德森，爸爸，"黛布拉说，又转向了我。"哈利非常

---

❶ Burt Reynolds，美国知名演员。凭借电影《追追追》成为 20 世纪 70 年代的票房明星，1997 年因出演电影《不羁夜》获金球奖最佳男配角奖。

了解他们。他对他们了如指掌。他曾经跟我说，伯特·雷诺兹和朗尼·安德森会在别人知道之前就离婚。"

"他应该会成为顶尖人物的。"老皮克说。然后他皱起眉头："黛布拉，我饿了。"

黛布拉没有理他。"哈利是世界上最会胡说八道的人，不是吗，爸爸？你知道的，他就是这种人。他总是胡说八道。"

哈利和流产了双胞胎的女朋友分手，搬到了洛杉矶——离家八十英里，一个远离家族的世界。他除了要想办法成为明星之外，再没有别的计划。这对他而言并不是件容易的事。在圣菲斯普林斯，哈利这样的大帅哥是挺稀罕的。但在洛杉矶，他一钱不值。在聚集此处的英俊年轻人的重压之下，好莱坞的人行道已经变得凹凸不平，他们身上发生过的事情高度雷同，永远有人告诉他们自己很特别，其中一些人的头发甚至比哈利的还要金灿灿，他们要么认识某个大人物，要么接受过演员培训，要么有着惊人的魅力，而哈利呢，只是圣菲斯普林斯最帅的家伙罢了。他和其他几个年轻人在好莱坞合住一栋房子，他们跟哈利一样，也在拼命紧紧抓住梦想中演艺事业那几近破碎的边缘。不久前的一个下午，我开车经过那栋房子。我猜，从哈利住在这里开始，一直到现在，这里都没有发生过变化。这是一栋年久失修、破烂不堪的小平房，草坪已经干枯褪色，栅栏边还堆满了街上的垃圾，它只是这座城市上百万栋相似平房中的一栋，胸怀大志的人们住在其中，期待某日能美梦成真。

哈利有时间就会开车回一趟圣菲斯普林斯，这样就可以跟高中朋友们聚个会。也许他喜欢别人经常主动提醒他，当一个看上去光芒四射的大人物是什么感觉。也许是因为洛杉矶对他而言过于陌生了。他曾向家人们吹嘘说他喜欢待在城市里，正在为一些表演工作奔波；他跟许多演员都交上了朋友，正在享受好莱坞式的生活。事实上，他可能只是在混日子，甚至连混日子都称不上。室友抱怨说他经常拖欠房租，有时干脆赖账不交。他们原谅了他一段时间，因为哈利就是这样的一个人——讨人喜欢、纯真、富有魅力。他是那种自相矛盾的好朋友，虽然平日里麻烦多多，一旦遇到事情，他总是会竭尽所能帮你。他的几个朋友描述他时都用了这句话：哈利会倾其所有帮你，但他太不靠谱了，能把大家都给整疯。

他靠打零工挣些小钱。他最稳定的雇主之一是他的邻居丹尼斯·维恩斯，维恩斯之所以雇用他，仅仅是因为哈利在遇见他时总是微笑着打招呼。"他很讨人喜欢，"维恩斯告诉我，"他是个很好的孩子。他有那种微笑——如此美妙的微笑。对了，你知道吗？他有一口堪称完美的好牙齿。"维恩斯管理着很多公寓。他认为哈利"头脑太不清醒"，不敢相信他能有什么严肃的责任感，但他还是雇哈利给自己办事，偶尔还会让他当司机。当哈利穿上干净利落的白衬衫和挺括的黑色西裤，戴上小小的驾驶员礼宾帽，手握维恩斯那辆老式帕卡德轿车的方向盘时，看起来真是神采奕奕。哈利真的很喜欢开车：他喜欢在车子停下来的地方跟人们随意聊天，特别是在这辆车吸引了很多人注意的情况下。

不过，维恩斯最终还是解雇了哈利，他说是出于一件"典型的哈利式事件"。那次，他让哈利负责保管一串钥匙，上面有整整六十套维恩斯房产的钥匙。结果不到几分钟，哈利就给弄丢了。"我不知道他是怎么办到的，但他就是办到了。"维恩斯在和我通话时说。他笑了，还叹了口气："那就是哈利。他总有办法把事给搞砸。"

维恩斯解雇了他,但他们仍然保持着友好的关系。"他真的很可爱,"维恩斯说,"否则,在他干出这些乱七八糟的事情之后,我肯定再也不会跟他讲话了。"

失去维恩斯的工作后,哈利开始为律师事务所跑腿——一家公司在洛杉矶,另一家在旧金山。律师们发现他虽然偶尔会犯错,总体上还是比较可靠的。律师罗伯特·谢恩甚至让哈利去当谋杀案的辩方证人。谢恩说,哈利无视了事先跟他解释过的法庭规定,在本该去证人台作证时跑去跟陪审员聊天。"这就是哈利,"谢恩跟我说,"他只是按照自己的方式在认真做事。"哈利按照谢恩的指示作证。接着,地方检察官问哈利是不是一名演员,他想以此削弱哈利的可信度。谢恩事先就预料到了这个问题,在开庭前就建议哈利说自己是办公室助理,因为一旦承认自己是演员,就会让陪审员怀疑他的证词是否真实。哪知道,哈利马上回答说是。于是,他在证人台上的可信度瞬间就丧失了。但哈利不在乎,他必须说自己是个演员,这样才能引起人们的注意,这对他来说可是件大事。他人的关注,是他在这个世界上最需要的东西。

即便这里经常令人沮丧,感到自己地位卑下,还不得不忍受贫穷,但哈利·皮克在洛杉矶的生活至少还有发光发亮的可能性。这种可能性本身就是洛杉矶的固有成分;它可能是某种化学元素,就像氧气一般。在圣菲斯普林斯正好相反,没有任何潜在的可能性涌动;你眼前的一切——草坪、房子、工作——就是你该去期望的一切。在洛杉矶,每一个时刻都像是即抽即开的幸运饼干,打开后可能会发现一位电影明星,一次成功的试镜,或一场与大人物的偶然相遇,他只需要动动手指就能改变你的整个人生,如同童话故事里的巫师。那种好运即将降临的预感，令哈利在洛杉矶的日常生活保持足够的滋养，以至于他无法想象有朝一日还要回家，被迫接受那些沉闷而绝望的无聊期盼。一旦将自己想象为一个引人注目、超级厉害、被名望所照亮的人物，他就不能再适应家乡了。可是，他同时又对自己在洛杉矶想去创造的那种崭新生活没有多大的执行力。总而言之，他徘徊在自己不再想要的生活和自己不太可能拥有的生活之间，无处可去。

日子一天一天过去了。他经常做只需要工作几个小时的零工。有时他找到一份固定工作，但很快又失去了它。有一次，他被聘为喜来登酒店的泊车侍者。在上班的第一天，他将客人的车停在车库角落，回去后却忘记车在哪里。结果大家花了好几个小时都找不到。就这样，他被当场解雇了。不管工作与否，他都会花很多时间在酒吧里，特别是在打折乐享时段——这样他才能喝很多酒，却只花很少的钱。他参加舞台表演和模特的试镜，但令他非常沮丧的是，他发现自己有严重的怯场症。唯一能够帮他克服这一症状的办法，是让对兴趣的热爱压倒对上台的恐惧。

他说自己在一次试镜过程中遇到了伯特·雷诺兹，他们的友谊就此展开。我给伯特·雷诺兹留言，我想问他是否还记得哈利·皮克，但他一直没回电话。我有一种感觉，如果他真的遇到过哈利，很可能也只是在片场里握了个手，或是短暂地碰了个面，他应该无法从众多金发碧眼、长着"屁股下巴"的年轻人们当中挑出哈利。实际上，这些年轻人很可能长期在演员这条路的入口处来回徘徊，却从未真正进入过这一行。尽管如此，哈利和伯特·雷诺兹之间的友谊在他的家族中还是具有传奇一般的魅力。他的父亲和姐妹们告诉我，伯特·雷诺兹曾给哈利的母亲打电话，作为她过生日时的惊喜，母亲几乎要当场挂断电话，因为她不相信那真的是伯特·雷诺兹。事实上，我很想相信自己千方百计了解到关于哈利的一切，但听得越多，他的各种经历就越像是一系列不可靠的高谈阔论，充满痴心妄想的内容。我开始觉得伯特·雷诺兹根本不可能见过哈利·皮克。

哈利在洛杉矶的大部分时间都是"下落不明"的状态，没有留下过任何痕迹。他没有简历，没有稳定的长期工作。这个人宛如一株风滚草，随风飘来飘去，在这项工作和那项工作之间落下片刻，打个旋儿，然后继续飘荡，了无痕迹。1980年，他被选为《邮差总按两次铃》翻拍电影中的群众演员。在拍摄现场，他与一位名叫德米特里·霍特尔斯的摄影师建立了友谊。很快，他们就成为同性情侣，哈利也搬去跟他同住。霍特尔斯现在住在佛罗里达，我们最近通了电话。"哈利是世界上最可爱的人，"他说，"他身上有种近乎天使般美好的东西。"和所有认识哈利的人一样，霍特尔斯对哈利各种天方夜谭没什么耐心。他说：哈利总是会想些不可思议的事情。"他回家时会对我说，'猜猜我去了哪里？我和雪儿一起喝了鸡尾酒！'"霍特尔斯说道，"这时我就会说，确实如此，哈利，确实如此。"三年之后，这段关系结束了，因为霍特尔斯厌倦了所谓"哈利的表演"——所有他讲的谎言和故事。霍特尔斯说，奇怪的是，尽管有讲故事的天赋，哈利却无法将这种天赋运用到表演当中。他总是会将故事讲给某人听，相比表演，这反而令他感到更为自在惬意。

离开霍特尔斯后，哈利又发现了一个容身之处：美国东正教教会。这是一个总部位于回声公园的组织，它既是布道团，又是宗教团体，同时还是一个社区中心。教会的主要功能好比是一个负责收容衣衫褴褛的年轻人的驿站，放任他们漫无目的在洛杉矶各地闲晃。教会不隶属于任何传统宗教协会。它的创始人叫阿奇·克拉克·史密斯，是一名神父，被人称为"尊敬的巴兹尔·克拉克神父"、巴兹尔·克拉克·史密斯先生或 A.C.史密斯。教会的联合创办人是位叫荷马·摩根·威尔基的足科医生，又被称为"可敬的尼古拉斯·斯蒂芬·威尔基神父"。威尔基和克拉克·史密斯穿着黑色的俄罗斯东正教长袍，在西好莱坞圣莫妮卡大道法国市场里的咖啡馆里度过每天的固定休息时间。如今，原来的教会早已不复存在。威尔基和克拉克·史密斯也早已离开人世。跟哈利·皮克一样，他们两人也有着古怪地登场、表演和消失的本事，没有留下任何关于他们到底是谁或者是什么样的人的记忆和信息。史密斯神父和威尔基神父对洛杉矶中央图书馆火灾事件所造成的一个持久影响在于——他们为哈利·皮克提供了他在火灾当天早晨的不在场证明。

5

《焚书》（2006）
黑格·A.博斯马吉安 著
098.1 B743

《燃烧的橡胶》（2015）
丽丽·哈莱姆 著
电子书

《燃烧的铬》（1987）
威廉·吉布森 著
SF Ed. A

《燃烧的爱情：日历男士系列，第八部》（2014）
卡桑德拉·卡尔 著
电子书

我决定烧掉一本书，因为我想目睹和体验哈利那天所看到的及感受到的——如果他确实在图书馆，如果他确实点了火。烧一本书对我来说太难了。实际上，这个动作本身很轻松，但准备做这件事颇具挑战性。问题在于，我从来没有伤害过任何一本书。哪怕是我根本就不想要的书，或是破旧不堪、再也看不下去的书，它们也像蓟类植物依附着我。我总是把这些书堆起来，想找个机会将它们扔掉，然后——每一次都是这样——等到真要扔掉时，我却做不到。如果是送走或捐赠它们，那我会很乐意。但我就是没办法把书直接扔到垃圾桶，无论我多么努力。在下手的最后一刻，像是有什么东西让我的手紧紧贴在身体两侧，一种近乎厌恶的感觉涌上心头。有好几次都是这样，我站在垃圾桶旁，手里拿着一本封面已被撕毁、破损得很严重的书。我在那里徘徊良久，将手里的书晃来晃去，最后将垃圾桶的盖子啪的一声关上，带着那本该死的书走了——它就像是一名可怜的士兵，饱受战争摧残，耳朵还被军犬咬伤了，可总算能多活一天了。唯一接近这种感觉的，是当我试图扔掉一棵植物的时候：哪怕它是世界上最光秃秃、蚜虫最为猖獗、根茎最怪异的植物，我也难以割舍。将活物扔进垃圾桶的感觉令我反胃。对一本书有同样的感觉，可能听起来会比较奇怪，而这恰恰就是我为什么开始相信书有灵魂——不然为什么我不愿意扔掉一本书呢？我清楚地知道，我打算扔掉的其实是一摞经过装订和打印、很容易就能多次复制的纸张，但这项事实本身并不重要。因为我的感觉不是这样告诉我的。一本书在即将被丢掉的那一刻，就像是个拥有生命的、鲜活的小家伙，还活在一段完整、连续的情境中：从最初在作者脑海中逐渐催生的创作思路，一直到从印刷机跳下来的那一刻——这是一条完整的生命线，当有人坐在一旁惊叹于它的存在时，它的生命便得以延续，一次接着一次再接着一次，时间在它身上不断延长。一旦文字和思想被注入其中，书籍就不仅仅是纸张、墨水和胶水的集合体：它们呈现出一种人类文明特有的活力。在诗人弥尔顿看来，书的这种特性是"生命的力量"。而我不确定自己是否有能力成为它的杀手。

如今，复制任何东西都是很容易的，而且大多数书都通过电子化的形式得以无尽地存在；当一本书不再需要通过一整套烦琐费力的过程来到现实生活时，它就不再像以前那样珍贵了。所以，烧掉一本普通的书对我而言理应很轻松。但事实并非如此，我甚至无法挑出任何一本具体的书来烧毁。首先，我可以烧掉一本根本就不喜欢的书，但这似乎过于激进，就好像我乐意去处决一个犯人。我当然也知道，绝不可能烧掉自己心爱的书。思来想去，我觉得可以烧掉一本自己写的书，这样似乎最为稳妥。但这种想法太过简单了，恐怕还有些许得意扬扬的成分在里面，所以我也无法这么做。还有，我的藏书实在太多，乃至于已经成为家里存放着的一类普通物件，由于数量太多，彼此之间缺乏区分，更像是面粉或纸巾，而不是真正的书。虽然我决定要烧掉一本书，但在做了决定后，却搁置了好几个星期，这才着手选择一本具体的书。到了最后，我的思考重心已经偏移，我在纠结到底该用什么标准来挑选。整件事都很不对劲。就在我打算放弃这个想法时，我的丈夫给了我一本崭新的《华氏451》，这本书讲述了烧书的可怕力量——我马上明白，这正是我要找的书。

我选择了一个无风无雨、温度适宜的日子，爬上了后院的山顶。圣费尔南多山谷在我眼前掠过——所有的树梢、房屋和建筑物全都模糊不清地聚集在一起，变成一片接一片、连绵不断的点彩派画作；山谷就好像一条灰白色的被罩，到处都是红色的车辆尾灯在闪烁，在山谷上方，蓝天正中，一架飞机颤巍巍地飞过，拖出一条白色泡沫似的尾巴。当时，我在洛杉矶已经定居满四年了。在我来这里之前，从来没有想过火灾具体是什么样的，现在我知道它会四处蔓延，我必须粉碎任何四处乱窜、带着火星的灰烬，踏灭任何飘来荡去的闪烁小光点。搬到洛杉矶后，我学到了很多东西。我知道西区和东区之间差异巨大；我知道在奥斯卡之夜要彻底避开公共交通；我知道美好幻景和无尽赞誉是一种绝美的诱惑，可以呼唤任何一个到这里来索求精彩生活的人。现在我总算可以在脑海中描绘出哈利·皮克的形象了，因为我每天都能在耐心等待我停车的那个打扮英俊的年轻侍者身上看到他的影子。当我出门在外，偶遇城市周边某处正在拍摄电影外景时，也能在那些身材健美的群众演员身上看到他的影子。不仅如此，我还能在咖啡馆里每个俯身于面前的笔记本电脑、正在努力拼凑出自己至今为止扮演过的角色列表的英俊男士身上看到他的影子。还有在杂货店里那些涂了太多睫毛膏和指甲油的漂亮女孩们之间——以防万一，这也是有可能的。我爱上了洛杉矶；我甚至爱上了它刻意而为的浓妆艳抹，爱上了它的野心勃勃，爱上了它满怀着雄心壮志的愚蠢，爱上它的哈利式风格，因为这里洋溢着的情感、希望和满溢的心碎，都以最为赤裸裸的方式活跃在人们面前。

不过此时此刻，我站在山顶上正打算烧一本书，于是我转过身来，不再朝着山谷那边张望，放下了《华氏451》。我还放下了一壶水、一个包装上印着公鸡的火柴盒，还有一个打算用来放书的铝制饼干烤盘。我不知道这本书是否会立刻燃烧，还是会先焖烧一段时间；我也不知道燃烧是会突然发生，还是等我坐下观看时才一页一页慢慢地烧起来。尽管图书馆里的书都是精装本，但我还是选择了烧平装本，因为我担心精装本烧得太久，邻居看到浓烟后会跑去打火警电话。加州的人们一听到火灾就会一蹦三尺高，而且说实话，我也有点担心火势万一失控会发生什么。

我划了第一根火柴，它断掉了，接着划了第二根，总算吐出了一点小火舌。我将燃烧着的火柴放在书的封面上，碰巧书封上也是一幅火柴燃烧的插画。火焰像水珠一样从火柴的尖端流动到封面的一角，然后便扩散开来。封面几乎像张地毯一样逐渐卷起，但到完全卷起时，封面本身也完全消失了。接下来，书的每一页纸都烧着了。当火焰最初出现在一页纸上时，就如同为这页纸添上一道装饰性的橙色边沿，带着黑色的边缘。不一会儿，橙色和黑色组合起来的边沿便席卷了整页纸，接着，这一页纸彻底消失——几乎一瞬间就燃烧殆尽——几秒钟之内，整本书就被火焰完全吞噬。事情发展得太快了，就好像书本爆炸了似的；书刚才明明还在那里，但转眼间就不见了。与此同时，天气还是很暖和舒适，天空依旧蔚蓝，我一步也没有挪动过，饼干烤盘却闪闪发亮，空空荡荡，只剩下散落在周围的少许黑色碎屑。除此之外，再没有留下任何东西，没有任何痕迹，从中看不到一本书、一段故事、一页纸、一个词的残留。这场燃烧几乎是在完全悄无声息的情况下发生的，只带着些许轻微的喘息声，些许气流呼呼吹过的声音，书本就被点燃了，尽管我被许多人提醒过，一场大火是嘈杂的、喧闹的，如大风般呼啸而过，同时伴有呻吟与叹息。可是，书页烧得很快，几乎没有发出噼里啪啦的声音；声音反而柔和些，像是在嘶嘶作响，或者说是从沐浴花洒里轻轻喷出水流来的声音。书刚烧完，我感觉自己仿佛是从飞机上直接跳下似的，这也许是我在强烈抵制某件事时的自然反应——那种成功超越自己本能力量的狂喜，对火所拥有的流动之美的欣赏，被火的诱惑给吓坏了的惊恐，以及对一样写满人类故事的事物能够以多快的速度消失不见的领悟。

6

《卡车运输工作充满幽默的那一面》（2016）

巴克·博伊兰 著

814 B7915

《洛杉矶公共图书馆的组织、执行与管理》（1948）

洛杉矶（加利福尼亚州）编著

027.47949 L879

《冒险之路：用精神与远见改变你的生活与工作》（2000）

杰夫·萨尔兹 著

171.3 S186

《如何修复废弃建筑》（1974）

唐纳德·R.布兰恩 著

所属系列：伊西－比尔德家装文库第 685 号

643.7 B821-1

2009 年，在更新图书馆藏书流通系统的过程中，洛杉矶公共图书馆删除了该年份之前全部的借阅卡名单信息，因此如今已经不可能知道哈利·皮克是否持有借阅卡，也不可能知道他是否进入过中央图书馆。人们总是在图书馆里来来往往，不会受到太多关注，也不会被人特别留意。图书馆也许体现了我们永恒的理念，它的读者却总在不断变化。事实上，图书馆既是一处特定的地方，也是一个对外的门户——作为门户，它就是一座中转站，一条可供自由来往的通道。中央图书馆是围绕着一对彼此相交的走廊建造而成的，大楼的每一侧都对外开放，你可以从任意一个方向穿过。图书馆一楼的交通模式与曼哈顿中央车站相同。这两个地方都仿佛是被一股急促的水流给推动着，水流终日在门前涌进涌出。你可以在水流中快速移动而不被任何人注意到。当你没有什么特别的地方要去，想把自己隐匿起来时，中央图书馆是个可以轻易满足你愿望的地方。

用一句话来描述一座图书馆似乎很简单——本质上来说，它是一间藏书用的储藏室。但我在中央图书馆待的时间越多，就越能意识到，图书馆实际上是一台极为复杂的巨型机器，一台由无数齿轮旋转维持的装置。有这么几天时间，我来到图书馆里，选择让自己待在主走廊的中心附近，用最直观的方式来观察不同齿轮的旋转与彼此间的绞动。有时，人们会在图书馆里缓步慢行，并没有什么明确的目标。有些人走起路来干净利落，意气风发。大部分人都是独自一人，也有些成双成对。偶尔会有一群人一起过来。人们通常认为图书馆里很安静，但事实并非如此。图书馆里会有持续而低沉的声音，有脚步声，还有无数书籍如同管弦乐队在演奏乐曲——封面啪的一声合上；书页被唰唰地翻开；书叠在书上发出独一无二的砰砰声；与此同时，走廊里运书的小车也总是轰隆作响。

最近的一个早晨，我得以在天还没亮时听见图书馆的完全寂静。我前来参观 5 点准时开门的货运部，接着去见了约翰·萨博，他现在是洛杉矶公共图书馆馆长。在去货运部之前，我在总服务台附近的走廊里停下，不为别的，只想体验一下这种神奇的经历：图书馆里竟是如此安静，简直跟那些被空置和废弃的旧建筑物一样，只有偶尔的嘎吱声和叹息声才会打破这份宁静。货运部在地下室里，图书馆内的其他人看不见这个部门，但它从不曾安静过。货运部的超大房间由坚硬的墙体和厚实的地板组成；这里发出的声音就像桌球桌上被击打的白球，在房间里来回碰撞、弹跳。这天早上，有八男一女正在工作，他们并排站在一处堆满书的长柜台前。

当第一次得知图书馆里还有个货运部时，我不太明白设立这个部门的用意，因为我实在想不出图书馆需要专门雇人来运送什么。后来我得知，这里的东西并不送到外部世界去，他们负责的是从一个分馆转移到另一个分馆的藏书。在每个星期中的五天内，中央图书馆货运部要负责运输三万两千册图书，相当于一整座分馆的藏书量。就好像这座城市里有血液在不停流动，而血液都是由书籍来供氧。自 20 世纪 90 年代以来，运输的图书数量一直在增长。那时，读者开始可以在网上向洛杉矶市七十二家分馆中的任何一家预订图书，他们想借阅的书就会被送至当地分馆。"有了互联网之后，货运部简直就要爆炸了，"自 2010 年起担任该部门代理主管的乔治·瓦尔迪威亚说道，"以前我们可以用面包车送书。现在要运送的书太多，我们需要用上大卡车了。"他从房间里冲着一辆刚在运货台旁停稳的卡车做了个手势，车门慢悠悠地打开了。下车的司机叫冈萨洛，他刚开了很久的车，胳膊已经酸胀，此时正在给卡车后面的塑料箱点数。"我们这趟一共有二十二个！"他对收拾箱子的人喊道。他们全都戴着耳机，耳机线插在手机上。没有人回应冈萨洛。他搬了搬其中一个箱子。"是百科全书？"他问乔治，"该死，这太重了。"

　　冈萨洛负责从城市东北边缘的阿罗约赛克分馆开始的线路，然后继续开往唐人街、小东京、鹰岩、银湖以及回声公园等十家分馆。这座城市里共有七条图书馆运输线路。有些藏书运送进中央图书馆，在这里的书架上永久保存，之后也从这里被暂时借出。有些藏书从分馆送来，因为货运部采取了一套枢纽系统，无论是运往其他分馆还是运回原馆的书，都会在途中经过中央图书馆。所有书都像行李一样被贴上标签。我翻了翻一堆等待打包的藏书。根据塞在里面的小纸条——卢西亚·柏林的短篇小说集通常存放在罗伯逊分馆，但现在正前往阿罗约赛克分馆一位读者的手中。来自圣佩德罗分馆的《大印度铁路》DVD 正在中央图书馆换乘，准备继续前往林肯高地分馆。有人正在韦斯特切斯特分馆等待莫·威廉斯❶的《小猪节快乐》，它从好莱坞分馆出发，正经停中央图书馆。埃尔塞雷纳分馆有位读者正在等着《〈圣经〉诗句难点手册》，这本书来自谢尔曼橡树分馆。《固体、液体和气体》原本全职驻守在中央图书馆，现在将前往影视城分馆。

　　货运部的人知道所有藏书的流动趋势。他们能断定奥普拉什么时候又推荐了一本书，因为他们将会应全市各地区分馆的要求

---

❶ Mo Willems，美国绘本作家及动画师，著有多本知名绘本作品，并以动画《芝麻街》制作人的身份六获艾美奖。

打包几十上百本同样的书。他们知道，在任何假日过后的第二天，工作都会变得极为繁重：显然，洛杉矶的每个人都会在感恩节晚宴后马上打开电脑，搜索和预约减肥指南。不知何故，很多阿罗约赛克分馆的书总被唐人街分馆的读者借走。每到学年中期，SAT●的学习指导类书都是主要的流动书籍。在一年一度的报税季前期，所有财务建议类图书也都在各处移动。

货运部里的一名女士，芭芭拉·戴维斯，拿出了维克多·弗兰克尔的《人类对意义的探索》，又将一册名叫《熊吃了你的三明治》的图画书放入标有"运往北岭分馆"的箱子里。"我累了。"她直截了当地说道。芭芭拉体态丰腴，胸脯丰满，留着剪短的非洲式卷发，自带一种深沉、茫然的恼怒。她在市议会中心工作了一段时间后，就来了货运部。"我在那里也是收拾东西，"她说，"不过是些桌椅。并没有书。"她告诉我，她每天都在悄悄计算退休前还剩下多少天要忙活。"嘿，我在这座城市里待了三十三年了。我已经准备好了，宝贝——"她轻叩了上衣口袋，补充道，"我的退休文件就藏在这里。"我还以为这番话就是个比喻，结果她居然真的从口袋里掏出一沓印有"洛杉矶市政府"字样的文件纸，上面写着她即将退休，以及养老金之类的相关安排。向我展示过之后，她将文件重新放回口袋，问我是否知道如何打包一箱书。我说不知道，于是她演示了如何高效地将一大堆书整合在一起。"瞧，这时候你就要学会活用这种策略。"她一边说着，一边在《约翰·劳特纳的建筑》这本超大开本图书旁的一小块空隙处，以不停左右摇动的方式，硬生生插入一本如何制作仿荤菜的素食食谱。接着，

● 美国高中毕业生学术能力水平考试，是美国各大学申请入学的重要参考条件之一。

她又将威尔希尔分馆的童书管理员向中央图书馆童书部索要的四只大兔子木偶塞进另一只箱子里——要知道，在还没有塞进兔子前，箱子看起来就已经满满当当了。然后，她又往另一只箱子里塞了些准备运往威尔希尔分馆的资料，看起来，那边需要的就仅有这几卷磁带而已。她没有怎么仔细检查就干完了这些活儿，显然已经驾轻就熟。她不介意在图书馆工作，但她并不认为自己是个爱书的人。"我不喜欢看太多书，"她一边说着，一边将蒂姆·费里斯的《一周工作四个小时》放进标记为"运往范努伊斯分馆"的箱子里。这边摆着的箱子已经装满，所以，她用力拍了拍最近的箱子，发出砰的一声——这是告诉卡车司机已经可以准备装货的信号。冈萨洛过来了，他将箱子一只一只抬起来，卸在卡车后面。芭芭拉在大腿上擦了擦手，顺手抓起一只空箱子。紧接着，她稍微比画下旁边的一堆书，量一量了大小，然后将它们像甜瓜一样往中间拱了拱。做完这一切之后，她仰起头来，面朝着我，接着刚才的话头说下去，"你读啊读啊读啊读，"她说，"然后呢？"

当约翰·萨博在密歇根大学图书馆专业研究生院读书时，他被称为"图书人柯南"❶，这个绰号相当无稽，他和野蛮人可一点也不沾边，不过在他当时所住的学生公寓的小型图书馆里，他干起活来可是相当卖力。那是 80 年代末，互联网服务供应商刚为大众所知，而图书馆作为唯一且最好的信息库的地位受到了挑战——这还是历史上的第一次。就在人们质疑图书馆在新的网络世界里是否可行，甚至怀疑它有无必要继续存在时，萨博获得了他的图书

---

❶ Conan the Librarian，由漫画作品《野蛮人柯南》（*Conan the Barbarian*）延伸出来的模仿性词汇，后常被用在各类影视、漫画、小说作品中。

馆专业学位。

萨博1968年出生于俄亥俄州。他在阿拉巴马州长大，童年的大部分时间都在空军基地里度过，图书馆在那里受到众人的尊敬。他的父亲经常在自己参加保龄球联赛的晚上将萨博留在基地图书馆里。萨博很喜欢书，还对图书馆的借书流程感到着迷——书是怎么借进借出的，它们又是如何在社区内成为交流和联系的媒介的。他最喜欢的图书馆专用物品之一是盖洛德图书管理器，这是一只放在借阅台上的大块头金属盒子，可以在借书卡的隔栏里盖上图书的到期日，然后打一个孔，以使借书卡上的日期保持最新状态。

十五岁的时候，萨博成了基地图书馆借阅台前的职员。二十二岁时，他成了"图书人柯南"。一读完研究生，他就申请了伊利诺伊州罗宾逊镇的一份工作——这座镇子只有八千名居民，却于1914年在流行文化史中奠定了地位，只因为一名当地教师发明了希思棒❶。该地区的大部分居民要么在希思棒工厂工作，要么就是农民，对罗宾逊镇图书馆毫不关心。萨博之所以选择罗宾逊镇，是因为他对该镇的人力资源政策印象深刻——这里是一个保守州里的农村地带，但它的人力资源政策出人意料地走在进步前沿。例如，该镇禁止歧视携带艾滋病毒者或艾滋病患者。萨博被雇用后做的第一件事，就是向当地农民介绍自己，然后说服他们投票赞成征收对应税种来支持图书馆——这是一项几乎不可能达成的成就，但他通过明智地运用自己的魅力与亲和力做到了。萨博在罗宾逊镇图书馆待了三年多，然后又被聘请去管理佛罗里达

---

❶ Heath Bar，一种由太妃糖、杏仁和牛奶巧克力制成的糖果，是风靡美国的知名零食。

州棕榈港的另一家图书馆。几年之后，他被聘为佛罗里达州清水市图书馆系统的负责人。他在清水市待了六年多，在这里居住时遇到了他的伴侣，当教师的尼克。

2005 年，萨博受聘管理亚特兰大公共图书馆。这是一份会令许多人望而生畏的工作，有些人甚至认为根本不可能完成。当时的亚特兰大公共图书馆是一整套庞大的图书馆系统，下辖一家主图书馆和三十二家分馆，共有超过五百名员工，每个人都处于一种极为疲惫的状态。它是南方最后一批才开始推行种族融合的公共图书系统之一：在 1961 年之前，这套系统都只为白人服务。调整工作一直在断断续续进行着，种族问题持续困扰着图书馆，前后长达数十年之久。就在萨博被正式聘用之前，发生了一起引发巨大分歧的事件。2000 年，市中心分馆的七名白人图书馆馆员被降职，由非裔美籍的馆员接任。在此之前，该地董事会主席宣称，他认为市中心图书馆有太多"年纪很大的白人女经理"，董事会"需要摆脱她们"。一位替白人馆员抱怨的非裔美籍馆员也遭到降职。于是，这八名馆员联合起来，起诉董事会和图书馆馆长种族歧视。亚特兰大的图书馆董事会会议一直都是通过公共频道进行电视转播的，不过大多数时候只能吸引到两位数的观众观看。诉讼期间，会议争论非常激烈，也吸引到越来越多的观众。经过三年的法庭苦战，馆员们赢得两千三百万美元的和解费，在他们胜诉后的第二年，亚特兰大公共图书馆馆长被正式解雇。不久后，2005 年，萨博就被录用了。

萨博又高又瘦，头小且方，蓄着修剪过的山羊胡，那张脸看起来似乎很难会暴怒。他为人友善，喜欢对人偷偷眨眼，或在人耳边细语。人们对他的印象就是一位完美的绅士，有着南方人的风度和军人的气度。洛杉矶后来将他从亚特兰大雇走，可算是一项了不起的成就，因为他已经在图书馆界树立了声誉，是少数能将图书馆系统从前互联网时代过渡到无所不在的网络时代的馆长，在他的掌舵下，图书馆被成功打造成一艘闪着金光、充满讯息和想象力的远洋巨轮，高歌猛进地驶向未来，而不再是体量巨大、怨声载道、陈旧过时的书架大卖场。萨博认为，图书馆的未来将是公民大学、社区中心和信息资料库的结合体，能与互联网愉快地合作，而不是相互竞争。在实践上，萨博认为图书馆应该开始提供函授课程、选民登记、扫盲项目、故事时间、定期演讲、商业服务、电脑数据存取、电影租赁和电子书借阅，还要为无家可归者们提供援助，以及开设一家漂亮的主题礼品店。当然，还有书。

在洛杉矶，图书馆被指定为一个市政部门，就跟警察局、检察官和捕犬部门类似。图书馆的负责人也是市政管理人员，由市长直接雇用——以及解雇。洛杉矶的第四十一任市长安东尼奥·维拉莱戈萨雇用了萨博。维拉莱戈萨的任期在仅仅几个月之后就结束了，而萨博此时还在收拾行李。即将上任的市长埃里克·加希堤在任期开始时，要求每个市政部门的负责人辞职，然后重新申请其工作。他们中的一些人没能成功拿回自己的工作，但萨博被重新聘用，同时也整理完了自家的行李。

萨博的办公室在古德休大楼二楼，房间里装饰着他在图书馆地下室搜寻时偶然发现的琐碎物件。办公室的一侧放置着老儿童阅览室那台华丽的黄铜灯。翻箱倒柜的时候，他发现它藏身在一大堆废弃家具后面，沾满灰尘和污垢。在他的办公桌和咖啡桌上，有一些人们在火灾后帮助图书馆重建而捐赠的礼物。其中一件是仿照建筑物形状设计的精美金属拆信刀，另一件是一对书挡，上面的装饰是位于圆形大厅附近楼梯的两侧、包着头巾的微型狮身人面像。

当我离开货运部前往萨博的办公室时，他在跟预算主管罗伯特·莫拉莱斯、业务经理玛德琳·拉克利开会，正对图书馆一亿六千二百万美元的年度预算进行微调。作为市政部门，图书馆在财政规模上属于中等。它的规模比动物园要大，后者每年从市财政获得两千万美元（其中一万三千美元用于驯鹿看护，十万八千美元用于游客导览里的"长颈鹿喂食体验"），但比消防部门每年六亿三千万美元的投入要小得多。

这一天，萨博穿着一件纽扣立领的蓝格子衬衫，戴着蓝紫相间的领带，下身穿一条熨烫得整整齐齐的卡其布西裤。考虑到他所戴的是两片圆形镜片的猫头鹰式眼镜，还有他对整洁笔挺正装的偏好，他看上去就像是一位拥有终身教职的英国大学教授。他在这一天中的几乎每个小时都排满了事情，一部分原因是隔天一早就要启程前往多伦多，参加一次图书馆联合会议，讨论图书馆的创新方法。接着，他还要从多伦多出发，前往俄亥俄州参加 OCLC 组织 ❶ 的会议。OCLC 是个全球合作性组织，由分布在全球一百二十二个国家的两万家图书馆组成。萨博正是该组织的董事会主席。在俄亥俄州的会议结束后，他计划返回洛杉矶。不过在这不久后，他又要前往华盛顿特区，领取"国家博物馆及图书馆服务奖章"，该奖章每年只颁发给五家图书馆机构。

萨博其他方面的工作则聚焦在更加具体而细微的事务上。几天前，一群当地的养蜂人提出请求，希望他能允许他们在图书馆

---

❶ 全称为 Online Computer Library Center，即联机计算机图书馆中心。

的屋顶上放置蜂箱。当他告诉我自己收到这种请求的时候，我开始怀疑究竟谁有权来许可此类事件——我不确定图书馆是否有屋顶管理员或动物社群管理员，或者是兼任两者的员工。结果证明，这份权力就属于市公共图书馆馆长本人。我问他那是否很快就能尝到图书馆产的蜂蜜。萨博答道，这个项目的成败取决于它是否像图书馆的许多项目一样可以服务于公众利益，不过与此同时，他也正在阅读关于都市养蜂的资料。

公共图书馆的公众性是一种越来越罕见的事物。一个地方若想热忱地欢迎所有人随时光临，且不收取任何费用，在今天只会越来越艰难。包容一切的承诺所辖的范围是如此广大，以至于关于图书馆的许多琐碎决定，其核心问题都取决于该决定是否会让一小部分公众认为自己不被欢迎。以蜂箱为例，这个项目可能要面对那些害怕蜜蜂或对蜜蜂过敏的人。屋顶上的蜂箱，单就位置上而言，确实是要比放在主阅览室里温和得多。但是，住在屋顶的蜜蜂有可能会游荡到大楼里，或开始在出入口四处飞舞，或以其他方式骚扰到他人。萨博似乎很喜欢那些能够利用到图书馆屋顶的想法，尤其是像养蜂这种他本人完全料想不到的创意，但他还是强调，关键问题在于可能会有人因此而选择远离图书馆。

稍后再来考虑蜂箱的问题。接下来，萨博、莫拉莱斯和拉克利转向预算细节。图书馆目前正处于图书罚款的宽限期。

"这要花掉我们多少钱？"萨博问莫拉莱斯。

"收入绝对会有损失，"莫拉莱斯回应道，"逾期的图书太多了。"窗外，施工车辆倒车时的嘟嘟声突然响起，打破原本的会议气氛。大约三十秒后，嘟嘟声突然停了，随后传来沉重的金属互相碰撞的声音。大家默默看了一会儿窗外，又回到讨论中。图书罚款的宽限期似乎已经定下，萨博的手指在记事本上来回移动。一找到下一个想要讨论的议题，他就抬起头来，接着说道——他正计划请市议会资助图书馆每月开展一次无家可归者援助项目。

"我们的核心任务，可不是要结束人们无家可归的情况。"拉克利告诫道，"我们的核心任务是要办好一家图书馆。"

"但那些无家可归的人来都来了，"萨博兴奋地回应道，"我们希望能提供一个平台，让他们得以通往本市所有的无家可归者服务机构。"该项目被称为"万物之源"计划，将在本周晚些时候进入测试运行阶段。萨博在本子上做了笔记，会议继续。接下来的话题包括新建的数字创客空间的升级方案，流感疫苗注射项目，以及对外公布洛杉矶机场七号航站楼同意安装自助借书亭的消息——这将让旅客能在机场借到音频和电子书。关于机场自助亭的讨论提醒了萨博，有一家共享单车公司希望能在图书馆外的人行道上安置一个单车停靠点。

"我很喜欢单车，"萨博说，"如果这里能安置一个单车停靠点的话就太好了。"

"我们能自由移动那些固定单车的支架吗？万一它们经常被撞倒，我们能随意调整它们的位置吗？"拉克利问道，他看起来蛮担心的，"如果我们不接受他们选定的位置呢？"萨博说他会想办法弄清楚的，然后看了眼手表，为不得不终止会议致歉，起身前往下一场会议——就在华盛顿·欧文分馆。

我们一起乘员工电梯下楼，穿过货运部。萨博跟许多员工打了招呼，他们没摘下耳机就向他挥手致意。我们走进车库主停车区，上了萨博的车。从昏暗的地下车库里开出来时，阳光就像防暴水枪喷射出的水一样，猛烈击打在我们身上。我们前往圣莫尼卡高速公路和克伦肖大道之间的街区。这个街区的正式名称实为"中城",但通常被称为克伦肖。街区平坦而明亮,各种小街道纵横交错,林荫大道和 I-10 高速公路向着街区南面持续延伸。萨博从大路拐到一条阳光明媚的住宅街道上,然后停在一处铁丝网围栏附近。有位瘦削的黑发女士拿着写字板在栅栏等着,满脸写着期待。"你们找到了!"她一边喊着,一边朝车子这边跑过来。她做了自我介绍:图书馆助理业务经理,伊莲·萨拉奥。这时,一阵狂风顺着街道刮了过来,拨动着她写字板上的纸张。她拍了拍它们说:"我们进去吧!"

铁丝网围住的是一座由砖墙和灰泥构成的建筑,看起来以前应该挺漂亮的,现在却被那灰白破败的废弃景象给破坏掉了。建筑的巨大门楣上刻着"洛杉矶公共图书馆华盛顿·欧文分馆"的字样,就好像是一顶石制的王冠。这座图书馆是以 1926 年流行的新古典主义庙宇风格建造的。它周围的邻居尽是工人阶级,后者所住的房子都造得方正而朴素,有一片草坪,客厅窗户上装有安全栅栏。哪怕已经破败,图书馆依然以帝王一般的姿态屹立在它们之中。1987 年,该建筑被列入国家历史遗迹名录。和同时期的许多图书馆建筑一样,它不符合地震标准,停车位不够,内部空间不足。图书馆就这样坐落于一条住宅为主的街道上,很难找到。尽管如此,整个社区的住户还是很喜欢这里。

1990 年,本市宣布关闭华盛顿·欧文分馆,并在十三个街区外、开过洗衣厂的地块修建一座新图书馆。邻居们全体出动,上街抗议,但市议会仍然取得了最后的胜利:新图书馆得以建成。自那以后,这栋为社区服务六十五年之久的老房就一直空置着,如同一只年迈的老狗,在破旧的沙发上安顿了下来。阳光已经对它施加了惩戒。

外围的铁栅栏几乎成了一道极具特色的自然景观：它们就像风中摇曳的树木一样倾斜，锈迹斑斑，满是污垢，整体呈银红色。极度顽强的旋花类植物紧紧抓附在墙面上，蟋蟀草和杉叶藻的根已经破开了栅栏周围的地面，在大楼前的人行道上画出开裂的诡异图案。杂草中，是蟋蟀在欢快地鸣叫着。图书馆的窗户被木板钉死，看上去像是惨白的脸上被打肿的眼睛。橘黄色的"不可入内"警示带随风飘动，就像过节时的旗帜一般。各种各样的横幅广告直接捆在栅栏上："回收旧屋"和"清洗排水沟"。有本褪了色的平装本《草莓酥饼的烹饪乐趣》卡在栅栏底部，旁边还有成堆的褐色枯叶和一些塑料包装纸，如同落潮时搁浅在海滩上的垃圾。

我们站着，沉浸在眼前这一幕悲伤的场景中。这条名为艾灵顿大街的街道，四面八方都被天鹅绒般柔软的午间静谧包裹着。仅在一个街区外，交通却十分拥挤。有个胖乎乎的男人从我们身边走过，用一根麻绳牵着一条蓝眼睛的狗。过了一会儿，萨拉奥才打开了挂锁，用力推开栅栏，又打开了图书馆的前门。伴随着剧烈的吱呀声，门被勉强打开了。图书馆主厅十分宏伟，高高的天花板上架设着做工极好的木桁架。"天啊！"萨博喊道，在地板上寻找着可以走人的空间。这里的垃圾已经堆到了脚踝位置。垃圾里有啤酒罐，有一条相当漂亮的 M 号皮带，有一瓶玉兰油沐浴液，还有一些瘪平的空薯片袋，以及许多根本无法辨别的垃圾。一本名为《冒险之路：用精神与远见改变你的生活与工作》的书放在前台上，仿佛有人站在那里等着办理借阅手续似的，就在图书馆关门的那一刻，它就被冻结在了时间里。

在此之前，我还从来没有置身于这么古老的图书馆，这栋而今已如此凄凉的建筑有着一种伤痕累累的凄美与孤独。废弃建筑总是具有震颤与疼痛交织的空虚感，相比那些从未被放满的建筑，前者的空虚感更为深沉。整栋大楼里充满着失去的事物，仿佛来过这里的人们在空气中留下了少许空白，他们的不在场还在场，始终留在此地。孩子在这里学会阅读，学生在这里完成期末论文，书呆子在书架旁快乐地游荡；而今，他们都离开了，不在了，消失不见了。书架上还摆着几本书——当这个地方被清理时，它们因为未知因素而被忽视了，如同一场核爆后的幸存者。这几本书暗示着那些往昔岁月，它们曾存在于此，如今若隐若现，使我仿佛看见了过往的幽灵。

我们想开灯，但大多数开关都失灵了。外面分明阳光明媚，但图书馆里已是黄昏时刻：窗户实在太脏，只有几道斑驳的光线照进来。悲伤的感觉就像一只无形的大手压在了我的胸口上。我见过很多空置的建筑，但这里令人感觉并非空置这么简单。这座建筑让人感觉，图书馆的永恒属性已被遗弃。这是一座被遗忘的圣地；记忆如盐粒般纷纷洒下；思想仿若从未形成，却已然蒸发；故事烟消云散，如同从未真实存在过的实体，不具备任何足以产生吸引力的重量，能够与地球、与我们每个人——最重要的是，与尚未展开的未来紧密相连。

我们顶着这种阴沉的气氛，在阅览室里闲逛了一会儿。然后，我对萨博说，这座图书馆要是能重新恢复使用，应该会成为一处非常美好的场所，尤其是对那些喜欢读书的人们而言。他说，这主意很有意思，但市政府正在考虑在此建立更类似于社区中心的项目。这个想法自 1990 年起就有了，至今还没有形成一套完整的计划。"这么酷的一个建筑——"萨博摇了摇头，感叹道。萨拉奥则点了点头，接着话头说："——要是能重新投入使用就太好了。"

我们从窗户往外看，在几间主要的房间里来回踱步，打开几扇门和几个柜子看看。我的直觉告诉我，有些凶猛的小动物可能会认为空荡荡的图书馆是一个舒适的筑巢地，这意味着每次打开柜子或门，都会有太多悬念等着我。

萨博此次来华盛顿·欧文分馆，是为了检查它的状况，也试图安抚那些对它的破败而感到沮丧的社区居民。在过去，因为图书馆本身壮观大气，整个街区的地位也得到了提升。可现在呢，它成了街区里最丑陋的一栋建筑，还将会变得更加难看。实际上，中央图书馆并没有做任何大规模改造的资金预算，但萨博还是想看看能为邻居们做些什么。当他和萨拉奥讨论这个问题时，我突然想到，市公共图书馆馆长的工作就像是物业经理。萨博负责管理分布在洛杉矶五百零三平方英里范围内的共计七十三座大型建筑。甚至连访问每座分馆都是一项重要议题。萨博的时间要么用在对全球信息系统的未来进行重要思考上，要么花费在一大批具体而细微的琐碎事情上，他总在两者之间反复徘徊。比如说，他现在在想是否应该请一位由市政府雇用的园丁来修剪图书馆周边的杂草。"我们确实应该把馆内清扫干净，"他对萨拉奥说，同时用脚推着地上的垃圾，"但是，还是先让我们把注意力集中在外面，为邻居们打扫一下卫生吧。"说到这里，他叹了口气，"我们绝对要清除长在栅栏周围的所有东西。到时候这里会好得多的。"

回到萨博的车里，我们前往市政厅。在那里，他与负责制定无家可归者相关政策的艾莉莎·奥杜尼亚主管约好了一次会晤。放在五十年前，市公共图书馆馆长不大可能会见到该主管。事实上，这个城市当时也还没有这个主管职位。现如今，这已经是个必不可少的职位了。在 60 年代后期，精神病院内部的恶劣环境被媒体和电影彻底曝光。随着抗精神病药物的发展，以及里根总统对精神健康援助经费的削减，州立精神病院的大量病人获准出院。其中有许多病人无家可归，或因身有严重残障而无法独自经营一个家。在接下来的几十年里，用于社会服务项目和低收入住房的资金逐渐枯竭。接着便是经济大衰退，以及全国各地的人遭遇丧失抵押品赎回权的打击。这一切都导致了露宿街头或住在庇护所里的无家可归者的数量急剧增长。到 2009 年，美国有超过一百五十万人符合联邦对无家可归者的定义，即没有"固定、规律且合乎需求的夜间住所的美国公民"。洛杉矶的无家可归者比除纽约以外的几乎任何一个城市都要多，流浪一年以上的人数则是全国城市里最多的。根据 2017 年的最新统计，洛杉矶全市有将近六万名无家可归者。

公共图书馆是少数欢迎无家可归者的地方之一，这里允许他们使用电脑和网络，整天都在馆里闲逛，除非他们有任何过分的举止。事实上，在全球范围内，图书馆已经成为无家可归者的社区中心。世界上每一家图书馆都在致力于解决——或者说，能在多大程度上解决——如何为无家可归者提供服务的问题。多年来，许多馆员告诉我，他们认为这是图书馆当下面临的关键难题：馆员们欢迎无家可归者，但同时也要以某种方式考虑到那些害怕无家可归者和觉得他们难闻、脏乱、不近人情的读者——对于这两件事的平衡，馆员们只感到绝望。中央图书馆离几处庇护所和公路天桥只有几步之遥，后者正是一些无家可归者的营地。早晨，在开馆之前，许多等着进去的无家可归者都背着全部家当。萨博承认，图书馆已经获得了许多洛杉矶街头居民的实际监护权。当他在亚特兰大管理图书馆时，他把流动图书馆开进许多无家可归者居住的汽车旅馆，为孩子们提供书籍和故事时间。他还在流动图书馆的车上安排了一位负责处理公共卫生问题的护士，如此一来，人们被书吸引出来，顺带就能检查健康状况了。

艾莉莎·奥杜尼亚在市政厅清爽明亮的大厅里迎接，带我们到了楼上的办公室。她肩膀宽阔，性格直率，鼻子上长满雀斑，脸上总挂着灿烂的笑容。尽管整天都在处理被剥夺公民权人士和精神病患者这类棘手的问题，但她看上心情愉快，活力满满，几近乐观。她和萨博之间经常有联系。今天的会晤是由一项新颁布的城市法令引起的，该法令限制了城市人行道上允许摆放的物品大小，实际上是在用迂回的方式阻止无家可归者用帐篷、购物车和手提箱来搭建营地。没有人能确定法令正式生效后将会如何殃及整座城市，但肯定会对图书馆造成影响。"那么，既然明天就要正式生效了，"奥杜尼亚对萨博说，"我猜这会造成紧张形势。"

萨博摸着下巴想了想，回应道："关于人们可以带多大的背包进图书馆，我们确实有对应的规定。既然如此，为了缓解目前的状况，我们需要放宽一下规定吗？万一会有人从帐篷区搬来很多东西，我们又该如何应对？"他们讨论了图书馆是否有办法提供一间存放大型物品的寄存室，因为无家可归者需要在白天加紧清理好营地，可能没什么地方能存放他们的个人物品。

"那太好了。另外，这也将是一个统计图书馆内可收容人数的机会，"奥杜尼亚说，"拿到这些数据，我们会很高兴的。"

"我也很喜欢这些数据。"萨博回应道。他们又谈了一会儿图书馆有没有空余的地方。萨博试图表现出热情欢迎的态度，但还是警告奥杜尼亚这栋大楼目前已经过于拥挤。他接着还说，他已经在下一次预算中为无家可归者外展服务项目——即他今天早些时候提到的"万物之源"——申请了资金。奥杜尼亚为此重新振作起精神，问萨博图书馆能否提供社会工作者与无家可归者会面的空间。萨博皱了皱眉头说他并不这么认为，但仍然做了笔记，以便进一步研究这个问题。奥杜尼亚叹了口气，说："约翰，你知道这一切都是怎么回事。我们要做的是当大家在等待住房时，努力守护住大家的希望。哪怕只有希望，也很重要。"

萨博说，他可以像在亚特兰大时那样，将流动图书馆派往无家可归家庭的驻扎地区，只要他们能想出如何为流动图书馆提供物资和资金，但要在不必通过一般财政渠道的情况下。"我听说过那个噩梦般的传言，"萨博说，奥杜尼亚也点点头，"要等满两年，才能得到一点东西，甚至是吸尘器之类根本用不上的东西。"

"天啊！"奥杜尼亚倒吸了口气，"就一台吸尘器？"

萨博的下一个会面地点是在城市另一端的小东京分馆。这个社区有自己的分馆，一座低矮、狭长的混凝土建筑，于 2005 年正式对外开放。建筑的正面是实用主义风格，背面连接红鸟餐厅，这是洛杉矶市中心最豪华的餐厅之一。分馆负责人请萨博过来，是为了与邻近大楼的管理者讨论停车协议，以及图书馆后面和红鸟餐厅之间那块闲置地块的使用计划。小东京图书馆距离中央图书馆只有一箭之遥，感觉上却完全不同。这绝对是个社区图书馆——紧凑、功能明确、家庭式管理。它的馆藏反映了附近居民们的阅读趣味。中央图书馆有一处很大的日本漫画区，但小东京分馆则有一处堪称巨大的日本漫画区。附近的家庭都有很多小孩，所以分馆还设有很大的儿童活动区，内有英语和日语的书。

刚进前门，就看到有个瘦削的男人坐在塑料牌桌旁，他的脸颊和下巴上布满灰色胡楂。他向我们解释说，自己是为美国退伍军人项目做外展服务的志愿者。他的牌桌上有几十本小册子，像玫瑰花结一样展开，还递给了我们好几本。

"今天忙吗？"萨博问他。

那人摇摇头说："不，其实没什么事。"他摆正了一本小册子，咧嘴一笑后说："我想，大概每个人都在外面晒太阳吧。"

萨博去找分馆的馆长，于是我一个人在阅览室里四处闲逛。图书馆里那舒缓的噪音，听起来让人着迷——不是嘈杂声，不是喧闹声，只是一种持续、温暖又不成形的轻响——它让许多陌生人安安静静地驻扎此处，做着自己的事情。我穿过书架组成的丛林，走向儿童区。两位老爷爷和一位老奶奶在那里浏览着，从书架上取下这本书或那本书，然后用日语讨论书的内容。他们可能是正给孙子选书的爷爷奶奶，但值班的馆员告诉我，他们纯粹是为了自己来借书。她说，附近有很多居民都在用图画书来练习英语。

几分钟之后，萨博出现了。他看上去很兴奋，嘴里说着停车问题似乎已得到解决：图书馆方面同意让红鸟餐厅所在大楼的业主负责开发空地。开发计划包括户外养殖苗床、一座喷泉、一些橄榄树，还有一个三文鱼养殖场（采取桶式养殖的方式）。与此同时，分馆经理也成功要求给小东京分馆进行一次高压清洗。

临近下午5点，但萨博还要回办公室和克伦·马龙会面，这位年轻女士很快将接任中央图书馆馆长一职。现任图书馆馆长伊娃·米特尼克将转去做一份萨博开创的新工作，工作的正式名称为"事务与学习主管"，其职务包括监督所有双语与多语种图书管理员；管理在城市里四处漫游的流动图书馆迷你小车；为刚来美国的新移民提供学习服务，比如公民课程和财务金融知识等；以及所有为退伍军人提供的服务项目。

中央图书馆馆长的工作与萨博的不同。萨博管理整座城市的图书馆系统。他的办公室既在中央图书馆，也在其他分馆的管理部门。中央图书馆馆长仅负责中央图书馆，并向萨博报告，正如小东京分馆的负责人管理分馆并向萨博报告一样。不同之处在于，中央图书馆的藏书规模和复杂程度——包括珍本、研究资料、特别藏品和普通藏书——与小东京分馆的完全不在一个数量级上。

马龙是一位身材高大、沉着冷静的非裔美籍女士，她有一头鬈发，脸上带着腼腆的微笑。此前，她已在图书馆工作了十七年。当我们到达时，她正在萨博的办公室里等着，读着一份图书订单的电子表格。萨博向她打了招呼，并告诉她将要安装单车自助亭了。就在萨博脱下夹克、拉直领带坐下时，他们已经聊了起来。之后，谈话从中央图书馆转向博伊尔高地，这是市中心以东的一个社区。该社区受到附近电池回收厂的污染，土壤铅含量过高，产生了毒性，因此要进行加利福尼亚州历史上最大规模的铅清除行动。工厂经营方埃克塞德技术公司刚刚同意为社区中总计两万一千户家庭支付血液检测费用。检测就计划在博伊尔高地分馆进行。在患难时期，图书馆就是避难所。它们成为事实上的城镇广场和社区中心，甚至是抽血地点。在洛杉矶，经常有很多灾难情况需要图书馆来扮演避难所的角色。例如，2016 年，波特牧场附近有个天然气储存设施发生泄漏事故，大量甲烷涌出，给居民带来头痛、流鼻血、胃痛和呼吸困难等症状。最终，整个地区不得不进行人员疏散。借助工业级的空气净化器，图书馆设法保持对外开放。它成了危机时期的信息交换所，居民被迫离家时在此聚集。该分馆的负责人注意到了来客的焦虑，因此开设了瑜伽和冥想课程，帮助人们缓解压力。馆员们则学会如何填写南加州天然气公司的费用表，帮助人们报销住房和医疗费用。《美国图书馆》杂志赞扬了这家图书馆对公众的响应，写道："在一场毁灭性的天然气泄漏事故中，波特牧场的图书馆运转如常。"

萨博和马龙交换了各个项目的最新情况。由艺术家谢波德·费尔里设计的新一代借阅卡很快就会完成。图书馆整体的流通量也很不错。另外，大楼新增的安全摄像头已经订购完毕，将会在一两周内送达。马龙做了笔记，每句话都点点头。她问萨博在明天拂晓出发后，会在什么时候回来。"要一个星期。"他简短地答道，然后又微笑着补充，"你不会有时间想我的！"

就在马龙准备离开时，萨博提到他会及时回来参加一场即将在图书馆举行的庆祝活动。2014 年，萨博建立了在线职业高中（Career Online High School，简称 COHS），这是美国第一个基于图书馆的认证高中项目。通过图书馆的网站，没有拿到高中文凭的成年人可以免费参加 COHS 的九百个在线课程中的任何一个，并获得正规的高中学位，而非仅仅是一份高中同等学力的证书。萨博经常以公民大学之名对外宣讲图书馆的理念，凭借 COHS，他确实成功地做到了这点。实际上，COHS 是个水到渠成的创意，非常适合图书馆本身的环境，所以在萨博推出这个创意后，全国有五十家其他图书馆也受到洛杉矶项目的启发，纷纷开始自己的成人高中课程。萨博说，推出 COHS 是他在洛杉矶工作的时期里最满意的成果之一。就在他从多伦多和俄亥俄回来的几周后，他将主持 COHS 的第一届毕业典礼，二十二名成年人将在此获得洛杉矶公共图书馆颁发的高中文凭。

7

《吊唁的艺术：向逝者的家属写什么、说什么、做什么》（1991）

伦纳德·M.朱宁 著

177.9 Z95

《没有时间流泪：在繁忙的世界中应对悲伤》（2015）

保罗·D.布兰科 著

615.9 B638

《奥莉薇亚组成了一支乐队》（2009）

法克纳·伊恩 著

Xz Ed.A

中央图书馆失火的消息一传开，比利时、日本、英国、德国等世界各地的图书馆就送来了慰问致辞。法国国家图书馆馆长写道："一旦时机成熟，如果你认为有可能办到的话，（我们希望）收到有关……造成这一险恶事件的所有信息。"美国国内各地的图书馆也发来慰问，从纽约、圣地亚哥、底特律、堪萨斯城的不同机构到国会图书馆，以及各个大学和学院。"哈佛大学比较动物学博物馆的工作人员对你们那里最近发生的悲剧深感悲痛。""我们洛杉矶县医疗中心的工作人员跟你们一样，也为这场悲剧性的火灾感到震惊和悲痛。""我们俄克拉何马市公共图书馆的工作人员听闻你们图书馆所遭遇的那场毁灭性灾难，感到非常遗憾。请振作起来！"在这些致辞当中，最经常重复的词语是"悲痛""震惊""忧虑"和"毁灭"。

中央图书馆的工作人员回来工作了，但他们并不知道在目前不对外开放、没有任何藏书的图书馆里，"工作"究竟意味着什么。一些工作人员被派往洛杉矶东部的仓库，那里存放着许多尚未损坏的书。其他人则被派往燃烧过后的大楼，在那里清扫地面，并试图搜集整理任何遗留下来的东西。大家的情绪很低落。他们觉得这场火灾是一次对个人生活的侵犯。火灾发生后，格伦·克雷森觉得自己正在直面"可怕的黑暗"。他告诉我，这是他一生当中最糟糕的一天，排在后面的是他父亲去世的那天。西尔瓦·马努吉安变得非常沮丧，以至于在接下来几个月里只穿白色的衣服，希望这能帮助自己再次感觉到人性的纯真。有一个工作人员贴出一封匿名信，声称："我们应该举行祈祷会……以此来对抗纵火犯的打击。（当下的）日子有一丝死亡的味道……毫无生气，只有空虚的恐惧感，以及压倒人们的绝望感。"根据记录，大部分工作人员都患上了"图书馆咳嗽"和"图书馆迷走"的症状。

图书馆咳嗽是源自乌黑的空气,图书馆迷走则是一种由焦虑引起的梦游般的漫步:"没有任何目的地,前后来回,不断走动"。尽管市政府安全部门向他们保证再也不会发生火灾了,但工作人员仍然很担心,因为大火已经撕开墙壁,暴露出了石棉。他们担心图书馆永远不会重新开放,也永远不会重新整理好藏书。他们还害怕纵火犯会再次作案。更糟糕的是,他们担心纵火犯是图书馆中的某个工作人员。图书馆里的很多人都将同事视作家人。而现在,这个家庭却充满猜疑,四分五裂。历史区的一名馆员给警察发了一份备忘录,指控另一名馆员是纵火犯。"她性格好战,对同事们的愤恨是出了名的。"他如此写道,并指出该职员有足够职权进入最开始起火的区域。调查人员也没有排除图书馆工作人员纵火的可能性。他们询问了许多工作人员,包括火灾当天每个请病假的人。任何被描述为心怀"不满"的工作人员也都受到了质询。不久前,我跟退休馆员梅尔·罗森博格共度了一个下午,他恰好在火灾当天出了城。"噢,他们查过我了,"罗森博格说,"他们想确定我真的在自己所说的那个地方。"他大笑起来,回忆起自己刚被录用时,怀曼·琼斯就警告他最好不要太过自由开放。"当时我说,天啊,怀曼,莫非你认为有保守的图书馆馆员吗?"罗森博格笑得很夸张,我差点以为他笑得要哭出来了。接着,他又开始回忆起那场大火,表情变得有些阴沉:"我们部门,艺术区,所有杂志都不见了。烧得一本不留。实在太可怕了。你不会懂的。"

纵火案调查人员继续询问馆员,并特别关注那些因任何缘由而引起人们关注的员工。一份备忘录被分发给图书馆管理层,向他们提出建议:考虑到纵火犯可能是雇员,应该制订一套"行动计划"，包括新闻封锁，应对"困难问题"的预习，以及建议通过"电话网络"或"手写备忘录"来通知工作人员等。

一切都不确定。中央图书馆的两百五十名馆员中，有二十四人很快就要求调往其他分馆。那些留下来的员工则收到了一份调查询问：在这场火灾风波中，最令人心情不安的是什么。答案极其糟糕。其中包括："无力感，困惑带来的无助感……以及不得不在一座曾经非常重要，但现在几乎空空如也的建筑物里工作的孤独感""感到害怕，即使没人在火灾中丧生，未来也会有人因为如此多的安全问题而失去生命或身患重伤""感觉我们像是难民，一个活生生的实体，就这么千疮百孔了"。当地报纸报道了员工们的不安。"火灾后的绝望加剧了馆员之间原本就紧张的人际关系。"一篇报道的标题这样写道。馆员们抱怨连连：眼睛感染、呼吸困难、皮肤出现刺激性疼痛，而且还患上创伤后应激障碍。音像部门负责人告诉《洛杉矶每日新闻》："火灾发生后的头几天里，哪怕只是回家后点燃了一根火柴，整座图书馆就回到了我的脑海中。"行政管理人员当中流传的一份备忘录上告诫说："这里的工作人员无法忍受现状。他们在扫地和擦洗水池……至少应该在工作时间里配备警卫，因为纵火犯仍逍遥法外。"一位资深馆员在接受图书馆馆员协会的采访时说："没错，工作条件确实非常糟糕。员工士气也参差不齐……公众的支持非常有力，令人惊叹。可许多馆员并不能感到任何实质性上的支持。"另一方面，有些馆员在持续的沮丧情绪中感到十分孤独，乃至于与配偶也变得疏远。格伦·克雷森告诉我，许多人的婚姻，包括他自己的，都在火灾后的几个月内破裂了。

图书馆的行政管理部门非常关注馆员的精神状态，他们请来了心理学家斯坦利·克松茨基医生，为大家进行小组互助心理治疗指导。克松茨基医生鼓励馆员们进行"幻想可视化"——想象一下图书馆重新开放时会有多美好。对于那些担心读者会彻底抛弃自己的人，医生则鼓励他们想象读者目前正在使用其他分馆机构，并且跟那边相处得很好。就连馆员们自己，也可以在一片废墟上寻找一些令人愉悦的东西。这些被暂时安置在里约维斯塔大街上一栋光线昏暗的老建筑里的人，以《俄克拉何马！》的曲调写了一首歌，开头是这么唱的："里约维斯塔／盗车贼们每天都在这里度过好时光／如果你活下来／从8点挨到5点／你会带着二十五美元回家／所以我们坚守这个立场／因为我们呼吸着的灰尘——它是如此伟大……"有人建议他们组成一支图书馆乐队，因为这首歌很受馆员的欢迎。员工公告牌上贴了一张便条，上面写着："我们唯一能获得的官方援助采用了小组互助心理治疗的模式，尽管这种模式就跟在驴子面前悬挂一根胡萝卜来引诱它拉磨一样，没有什么实质性的东西，但以下小组已经正式签名，决定利用现有的这种心理治疗和情绪修复手段来试试看。"跟在后面的是一组拟议的乐队名称，乐队名由一些馆员的名字所组成，包括"贝蒂·盖伊和大萧条""丹·杜皮尔和苦味剂"，以及"比尔·伯恩和纵火犯"。

8

《来自时间循环的故事：前所未有！对全球大阴谋的最全面揭露——为了实现真正的自由你需要知道些什么》(2003)

大卫·艾克 著

909 I17-3

《酗酒、离异、乱局：破镜难圆，三十岁男人真实的凄惨人生》(2007)

劳里·佩里 著

392.3428 P463

《黑客与入侵：参考手册》(2013)

托姆斯·J.霍尔特 著

364.38 H7578

《管理你的数码生活：如何在数码世界中存储照片、音乐、视频及个人文档》(2009)

艾米尔·巴尔德里奇 著

621.3819533 B178

每个月都有一千多本新书送到图书馆。接着，它们被卸下、拆封、盖章、贴上标签、与电子目录系统连接、覆上聚酯薄膜封面、贴上条形码，最后才会被放在架子上。处理一本新书几乎需要一周的时间。某天下午，我去探访了负责这项工作的藏书服务部，刚好有些书运到，其中包括《全球各地 100 种室内装潢参考》《胡佛大战同性恋：揭露联邦调查局的性向矫正计划》《不要成为傻瓜及其他实用建议：来自日本最伟大的禅师——道元禅师》。还有一堆西班牙语、俄语、亚美尼亚语和瑞典语的书正要被送往国际语言区。

管理藏书服务部的佩吉·墨菲早在十几岁时就在纽约弗农山开始她的图书馆职业生涯，当时的馆长总爱用如今用来驯狗的金属敲击器来召唤馆员。每位馆员都被他——也可能是她——以这种独特的敲击方式召唤过。墨菲还记得，自己的召唤信号是两次快速敲击。弗农山图书馆馆长会把他认为"危险"的书——换句话说，与性爱相关的书——藏在图书馆地下室那只上锁的金属笼子里。波德莱尔、巴尔扎克及"马斯特斯和约翰逊"❶都在这座铁笼监狱中服刑。不知怎么的，墨菲找到了笼子钥匙的存放点，每当休息的时候，她就偷溜进去看书。等到她高中毕业的时候，她已经读过了每一本被关在笼子里的书。"它们开阔了我的世界观。"她喜欢这样说。

一本书若是大受欢迎，那在借出不到一年内就会彻底散架，所以，许多进入藏书服务部的书实际上都是图书馆早已拥有的。比如说，《达·芬奇密码》每个月都会被借出几十次，如果能坚持

---

❶ Masters & Johnson，由美国科学家威廉·马斯特斯和·维吉尼亚·约翰逊组成的研究小组，在 20 世纪下半叶对人类的性反应和性功能障碍进行了系统性研究。

一整年就算它幸运了。有些书在彻底散架前就会被提前换掉。例如，有关为婴儿取名的书就是定期更换的。墨菲说："孕妇可不想翻阅一本脏兮兮的书，所以我们总是把它们保存得崭新又完美。"

还有一些书经常会出现借出不还的情况。比如，图书馆购置了无数本卡洛斯·卡斯塔尼达 ❶ 所写的书，其中很多本书外借出去后，就再也没有回来过了。另一位作者大卫·艾克，他写关于全球阴谋论的书，认为外星爬行动物最终将统治地球，引来大批求知若渴的读者，以至于图书馆只好暂时停止订购他的作品副本，因为成本太高，无法满足读者的需求。坊间有传说，艾克的作品被评为图书馆内最常消失的书。猫王普雷斯利去世的当天，有人借出了图书馆所有的猫王唱片，却从未归还。关于曼森家族和黑色大丽花谋杀案的档案，包括剪报和印刷品，在几十年前就消失得无影无踪；而且，这些藏品基本上没有留存副本。1981 年，在比弗利山酒店的一间套房里，调查人员发现有一名女性在贩卖珍本图书。每一年，她从二手书生意上赚到大约四万美元。所有书都是从洛杉矶公共图书馆里偷来的。1982 年，在洛杉矶图书馆馆员格伦·斯沃茨的家中，人们发现了一万本长期丢失的馆藏图书。斯沃茨说自己有囤积癖（然后，他就辞去了这份工作）。还有人被抓到试图利用婴儿车来偷书，车里有时有婴儿，有时连婴儿都没有。

多年以来，电影制片厂一直是最主要的窃书贼之一。电影制片厂做研究时若需要书，并非简单地进馆借阅——那必须严守归还日期——而是派两名片场助手直接到馆内取书。这项计划需要一名助手在窗口外候着，另一名助手找出想要的书，然后将书直

---

❶ Carlos Castaneda，秘鲁裔美国作家和人类学家，因创作印第安亚基族巫士唐望·马图斯为主角的系列纪实作品而闻名，其作品的真实性受到较多质疑。

接从窗口扔给守着的同伙。这种情况经常发生，以至于图书馆专门安排了一名员工，主要工作就是定期到电影制片厂取书。而且，为了挫败"扔出窗户"计划，馆员还将他们最常犯案的窗户都给封上了。[尽管存在明显的冲突，图书馆始终还是跟电影制片厂保持着密切的联系。一本 50 年代的图书馆小册子《他们想要事实真相！……然后就在图书馆里找到了》写道："电影制片厂试图通过广泛开展（图书馆）研究来避免令人尴尬的拍摄错误。20 世纪福克斯电影厂精心梳理了图书馆内保存的历史档案，以便彻底了解一起著名谋杀案的各种观点！"]

佩吉·墨菲的办公室附近有一台老旧的书籍缝合机——这是一种体积庞大的金属设备，大小形状都跟滚刷扫雪机差不多。这台机器实在太旧，已经没有现成的零件可供替换。洛杉矶市政府曾经有一个面向内部的市政装订部。随着时间推移，装订部从一个大部门越缩越小，最后只剩下一名装订工，独自负责缝合图书馆和其他市政部门的残破书籍。想想看，洛杉矶这座大城市，有成千上万册各种各样的书籍和书面材料——地区检察官法庭丛刊、索引目录、参考资料、城市条例等。2014 年，这位洛杉矶市最后的政府雇用装订工正式退休。政府方面没有再雇人来顶替她的职位，"书籍装订工应发工资"不再是城市公共预算的保留项目。如今，图书馆内的藏书，如果是珍本或者昂贵的书需要紧急处理，会被送到私人经营的古籍修复公司。当普通图书开始散架时，就会被直接扔掉，再新买副本来替代它们。

在那台老旧的书籍缝合机的大概十码外，坐落着一台七英尺高的大型服务器，后者每秒钟要传输一百兆字节的信息。1994 年起，洛杉矶公共图书馆就开始在线化，比其他许多政府部门都要早得多。这是火灾带来的意外好处。1990 年前后，电子书籍目录开始上线。起初，许多图书馆都拒绝转用电子目录，因为他们有足够优秀的老式目录系统，而且电子系统的成本和未经证实的优点着实吓人。可是，洛杉矶市在大火中损失了太多书，现存的卡片式书目已不再准确。所有幸存的藏书全部必须重新清点，同时还要购买数十万本新书来代替被烧毁的图书。与其重建原始目录，图书馆还是决定以电子化的方式重新开始。这就是全国最早这么做的大型图书馆之一。

据负责人马修·马特森介绍，2015 年，图书馆网站访问量超过一千一百万人次，书目浏览量超过一千万次。这些访客中有不少黑客。马特森告诉我，几乎每天都有人尝试入侵图书馆的网站。大多数入侵者似乎都驻扎在俄罗斯。非法入侵图书馆网站似乎毫无意义，因为你可以在任何时候合法地访问网站上提供的任何资源，所以我问马特森为什么还有人这么做。"他们是在练习。"他回答道。正如他所解释的，入侵图书馆是为以后入侵更大、更安全且更有价值的目标进行预演。

在图书馆的摄影收藏中，最受欢迎的是一张名叫"小毕博"的五岁大象骑着冲浪板的留影。这张照片刊登在 1962 年的《洛杉矶先驱报》上。根据描述，小毕博是"少数能够完成这一壮举的大象中最年轻的一只"，这意味着还有其他大象会冲浪，而毕博就特殊在它还年幼。第二受欢迎的照片——顺便说一句，这份排名基于网上访问量和预订打印次数——是女孩们穿着 50 年代紧身短灯笼裤朝着一堆沙滩球射箭。紧跟着的是一张大众汽车的广告照片，一辆挤满猫咪的车子停在威尼斯肌肉海滩上，拍摄日期和摄影师信息不详。图书馆收藏的三百四十万照片中，大部分是作为实体印刷品进入馆藏的。每一天，都会有一批照片被扫描、电子化，然后传到网上，让人们通过关键词和对应描述进行检索。有些收藏照片来自著名的摄影师。安塞尔·亚当斯于1939年来到洛杉矶，记录了航空业的早期岁月，他把这些作品底片全部捐给了图书馆。非裔美籍摄影师罗兰·柯蒂斯记录了六七十年代的洛杉矶黑人社区，并捐赠了他的存档。三百四十万张照片大部分都记录了人们的日常生活。《洛杉矶先锋观察报》在1903年到1989年间发行，停刊后于1991年向图书馆捐赠两百万张照片。《山谷日报》是一份洛杉矶郊区小报，在20世纪40年代到70年代间发行，也在停刊时向图书馆捐赠了四万五千张照片。

要扫描《山谷时报》的所有照片，需要四年时间。扫描照片的工作员工中，有一位名叫丽莎·昂多伊的图书馆助理。有一天下午，当我来到这个部门的时候，昂多伊正在研究一张画面中有三个孩子的照片。孩子们看起来十四五岁，手里拿着一个巨大的西瓜。照片的扫描结果显示在电脑屏幕上，昂多伊检查了好几分钟，伸长脖子以便看清每一处细节。她首先将"青少年"和"圣费尔南多山谷"输入为标签，然后靠在椅子上想了一会儿。"我可能还会在里面加上'西瓜'这个标签。"她说，"1960年的时候，这里肯定有股巨大的热浪来袭，因为这些照片里记录了很多山谷居民如何战胜热浪的故事。"

两年来，昂多伊一直致力于为《山谷时报》的档案搭建搜索工具，即那些描述性标签。她已经完成一万八千五百张照片的标签。她说，一旦在标签上较起真来，一个小时只能完成三四张照片。

这项任务繁重，也多少有些乏味。但昂多伊本人十分喜欢。"在这件事上我完全就是个怪人，"她说，"我喜欢在老照片中发掘那些在我的印象中早就消失的东西——也是被许多人遗忘的事物。也许这听起来很老套，但我觉得自己是在挽救它们。"她还说自己很喜欢《山谷日报》的照片所记录的普通日常生活。"我们有许多生日蛋糕的照片，还有很多金婚纪念照片，"她笑着补充道，"我真的很喜欢这些。"

说完，她又给那张西瓜照片打上几个新的标签，将它归档，然后调出照片队列中的下一张。照片上是一只巨大、结实的艾尔谷犬，有人正在给它洗头。这条狗看上去相当快乐。昂多伊说，《山谷时报》的照片档案里有很多狗的照片，给狗洗澡的也不少。在说话间，她在电脑上输入了"狗""梳洗""洗澡"和"圣费尔南多山谷"这几个标签。然后，她放大照片，仔细观察了一下细处。这时她向我指出，在照片一角可以看到一堆毛巾，于是加上了"毛巾"，接着又加上了"草坪"，因为狗的浴缸放在一大片草地上。据她说，人们经常搜索草坪照，所以她喜欢慷慨地给有草坪的照片都打上标签。另一个经常被搜索的词是"游泳池"，因此，即使照片中的游泳池只有一个像素大小，也会被打上标签，以防万一。我们花了一些时间讨论艾尔谷犬所坐的塑料浴缸是否符合游泳池的定义，最终昂多伊决定还是不加上。她将艾尔谷犬的照片也归了档，然后继续工作。

下一张照片是一位神父的肖像照，他笑得很灿烂。神父搂着一对衣着整齐的男女，他们也在微笑，只是没那么开心。这张照片刊登在 1961 年的一期《山谷时报》上，标题为"神父柯林斯为这对夫妇进行心理辅导"。丽莎翻阅了这篇报道，其中讨论了洛杉矶的离婚率——洛杉矶是当时美国离婚率最高的地区——以及天主教会为解决这一问题所做的种种努力。昂多伊在给微笑的柯林斯神父打上"天主教会""神父""离婚"的标签后，归档了他，并且调出在她休息前还要处理的最后一张照片。又是一只狗狗。她放大检查这张照片。这只狗没有洗澡，看起来非常干燥，拥有着波浪般的长毛。照片的标题是"又大又软的好朋友"。

在房间的另一边，中央图书馆负责数字化的高级图书管理员泽奇特尔·奥利瓦打开了一个盒子。这是刚送到部门里的几个盒子之一，由一个学生反战组织捐赠。该组织活跃于 1967 年至 1971 年间，被称为"洛杉矶抵抗组织"。盒子里的资料是为组织活动而在短期内制作完成的，包括海报、照片、通讯和传单等。在过去三十年里，大部分组织资料都存放在加州北部的一间树屋里，树屋归一名组织成员所有。最近，该组织决定永久性地清空他们的资料贮藏室，显然也包括这间树屋，并且想要为这些珍贵档案寻找一个永久的家。于是，他们想到了中央图书馆。捐赠被热情地接受了。"这些东西真是太棒了，"奥利瓦边说边在盒子里翻找，"这是真实的历史。"

我离开了数字化部门，在大楼里随意漫步。我总是试着彻底融入图书馆，深入观察它的一切。有时候，你其实很难留心自认为很熟悉的地方：你的目光划过它，看到了它，却没有看到它的全部。就好像熟悉反而会让你暂时失明。我不得不强迫自己更加努力地去观察，跨越深藏在我脑海中的图书馆的既有概念。

在得知图书馆火灾之前，我已经决定不再写书了。写书就像是一场慢动作的摔跤比赛，我没有心情再去应对如此大的承诺。

但如今我身在此地。我心里很清楚，这里让我着迷的部分原因是，当带着儿子去当地图书馆时被一种熟悉感所震撼——几乎在一瞬间就唤醒了我的童年、我与父母之间的关系、我对书籍的热爱，仿佛给记忆通上了电。它使我在沉思中接近我的妈妈，接近我们在图书馆的旅程。这段写作经历十分美妙，也苦乐参半，因为就在我重新找回那些记忆的同时，妈妈却失去了她的一切。当我第一次告诉她我正在写一本关于图书馆的书时，她很高兴，为自己能让我发现图书馆的美妙之处感到自豪。但很快，老年痴呆症的魔爪控制了她，每天都从她的记忆中随机提取片段，然后彻底毁掉。等到我再一次提醒她这个图书馆写作计划，并告诉她我是多么怀念我们的伯特伦·伍兹分馆之旅，她脸上洋溢着鼓励的笑容，但显然不明白这番话的具体意思。每次我去探望她时，她都会疏远我一点——她开始变得模糊，不再有近在身边的感觉。她独自沉溺在自己的思绪中，或只是沉溺在记忆被抹掉后枕头般柔软的空白里——我很清楚，现在轮到我来为我们肩负彼此共同的记忆了。

妈妈向我传递了对图书馆的热爱。我最终拥抱了创作这本书的计划——开始时只是想写，接着变成必须要写——就是因为我意识到自己正在失去她。我发现自己很想知道，如果一个曾与自己共享记忆的人不再拥有这些记忆，那共享的记忆是否还将继续存在？如果相关的回路坏掉了，记忆就会黯淡、消失掉吗？除了我之外，只有妈妈知道那些轻盈的午后是如何度过的。我知道，我之所以写下这些，是想要竭尽全力，将那些午后时光保存下来。我十分确信，只要将回忆写在一页纸上，那就意味着记忆已被保存，免受时间的腐蚀。

过去会被遗忘的，这个念头很可怕。不仅仅是因为我个人会被遗忘，而且我们注定都会被遗忘——生命的总和，尽归于虚无；我们经历过欢乐、失望、痛苦、喜悦和失去，在这世界上留下小小的印记。接着，我们的生命消失了，标记也随之被抹去，就好像我们从未存在过一般。一旦你凝视这种晦暗的未来，哪怕只是片刻，生命的意义也会变得虚无，因为如果没有事物能够续存，就意味着没有什么事物值得真正的重视。这也意味着我们所经历的一切都没有规律所循，生命只是一次狂野、随机且令人困惑的偶发事件，一堆毫无旋律、散落四周的音符。但是，如果你所学到的、观察到的、想象到的东西能够被记录、被存储，如果你发现自己的生活其实已经反映在前人的生活记录里，并能够想象它将反映在后来者时的情景，那么你就踏出了发现秩序与和谐的第一步。你知道自己是一个更加宏大的故事中的一部分，这个故事有其自身的形状和目的：熟悉、可触摸的过往和不断更新的未来。我们所有人，都在用一只连接着绳子的铁罐窃窃私语，但我们的声音也能被人聆听到，于是我们会将信息从一个铁罐传到下一个铁罐，从一根绳子传到下一根绳子。写一本书，就像建一座图书馆，是一种完全反抗自然规律的行为。这是一则声明，令你相信记忆的持久。

　　在塞内加尔，如果想礼貌地说某人逝世了，那就会说他或她的图书馆被烧毁了。在我第一次听到这个说法时，并不是很明白，但是，随着时间的推移，我逐渐意识到这个说法相当完美。我们的思想和灵魂，包含了大量由我们自身经历和情感所构成的内容；我们每个人的意识，是我们编入目录索引并储存在我们内心里的记忆集合——这是一座座鲜活的私人图书馆。它无法完全地分享给他人，在我们死后就会逐渐燃烧殆尽。但是，如果你能从内心私人图书馆的收藏中挑选出一些事物——以书写或讲述的方式，与某个人或与更大的世界共享——那这些事物就拥有了自己的生命。

9

《丢失的图书馆》(2013)
A. M. 迪恩 著
S

《从皇帝官廷到帝国总理府：以日记形式来讲述历史（1932 年
1 月 1 日至 1933 年 5 月 1 日）》(1934)
约瑟夫·戈培尔 著
G 943.085 G593-2

《武装冲突时期的文化财产保护：1954 年 5 月 14 日在海牙签
署的〈武装冲突时期文化财产保护公约〉及其议定书与其他文书
批注》(1996)
吉利·托曼 著
709 T655

《大屠杀与书籍：毁灭与保存》(2001)
乔纳森·罗斯 编著
所属系列：印刷文化与书籍史研究
940.5315296 H7545-4

人类焚烧图书馆的历史几乎与建造图书馆的历史一样悠久。正如威廉·布莱兹于 1880 年在历史上第一本以焚书为主题的书中所写到的，图书馆很容易成为"偶然失火、狂热纵火、火刑审判，甚至是家庭炉灶"的牺牲品。历史上正式记载的第一起焚烧图书馆事件发生在公元前 213 年，当时中国的皇帝秦始皇决定焚烧任何与他认定的版本相矛盾的历史书。此外，他还活埋了超过四百名学者。

古代世界中消失的图书馆，最著名的当属埃及的亚历山大图书馆。尽管关于它的轶事趣闻在人类历史上长期占有一席之地，但人们对它所知甚少。目前没有人知道这座建筑的真正模样，甚至连它的确切位置也没有记录。据推测，该图书馆拥有一百万份文件和手稿，并有一百名常驻的馆员。亚历山大图书馆被烧了好几次。第一次是在公元前 48 年恺撒大帝攻打亚历山大港时。恺撒当时并没有特地瞄准图书馆，但他在港口引发的大火蔓延开来，最终吞噬了图书馆。后来，图书馆得以重建，并且重新开始收藏各种书籍，可又在随后的两次袭击中再度被烧毁。每一次烧毁都会迎来新的修复。

最后的一次焚烧发生在公元 640 年，将它从历史上彻底抹去了。那时，图书馆既使人敬畏，又令人恐惧。人们相信图书馆是活物：一个巨大的、无限的公共大脑，霸占了全世界现有的所有知识，并且有可能成为我们在超级计算机时代所害怕的那种拥有独立思考能力的智能生物。当领导着穆斯林入侵埃及的哈里发奥马尔来到图书馆时，他告诉自己的将军们，图书馆内所藏的书如果与《古兰经》相矛盾，那它们理应被销毁；如果是证实了《古兰经》的内容，那它们就是多余的，同样没有存在的必要。无论如何，图书馆的命运都是注定的。它在一天之内被烧毁,幸存下来的几本书也被当作燃料,用来在当地的澡堂里烧洗澡水。这个故事可能是真实的,也可能不是。亚历山大图书馆的一切都很神秘。直到今天,也没人知道关于它的故事是否属实。甚至连它戏剧性的火灾结局也受到质疑:一些历史学家认为是地震和预算缩减导致了它的消亡。总而言之,它是图书馆历史上的一块试金石,但它的开端、发展和终结至今仍旧是未解之谜。

在人类历史上,大多数事情都是为了钱——尤其是纵火——但烧掉图书馆并不能赚到钱。相反,图书馆被烧毁的理由,通常是因为有人认为它收藏着一些有问题的思想。在 13 和 14 世纪,教皇下令搜集并“火化”(cremated,这可是当时精挑细选的专用名词)犹太书籍,因为他相信这类书全都在传播反天主教思想。西班牙宗教裁判所提出了“烧书节”这一概念,这是一种围绕篝火举办的社团集会,篝火由所谓的异端书籍来提供燃料,其中包括用希伯来语写成的任何书,比如《托拉》❶。

不止国内,西班牙人也在国外焚烧拿到手的各种书。16 世纪中期,埃尔南·科尔特斯和他的士兵们焚烧了数十份阿兹特克手稿,理由是它们涉及黑魔法。科尔特斯征服玛雅后,一位名叫迭戈·德兰达的修道士被指派给玛雅人,来给他们布道天主教。德兰达对玛雅文明感到着迷,详细记录下自己所接触到的玛雅文化,但依旧监督并执行了对几十名玛雅人的折磨和虐杀,烧毁了能找到的每一份玛雅手抄本和图画资料。只有少数手抄本在德兰达的大清洗中幸存了下来,它们被送往罗马进行研究和破译。如今,它们

---

❶ *Torah*,一般常称为摩西律法或《摩西五经》,即《创世记》《出埃及记》《利未记》《民数记》《申命记》五部经书。

是玛雅文明仅存的文献。

　　全世界已经消失的图书馆名单长得可以写成一本书，事实上，有很多书以不复存在的图书馆为主题，其中有一本名为《书籍的毁灭》，由一位图书馆学教授所写。在人类历史早期，书籍较少，印刷品售价高昂、制作又很费时的时期，图书馆的消失可能意味一个文明的终结。联合国教科文组织在 1949 年和 1996 年分别发布过一份相同主题的研究报告，列出在人类的整个现代历史中被毁掉的所有图书馆，以及损毁藏书的数量等细节。据教科文组织统计，被销毁的书籍数量是如此之多——有几十亿册之巨——以至于我有时都难以相信这个世界上还有书幸存下来。

　　战争是图书馆最大的杀手。其中一些损失是偶然造成的。由于图书馆通常位于城市中心，因此当城市受到袭击时，图书馆就会遭到破坏。不过话说回来，在有些时候，图书馆本身就是既定目标。二战时期被摧毁的书籍和图书馆数量比人类历史上其他任何时期都要多。仅德国纳粹党执政的十二年时间里，就有大约一亿册书被销毁。正如作家乔治·奥威尔所说，焚书是"最具（纳粹）特征的行动"。纳粹德国对书的毁灭甚至在战争之前就开始了。希特勒一当上德国总理，就禁止了所有他认为具有颠覆性的出版物。犹太作家和左派作家所写的书自动被列入禁令。1933 年 5 月 10 日，数千本禁书在柏林的歌剧院广场被收集起来，这是一项德语叫"火语"（Feuerspruche）、英语叫"火咒"（Fire Incantations）的行动。"火语"是纳粹党宣传部长约瑟夫·戈培尔最喜爱的娱乐项目，他很清楚对于犹太人的文化、神学和身份认同而言，书是多么重要。德国学联成员以极大的热情进行了焚书活动。在歌剧院广场，学生们自发组成了一条人力传送带，把禁书从一只手递到另一只手上，将它们扔成了一整堆。据统计，篝火堆里的书籍数量在两万五千本到九万本之间。当一本书被扔进去时，旁边的一名学生会当场宣布这本书被"判处死刑"的罪行，如同刑事指控的现场。例如，西格蒙德·弗洛伊德的书被指控为道德败坏，以及"将性行为夸大及不健康地复杂化"。读完指控理由后，学生就将此书扔入书堆，大声喊道："我要把西格蒙德·弗洛伊德的著作付之一炬！"其他指控则包括"犹太复国主义倾向""戕害德语"和"背叛一战士兵的文学作品"。一旦书堆被堆砌完成，立即就被汽油浸透，然后被纵火焚烧。

"火语"活动拥有大型集会的气氛，有跳舞、歌唱和现场音乐伴奏。午夜时分，戈培尔出现了，并发表了被称为"火语演讲"的演说。同一天晚上，慕尼黑、德累斯顿、法兰克福和布雷斯劳也纷纷效仿，在接下来的一年，德国各地的大学城接连发生了三十多起类似的活动。据报道，当书籍在伯恩被烧毁时，当地市长说，看到这些灰烬，就仿佛"犹太人的灵魂（已经）飞往了天空"。

对犹太人来说，破坏书籍的景象尤为痛苦，他们长期以来都被称为"书的民族"。犹太教认为书是神圣的，他们所流传下来的最神圣文字——《托拉》，受到了极大尊崇：它在犹太教堂里穿着布披风，装饰着珠宝，配有银质的胸甲和王冠。当宗教书磨损时，它们会被埋葬，享有正式的葬礼仪式。犹太人相信书不仅仅是印刷文件，而且藏有人性和灵魂。犹太教著作的创作者通常不再使用自己原有的名字，而喜欢用作品名字来称呼自己。"火语"的讽刺之处在于，纳粹对待书就像犹太人一样认真。正因为他们感到必须要去摧毁书，就等同于承认了书的力量和价值，并认识到犹太人对书的坚定信念。

残酷的战争破坏且摧毁了欧洲的许多图书馆。有些是运气不好，陷入一系列燃烧弹爆炸和空袭之中，这意味着在图书馆之外还有其他更多的战略目标。但是，德军盯上了书作为销毁目标。一支被称为"焚书密令"的特遣纵火分队被派去寻找并烧毁图书馆。这个分队极有效率。列举图书馆在那场战争中的损失——无论是偶然造成还是蓄意而为，其数额都大到令人感觉头晕目眩。当时的意大利共有二十座主要图书馆，被焚毁的藏书达两百万册。法国损失了数百万藏书，包括斯特拉斯堡的三十万册，博韦的四万两千册，沙特尔的两万三千本册，以及杜埃的十一万册。巴黎国民议会图书馆烧着了，带走了数不清的历史、艺术和科学书籍。在梅斯，官员们将图书馆内最有价值的珍品书藏在一座没有做任何特殊标记的仓库中妥善保存。一名德国士兵发现了仓库，并朝里面扔了一枚燃烧弹。所有书都销毁了，包括 11 世纪和 13 世纪的珍贵手稿。闪电战时期，英国有两千万册书被烧毁，或被灭火的水损坏。伦敦中央借阅图书馆被彻底摧毁（该市的其他图书馆在闪电战时期一直坚持对外开放，保持着正常工作时间，并照常收取逾期未还的罚款）。

1938 年慕尼黑会议之后，任何以捷克语出版的书都要被没收，要么烧掉，要么捣碎成纸浆。在立陶宛首都维尔纽斯，犹太人聚居区的图书馆被直接纵火焚烧，几个月后，犹太区居民被运到集中营，在毒气室里被毒死——德国诗人海因里希·海涅多年前的警示阐明了这一事实："有人在这里烧书，最后就在这里烧人。"在布达佩斯，所有小型图书馆都被摧毁，大型图书馆也被部分破坏。比利时鲁汶大学的大型图书馆遭受的损失超过欧洲任何一家图书馆。在第一次世界大战中，德军烧毁了它。停战后，一个欧洲各国组成的财团重建了它，并重新对外开放，还为此举行了盛大的庆祝活动。1940年，这家图书馆遭到德国炮火袭击，所有书都损毁了，包括历代巨匠创作的绘画作品，还有一千五百年前印刷的近千本古籍。在波兰，全国百分之八十的图书被毁。在基辅，德国士兵直接用市图书馆内的藏书铺路，为他们的装甲车在泥泞中提供立足点。部队随后纵火焚烧了这座图书馆，烧毁四百万册图书。在他们穿越俄罗斯的途中，又有九千六百万册图书付之一炬。

盟军对日本和德国市中心的轰炸也不可避免地打击到图书馆。在日本研究图书馆的西奥多·韦尔奇曾写道，1945年美军抵达日本时，日本图书馆中四分之三藏书已被烧毁或损坏。德国图书馆的损失也是惊人的。不来梅、亚琛、斯图加特、莱比锡、德累斯顿、慕尼黑、汉诺威、明斯特和汉堡等城市的大部分藏书都被烧毁。达姆施塔特有七十五万本书被毁，法兰克福有一百多万本被毁，柏林有两百万本被毁。战争结束时，德国超过三分之一的书都消失了。

战争期间对图书馆及其他文化财产的毁坏，促使全世界政府采取措施确保这种情况不再发生。1954年，联合国在海牙制定并通过《武装冲突时期文化财产保护公约》。目前已有一百二十七个国家签署。然而，对于文化财产的保护，包括古籍、手稿、艺术品、纪念碑和重要的考古遗址而言，实在是杯水车薪。甚至在条约正式签署不久后就出现了新的破坏行为。纳粹"火语"行动熊熊燃烧的火焰，可以说证实了焚书是对特定群体进行恶毒打压的简单手段，这种方式后来也屡屡被其他专制政权所采纳。

1990 年，在入侵科威特之后，伊拉克军队烧毁了当地大部分图书馆。波斯尼亚战争期间，将近两百座图书馆被烧毁，萨拉热窝国家图书馆百分之九十的藏书葬身火海。诗人菲尔·柯西诺写道，"一百五十万本书的灰烬"染黑了落在萨拉热窝的雪。在塔利班统治下，阿富汗喀布尔的十八家图书馆中有十五家被关闭，它们的大部分藏书被烧毁。伊拉克战争期间，伊拉克国家图书馆只有百分之三十的书幸免于难。其中一些书在战火烧到巴格达之前就从大楼里被搬走：萨达姆·侯赛因想要扩充私人收藏，从馆里偷走了很多藏书；有些怀疑图书馆在战争中无法幸存的伊拉克人也将藏书搬走，藏在自己的家里。2013 年，当伊斯兰圣战组织从廷巴克图撤退时，他们摧毁了廷巴克图图书馆内许多不可替代的手稿，其中有些可追溯到 13 世纪。

在美国也有相当数量的焚书事件，大多都是一种对书本内容不满的愤怒表态。例如，在 20 世纪 40 年代，一位叫马贝尔·里德尔的老师在天主教教会的支持下，开始一场收集和焚烧漫画书的运动——她坚持认为，所有漫画书都对犯罪和性爱有着生动描绘。在她位于西弗吉尼亚州的故乡，马贝尔用总共几千册漫画作为柴薪，燃起一团巨大的篝火。这团火在当地受到了热烈欢迎，很快传遍全国各地的小城镇，许多当地教区开始支持人们焚烧漫画。在几个地方，甚至是修女划响了第一根火柴。

焚书是一种效率极低的战争手段，因为书籍和图书馆没有任何军事价值。但这种行为极具毁灭性。摧毁图书馆，就是彻头彻尾的恐怖主义行径。人们普遍认为图书馆是社会上最安全、最开放的场所。在这里放火，就像是在向公众宣布没有一样事物、也没有一处地方是安全的。焚书造成的最深刻的影响在情感上。当图书馆被烧毁，里面的藏书有时会被描述为"受伤"或"死亡"，就跟人类一样。

书是一种文化基因，是一套能解读我们作为社会集体的身份及我们所知晓事物的代码。所有的奇迹与失败，所有的赢家与恶人，所有的传说、思想及文化带来的启示，全都蕴藏书中，永远留存。摧毁这些书，意味着文化本身已不再存在，它的历史已经消失，它在过去与未来所建立的连续性已经被打破。将书从一种文化当中剥离，等于是在剥离这种文化中的共同记忆。这种行为如同剥夺你记住梦境的能力。一种文化的书籍被摧毁，比直接宣布这种文化已死更为糟糕：因为焚书就是在抹除这种文化存在过的痕迹。

二战结束几个月后，欧洲的有些图书馆还冒着烟，一位名叫雷·布拉德伯里的作家开始写一则名为《消防员》的故事，故事背景是完全禁止书的虚构社会。如果哪家人被发现藏了一本书，消防员就会被召集过来烧掉它。就跟焚书小分队一样，消防员带来火焰，而非将火扑灭。布拉德伯里是在三十岁时开始创作《消防员》。他在洛杉矶长大，从青少年时期开始就在写奇幻和科幻小说。他的故事一写好就能很快卖给类似《想象！》《惊奇故事》《超级科学故事》这样的科幻杂志。1938 年，他从高中毕业，洛杉矶当时刚好是大萧条时期经济崩盘的中心地带。他的家庭无法支付他上大学的费用。好在他一直很喜欢图书馆，所以作为大学的替代品，他在接下来的十三年里几乎每天都在洛杉矶公共图书馆度过，阅读各个学科领域中的各种资料。他经常称自己是"在图书馆受教育的人"，并且相信自己在图书馆里学到的东西比在大学里学到的更多。"我从十四岁就开始学习了，直到二十七岁才正式毕业，"多年以后，他总结道，"当年我去遍整栋楼里每一个该死的房间。我在其中的每一间都读了差不多有一百本书……我读了世界上所有的诗歌。所有的剧本。所有悬疑凶杀小说。所有随笔散文。"起初，图书馆是布拉德伯里生活中的必需品，但很快便成为他激情的归处——尤其是中央图书馆。"图书馆是我筑巢的窝，"他写道，"是我的出生之地，我的成长之地。"

布拉德伯里在《消防员》上连续投入了好几个月，后来逐渐心生倦意，便搁置一旁。四年后，右翼煽动者、参议员约瑟夫·麦卡锡发表演讲，声称国务院内充斥共产党和"忠诚风险"，引发整个美国社会的无端恐惧。布拉德伯里此前形容麦卡锡是个"十分古怪的参议员"，因此也心怀恐惧。他决定继续完成《消防员》，因为这个故事对当时的政治状况有着惊人的预见性。

布拉德伯里跟妻子有四个年幼的女儿。当他尝试在家搞创作时，跟孩子们玩耍的时间要远远多于写作的时间。他没钱租一间办公室，但他知道，在加州大学洛杉矶分校的鲍威尔图书馆的地下室里有个房间，可以以每小时二十美分的价格租到打字机。他突然想到，如果要写一本关于在图书馆烧书的书，去那里创作将是一种绝妙的相似性。于是，在加州大学洛杉矶分校的打字机室里，布拉德伯里用九天写完了《消防员》，并将它扩充成一部小型的长篇小说。打字机的租金总计九美元八十美分。

《消防员》这个故事令人难以忘怀。主角是个名叫蒙塔格的年轻消防员，和妻子米尔德里德住在一起。他们的生活看似井然有序，却如同一潭死水，受到各方面的限制。米尔德里德活得很随意，就如同在梦游，被无休止的电视娱乐节目和毒品彻底麻醉。蒙塔格似乎是个服从指挥的消防员，但内心深处藏着一个危险的秘密：他对书产生了好奇，开始将指定要烧掉的书给藏起来。在此之前，他已经顺从地点燃成千上万本书，可一旦开始阅读，他马上就开始意识到他所摧毁掉的事物意味着什么。"这是第一次——"他自言自语道，"我意识到每本书背后都有一个人。"有一天，米尔德里德发现丈夫竟然在看书，赶紧报告给了消防员，即他的同事。同事们烧毁了他家的房子和藏书。完事后，消防员还试图杀死他，但蒙塔格想方设法逃离了这座城市。最后，他偶然发现了一群被放逐的人。他们都是爱书之人，生活在荒芜之地，试图通过努力记忆并不断大声背诵来保存文学作品。他们整日吟诵莎士比亚和普鲁斯特，声音此起彼伏，整个营地生机勃勃。正如一名组织成员告诉蒙塔格的那样，他们"外表是流浪汉，内里却是图书馆"，他们通过让书回到起源的方式来保存书：相比纸张和墨水，这种回归到口述故事的传统让故事流传得更久远。

出乎意料的是，在布拉德伯里的书中，对焚书的描写并不可怕；事实上，这部分描写优美得不可思议，几乎如同魔法一般。他将正在被焚烧的书描述为"黑蝴蝶"或者烧着的鸟，"它们的翅膀上闪烁着红色和黄色的羽毛"。在书中，火焰并不令人感到厌恶；它是诱人的——是一种华丽而神秘的力量，可以转化具象的物质。火是"人类想发明但绝对做不到的事情"。这些优雅的描述令焚烧书籍的想法变得更加令人不安，如同一场演绎了无数次谋杀情节的芭蕾舞表演。

这本书写完之后，布拉德伯里试图想出一个比《消防员》更好的书名。由于始终找不到一个满意的，于是有一天，他一时冲动，便打电话给洛杉矶消防局局长，询问纸张燃烧的温度是多少。

局长的回答成了这本书的正式标题：《华氏 451》。当中央图书馆在 1986 年被烧毁时，小说区域从 A 到 L 的所有书都葬于火海，包括雷·布拉德伯里的全部作品。

图书馆在和平时期也会被烧毁。美国每年大约有两百起图书馆火灾，世界各地的图书馆火灾更是数不胜数。许多事故是由于电线短路、风扇过热、咖啡壶损坏、雷击等原因造成的。1764 年，从壁炉里偶然跳到地板上的火星摧毁了哈佛图书馆。1972 年，一台落地扇短路迸出的电火花导致坦普尔大学法学院图书馆的所有藏书毁于一旦。1988 年，世界上最大的图书馆之一——列宁格勒的科学图书馆（该图书馆的馆藏始于 1714 年）被大火烧毁，共损失四百万册藏书。数以百万计的其他书籍则被水浸泡，然后彻底损毁了。肇因仅仅是电线接触不良。图书馆着火时，消防员们并没有进入大楼；他们只是在附近停了二十多辆消防车，朝着大楼连续喷射了二十四小时的水。当大火最终被扑灭时，一辆推土机赶来清理一堆堆的受损书籍，打算把它们像垃圾一样直接处理掉，但随之而来的抗议者们将其拒之门外。在此之后，抗议者们搜集了现场所有还可以回收的、彻底湿掉的藏书，将它们带回家，挂在晾衣绳上，并且试图修复它们。火灾发生后的第二天，图书馆馆长弗拉基米尔·菲洛夫告诉记者，只有价值五千美元的书被损坏。结果隔天菲洛夫就因为"心脏问题"住院，随后便从公众视线中消失了。

许多图书馆火灾是偶然的破坏行为造成的。这么多年以来，发生了如此之多的图书馆火灾，甚至连"一不小心扔进还书箱里、还没来得及燃尽的火柴"这样一种具体而微小的原因，都已经引发过多起火灾了。也许有些人误以为还书箱是垃圾桶，但大多数人之所以这样做，恐怕是因为他们到处都找不到垃圾桶，而在图书馆内随处乱扔火柴肯定会被重罚，所以才迫不得已地将火柴偷偷扔进了还书箱里，如此做法显然愚不可及。在过去的很长一段时间里，这类火灾变得如此普遍，以至于现在大多数图书馆建筑的藏书点都与主楼分隔开来，所以，如今就算在还书箱里发生了火灾，火焰也将无处可去。

　　长期以来，人们一直认为图书馆火灾的主要原因是吸烟太不小心。如果吸烟确实是主要原因，那么图书馆完全禁止吸烟，火灾的数量本应大幅减少，可事实上火灾数量反而还增加了。火灾调查员们现在普遍开始认为，大多数图书馆火灾是故意纵火引起的。纵火是一种常见的犯罪行为。1986 年，在中央图书馆被烧毁的这一年，洛杉矶共发生了五千四百多起纵火事件。在大多数情况下，纵火是为了牟利——这是很有代表性的，因为确实会有人烧了自己的房子来骗取保险金。有些火灾是为了报复一段无法挽回的恋情，或是一场失败的商业交易。政府大楼发生的那些火灾，很多都是在表明政治立场。人们有时会先去放火，然后再将其扑灭，这样就会显得自己很勇敢。消防员称之为"虚荣之火"或者"英雄放火"。火灾有时也会用来掩盖其他罪行。也就是说，犯人可能会先施行谋杀，得手之后再烧毁掉尸体所在的建筑物，如此一来，调查这桩谋杀案，甚至确定这是一场谋杀案的过程就会变得非常困难。（这早已是电影剧本当中最陈词滥调的一类情节了，但确实经常发生在现实生活当中。）有些火是由患有纵火狂病症的人点燃的，这是一种冲动情绪控制障碍，使他们在看到事物燃烧时能够获得极大的满足感。

洛杉矶发生过一系列令人惊叹的大型火灾。这是一座炎热、干燥、时刻都在噼啪作响的城市，是一个大炉膛。在这里，你能感觉到火焰在地表下最浅近的区域酝酿，在树林下的灌木丛间挑衅、试探；在干燥的灌木和干枯的草地上，你能感觉到即将出生的火焰正守候在那里，正等待爆裂而出。建筑物会燃烧，山丘也会燃烧。洛杉矶的大火都有名字。托马斯大火、拉图纳大火、骄傲之鸟大火、车站之火。20世纪80年代，洛杉矶及其周边地区发生了一系列火灾，洛杉矶成了一座被燃烧发出的浓烟蒸腾环绕的城市。这一系列火灾是由一根点燃的香烟、三根火柴和一条橡皮筋组成的简易纵火装置触发的，橡皮筋被包裹在一张笔记本纸张上。大多数纵火案发生在毗邻洛杉矶的格伦代尔市，几年以来，烈火一共在那里摧毁了六十七座房屋。有几场火灾甚至是在火灾调查员举办会议的建筑物附近发生的，有几场是在五金店发生的，还有很多是在空地上发生的。华纳兄弟制片厂发生的一场火灾破坏了《沃尔顿一家》的布景。截至80年代中期，这套简易纵火装置所引发的火灾已经造成了数百万美元的损失。

大约在这个时候，格兰代尔的一位消防队长兼纵火事件调查专家约翰·伦纳德·奥尔写了一本小说。他将这本名为《起源地》的小说向版权经纪人描述为——基于一系列真实纵火事件的作品。"就跟实际情况一样，"他这样写道，"我小说里的纵火犯是一名消防员。"经纪人同意代理出版这本书。当出版商问他，为什么这部小说与洛杉矶正在发生的一系列纵火案有这么多不可思议的相似之处时，经纪人却表现得颇不以为然，他满不在乎地回答道："这有什么，我们可是住在洛杉矶！每个人都有一摞想要卖掉的剧本或者书稿。"在小说被卖给出版商之前不久，一家位于格伦代尔、名叫欧莱建材中心的五金店被烧毁，造成四人死亡。在《起源地》这本小说里也有类似的情节。奥尔的书由一家名为"无限出版"的公司以平装本的形式出版发行。尽管奥尔是一名消防队长，但他的一系列行为令格伦代尔纵火事件调查组的其他成员深感不安，为了查实情况，他们悄悄在他车上安装了跟踪装置。据调查组事后透露，在好几场火灾发生之前，他都开车去过纵火地点。最后，在一处纵火现场发现了他的指纹。奥尔一直被认为是个作风正派的人，但同时也多少显得有些古怪。随着对奥尔的怀疑越来越大，侦探们进行进一步挖掘之后，发现奥尔曾经向洛杉矶警察局提交过求职申请，却被警方拒绝了，因为警察心理学家在进行仔细评估之后，将他判定为"精神分裂症患者"。最终，奥尔被控二十多项纵火罪名和四项谋杀罪名。大部分罪名均判决成立。他本来应该判死刑，最终被判处终身监禁，不得假释。他被认为在洛杉矶及其周边地区纵火共计两千余起。在奥尔被收押后，格伦代尔地区的火灾数量直接减少了百分之九十。

中央图书馆发生的那场大火并非洛杉矶公共图书馆系统内发生的唯一一次图书馆被烧毁事件。1982年，好莱坞分馆被人为纵火烧毁，至今仍未解决。据称，最开始时，有人在大楼附近引发了一场小型火灾，随后火势失控，结果酿成了惨剧。好莱坞分馆损毁严重，不得不拆除重建，最终只保存下来两万本藏书。中央图书馆在1986年4月的大火后，还发生了两次火灾。同年9月，音乐艺术收藏馆正中间位置起火，当时，有许多书和手稿仍旧摆放在书架上，没有被运走。与4月份长达七个小时火焰风暴相比，这场火灾较小，救援人员在三十六分钟内就将火给扑灭了。但火灾调查人员对这起事件的起因感到十分困惑。因为除了打捞人员和图书馆骨干之外，这栋大楼已经对所有外人实行了封锁。失火的房间只有一个出入口，一名警卫在火灾发生前十五分钟还来这里进行检查。一名火灾发生时刚好徘徊在大楼外面的男子被逮捕，不过事实证明，他之所以选择在这附近徘徊，仅仅是因为他在试着兜售大麻。图书馆的工作人员已经被之前的那起大火给吓成了惊弓之鸟，结果这次又被第二场大火给吓坏了。一个月后，竟然又发生了一场火灾，发生在图书馆的地下室里。不过，这次至少还能找到一个明明白白的原因：打捞队的一位工作人员不小心将加热材料掉进了地下室的斜槽里，加热材料落进垃圾堆里后，即刻开始了燃烧。

10

《玩转房地产：在房地产中即刻获得现金利润》（2006）
威廉·布朗克 著
333.6 B869

《蛇蝎女佣：完整第一季》（2014）
DVD

《21 天瑜伽锻炼教程：改善新陈代谢及重塑生活方式实用手册，
令你在短短三周内变得健康、强壮又完美》（2013）
莎迪·纳迪尼 著
613.71 N224

《街头霸王：图像小说（由同名电子游戏改编)》（1994）
莱恩·斯特拉泽夫斯基 著
740.914 H655St

很长一段时期里，阿林·卡斯帕里安都在赛百味里负责制作三明治。他并不认为这是个永久的职业，但安顿在赛百味的生活是如此舒适，以至于他的母亲开始有些担忧。她想让他做一些比制作番茄酱肉丸和一英尺长的三明治更有价值的事情，所以，她劝儿子到图书馆去找份工作。起初，卡斯帕里安并不感兴趣——毕竟他在赛百味有免费的食物可以享用——但他的姐姐说服他去申请，不过也只是为了能让母亲高兴而已。"我必须在免费三明治和捣鼓书之间做出选择——"卡斯帕里安说，"我选择了让我老妈开心。"卡斯帕里安二十多岁，有着一头乌黑的头发，性格活泼开朗。我们谈话时，他正在中央图书馆的主厅借阅台旁，刚准备开始轮班。"申请图书馆工作是我做过最棒的事情。"他告诉我。其实他真正的抱负一直都是能执导一部电影，但是后来如他亲口所讲的——他"遭到现实的打击"，不得不充分衡量这一目标的难度。现在他打算去读图书馆学专业，以后成为一名童书区图书管理员。他说每天早上醒来都很高兴。"我感觉……自己目前什么都挺好的！"他说，"一切都很好！"

1997 年，大学图书馆学专业的管理人员开始注意到，本专业的申请人数正在逐步上升；申请者的平均年龄则稳步下降；许多图书馆学的学生有着艺术、社会学或技术学科的专业背景。很多申请者为男性，或者换种说法，男性申请者至少比过去多了很多。相当数量的申请者身上都有文身。其中很多人都说，他们被这一行业深深吸引，是因为它将信息管理与公众福利结合在了一起。除此之外，图书馆馆员收入不错，能过上体面的生活。在洛杉矶图书馆系统中，初级职员的年工资能超过六万美元，部门主管级别的馆员若能管理多个部门的话，可以挣到近二十万美元的年薪。

如今，对这个行业感兴趣的是一个全新的群体：他们更为年轻，正在改变这个行业。如今有以图书馆馆员为主角的漫画书；西雅图公共图书馆推出了以馆员南希·珀尔为原型的可爱活动玩偶；由馆员运营的知名博客达数十个，其中一个甚至自称为"世界上最强大的图书管理员"；而且，馆员被认为是一个能让你成为社会活动家的大好机会——在杜威十进制图书分类系统中工作的同时，你能支持言论自由和移民权利，并对无家可归者给予关爱。据我所知，卡斯帕里安的转变可能要上溯至1995年，当时帕克·波西在独立电影《派对女郎》中扮演了一名图书馆馆员。

卡斯帕里安喊道："下一个！"一个染了草绿色头发的女孩走上前来，借了一本图像小说。在她之后，是一位身穿灰褐色西装的英俊老人，借了两本台北旅行指南。卡斯帕里安在为读者服务的时候，眼睛一直盯着他们的脸，在处理书时凭的更多是感觉，而不是视觉。在一位商人模样的读者离开后，他小声对我说道："我不知道自己是否应该看他们借的都是什么书。"他咧嘴一笑说："其实有时候，我的确会瞟一眼——哈，你肯定不敢相信，竟然还有这么一本书存在。"就在这时，排在队伍后面的一位女士向他挥手致意。他告诉我这是图书馆的常客——"我认识她，但我并不真正了解她。我的意思是，我只是在服务台这里认识她，所以也只能从这种特定的方式了解她……"说到这里，他皱了皱眉头，不确定是否准确地表述了他们的关系。当这位女士走到服务台前，卡斯帕里安笑容满面地向她打招呼，说自己有一段时间没有见到她了。女士笑了起来，然后说："你说得对，我好久没来了。我生了一对双胞胎。"

在她之后是位满面愁容、头发凌乱的女性。"我想找一本瑜伽书，可以吗？"

一位头发花白、穿着松垮棕色西服的男士走近服务台，手里拿着一张按字母顺序排列、共有二十部电影的片单，从《狂蟒之灾》到《鸳鸯绑匪》。"我能找到这些片子吗？"他问道。卡斯帕里安点点头："您当然可以！"

一个留着辫子的年轻人走上前说道："我在哪里能够找到一本戒酒互助协会的书？"

两名中年男子，穿着成套的马球衫，借了三本迪士尼乐园指南。

一个留着棕色长鬈发的高个子女人走到服务台前，把一堆高高摞起的《神奇树屋》放到服务台上。"给我那八岁的女儿看的——"赶在卡斯帕里安开口询问之前，她直接就对他说，"她就是不能没有这些。"

有个剃了光头的年轻人一次性还了十五本书。"其中有些已经过期了。"他对卡斯帕里安说道。卡斯帕里安看了看电脑，说罚款是十美元四十美分。"好吧，"年轻人细想了一下，说道，"我付你十美元。"

尼尔森·托雷斯，卡斯帕里安旁边的服务台工作人员，已经准备要下班了。他告诉我，他一直都很清楚，自己天生就是从事公众服务类工作的料，因为他认为自己待人友好，为人随和。他又说自己从来就不怎么读书，但从高中开始就在图书馆工作，直到现在。当他跟我说话的时候，有个男人走近借阅台，问图书馆里是否有电视剧《蛇蝎女佣》的 DVD 可供借出。

"这部电视剧很好看。"托雷斯点头道。当他抬起头看存放位置时，有位女士走过来，拍了拍服务台，问道："你妈妈最近怎么样了，尼尔森？""她相当不错。"他回答道，然后转向那个借碟的男人，为他的《蛇蝎女佣》指路。

另一名馆员加勒特·兰根从服务台后面走过来，把手放到托雷斯肩膀上。"你做完事了啊，尼尔森，"兰根说，"警卫马上就会把你的脚镣重新戴上。"

赛琳娜·特拉扎斯是图书馆的主要负责人之一，她管理包括计算机中心、咨询处、儿童区和借阅台这几块领域。她慢悠悠地走过服务台这边，对现场状况进行了简单评估。她是个热情洋溢的女人，为人风趣，染了一头蓝色头发，戴着时髦的眼镜。她看了看自己的健身记录仪，然后说道："我每天都要在这栋楼里走上一万步！"转眼又消失在服务台后面的工作室里。

当我回到卡斯帕里安那边时，他正在帮一个来自英国的年轻人申请一张借书证。有个头发蓬乱、背着脏兮兮粉色背包的女人在他旁边晃悠，看上去有点迷糊。卡斯帕里安说，当他第一天在图书馆里工作时，"看到无家可归者总觉得有点吓人"，不过现在他已经能够认出其中的不少常客，也就没那么害怕了。他说，在多少了解了他们之后，会让自己感觉好多了，用他自己的话来讲："他们赋予我一些能量。"我让他详细说明一下，他说："这让我觉得……自己很重要。"他说这话的声音有些害羞，然后又补充道："就好像我在做一些真的很有帮助的事情。"

11

《豪尔·豪瑟的市中心》（录像）/#110,《开门的教堂》（2007）
DVD 979.41 L88Do-6

《ARCO 公司的第一百二十五年：庆祝过去，展望未来》（1992）
罗德里克·M.库克 著
338.78 A8815Co

《密苏里州，一份"展示自我"指南》（1941）
密苏里州工程项目管理局作家计划 编著
977.8 W956

《如何写出成功的筹资信》（1996）
马尔·沃里克 著
361.73 W331

大家正在努力适应新环境，试着在受火灾影响时期做一名合格的洛杉矶公共图书馆馆员。馆员正在接受心理治疗。中央图书馆已经关闭，没有重新开门的计划。保险公司愿意赔偿建筑物本身受到的损坏——开裂的混凝土、层层叠叠的煤烟和污垢，以及消防部门在屋顶上钻的孔洞。事实上，中央图书馆厚实的墙体已经很好地经受住大火的考验。保险公司不负责承担大楼内部任何物品的损失。更换四十万种损失藏品的费用，估计将超过一千四百万美元——六百万美元用于图书，六百万美元用于期刊，两百多万美元用于专利收藏与其他科技文献。另外七十万本受损图书的存放及修复费用目前只能凭猜测来估算。至于更新图书馆所需的资金，目前还没有任何着落。

作为城市图书馆馆长，怀曼·琼斯自认为很熟悉与一切做斗争。他于 1929 年出生于密苏里州。他的父亲曾是一名中学校长，但整个大家族的成员几乎全是种田的农民。"大萧条可是害惨我们了。"他最近跟我说。我给住在俄勒冈州波特兰市的他打了电话，从图书馆退休后他就搬到了那里。当我第一次向他解释我正在写一本关于图书馆的书时，他说他不会跟我多聊，因为他也正计划写一本同样主题的书。他还告诉我，打算将自己的书命名为《火灾下风处的肚皮舞者》。在强硬地坚持无意接受采访后，他还是在电话里跟我聊了一个多小时。在接下来的几个月里，我们每次通话都是这样：他先要告诉我为什么不跟我讲话，然后又不让我挂断电话。有时我会编造一些借口，在聊了一个小时左右挂断，因为我的手做笔记做累了，或是我不得不去做晚饭了。跟他讲话，就像跟一个在镜子里盯着你的人战斗。"在你写书之前，你应该真正地了解一些关于图书馆的知识。"他不止一次地这样对我说道，"你懂什么？你又不是图书馆馆员。"在我们的第一次谈话中，他的话题好几次都转到大萧条上，反复说那对他的家庭而言有多么困难。"我不是想说服你，苏珊，"他说，"我是在告诉你事实。"

来到洛杉矶之前，琼斯在得克萨斯州管理图书馆系统。他在那里以成功建设分馆而出名。1970 年，琼斯来到加利福尼亚，他打算拆掉老馆，在另一块地上建造一座更新潮、更庞大的新馆。他对贝特伦·古德休设计的这座地标性建筑一点都不感兴趣。每当我们谈起它时，他都对这座"首席建筑师"的作品不屑一顾，认为此人对"图书馆一窍不通"。他认为，古德休总体来说过誉了。"建筑界并不看好这座建筑。"他说。我告诉他，我读过很多关于这座建筑的赞誉，很多建筑师认为它是一件杰作。"嗯，公众可能会有一定程度的感伤情绪，因为人们过去常去那里看书，或干点类似的事，"他说到这里时，几乎是用鼻子直接哼了一声，"不过，我不喜欢有人跟我开这种玩笑，说这是一座很棒的建筑。"

由建筑师、古迹保护者和城市规划师组成的"保留原建筑"联盟在这场争斗中占了上风，市政府最终决定翻新并扩建中心图书馆，而不是直接拆除它，琼斯得知这一结果后只能勉强负责监督重建计划。在他担任馆长的二十年里，他将这场火灾视作人生中遇到的又一个烦恼罢了。"听着，我在那个位置上总共经历了三次地震和三次暴乱，"他在一次午后通话中说道，"对了，还要再加上三次心脏病发作。"他说，他发现馆员们经常胡乱发神经，而且总是太自由散漫。（"那帮人组成的联盟实在是太荒谬了。我管理那地方二十年了，他们也没有为哪怕一件事情给我颁发点荣誉奖项。"）更糟糕的是市政管理层，尤其惹他反感。"市议会？我当他们是个难相处的女朋友，"他说，"你只需要随便耍个魔术，弹弹钢琴，就能让他们一直保持开心，就是这样。我不过是跟一帮二流政客和无能者共事太多年了。你明白吗？我工作那么努力，在那个位置上待了那么久，可我从没接受过哪怕一次贿赂。"他告诉我，他在图书馆任职期间在整个洛杉矶都很有名，走到哪里都会被人认出来。我听到这个消息后感到很惊讶，因为在我看来，大多数人应该都认不出他们所在城市的图书馆馆长，但琼斯坚持说，他在餐厅吃顿晚饭，途中就会被无数次地拦下来。"我在馆里待了二十年。二十年！我去哪儿都会有人想从我身上得到点什么。你知道这是一种什么样的感受吗？你明白我为什么不在那样的城市享受我的退休生活吗？"他问我，"你能理解我为什么一定要搬家吗？"我没有立刻回答他，于是，他很快就厉声催促道，"嘿，给我个答案！别想取悦我。告诉我，我为什么要搬家？"

即使市政府真的有一千四百万美元的闲置资金，为像中央图书馆这样的大型图书馆补货也是件麻烦事。琼斯说，许多书早已绝版，必须从多达七千家不同的供应商那里订购。"首先要搞清楚的是，究竟应该从哪里弄回这些该死的东西，这需要大量的专业知识。"琼斯尖锐地评论道，"还需要很多时间，更需要他妈的很多钱。你觉得这很容易吗？嗯？好吧，相信我，绝对没那么容易。"

罗德里克·库克，ARCO 公司的总裁，也是"拯救书籍"运动的主席，该运动旨在筹措资金弥补在大火中损毁的藏书。库克可以从他在第五街的办公室看到图书馆，火势刚被扑灭，他就在公司里给怀曼·琼斯和图书馆行政人员腾出专用的空间。ARCO 的公共关系主管卡尔顿·诺里斯提醒馆员，"石油公司的人有时……会使用简洁、粗俗且直接的语言"，也许会引起馆员们的不安，但琼斯还是接受了这个邀请。

馆员们已经习惯了市政预算的锱铢必较，所以他们对 ARCO 的豪华办公室叹为观止。根据卡尔顿·诺里斯的说法，那里的自动校对复印机是最伟大的奇迹。反过来讲，ARCO 的员工也对馆员们颇为崇敬。诺里斯表示，他们中的很多人都在石油城镇长大，那些地方小得连图书馆都没有。在员工们的眼中，馆员优雅博学，且拥有良好的教养。

罗德里克·库克用 ARCO 捐赠的五十万美元开启了"拯救书籍"运动，并开始四处争取资助。他给好莱坞一半的人都写了私人信件。"亲爱的乔治，"他写信给乔治·卢卡斯，"一场可怕的悲剧正召唤着你和我……上帝知道，你几乎每时每刻都被人围着，有人甚至抓着你的衣领跟你要钱……但图书馆不一样，它是这座城市里集体创意的温床，是哺育灵感之地。"他还写信给美国电影协会主席杰克·瓦伦蒂，后者一听说环球影城的老板卢·瓦瑟曼已经签名参加后，便也同意加入该委员会。瓦伦蒂和库克一起写信给洛杉矶每一位电影制片厂的负责人和主要制片人，请求他们为中央图书馆做出贡献。目标是筹集一千万美元，拯救这座城市的书籍。

募捐活动转眼就结束了。因为资金募集得实在太快。有些捐款数额特别巨大。比如，J. 保罗·盖蒂信托基金捐助两百万美元；当时拥有《洛杉矶时报》的时代镜报基金会捐助五十万美元。《午夜的另一面》的作者西德尼·谢尔顿捐出两万五千美元。苏斯博

士 ❶捐赠一万美元。有些捐款只有几美元。许多小额捐款都附有说明,解释了捐款者为什么要支持图书馆。原因自然是多方面的。"为什么旧金山的一对老夫妇会捐钱给图书馆来添置藏书呢？"一张便条纸上这么写道,"是这样的，我父亲于 1952 年 7 月 17 日在洛杉矶中央图书馆内去世。因为心脏病发作或中风，我从来也没有搞清是哪个原因。无论如何,祝你们的运动好运！"有人直接捐书,包括全套的路易斯·拉穆尔 ❷精装全集，来自拉穆尔的遗孀；以及一位收藏家的一千四百本烹饪书。查尔顿·赫斯顿 ❸ 为"拯救书籍"运动筹办了一场慈善鸡尾酒会。一家大型户外广告公司在全城捐赠了近六十块广告牌的限期使用权，以帮助传播这一消息。

市长汤姆·布拉德利敦促他的选民尽己所能支持这次运动。图书馆的筹款活动已遍及全市。学生们举行回收瓶子和铝罐的募捐行动。各个街区举办"拯救书籍"运动的庭院拍卖会。在运动的号召下，整座城市有了一种共同的使命感，令许多人都深感鼓舞。它是火灾当天那条救书的志愿者队伍的另外一种版本：陌生人肩并着肩，一本书接着一本书，拯救被大火毁掉的事物。在这座有时看起来四分五裂、充满戾气的城市里，对图书馆的广泛关注提供了一种团结一致的罕有体验。不过，时不时地也会有人提出反对意见。"亲爱的布拉德利市长，"一位反对者写道，"当城市里每天都有几十只漂亮、健康、聪明又可爱的小狗和小猫被杀死的时候，我们却意外地发现，人们竟然急于花费巨资来拯救书籍，这简直

---

❶ Dr. Seuss，美国知名绘本作家。

❷ Louis L'Amour，美国畅销小说家，擅长西部冒险、都市犯罪、惊悚悬疑等故事题材。

❸ Charlton Heston，美国知名演员，曾出演《十诫》《宾虚》，1959 年获第 32 届奥斯卡最佳男主角奖。

骇人听闻，因为这座城市实在太穷了，连小动物都养不起……它们迫切的需求一如既往地被遗忘，而这项时髦又短命的运动却受到一群自命不凡的知识分子的鼎力支持。另外：别忘了在圣莫尼卡湾死去的海豚。谈什么'拯救书籍'！"

委员会集思广益，提出其他的计划以补充捐款。琼斯建议举行世界上最大的宾果游戏（该提案被否决了）。还有人建议洛杉矶湖人队和影视圈名人合作，举办一场慈善性质的表演赛，比如跟《解开心结》的琼·范·阿克（该比赛被批准，由范·阿克担任教练）。ARCO 大楼的大堂开设了一家商店，里面有"拯救书籍"运动相关的主题商品（马克杯、书签、短袖等）。安德鲁王子 ❶ 和他当时的妻子莎拉·弗格森举行了一场盛大的筹款晚会，组织得如军队一般严谨，包括邀请图书馆的支持者与特别来宾参与趣味知识抢答。罗德里克·库克的妻子收到一份专门的简报，提醒说莎拉·弗格森"对时尚和发型不感兴趣"，安德鲁王子"不喜欢运动，但莎拉喜欢"。

两万名小学生和两千名成年人参加了"拯救书籍"征文比赛，奖品之一是欧洲往返机票。征文题目为"图书馆而言对我意味着什么"，雷·布拉德伯里是评委之一。获奖的文章大多文笔沉郁，令人不安，而且情绪低落。许多文章读起来像是心怀近乎残酷的孤独感时所发出的忏悔，仿佛唯有在图书馆这样的地方，孤独的人们才能聚在一起，感觉稍微不那么孤单。"多年来，我是图书馆里的一座城堡，于此共享一片寂静的乡野，在这无尽的静谧之中，与其他禁锢在自身的无边孤寂的人……"有人这样开头道，"我开始了解自己所生活的这颗星球，并学会保持希望……不知为何，

---

❶ Prince Andrew，英国女王伊丽莎白二世和菲利普亲王的次子，1986 年获册封为约克公爵。

周遭日常生活之悲苦逐渐变得可堪忍受……"

还有一份获奖作品，是馆员吉尔·克雷恩所写的诗歌，他曾在火灾过后参与了清理现场的工作：

我们捧着被焚烧与水浸后

的一块块书在双手中。

历史、想象、知识

在我们的手指间剥落。

我们整理好余下的灰烬。

不是为了工资

而是为了魔法。

这座图书馆的魔法。

我们所有人觉得自己是它的一部分，

所有人也都觉得自身受到了侵犯。

如今当我每天走进这栋

鬼魅般的建筑物之中

它的天性依旧在律动

渴望着与人分享智慧。

有时在这里，令人沮丧，

但我们都有共同的信念：

这只凤凰将会重新飞腾

飞起于灰烬之中；它有

一种精神，连疯子都无法

杀戮或烧尽。

距离 ARCO 大楼一个街区远的位置，就在图书馆南门前的希望街上，坐落着一栋建于 20 世纪初的庞大建筑，它拥有一间容纳四千个座位的大礼拜堂，以及由九个大拱门横跨组成的正立面。几十年来，这栋建筑一直都是全洛杉矶城最高的建筑物。它最初作为当地一个福音派基督教会的总部被建造起来，被称为"敞开大门的教堂"。这栋建筑的霓虹灯牌上写着"耶稣拯救世人"，市区里的任何地方几乎都可以看到，钟楼每天两次演奏的赞美诗也可以被很多人听见。

由于居住在市中心的教会成员逐渐减少，教会决定迁往郊区。1986 年，教堂被整体出售给吉恩·斯科特，他是一个名为"魏斯科基督教中心"的五旬节派教会的神父。斯科特生于爱达荷州农村地区，是斯坦福大学哲学博士，他自称是"最具怀疑精神的信徒及最虔诚的不可知论者"。在经历过年轻时期的叛逆，以及稍微不那么年轻的自省之后——所有这些都在他的文章《哲学家看基督》中有着详细阐述——最终，斯科特于 1968 年正式开始了布道生涯。斯科特吸引了众多热烈的追随者。自 1975 年开始，他的布道宣讲开始在信仰广播网络❶播出。短短几年内，《吉恩·斯科特布道秀》实现了二十四小时不间断播出，全球一百八十个国家都能观看。他的追随者认为他的布道是极具章法的。中央图书馆的工作人员留意到，每当斯科特讲解某本书时，这本书的借阅量就会大幅增长。斯科特偶尔会在节目中讨论大金字塔——他认为大金字塔具有非凡的神秘力量。而每一次，就会有人查阅彼得·汤姆金斯所著的《大金字塔的秘密》。

❶ Faith Broadcasting Network，由加州格伦代尔的信仰中心教堂运营的基督教电视网络，旗下拥有电台和电视频道。

斯科特平日里的行为举止并不像常见的教堂神父。他有一头茂盛的银发和浓密的胡须，鼻尖顶着一副小圆眼镜。在布道时，他喜欢佩戴头饰，比如说遮阳帽或圆顶帽。在布道时，他习惯用希腊语、希伯来语和亚拉姆语在周围的黑板上胡乱涂写。当他不在黑板前时，则倾向于直视镜头。有人觉得他的目光令人不安，也有人觉得很有吸引力。总的来说，他的语气永远都很直率。他经常直截了当地向镜头提问，比如："你觉得我无聊吗？"除此之外，他布道时还经常骂人，偶尔还会抽雪茄。在其他场合布道时，他身边还会有漂亮又年轻的女子直接在布道台上跳舞。在他的职业生涯后期，他在电视节目里的布道是坐在他那辆凯迪拉克敞篷车的后座上完成的，旁边围着几个穿比基尼的年轻女郎。斯科特离过婚，之后住在帕萨迪纳市的一处房产里。他是个博学的人，会弹吉他，拥有世界上最多的《圣经》私人收藏，还是一名剧作家。他写过一部叫《在椭圆形办公室里蹦蹦跳跳》的戏剧，虚构了一场胖子沃勒❶和富兰克林·德拉诺·罗斯福总统合作的即兴演奏会。他是个善于筹集善款的人。他喜欢劝听众向教堂募捐，宣称"如果你不寄钱，那你就应该抬起头来朝空中吐唾沫，让它落到你自己的身上"。他领着微薄的神父薪水，却买了一架私人飞机和几座牧场。当被问到教会筹集这么多钱是否合适时，斯科特回答说："据我所知，我所履行的是神父职位，而不是福音会内部财政预算委员会成员。"

图书馆里有人建议，举办一场马拉松筹款节目应该会挺棒的，

---

❶ Fats Waller，即托马斯·赖特·沃勒，传奇爵士乐乐手。

就像杰瑞·刘易斯 ❶ 为治疗肌肉萎缩症募资时做过的那样。作为"拯救书籍"委员会成员，吉恩·斯科特对此表示赞同，并建议在那栋教堂的超大礼堂内录制这次电视节目，由他亲自担任节目主持。大部分委员会成员都对此感到高兴，因为斯科特将会为这次筹款节目带来巨大的曝光量。委员会内部有人认为吉恩·斯科特这个人不怎么靠谱，但也承认由他主持将会非常有用，因为他拥有庞大的观众群，以及极具说服力的演讲天赋。他的参与得到了怀曼·琼斯的鼎力支持，后者向斯科特表示，很愿意在节目中展示自己的业余爱好——爵士钢琴和魔术。

马拉松筹款节目于 1987 年 1 月举行，连续直播了二十四个小时，又在紧接着的二十四小时里重播一次。志愿者在一个拥有两百部客服电话的银行里确认来自电话热线的各路捐款。筹款目标是两百万美元。名人们被请到节目中，读着他们最喜欢的书。多达几十位名人朗读者现身，包括雷德·巴顿斯 ❷、前州长派特·布朗、安吉·狄金森 ❸、湖人队总教练帕特·莱利、欧内斯特·博格宁 ❹、埃迪·阿尔伯特 ❺ 和亨利·基辛格。迪娜·肖尔 ❻ 读了《潮汐王子》。查尔顿·赫斯顿朗读了《白鲸记》的最后一章。莎莎·嘉宝 ❼ 也来了，但忘了带书。

---

❶ Jerry Lewis，美国知名喜剧演员，自 1956 年开始连续五十五年担任"肌肉萎缩症救助协会"主席，从 1966 年开始举办电视募捐节目，到停办的 2010 年为止筹集了超过二十亿美元的善款。

❷ Red Buttons，美国知名演员，1957 年凭借电影《樱花恋》获奥斯卡最佳男配角奖。

❸ Angie Dickinson，美国演员，主要活跃于电视领域。

❹ Ernest Borgnine，美国演员，1956 年凭《君子好逑》获得奥斯卡最佳男主角奖。

❺ Eddie Albert，美国演员、社会活动家。

❻ Dinah Shore，美国著名歌手、演员。

❼ Zsa Zsa Gabor，美国演员，社交名媛。

其他一些名人嘉宾也进行了表演。在大众眼中，罗德里克·库克向来是位沉稳严肃的大企业家，这次竟然独自走上舞台，伴着歌曲《舞男》的节奏跳了一支舞。记者在活动报道中将他的表演描述为"诱人的"。库克的妻子事后对《洛杉矶时报》说："我妈妈打电话给我，说罗德正在电视上跳舞……我喊道，'噢，天哪。'"库克的表现是如此振奋人心，在几分钟之内就筹得了十万美元的捐款承诺。怀曼·琼斯表现出色，尤其是在钢琴环节。在整场马拉松筹款节目中，吉恩·斯科特的乐队——他们被称为"不是乐队"——翻唱了披头士的作品。斯科特站在一旁，用他特有的方式抽着雪茄，兴致勃勃地向观众们揭晓每一位朗读者和表演者的名字。总的来讲，舞台上的壮观场面、滔滔不绝的捐款誓言、鱼贯而入的权贵和名人们——都令斯科特感到兴奋又开心。最终，这次节目筹集到的资金远远超过两百万美元的预定目标。在洛杉矶这座有着许多个奇异夜晚的城市，这算得上历史上最奇异的夜晚之一。

12

《美国牧羊业历史与现状专题报道》（1892）
美国农业部部长 授权出版
636.305. U51

《我们去采金矿吧》（1964）
J. P. 霍尔 著
332.4973 H177

《西部奴隶制度：美国西部原住民奴隶制度不为人知的故事》
（2011）
盖伊·尼克松 著
970.3 M685Ni

《抚摸》（1921）
让·黎施潘 著
F.841 R528-4

在洛杉矶图书馆最早获得的一批书当中，有《养马人指南》《牧羊业》《如何赚钱》，以及标题非常简单的《蜜蜂》。洛杉矶市最早的图书馆建于 1844 年，当时一家名为"帕斯之友"的社交俱乐部在舞厅里开设了一间阅览室。那时，整个南加州的书都不多，大部分藏书归属于各个西班牙布道团所有，普通民众根本没办法读到。当"帕斯之友"陷入财务困境之后，阅览室很快便关门大吉。不过，人们一直对在城里兴建图书馆很有兴趣；1872 年，一家协会成立，打算在城里建一座图书馆。为了筹集资金，该协会主办了一场以狄更斯为主题的聚会，参与者都打扮成狄更斯作品中他们最喜欢的角色。这场聚会持续了整整一周。《养马人指南》和《牧羊业》就是用聚会筹集来的资金购买的。

图书馆首先需要的是一座建筑。图书馆协会有一位成员名叫约翰·唐尼，在市中心拥有一栋叫唐尼大楼的建筑，他同意将部分空间捐赠出来。这栋大楼里有若干间小型办公室，还有一块户外集会场所，每周都会举行奴隶劳工拍卖会。1859 年，加利福尼亚州通过了一部变相容许奴隶制的法律，允许白人购买美洲原住民的孩子当"学徒"，并对被宣布为"流浪者"的美洲原住民进行"竞拍"，还迫使被拍卖的奴隶通过劳动来抵销他们的拍卖费用（这部被称为《治理及保护印第安人法》的法律直到 1937 年才被完全废除）。

这座图书馆于 1873 年 1 月对外开放。会员费是一年五美元。当时，五美元是一个普通工人几天的工资，所以只有富人才能加入。图书馆的规章过于一本正经，执行起来极度严苛。人们进馆后必须脱帽，读者不被鼓励读太多小说，以免他们一不小心变成协会所说的"小说上瘾者"。那些被认为"在道德方面可疑、没有价值或毫无根据的书"都会被排除在馆藏之外。按照规定，妇女不得使用图书馆主体设施，但正式开馆后不久，额外增加了一间"女士之屋"，里面摆放着一些挑选过的杂志。至于儿童，根本就不被允许进入。

唐尼大楼里的图书馆区域还包括了一间图书馆阅览室，内有长桌和硬座靠背椅。阅览室还专门安排了小衣帽间，读者可以把帽子和雨伞放在那里。有时，人们也会在那里存放鸡、鸭和火鸡。尽管这座新图书馆很受欢迎，仍有许多人担心人与人之间共享书籍和近距离接触可能会传播疾病。据《洛杉矶先驱报》报道，这处空间"狭小又拥挤……恐怕会对生命造成威胁"。当时流感、天花和斑疹伤寒正在城市里猖獗蔓延。一位市政府官员告诉《洛杉矶时报》，任何在明知家人患有传染病、仍来借阅图书的图书馆会员，"无异于是在犯罪"。

洛杉矶的第一位公共图书馆馆长是位患有严重哮喘的男性，名叫约翰·利特菲尔德。他比任何人都讨厌拥挤的地方，只要一有机会就会逃出阅览室，躲在办公室里抽一种用曼陀罗制成的药烟，以此来缓解肺部的难受感觉。根据图书馆早期的一份年度报告，利特菲尔德抽药烟的习惯并不受到读者的欢迎。"当（利特菲尔德）开始咳嗽、喘息，喉咙里发出咕噜咕噜声，然后又去找烟抽时——"报告里这样写道，"那种令人厌恶的、燃烧着的（金针草）浓烟便弥漫在整栋大楼里，几乎要令所有人窒息。"总的来说，利特菲尔德看来深受困扰、深感抱歉，自己也饱受折磨。每当有人因此请他离开办公室时，他就会嘀咕着说："好吧，既然我必须得出去，那么我也确实别无选择。"接着就是一声沉重的叹息。不知怎么回事，他居然还能在馆长这个位置待了六年。他的继任者是一位名叫帕特里克·康纳利的酒鬼画家，此人就勉强干了一年。

玛丽·弗伊过来接替康纳利的时候才十八岁。令人惊讶的是，他们居然会考虑让这么年轻的人来担任这一要职，更令人吃惊的是，这名年轻人还是女性。因为在 1880 年，图书馆仍然是一个由男性管理、只为男性服务的机构。女性不被允许拥有自己的借书证，只能使用"女士之屋"。当时，美国也没有任何一家图书馆由女性担任馆长，不仅如此，全美各地图书馆雇用的全部员工中，只有四分之一是女性。图书馆职位女性化的路还有十年的时间要走。

弗伊事后被证明是一位严厉且高效的管理者，尽管她非常年轻，以至于她的父亲每天都要过来陪她下班走路回家。当时的图书馆没有书目索引，但弗伊对各种资料所在的具体位置都非常熟悉，几分钟内就能从书架上找到任何材料。她对追缴逾期罚款相当严格，并喜欢将罚款放进挂在她胸前的皮包里。那些成年男性读者普遍很尊敬她：在馆内，她的常规职责之一，就是为他们担任国际象棋和西洋跳棋的裁判，这类棋类游戏是阅览室里每天都有的全天候节目。如果下注的读者为棋盘点数争论不休，她还经常帮他们计算赌注。

玛丽·弗伊也许会在馆长这个位置上坐很多年，但在 1884 年，当初任命她为馆长的市长离任后，图书馆董事会迅速投票罢免了她。董事会给出的理由是：弗伊的父亲经济状况良好，眼下完全有能力照顾她，由此推测她不再需要工作。另外，恰好一位非常受大家喜爱的农场主 L. D. 加维特刚去世，他的女儿杰西渴望得到一份工作，因此，董事会决定任命她担任这一职务。弗伊在抗议中离开了馆长位置，并在离任时在报纸上发表了对董事会的尖锐批评。她后来当上教师，还成了一名妇女参政权论者。

此后，由加维特和她的继任者莉迪亚·普雷斯特管理着图书馆，其间平安无事。1889 年，俄亥俄州一位名叫泰莎·凯尔索的报社记者被任命为新一任馆长。凯尔索体态宽胖、蓄着短发，在公共场所出现时不戴头饰——在那个大多数女性的长发都盘起或扎成顶髻且人人戴帽子上街的年代，她的行为令人震惊。凯尔索没有结婚，平时爱抽烟，人们普遍认为她"不够传统"。可她足够聪明且雄辩，说服董事会聘用了她，尽管她没有相关工作经验，除了为供职的报纸报道过一次图书馆会议外。

凯尔索对习俗和礼节不感兴趣，她认为图书馆很破旧，需要现代化。她先是取消了会费。很快，持有借书证的读者从一百人增加到两万人。她将大部分书放在开放式书架上，允许十二岁以上、在考试平均成绩达到九十分的孩子自由使用图书馆。她在移民定居的边远地区设立"图书投递站点"，这正是分馆的早期版本。她还将图书馆从唐尼大楼内的拥挤房间搬到新市政府大楼里更大的空间。有了额外空间，她希望图书馆能够进一步扩大规模，有更多书供读者借阅；她构思出一间贮藏室，里面有网球拍、足球、"室内游戏、幻灯片……所有有益健康、可供消遣的设施……超出所有男孩女孩能想得出来的所有要求"。她认为图书馆不仅仅是一个藏书的地方，更应该是"城市的娱乐和教育中心"。在她的任期内，这个抱负并未实现，但在近百年前，她就预见到了图书馆的现代模式。

凯尔索并没有受过图书馆馆员的相关培训，但她想聘用一名训练有素的员工。于是，她聘请了阿德莱德·哈斯来当自己的副手，哈斯是洛杉矶自行车赛冠军，也受过严格的图书馆培训。随后，她们共同建立了一所图书馆学校——这是西海岸最早的图书馆课程之一。学校以严谨治学而出名。因为学业压力过重，有些学生出现了晕厥和神经衰弱等不良反应。1891 年，该校学生科琳·怀斯突然去世。有人把她的死因归咎于面临考试时产生的极度焦虑。凯尔索认为这是胡说八道，甚至将两名讨论怀斯之死的学生停课。

在凯尔索上任的时候，图书馆的总藏书量只有六千本。她陆续购买很多新书，仅仅在上任第一年，总藏书量就增加到四万册。1893 年，凯尔索签署了一份采购大批量小说的订单，其中包括一本法国作家让·黎施潘的小说。作为波德莱尔的支持者，黎施潘以其作品中充满情色基调而闻名。在 1876 年出版诗集《穷途潦倒之歌》之后，黎施潘被诉以严重猥亵罪，罪名成立，被判拘禁。彼时，凯尔索订购了《年轻》（*Le Cadet*），黎施潘在欧洲已经获得了一定程度的赞誉，但他的作品在美国仍被认为是不道德的。

图书馆的藏书审核委员会签署了购买《年轻》的订单，但并不清楚委员会中是否有人知道这本书的具体内容。首先，他们中没有一个人会说法语，而这本书只是名单中许多待购图书中的一本，可能快速瞟一眼就被略过了。就这样，《年轻》悄然进入图书馆。它就像其他书一样做了索引处理，搁置在书架上，很可能连续几十年都无人问津。哪里知道，在机缘巧合中，这本书被《洛杉矶监察报》的记者留意到了，此人很熟悉黎施潘活跃在外的坏名声。于是，他写了一篇关于此书的报道，很快便引起骚动：在当地报纸上涌现大量的负面评论，纷纷对凯尔索的选书判断提出质疑。洛杉矶第一卫理公会神父 J. W. 坎贝尔坚信，凯尔索受了魔鬼的蛊惑，开始公开为凯尔索的灵魂守夜祈祷："噢，上帝啊，请你保佑，请拯救洛杉矶公共图书馆馆长，清除她所有的罪孽，使她成为一个与其办公室相称的女人吧。"

凯尔索将《年轻》留在了书架上，然后采取了一项被《洛杉矶时报》称为"绝对与众不同的轰动性行动"——以诽谤之名起诉坎贝尔神父。她辩称，神父的指责公开污蔑了她的工作能力，实际上，她也不知道《年轻》有此争议。更重要的是，她指出当时是藏书审核委员会——而不是她——批准了所有的订购请求。在诉讼中，她明确表态自己不是卫理公会教徒，因此，卫理公会神父的谴责无异于一次严重的诽谤。她要求获得五千美元赔偿，差不多相当于今天的十四万美元。

这件案子不断变化，人们就与此案相关的言论自由问题持续争论了好几个月。凯尔索坚持认为，图书馆购入这本书是她拥有言论自由的体现。坎贝尔神父则认为，他有权为任何人的灵魂祈祷，这亦是他拥有言论自由的体现。随着诉讼的推进，坎贝尔神父的言论自由似乎在道德方面占了上风，但法院方面以坎贝尔确实有意诋毁她为由，判了凯尔索胜诉。卫理公会支付了一笔数额从未对外公开过的赔偿金，与凯尔索达成和解，但凯尔索的胜利令她付出了更大的代价：公众舆论和图书馆董事会不再支持她。

在这起诉讼案不久后，凯尔索又起诉市政府，称她出差参加图书馆会议的旅费一直未得到报销。她再次胜诉，得到了这笔应得的钱，但这种对诉讼的热情最终使她吃了苦头。新的诉讼刚一解决，图书馆董事会就敦促她主动辞职。她拒绝了，声称自己运营妥善，但董事会坚持此决定，并取得最终的胜利。当时，图书馆的大事小事都会被所有城里人盯着，因此，凯尔索被迫辞职的事便迅速传播开来。当她最终同意离开时，《洛杉矶时报》头版宣称："一切都结束了！图书馆馆长问题带来的痛苦告一段落。董事会特别会议……于昨天下午召开，目的是要在所有正式场合剥夺凯尔索小姐的头衔。"

凯尔索离开后，图书馆在新负责人克拉拉·贝尔·福勒和克拉拉的继任者哈莉特·柴尔德·瓦德利安静有序的管理下稳步前进。图书馆的规模越来越大，市政厅里最初看起来非常宽敞的区域，终于被完全占据了。图书馆逐渐变得喧哗吵闹，像一家疯人院。读者在阅读桌上互相推搡。书从书架和台面上溢出和掉落，或被堆在楼梯和阁楼上。有些书还在地下室腐烂了。在哈莉特·瓦德利的催促下，图书馆董事对全社会发出呼吁，希望市民能为新建一栋独立图书馆建筑提供援助，但没有任何结果。"我们需要新图书馆——"，《洛杉矶先驱报》一篇报道如是说，"可得到的回应是没有资金。"

图书馆和城市一样都在极速扩张。当时的洛杉矶正处于蓬勃发展的阶段。仅在 1887 年，就有多达两千名房产经纪在本市兜售房产。南太平洋铁路公司和圣太菲铁路公司正大打价格战，一张从芝加哥前往洛杉矶的火车票一度只需花费一美元，向西的诱惑几乎不可抗拒。铁路网络将横贯全国、辽阔而绵延的距离压缩为区区几天的铁道旅程，还为乘客省下不少旅费。于是，成千上万的人涌向加利福尼亚。在接下来的二十五年里，它被证明是美国历史上最大规模的国内移民潮之一。

1898 年，时任公共图书馆馆长哈莉特·瓦德利的丈夫在自家后院的橘子树丛中挖到了一条金矿脉，于是，这对夫妇决定过上余生皆假期的生活。她的继任者玛丽·莱蒂西亚·琼斯是洛杉矶第一位从图书馆学校毕业的公共图书馆馆员。在来到洛杉矶之前，琼斯在内布拉斯加州和伊利诺伊州管理图书馆，在那里，她因亲和力和专业精神而饱受赞誉。琼斯长着一对薄嘴唇，个子高挑，一头金色头发扎成发髻——光是发髻就令她增高了六英寸。她性格认真、工作富有效率，以她不声不响的方式进行革新工作。在任期开始时，她就将儿童入馆年龄限制降低了两岁，允许十岁的孩子入馆看书。在黑人众多的社区中，她为分馆招募多名非裔美籍馆员，鼓励他们建立以"黑人经历"为主题的书籍收藏区。图书馆在琼斯的任下蓬勃发展。琼斯接手时，它每年的图书吞吐量大约为四十万册。到 1904 年时，这个数字已经几乎翻倍了。

直到 19 世纪末，公众才真正开始认同公共图书馆的价值。在此之前，图书馆被视为一种学术且精英的机构，偶尔会派上用场，但并非不可或缺，也不算一种民主的公共资源。许多公共图书馆仍在收取会员费。这种态度的转变开始于苏格兰商人安德鲁·卡内基的慈善事业，他于 1890 年启动了一个图书馆建设项目。卡内基出生在苏格兰，随后移民至美国。他的父亲是一名织布工，在他童年时期，整个家庭就在贫穷和稍显宽裕之间摇摆不定。小时候，他几乎没有余钱，比方说，他付不起当地图书馆两美元的会员费。最后，他在钢铁和铁路行业发了大财，一度成为世界上最富有的人。当人到中年，他决定在生命最后的三分之一时光里投身于捐献财产的事务。当年付不起图书馆会费的失落感一直伴随着他，于是，他选择图书馆作为自己慈善事业的主要受益者之一。对于那些承诺此后用税收维持运营的社区，他便为它们提供大笔拨款以建立图书馆。各城镇开始派人进行轮番游说，在争取卡内基的援助时，也动员了公众对公共图书馆的兴趣和支持。最终，卡内基在全国一千四百个社区建立了一千七百座图书馆。他在洛杉矶资助了九座小型图书馆，它们都作为分馆加入了洛杉矶公共图书馆系统。

在玛丽·琼斯工作到第五年的时候，她已经有足够信心确认自己的位置是安稳可靠的了。董事会在 1904 年年度工作报告中甚至用专门篇幅赞扬她的出色工作。1905 年 6 月，琼斯出席了董事会的每月例会。在寻常的流程结束后，当时的董事会主席、一位名叫伊西多尔·多克韦勒的律师，突然转向琼斯，要求她尽快辞职。琼斯目瞪口呆地坐着，多克韦勒解释说，董事会认为让男性来管理图书馆才符合每个人的最大利益。而且，他心中已经有了人选：查尔斯·弗莱彻·卢米斯，一位记者、诗人、编辑、历史学家及冒险家。

即便按照当时的社会道德标准来判断，琼斯被解雇也令人十分费解。自 1880 年以来，洛杉矶市公共图书馆一直由女性管理，她们在全国大多数图书馆有女性担任要职之前就已经占据了当地图书馆的主导地位。不像凯尔索，琼斯没有引起任何争端。后来有传言说，多克韦勒——作为副州长及十三个孩子的父亲——向她求婚，但被她拒绝了。

美国图书馆事业最早的从业人员都是男性，大多数来自富裕的新英格兰家庭，他们将图书馆作为一种传教工作，将智慧传递给无知的大众。当时也有一些女性馆员，但几乎全部处于从属地位，即没有任何权利的少数派。美国图书馆协会成立于 1876 年，创始成员是九十名男性和十三名女性。十年后，杜威十进制分类法创始人麦尔威·杜威创立了第一所图书馆学校。该领域逐渐专业化的过程吸引了更多女性，在那个女性几乎没有对应的职业领域可选的时期，她们逐渐得到了认可。此外，许多图书馆由女性俱乐部资助，这使它们就更容易接受女性雇员。但真正让女性进入这一领域的，还是因为图书馆事业在 19 世纪末的蓬勃发展，主要得益于卡内基的介入。全国各地的社区开始快速建立图书馆。这种繁荣发展意味着对馆员的急迫需求。当时，女性为数不多的工作途径之一是去教书，而馆员成了一种自然而然的平级调动。由于急需馆员，男性过往对放开职业性别差异的抵制，被紧急增员的需求所取代。此外，正如 1876 年一篇题为"如何使城市图书馆成功"的文章所提到的，即便是受过高等教育的女性，薪水也比男馆员更低，但她们仍然很愿意接受这份工作。

1884 年，查尔斯·卢米斯搬到洛杉矶。当时《洛杉矶时报》为他提供了一个职位。此前，卢米斯还是一家俄亥俄州报社的记者。他接受了邀请，收拾了行李，决定从俄亥俄州步行到加利福尼亚州履职。卢米斯此行穿的第一套服装是：一件法兰绒衬衫、一条灯笼裤、一对番茄红色的及膝长袜、一双低帮皮鞋，还有一件帆布外套，外套上共有二十三个口袋，里面装满一路捡来的零碎，包括金块、鹿角、烟草、漂亮的石头和响尾蛇蜕下的皮。途中，他将灯笼裤换成了鹿皮裤。抵达洛杉矶后，卢米斯保持自己的穿衣风格，与 19 世纪 80 年代的白人男性毫不沾边。他最喜欢的服饰是一件三排扣西装外套，搭配一条由亮绿色宽边灯芯绒制成的裤子，由一条布满印第安图案的红色腰带束起。第二喜欢的是一件绒面革短上衣和一条很紧的喇叭裤，没人知道他是怎么把自己塞进那条裤子的。还有一顶帽檐宽大的斯特森宽边帽和一双莫卡辛软皮鞋，几乎是他的标准配饰。他一辈子都穿这些衣服，包括他担任馆长的那五年。

总的来说，卢米斯的外表很吸引人。他有一张椭圆形的长脸，始终是一副凶横的表情，长着一个鹰钩鼻，嘴型形似一朵含苞未放的玫瑰花。他身材矮小、精力充沛，有着职业拳击手那种紧绷的肌肉。1859 年，他出生于马萨诸塞州的林恩市。他的父亲是个鳔夫，也是一位严厉且固执的卫理公会神父，想培养一个同样严厉且固执的孩子。结果，刚摆脱父亲的控制，卢米斯就开始反抗了。他上了哈佛大学，与泰迪·罗斯福同住。卢米斯在学业上勉强能够及格，却是优秀的摔跤手、拳击手和扑克牌手。除此之外，他也是校园里头发最长的男人。许多学生认为卢米斯头发的长度令人反感。在他大二的时候，高年级的同学在学生报上发布警告：如果卢米斯不剪掉自己的头发，他们就会亲自拿剪刀帮他剪。

　　卢米斯对传统教育不感兴趣，但非常沉迷于阅读和写作，尤其是诗歌。大三那年夏天，他决定出版自己的诗集。他认为一本标准的纸质版诗集实在太过普通，人人都能想到，于是他想出了在桦树皮上印刷诗歌的主意。他找来一堆树皮，将它们刮成近乎透明的纸状薄片。他亲手用装订线将薄片缝成一本本书。这些书很漂亮，也很奇特，就像灰尘一样轻，而且很小——大约像一只大号的药盒。这些诗大多是卢米斯对新英格兰自然风光的沉思。最受欢迎的是一首烟草颂歌，烟草本身也是卢米斯的嗜好。这首名为《我的香烟》的诗作是这样开篇的：

> 我的香烟！我能忘记吗
> 我和凯特，在晴朗的天气里，
> 坐在老榆树的树荫下，
> 把那芳香的烟草卷在一起……

卢米斯拥有写诗的天赋，但他更大的天赋是自我推销。他将《桦树皮诗集》的副本寄给报纸和杂志。他还想办法将它交到了沃尔特·惠特曼和亨利·朗费罗的手里，他们都称赞了这本小书。这本奇怪的小书最终卖出数千册，对于一个大学生所写的诗集来说，这已是个很惊人的数字。

出版了诗集之后，卢米斯便对大学失去了全部的兴趣。他从哈佛退学，告诉朋友们，自己要成为一名新闻记者。接着，他来了个大转变，他跟自己的女朋友，一个叫多萝西娅·罗德斯的医学生结了婚，搬到她家位于俄亥俄州的农场。根据马克·汤普森的优秀研究著作《美国性格：查尔斯·弗莱彻·卢米斯的奇异生活与西南部的重新发现》中所说，卢米斯一边管理着罗德斯家的农场，一边寻找写作机会。不到一年时间，当地报纸就为他开辟了一个专栏。他的专栏非常受欢迎，引起出版商哈里森·格雷·奥蒂斯的注意，此人刚刚新创办一份叫《洛杉矶时报》的报纸。他说服卢米斯搬到洛杉矶，为他的新报纸撰稿。

卢米斯总爱说，他之所以选择徒步前往加利福尼亚，是因为他想寻找"快乐和新知"。他对美国土地知之甚少，为此感到十分羞愧，他相信徒步穿越会是很好的补救办法。而且，他的身体素质也适合长途步行；他精力充沛，充满好奇，热衷于挑战自己的体能极限。对于自己最终能够逃离东海岸的资产阶级生活，他感到十分开心。美国西部看起来保持着原始自然的状态，他会在此时此地保持独创性的个性——在这里，没有人会拿剪刀追着来剪掉你的长发。卢米斯将前往洛杉矶的徒步之旅视为一次必不可少的旅行，他称之为"我的长途跋涉"。他一生中将完成许多壮举，这便是第一件。

他的长途跋涉也是一场表演——颇为精明的自我包装，就好像把诗印在桦树皮上一样。他很清楚，如果他抛弃更为普通的方式，选择步行前往加州，那么他就会引起关注。在离开俄亥俄州之前，他说服当地一家报纸连载他的旅行日记，他每周寄出一篇。第一篇专栏文章的标题便十分夸张，"卢米斯的双腿：如何测量辛辛那提与洛杉矶之间的距离。它们已经走了六十三英里，还有三千一百三十七英里"。这些专栏有趣又健谈，令人惊叹。他描述了一天走三十英里的体能极限挑战，以及他在徒步时所看到和经历的一切——他在打猎时射杀的猎物，钓鱼时捉到的各种活物，他遇到的人们，他沿途所受的许多伤痛，他遇到第一位真正牛仔时的兴奋。他穿越这个国家的中部地区，描述了对西南部和美洲土著文化的全新认识，并且为之着迷。

旅行相当艰苦。他在密苏里州被劫匪抢劫，在新墨西哥州的山路积雪中挣扎。在亚利桑那州，他从一块露出地面的岩石摔下，摔断了手臂，不得不用长树枝和撕破的长布条捆好手臂。（据他后来所说，他之所以从这场彻头彻尾的灾难中得救，是因为他学会了如何用一只手卷烟。）有时，他几乎没有食物和饮水。在旅行的大部分时间里，他都是孤身一人。在科罗拉多州，他收养了一只被遗弃的灰狗，取名为"影子"。他很喜欢影子的陪伴，但在几周之后，影子患上了狂犬病，卢米斯被迫向它开了枪。

尽管面临各种挑战，但这是他一生中最美好的时光。他独自一人，依靠自己的智慧在旅途中挣扎求生，被荒无人烟的边缘地带层层包围，每一英里都能感受或目睹新鲜事物。他觉得这样才算是真正活着，而且，他很确信徒步对他的灵魂有益。更何况，这也绝对有利于自我宣传。他的日记专栏被全国许多家报纸转载。还有些报纸则将他的旅行当成新闻来报道。每当他经过，就会引起人们聚集围观，有时走进城镇时，还会迎来数百人的集体欢呼。抵达加州时，他已经成了全国皆知的名人。

13

《我国的一些陌生角落：西南仙境》（1906）
查尔斯·弗莱彻·卢米斯 著
987 L958-3

《海底两万里》（电子资源）（2003）
儒勒·凡尔纳 著
电子书

《百年奋斗：美国的女权运动》（1968）
弗莱克斯纳·埃莉诺 著
324.373 F619

《万国百科全书》（1861）
休·穆雷 著
910.3 M982

在卢米斯终于抵达洛杉矶时，他似乎并不怎么兴奋。他将此地描述为"一个大约有一万两千人居住的小地方……大概有六栋三层楼或更高的楼房"。1884 年的洛杉矶，与卢米斯待了大半辈子的波士顿相比，实在是相形见绌。它勉强算得上是一座城市，挤进了美国两百个最大的大都市区的名单。即便是在加州，洛杉矶也被普遍认为是座非常朴实无华的小城市，与旧金山相比显得微不足道。这座城市令他失望，但卢米斯对自己在《洛杉矶时报》的工作感到开心。他在徒步期间引来的关注紧随身后，他的署名一旦出现，报纸的发行量就会急剧上升。

但他的不安又出现了。他其实并不喜欢一份固定工作。他想念徒步旅行中的戏剧性。为了安抚他的情绪，《洛杉矶时报》的出版商鼓励卢米斯外出，去报道洛杉矶城外发生的故事。西南部的阿帕奇战争❶仍在继续，卢米斯决定先去一趟，写写战争中的情况。他一直对该地区的风土人情保持兴趣。为了能跟当地人更好地交流，他决定学习西班牙语，平时尽可能用英语和西班牙语夹杂的方式讲话。

在其中的一次旅行中，卢米斯遭到袭击，导致身体几近瘫痪。经过一番努力，他总算恢复到可以骑马、步枪射击和卷烟的程度，但当他回到洛杉矶时，身体情况变得更糟，几乎无法拖着身子去工作。最后，他告诉《洛杉矶时报》，他需要请假，让身体彻底康复。接着，他便搬到新墨西哥州的圣马特奥村。他以为，只要自己准备好了，工作就会随时等着他。但《洛杉矶时报》对卢米斯的旅行癖和不可靠失去了耐心，卢米斯的妻子也是如此。出版商

❶ The Apache Wars，指美国军队与阿帕奇族等原住民部落在 1849 年至 1886 年间的武装冲突，小规模的敌对行动一直持续到 1924 年。

解雇了他，多萝西娅和他离婚了。卢米斯总是把挣来的钱花在买书、文物收藏和旅行上。他从来没攒过钱，现在连工作都没有了，只能艰难度日。身体好转后，他开始从事自由职业，成了一名自由作家和摄影师。他无所畏惧地写下揭露圣马特奥村腐败的文章。在发表了其中一篇作品后，他不得不离开此地，因为他被告知当地的犯罪头目计划要杀掉他。（在他离开圣马特奥几个月后，一名杀手追踪到他，并开枪射中他的腿。）

他娶了伊芙·道格拉斯，他是在新墨西哥州遇见她的，再婚后，他和研究土著人的民族志学者阿道夫·班德利一起前往秘鲁和危地马拉。他和伊芙于1900年回到洛杉矶。他基本上无力偿还债务，于是拼命工作，尽己所能揽下所有活儿。他违背了自己狂放不羁的天性，接受了一份由商会赞助出版、名为《阳光之地》的地区三流杂志的主编工作。卢米斯最终将这份粗制滥造的杂志变成一本严肃专业的出版物。他将杂志名改为《在西部》，并说服了像杰克·伦敦和约翰·缪尔这样的知名作家为杂志写故事。与此同时，他也开始在上面写自己的专栏。他将专栏命名为"狮子窝"，以一只会讲英语且性格十分顽固的美洲狮为主角。

除了《在西部》外，他还写书和写诗，将重要的西班牙语文献翻译为英语。他很珍视老加州那种充满斗志的牧场氛围，但随着人口增长，这种氛围正在消失。他决心全力保存这段历史。于是，他创立了西南博物馆和南加州地标俱乐部。除此之外，他也着力于保护古老的西班牙文化。他还花了很多时间去争取美洲原住民的应得权利，这种行为甚至惹恼了联邦政府。

卢米斯凑够了钱，在位于洛杉矶城东部的阿罗约锡科边缘地带买了一块地，并开始在那里盖房子。卢米斯使用了废弃的电话线杆和铁路枕木，花了十年才完成这座奇形怪状的石头建筑。他将它命名为"艾尔·艾丽莎"。这里是卢米斯一家人的住宅，也是艺术家和作家不断前来聚会的场所。卢米斯给这种聚会起了个"噪音"的绰号，有些"噪音"以西班牙语为主题，还会有吟游诗人和传统食物。另一些聚会则是模拟审判，卢米斯指控其中一位客人不知如何找乐子。随后，被告需要接受轮番审问，最终无罪释放，重新加入到欢快热情的活动当中。艾尔·艾丽莎里的大部分聚会都会准备很多酒。

　　纵观卢米斯的人生，他并不是通过一种自然而然的途径，逐步成长为一名图书馆馆长。最有可能的解释是，他在得到这份工作之前，从未想过会发生这种事。确实，他是一名狂热的阅读者，偶尔也会与图书馆董事会成员碰面，鼓励他们多收集有关加利福尼亚州和西南部各地区的书。董事会的几位成员是"噪音"聚会的常客。但卢米斯在图书馆管理方面没有任何经验，也没接受过任何相关培训。1905 年，当他被任命为洛杉矶公共图书馆馆长时，《洛杉矶时报》编辑部认为他并不适合，因为他"从未踏入过图书馆学校的大门，整天穿着古怪的灯芯绒套装，以酗酒和偶尔骂人而出名"。

　　当图书馆董事会提议由他来接替玛丽·琼斯时，卢米斯的个人生活完全就是一团糟。他有过几十次婚外情。根据传闻，他的情人中包括阿卡迪亚·班迪尼·德·斯特恩斯·贝克，她是加州最富有的女性；还有小说《桑尼布鲁克农场的丽贝卡》的作者凯特·维金；他的几位秘书；福音传道者艾米·塞姆普尔·麦弗森；以及《洛杉矶时报》出版商哈里森·格雷·奥蒂斯那个只有十几岁的女儿，一开始正是哈里森将卢米斯专门请到洛杉矶来的。当时，卢米斯刚得知自己有个私生女，她是他在大学期间短暂恋情的意外收获。在他们见面之后，女孩直接搬到洛杉矶来，跟他住到了一起。

毫无疑问，卢米斯是无休止的流言蜚语中的焦点人物。他莽撞无畏、戏剧化、异想天开、天性浪漫，也许还有点爱撒谎。他酗酒成性。他患有一系列难以治愈的神秘疾病，遍布身体和心灵。他的天赋一直受到关注，这种天赋曾经是完美且优雅的，现在却令一些人觉得傲慢，还需要进一步耐心打磨。伊西多尔·多克韦勒是卢米斯的好朋友，也是艾尔·艾丽莎的常客。当他建议卢米斯接任馆长时，在卢米斯看来，这想必是他从暴风骤雨般生活中解脱、获得身心安宁的良机。

不过，对于董事会方面随随便便就把自己从馆长位置上调走这件事，玛丽·琼斯并不认同。不仅如此，她尤其反对仅仅因为她不是男人就必须乖乖放弃职位的无礼观点。因此，她无视董事会的要求，第二天还是照常上班。她告诉员工，他们应该像平常一样继续工作，她自己不想再讨论这个问题。当晚，董事会与卢米斯会面，商讨新工作的种种细节。他得到的薪水是琼斯的两倍。董事会也邀请了琼斯参加会议，希望她能带着辞职信前来。她确实出席了，但没有带信，也没有辞职的打算。相反，她当众宣读了一份声明："当要求辞职的唯一理由是该部门的最大利益方希望其事务不再由女性来负责时"——她就完全不打算辞职。

多克韦勒回应说琼斯不需要辞职，因为她已被解雇。卢米斯坐在房间的最后面。在沉默了好一会儿之后，他站起来说自己之所以接受这份工作，是因为他被告知琼斯是自愿离开的。他还补充说，他期待着"在洛杉矶公共图书馆已经拥有如此优秀声誉的前提下，创造出属于图书馆自身的特色"。卢米斯素来都在为少数派争取权益上充满热情，但此刻的雇用意外并没有对他造成困扰。

隔天一早，本市最著名的妇女组织"星期五早间俱乐部"召开会议，玛丽·琼斯在会上发言。她告诉听众，她坚持认为自己就是馆长，她手上有办公室和图书馆保险箱的钥匙，她会将它们妥善保管。"星期五早间俱乐部"的女性为她的决定欢呼。于是，琼斯接着去上班，而卢米斯只能闷闷不乐地待在家里。他在《在西部》上写了篇专栏文章，为自己的决定做出辩解，并且指出——"在加州，除了这座图书馆以外，没有一项公共事业……是由女性来管理的，而且民众对此也不期待。"

一天后，共计一千名女性签署请愿书，声称唯有琼斯再次被确认为馆长，并将那些试图罢免她的委员踢出董事会，这场蓄势待发的洛杉矶图书馆大战才能休战。董事会和市长欧文·麦克莱尔都没有对请愿书做出回应。几天后，在"星期五早间俱乐部"的带领下，洛杉矶的女性上街游行来支持玛丽·琼斯，街道上挤满了人。人群没能阻止卢米斯：他穿着绿色灯芯绒西装，戴着斯特森宽边帽来到市政厅，宣誓就任馆长。然后，他便离开市区，跟儿子一起钓鳟鱼去了。琼斯继续去图书馆的办公室坐班，可能还在得意地摇晃手里的钥匙。

图书馆大战的消息传开了，全国各地的图书馆馆员都聚集起来支持玛丽·琼斯。一些人专程前往洛杉矶参加抗议活动。许多人来到琼斯的办公室拜访，其中有些人还给她送了花。市长麦克莱尔讨厌这场无谓的战争给本市带来的负面关注，他希望能够尽快地解决争端，因此，他呼吁召开一次正式的公众集会。数以千计的女性出席，包括女权主义活动家苏珊·B. 安东尼和安娜·B. 肖牧师。集会上的讨论十分嘈杂，最后所有人都吵成一团，没有得出能让人满意的结论。轮到董事会成员发言时，他们选择集体拒绝发言。市长麦克莱尔随后宣布，他将解雇董事会所有成员。然而，他们同样拒绝被解雇。僵局持续了好几个星期。在这段时期里，洛杉矶公共图书馆由一位拒绝离开且已经被解雇的图书馆馆长，和一个拒绝屈服且已经被解雇的委员会来负责日常管理。

图书馆大战本可以无限期地进行下去，因为玛丽·琼斯明确表示自己没有投降的计划，但市长非常恼火，他要求市检察官看看是否能从法律上找到补救措施。六十年前，联邦法律禁止了基于性别的工作歧视。几天后，市检察官宣布他的调查结果：市公共图书馆馆长这一职务是自由任职的，所以董事会有权以任何理由辞退玛丽·琼斯，包括她是女性这个理由。琼斯和她的支持者极为愤怒，继续抗议，但很明显，市检察官的裁决不会动摇。最后，琼斯不得不交出钥匙，永远离开洛杉矶，接下宾夕法尼亚州布尔茅尔女子学院图书馆馆长的工作。她的失败在《洛杉矶时报》上以这个标题终结："一场关于应是由男人还是女人掌权的长期争战，最终结果为——伊西多尔·多克韦勒和'迷糊'米勒最终拿下琼斯小姐的人头。"

琼斯一离开办公室，市里就公布了新馆长就任的公告。卢米斯"可能是加利福尼亚州最有名的图书馆馆长……一位享有全国声誉的作家……他的名字在所有最新版本的百科全书中都有记载；他的身份包括编辑、探险家、作者、文学和历史评论家、历史学家、词典编纂者、社会活动家和几个重要公共事业部门的管理者；他是一位学者，也是一位充满实践精神的领导者"。公告坦承卢米斯"并非来自提供图书馆学培训的专业学校，并非图书馆管理方面的专业人才"，但是，他"在书籍和人文方面所受的教育，他所拥有的大量知识、顽强决心和冷静特质，以及他身上众所周知的'能把事情办好'的杰出能力——在我们看来更为重要"。

卢米斯结束钓鳟鱼之旅，回到了洛杉矶——这是他正式上班的第一天。他给员工们发了一份备忘录，详细说明他被雇用时的这一连串暴风骤雨般的事件。"这一切并不是我们的错。实际上，在面临这种意外状况时，你们和我的处境完全一样，都是颇为尴尬的。"他写道，"谁曾是、可能是或应该是馆长，已经不再是我们需要关心的事了。我现在就是馆长——我和你们将有足够长的时间去养成协同一致、共同努力的好习惯……我要将自己最好的时光奉献给这座图书馆。"卢米斯此时的发型，仍旧是那头在哈佛大学时期令他陷入困境的飘逸长发。他决定在图书馆剪掉长发，以此表明决心，纪念这个全新的开始，当地报纸将此事作为一起重大新闻进行了报道。

对于查尔斯·卢米斯，至少有一件事你可以完全确定，那就是他从来都不会以寻常的方式来做事——他不寻常地抵达洛杉矶，不寻常地处理个人生活，因此自然也不会是一位寻常的馆长。他将自己的管理风格称为"一场民主实验"，将管理图书馆视作人生中的另一项宏伟工程，并且开始对其改良和完善，到了几近痴迷的地步。除了最初的设想外，他陆续提出许多新的创意。当然，在着迷于更广泛规划的同时，他同样专注于细节：他制订了一系列雄心勃勃的计划，打算让这里成为世界上最好的图书馆之一；与此同时，他还就员工午餐提出了非常详细的建议。（他宣称："图书馆的女士们不要再吃腌黄瓜和小糖果作为午餐了——她们需要保持三顿正餐的分量。")

　　他认为自己应该为读者的智力和健康负责。大量伪科学图书的流行令他十分担忧，他认为"用火柴烧了它们都嫌浪费火柴"。不过，他并没有真的将这些书从藏书目录中删掉，而是建立了他所谓的"纯净文学食品法令"，以此提醒读者注意这类书。他雇铁匠做了一个可以印出骷髅和骨头十字交叉图样的烙铁——这是警告"此物剧毒"的化学符号——并把其图印在所有违规书籍的封面上。除此之外，他还制作了专门的警告卡，插在可疑图书中。他原本希望在卡片上印着："这本书是我们馆藏中最差的一本。很抱歉，您的判断力实在太差，因此也只配读这本书。"但他最终还是被馆员说服，用更加克制的语气告诫读者。这些卡片的形状很像书签，上面写着："为了能更加科学地了解与本书相关的问题，请查阅——"后面跟着一处空白，供相应分区的馆员列出内容更好的相关图书。卢米斯在日记中指出，照他看来，毒药烙印是他在图书馆管理领域最优秀的创新之一。不仅如此，他还用烙铁解决了另一个问题。图书馆里有许多可在二手市场上卖出高价的昂贵参考书被偷，为了解决这一问题，他给这类书全部打上"洛杉矶市公共图书馆财产"的烙印。读者们抱怨说，卢米斯实际上是在侵害公共图书馆的财产，但他对此并不后悔。"我们给牛也打上了烙印，不是吗？"他在一份年度报告中这样写道，"跟牛一样——我们的参考书就是那么值钱，难道打上烙印就不值钱了吗？"

　　他喜欢图书馆，但当置身于全国同业者大会上的众多馆长之中时，他觉得自己格格不入。他认为那些人都是"自命不凡的蠢货"，因此创建了一个新的组织，希望能够为他自己和跟他有相似看法的同伴提供庇护。他将组织命名为"图书里程"，又名"图书馆馆员不过是人类"。组织的其他创始成员包括之前的图书馆馆长泰莎·凯尔索，她跟卢米斯一样蔑视现状。他们的口号是"振作起来，美国图书馆协会！"，官方饮料是杏子白兰地。每个组织成员都拥有一个内部绰号。卢米斯叫"残酷的现实"。

打从一开始起，就有人抱怨卢米斯经常不见人影，而且每次都消失好几天。他确实经常去钓鱼，还花时间去参加与图书馆无关的项目——自己新书的出版、西南博物馆事务，以及他对原住民问题的关注，但他离开的大部分时间都是在"艾尔·艾丽莎"工作。有时，他甚至每天会花十四到十五个小时在那里处理图书馆事务。卢米斯很适合在家工作，他是一位非传统的管理者，却始终对这份工作充满热情。实际上，正是因为他任职期间所做的许多工作，才使图书馆成为如今的伟大机构。他接管时，这里是一座挺不错的图书馆，主要业务是借阅图书，而他将这里推动为一处严肃的学者研究中心。他在馆内建立了摄影收藏部门、加利福尼亚历史收藏部门和西班牙历史收藏部门。他还认为名人签名的收藏品也是巨大的财富，于是亲自设计了十分特别的"签名收藏"信笺，并写信给当时所有的名人——从他的老室友泰迪·罗斯福到威廉·詹宁斯·布莱恩特，再到弗雷德里克·雷明顿❶——要求他们为图书馆签名，并额外添加一些内容，比如评论或者涂鸦。他联系过的几乎每一位名人都送来签名，在很多情况下，还附带精心绘制的涂鸦。截至卢米斯1910年离开图书馆时，他已经从世界上最重要的艺术家、作家、政治家和科学家们那里收集了共计七百六十张

---

❶ Frederic Remington，美国画家、雕塑家和作家，以描绘美国古老的西部闻名，着力展现美国牛仔和印第安人的形象。

签名，其中许多有独一无二的涂鸦和符号。

在卢米斯接管时，图书馆的书架分类系统仍有诸多不合逻辑之处。例如，哲学区的书架上摆放着关于手纹看相、斗鸡、通奸、骑自行车和女仆的书。卢米斯重组了各个主题区；他的近期目标是设计一个系统，让人能在不到十分钟内从书架上找到任何东西。至于他的远大抱负，则是让图书馆对社会上所有人敞开怀抱——"一间提供给学习者的工作室，当然也包括每位画家的学徒，还有打工仔和有轨电车司机，他们都希望学习，就像图书馆能够包容希腊语教授或艺术爱好者一样。"卢米斯这种包容的态度在当时是非同寻常的。他发起了一场运动，将从未考虑过要使用图书馆的潜在读者请进图书馆。为了吸引他们，他在学校、商店和工厂里张贴告示，上面写着："你喜欢读书吗？你想学习吗？洛杉矶公共图书馆为你而建。"这张告示还鼓励人们不要害怕在图书馆里迷路。"（图书馆）不仅有书，还有人能帮你找到想要的书，教你如何合理使用它们。来吧，在资料室问问你具体想要些什么。如果你没有找到自己心仪的书（或是没有得到令你感到振奋的服务），请给我寄一张明信片，写明问题，它将很快得到解决……要知道，你学得越多，你的薪水就越高。你真诚的，查尔斯·F.卢米斯。"他给铁路公司写了一封信，要求他们敦促员工加入图书馆，因为"书籍是任何人都不能没有的东西"。

卢米斯把更多人带进图书馆的努力非常成功，图书馆很快就人满为患，需要找更大的位置。1904年，洛杉矶的大多数居民投票赞成图书馆扩建提案，但市政府并没有努力推动此计划。1906年，卢米斯主动出击，去寻找合适的空间，并签署了荷马·拉夫林大楼顶层的租约。该大楼位于"天使飞行"对面的街道上。"天使飞行"

本身是一个缆车项目，邦克山富有的居民可以通过它从大山脊陡峭的一侧直接来到中央商务区。荷马·拉夫林图书馆的空间几乎是市政厅图书馆的两倍大，可以容纳当时收藏的十二万三千本图书。令卢米斯高兴的是，这里还有专门的吸烟区和屋顶花园。他写道："这里（将不会）是一座只能拥有装在陶土茶杯里的花朵的玩具小花园，而是一座真真正正的花园，世界上（任何一座图书馆当中）可能唯有这里才能拥有一座这样的花园。"

但图书馆在荷马·拉夫林大楼仅仅待了两年，两年过后，图书馆再度变得拥挤不堪，需要更大的空间。这段时间里，洛杉矶公共图书馆的规模一直都在呈指数级扩张：藏书量在美国所有公共图书馆中已经排名第十六位了。图书馆的增长紧跟着城市的增长。1900 年，洛杉矶还是美国第二百大城市；到了 1905 年，它已经是美国第二十大城市了！1908 年，卢米斯在市中心一栋比荷马·拉夫林大三倍的大楼里签下整整三层楼的租约。这栋大楼的主要租户是五月百货公司，因此读者不得不乘电梯经过商场楼层，途中还要停下搭载购物者。这里的租金太高，租约条款也很糟糕。每当有人问起租约，卢米斯便采取不予理睬的态度。因为他喜欢这里极好的位置：在一栋优良的建筑中，屋顶有着美丽的景色。

随着图书馆规模变大，卢米斯最不能忍受的事是——他总觉得所有读者都有可能会迷路，到处乱走，找不到书，不知所措。卢米斯解决危机的办法是加倍训练员工，让他们的工作更加积极有效。"别等别人来叫醒你，"他向员工发出指示，"找机会主动帮忙！"为此，卢米斯成立了图书馆阅读学习和研究部门。该部门有两名全职员工，他们的任务是随时进行"突袭"——这词是卢米斯选的——去应对任何一位走进图书馆时"全身上下都带着初来乍到的感觉，显然不知道该去哪里"的人。为了领导新部门，卢米斯专门雇用了一位老朋友，C. J. K. 琼斯博士。琼斯博士之前是位一神论派牧师，现在是图书馆董事会成员，拥有两百多本关于柑橘、柠檬和葡萄柚种植的书。事实上，根据1918年《加利福尼亚州柑橘志》这本杂志上的简介，琼斯博士拥有全加州最好的柑橘种植私人图书馆。卢米斯表示，琼斯拥有"杰出的资历"，足以领导这个部门，却没有具体说明究竟是什么资历，他还给琼斯支付了一大笔薪水，授予他"人类百科全书"的绰号。琼斯将是一个"不停走来走去的咨询台"，在图书馆里四处游荡，回答访客可能提出的任何问题。

琼斯博士身材很高大，嘴角紧闭，蓄着仔细修剪过的白色胡须，身上有种尽量避免过于妄自尊大却弄巧反拙的感觉。在被提问后，他习惯轻敲额头，好像必须把答案从脑里的储物箱里取出来一样。没有任何记录表明读者对他有何感觉，但馆员明显都很讨厌他。他们对他的自负和高薪感到愤懑不平——要知道，他的薪水几乎是高级馆员的两倍。琼斯怀疑自己不招人喜欢。他向卢米斯抱怨说，他有时会在办公桌上发现柠檬和锤子，他认为这是一种侮辱。图书馆工作人员和"人类百科全书"之间存在摩擦的消息持续发酵，成了新闻。"洛杉矶公共图书馆是成千上万桩丑闻的发源地吗？"《洛杉矶时报》的一篇报道惊呼道。该报道推测，琼斯博士拿高薪，但恐怕大部分时间都待在图书馆的屋顶花园，负责给天竺葵浇水。

就在《洛杉矶时报》质疑琼斯博士作为图书馆人力资源的有效性之后不久，人们发现他没有参加馆员必须参加的公务员考试就被破格录用。当市政府告诉他必须要参加考试，否则就会有失业危险时，琼斯感到非常气愤，并认为自己作为公共知识分子的声望已经能够说明一切。但市政府坚持了这一决定，琼斯终于被迫妥协，不得不接受了考试。考试结果是：不及格。他搞错的问题包括："说出三本儿童文学作品选集并加以描述""简要介绍现行版权法""《亚瑟王传奇》的意义"。根据给考试评分的考官描述，琼斯博士"未能就关于儿童文学作品的问题给出令人满意的答案"。显然，当被要求列出三部儿童文学作品时，他将儒勒·凡尔纳的《海底两万里》也列入其中。他的逊色表现成了头条新闻。《洛杉矶先驱报》的标题是"高薪研究型主管入门考试不及格"。

琼斯在考试中的失败，以及他在馆员中的不受欢迎，令卢米斯感到难堪。但他仍为琼斯的工作能力辩护，并且解释说，琼斯所拥有的知识非常广泛，任何考试都无法衡量。很难理解为什么卢米斯如此坚决维护琼斯；他似乎对这个男人的自尊心膨胀和自我陶醉视而不见。在第二次尝试中，琼斯确实通过了考试，由此得以保住"人类百科全书"这份工作，但他的名声始终未能恢复，常常遭到当地媒体的嘲笑。《洛杉矶时报》总结道："人类……有理由为此感到高兴，20世纪的曙光已经诞生……可它转眼就在时间的海岸线上消失，这道昙花一现的曙光便是 C. J. K. 琼斯博士……"

卢米斯在很多事情上都表现得很聪明。他有引起人们注意的本事，能做到许多人做不到的事情。他很勇敢，也很有进取心。他完全依靠自己的信念来吸引人们，而且极富魅力。在充满戏剧性的事态发展、各种难以应付的挑战，以及相当程度的混乱中，他一路稳步前进。当他开始在图书馆工作时，他的个人生活完全陷入混乱，在艾尔·艾丽莎的生活简直就像马戏团的表演。艾尔·艾丽莎本身是一栋建造得较为粗糙、面积也不大的自建房；卢米斯和妻子、孩子及私生女都居住在里面，除了他们之外，还住着卢米斯请来的吟游诗人及其家人，以及没完没了来参加聚会的人，这些人来来去去都没有固定的时间表。1907 年，其中一位吟游诗人谋杀了卢米斯雇的管家。尽管如此，聚会仍在继续，每星期多达两三次，活动一个接一个，客人有时根本就懒得离开。直到有一天，卢米斯的妻子伊芙偶然发现了他的日记，里面详细记录了近五十桩婚外情。于是，伊芙离开了艾尔·艾丽莎，带着他们的两个孩子——图贝斯和基思一起搬到旧金山。他们的儿子奎姆则跟着卢米斯一起过。卢米斯很爱他的孩子。他依恋他们，尤其是当大儿子阿玛多在六岁死于肺炎之后。他非常喜欢和孩子在一起，经常邀请孕妇来艾尔·艾丽莎做长期房客，这样一旦孩子出生，他们就会在这里待上一段时间。当图贝斯、基思和伊芙搬到旧金山之后，卢米斯变得极为不稳定，时刻都会陷入不安之中。伊芙的离婚申请和卢米斯不忠的细节令当地媒体大吃一惊。随之而来的是海量的相关报道，卢米斯抵达洛杉矶后引起诸多事端，可此事引发的报道是历来最多的——这事值得注意，足够说明很多问题，因为自从他来到此地的那天起，他的私人生活就一直受到各大媒体的广泛关注。

尽管卢米斯才华横溢，他却没有自我保护的本能。就像他在《洛杉矶时报》工作时一样——突然失业时，他感到非常惊讶——他从未想过自己的行为，或是围绕他私生活的争论可能会损害他在图书馆的地位。他靠着一厢情愿、刚愎自用、自我涉入 ❶，以及近乎胆小的选择性遗忘来维系生活。他为"汉堡"百货大楼的新空间感到自豪，但没有考虑到签署这份不良租约会对自己造成不利。图书馆董事会知道他明显扩充了馆藏，做出了许多有益改进，并吸引了大批读者，但也同样知晓他犯下的各种越轨行为。例如，1907 年时，他一度离开图书馆将近八十天，长期未归，还将雪茄费用记在图书馆的账户上。雇用琼斯博士而不进行必要的考试，使他在人事管理上显得粗枝大叶。结果，他对琼斯博士的忠诚也没有换来博士本人的友情回报。琼斯恰恰是第一个对外宣扬卢米斯经常不在图书馆里的人：当一名声称图书馆管理不善的职员提起诉讼时，琼斯为之作证，专门提到了这一点。

卢米斯每年向图书馆董事会提交的书面报告，不是那种常规的数字统计和枯燥乏味的报告式文字，而是充满轶事和讨论，生动地展现图书馆现状、图书馆与城市的关系、图书馆与民众生活的关系，而且常常包括他在各地图书馆访问后所写的、充满详尽细节的冗长描述。他很乐意写这类报告。他将它分为几个部分，标题是诸如"袋子打开后货架与豆子之战，以及我们在这里究竟是为了什么？"这种模式的。有些报告甚至超过了一百二十页。在全国所有馆长中，卢米斯的报告成了传奇，其他馆长经常向洛杉矶这边索要复印件，以便在管理层内传阅，再传给下面的工作人员。归功于这些年度报告，卢米斯可能是那个时期全美最著名的馆长。

---

❶ 心理学专有名词，指一个人注重自己的能力，乐于展现自我或与他人比较。

但是，在连续读了五年后，董事会成员不再觉得这些报告富有魅力，他们纷纷斥责卢米斯所写内容的冗长与浮夸。卢米斯无视他们，将这些指责归咎于琐碎无聊的政治活动。实际上，图书馆董事会的确具有相当政治性。最新加入董事会的成员之一是谢莉·托尔赫斯特，她曾在图书馆大战中积极支持玛丽·琼斯。卢米斯认为董事会很烦，却又无法绕开。"本市的公共图书馆是个伟大的机构，没什么可以阻碍它的发展……除了卑鄙又无谓的政治小动作。"卢米斯向市长抱怨道，"因为某些好好先生根本就无法理解一座伟大的公共图书馆能够尽到的责任和职能。"

卢米斯永远改变了洛杉矶的公共图书馆系统。他使它变得更民主，更复杂，更充实，更容易接近，当然也更为著名。与此同时，他得罪了很多人，花了太多钱，也因为私人生活中的各种意外而出名。最后，他在董事会里的朋友抛弃了他。1910年底，他被迫离开图书馆。四面楚歌之时，甚至连他曾经为之辩护的"人类百科全书"也背叛了他——卢米斯一宣布辞职，C. J. K. 琼斯博士马上就申请接任他的位置。

图书馆董事会的解雇决定激怒了卢米斯。"你肯定记得，我不是一个毕业于图书馆学校的可爱女孩，"他在后来给伊西多尔·多克韦勒的信中写道，"我是学者和拓荒者，两手空空，一无所有。我应邀去了那个娘娘腔一样的图书馆，在两年内将它建设成一家志趣高尚、前途无量的机构，一座我们每个人都引以为豪的图书馆。"对他的朋友而言，卢米斯当初"假装"主动离开图书馆是一个令董事会颇为愉快的转折。他说自己厌倦了这份工作，它"吸收了我原本拥有的所有东西"，而且"浪费"六年时光，他本可以用这些时间来写书。"我感觉很好，"他被解雇之后在日记中写道，"再过一阵子，我就能亲自动手盖房子，可以出去好好锻炼身体了……要尽快写完手头这本书，然后再写本新书，写文章……恢复那些亟待完成的工作……除此之外，我还有种预感，今年春天我将会忙碌起来。这么多年过去，总算可以好好地去钓一回鳟鱼了……当我不必再为图书馆操心、开始为所欲为时，一切都会好起来的。"在此之后，他开始了一项自我完善的计划。他戒了酒，戒了烟，也戒了骂人的习惯。他试图做出改变，至少也要给混乱不堪的生活带来表面上的秩序；他没有钱，离婚细节还需要反复敲定，于是答应出版商愿意多写几本书，拿了预付款，另外又想了些办法，让两个情人跟他一起生活在艾尔·艾丽莎。

他的图书馆时代终结了，这也是他生命终结的开始。他再也没有以往那种咄咄逼人、充满自信的状态，要知道，当年正是这种状态给了他动力，驱使他步行三千英里穿越美国——北美洲中部的丛林和西南部的部落城镇——这趟充满活力和好奇心的旅程，使他的生活如此奇特、充满灵感。1911 年，他到危地马拉考古旅行，但当他在那里写作时，却意外染上热病，使他完全失明。他依靠轮值的秘书继续写作，有些秘书也是他的轮值情人。他甚至继续摄影——他让儿子奎姆负责描述周围的情景，并指挥他的相机完成拍摄。有些朋友怀疑他是否真的瞎了。在目睹卢米斯多年来的各种大动作后，他们再也不相信他了。事实上，在 1913 年，当他宣布视力奇迹般地恢复之后，许多朋友相信这件事从一开始就是一场骗局。

卢米斯为自己创造的那种虚张声势的生活开始逐渐坍塌。他被迫离开了自己一手创办的西南学会。他的写作——以前对他而言很容易的事情，现在却停滞不前了。他想写的新书最后也没有实现。无奈之下，他重新开始为《洛杉矶时报》写专栏文章，但仅仅维持了一段时间，之后就被报纸彻底抛弃。1915年，卢米斯得到了一些好消息。他被西班牙国王封为爵士，以感激卢米斯为纪念西班牙对美国文化的贡献所做的一切。某种意义上而言，这有力地肯定了他一生中所做出的成绩，他在余生的日子里都戴着那枚勋章。不幸的是，勋章对他的日常生活几乎没有任何实质帮助。他几乎快破产了。最后，他恳求伊西多尔·多克韦勒帮他找份公务员工作；甚至还说，自己愿意在任何部门干任何事，而且更喜欢从事体力劳动。他告诉多克韦勒，他很确定，写作能够很快给他带来大笔收入，但与此同时，他也需要吃饭。多克韦勒没有答复，也从来没有帮他找工作。

无论如何，卢米斯最终还是熬了下来。他仍会偶尔在艾尔·艾丽莎举办聚会。他又结了一次婚。他又去了一次他所深爱的西南部土著村庄，那里的房屋都是用干燥后的土坯建成的。他在日记中记下了这次旅行，描述那里如梦似幻的风景：红色的山脉和蛮荒的山谷，呼啸而过的羚羊群，以及在平坦地平线上飞驰的云彩。这些全都是年轻的他在1884年第一次遇到的风景，它们当时就像月球一样从未被人触及过。他天生的忧郁使他似乎能够明白，这些风景再也不像过去那么纯净了。但就在那一刻，在最后一次旅行中，新墨西哥在他内心深处仍是古老的，如未经破坏一般。在那一瞬间，他又是一个年轻人了，无所畏惧，不再疲倦，也不再孤独，仍然怀着大多数人认为不可能实现的或者说疯狂的野心，并且仍然坚信野心最终将被全部实现。当他回到洛杉矶时，他身上的肿块被确诊为癌症，他一度以为是昆虫叮咬所致。临终前，他又写了两本书：诗集《布朗科飞马》和散文集《我们失去的浪漫之花》。他又活了很长时间，看到第一批送到艾尔·艾丽莎的《布朗科飞马》样书，并得知《我们失去的浪漫之花》也已被接受出版。也许他曾想象自己还有机会在世界上再转一圈，但在1928年11月25日的晚些时候，查尔斯·弗莱彻·卢米斯去世了。如今，洛杉矶公共图书馆内收藏有他撰写的图书馆报告复印件；他的日记；他关于阿帕奇战争的报告；他用桦树皮亲自做成的诗集；他关于西班牙布道团的作品；关于普韦布洛印第安人、莫奎印第安人和墨西哥历史的书；以及《西南信件（1884年9月20日至1885年3月14日）》——这是他徒步游历全国时所写的、无比光荣的专栏集锦。

14

《瓦萨－瓦萨：遥远北方一个关于铁路和宝藏的故事》（1951）

哈利·麦克菲 著

971.05 M144

《地图类图书馆学概论》（1987）

玛丽·勒奈特·拉斯加德 著

025.176 L334

《埋葬在宝藏中：为占有、储存和囤积强迫症提供帮助》（2014）

所属系列："有效的治疗"丛书

大卫·F. 托林 著

616.8522 T649

《家谱学：乐在其中》（1982）

鲁比·罗伯茨·科尔曼 著

929.01 C692-1

历史区在中央图书馆的最下面一层，它占据的空间是所有部门中最大的，从自动扶梯的底部延伸至大楼新翼楼。该区的高级管理员格伦·克雷森于 1979 年突发奇想，进入图书馆学校学习，还认为那里是个结识美女的好地方。也是在那一年，兰德智库的负责人宣称图书馆很快就会被时代所淘汰。克雷森现在是中央图书馆任职时间最长的馆员。他有一头乱蓬蓬的金发、乱糟糟的刘海，以及蓬乱的胡子，身材形似一个感叹号。他喜欢装出一副严厉且愤世嫉俗的模样，也许只是为了掩盖自己的温柔和深情。他对中央图书馆的很多事都抱着一种怀旧的心态，比如，在图书馆还在使用电话交换机的日子——当时由一位名叫珀尔的优雅女士在负责操作；比如那些通过气动管道将资料从一个部门传到另一个部门的日子；比如人们通常称呼馆员为"太太"或"小姐"、偶尔还会称呼为"先生"的时日；比如馆员汤姆·欧文斯每天步行五英里上下班的日子；比如馆员泰德·伊塔加基和他共进午餐时还能"三口吞下一整个汉堡包"的日子。不过，他对火灾发生后的那段日子没有丝毫怀念，因为当时的他整个人都被绝望笼罩。那时，他正在位于春天街道的图书馆临时办公点工作；当他将书收集起来时，皮下注射器的针头会从放书的架子上掉下来。这么多年过去，就连他自己也成为一座图书馆：如同一座宝库，他储藏着无数关于图书馆最有趣的读者的故事。比如一位来自威斯康星州的前数学老师，此人患有神经衰弱，最后辞职来到洛杉矶；他几乎每天都在历史区读书，或是在废纸篓上剪头发，有时会对馆员说："我在隆冬时节从拉辛走到舍博伊根，我的阴茎和乳头都冻僵了。"接着，他又回到自己的头发和书本中。或是一对年过八旬的双胞胎——克雷森和同事称他们为赫克勒和杰克尔——他们多年来每天都来图书馆，花很多时间阅读希罗多德和修昔底德，七年来每天都给克雷森讲同样的笑话。还有一名读者号称自己是文莱苏丹（当然，他明显不是），并且试图说服克里森——约翰·肯尼迪在遇刺的那瞬间之前就已经脑出血死亡了。在我和克雷森相处的几个月里，他给我讲了许多故事，比如橡皮人、鹿角人、秒表人、盖戳人的故事，以及"好时巧克力棒"将军和他的副手"灰心"上校，还有一个被他称为"探矿者"的人——此人身上总是穿着掘金者的衣服，每次都要求借阅《埋葬的宝藏》杂志。

克里森在中央图书馆度过了极长的任职期：他完整经历并挺过了火灾事件；艾滋病危机导致了十一名馆员死亡；大楼重新开放；图书馆适应了无所不在的互联网；离婚——他将部分原因归咎于火灾后罹患的抑郁症；以及他的女儿卡蒂娅加入了图书馆工作人员的行列。洛杉矶公共图书馆系统雇用的职员中有众多"父母与孩子（及夫妻档）"的二人组，克里森父女便是其中之一。克里森曾帮助历史学家威尔和阿里尔·杜兰特找到他们所需的书。他还接待了一位名叫理查德·拉米雷斯的读者，他正在寻找关于历史酷刑和占星术的书。（最后他们发现拉米雷斯因一系列谋杀案在洛杉矶被判处死刑，他被称为"暗夜漫步者"。"他确实很吓人。"克雷森评价道。）国际象棋大师鲍比·费舍尔过去也常来历史区，他会提着一只沉甸甸的棕色手提箱过来，一般都是独来独往，不与人交谈。有时克雷森会发出想要退休的感叹，却很难想象退休后自己会出现在图书馆书桌后之外的任何地方——除了去看道奇队的比赛。当他说出"在图书馆重新开放时，我们很高兴能再次见到我们的藏书！"时，看起来简直就是"图书管理员"这一职业的完美化身。

在一个周六的早晨，克雷森打电话过来，说他有一个人想让我见见。我到的时候，整个历史区昏昏欲睡，相当安静。有几个人坐在桌旁，翻着图书。一位妇女坐在房间角落的桌旁，正在给脚涂指甲油。我绕着问询台走了一圈，经过一辆标有"丢弃"字样的手推车；车上的遇难者包括：一本比利·卡特的传记；缅因州富兰克林县的重要记录；一本污迹斑斑、破烂不堪的瑞典民间故事书，名叫《瓦萨－瓦萨》，是由瑞典语直译过来的。历史区有点像一个复合型部门；它包含了图书馆所有的历史资料，以及非常受欢迎的族谱区，还有庞大的地图收藏，其中一张是美国最大的五张地图之一。自图书馆成立以来，地图收藏呈指数级增长。唯一能够显著减少这类收藏的办法，就是关闭陆军地图室，该室在二战期间开设，作为陆军官方地图和图表的储存库。

克雷森是负责地图部门的高级管理员。那天早上我找到他时，他正和另外三个人站在存放最有价值地图的特宽抽屉文件柜旁。其中一人长了一双罗圈腿，看上去神采奕奕，蓄着毛茸茸的白胡子，自称布莱切·哈彻——他是地图收藏家，专攻南加州汽车俱乐部印刷的地图。那天，哈彻带了三只装满各种地图的箱子，打算捐给图书馆。他说，自己并不乐意这么做，但他的妻子坚持要他精简自己的藏品，否则她就会替他做这件事。

哈彻旁边站着一个年轻人，戴着厚眼镜和助听器，脸上有种开心甜蜜却又多少有些迷惑的表情。"这是 C. J.，我想让你见的就是他，"克雷森一边说，一边向面前的年轻人致意，"他是来进行地图索引工作的。"小团队里的另外一个人则是 C. J. 的父亲，约翰·穆恩。约翰告诉我，C. J. 双耳失聪，且患有自闭症，但他对地图非常着迷，逐渐对这个领域有了非凡的了解和认识。C. J. 对地图的关注很早之前就开始了。五岁的时候，他的圣诞愿望清单只有一行：《汤姆士导览》。这是一本深受出租车司机和房产经纪人青睐的大都会地区螺旋装订地图集，以一个街区接一个街区的方式依次索引编排。除了这本《汤姆士导览》之外，他并不想要其他任何东西，尽管——他想要的是1974年版本的《圣贝纳迪诺县汤姆士导览》。到了十一岁时，C.J.很可能已经成为世界上研究《汤姆士导览》的专家之一了。当他父亲告诉我这些时，C.J.正在研究放置地图的书架。他突然转向我，问我家里的具体住址。我如实告知之后，他闭上眼睛站了一会儿，然后宣布我家在《洛杉矶汤姆士导览》上的哪一页。克雷森在书架上找到指南，翻到那一页。虽然我们对C.J.真的能随口报出准确的页码并不抱有太大期待——但是，我住的街道确实就在这一页上。

C.J.和哈彻在一个地图收藏网站上相识，约好今天来图书馆碰面，这是他们在现实生活中第一次见面。地图部门自然是个很好的汇合点。事实上，C.J.本人也是图书馆的常客。他和父亲每个月至少都会来一次，从家里到图书馆要花上一个小时。"这里是C.J.的天堂，"约翰将双手托在脑后，表情轻松地说道，"因为这就是他的世界。"

从去年开始，C.J.一直在帮助克雷森，将一组名为"费瑟斯收藏"的地图和地图册编入索引。约翰·费瑟斯是一位有腭裂的医院营养师，性格有些害羞，还有整理强迫症，不喜欢各种东西混杂在一起。当他五十多岁时，终于跟一位叫沃尔特·凯勒的老人走到一起，获得幸福。他搬进凯勒的家，那是一间乡间小屋，位于洛杉矶"华盛顿山"社区的偏僻角落，就在自我实现团契总部的隔壁。费瑟斯业余时间里一直在收集地图：区域地图、图像地图、地质地理等专业地图；城市规划地图、旅游导览地图，以及由国家农业保险公司、兰德·麦克纳利公司和哈格斯特朗地图社发行的路线图；体育运动爱好者需要的专用地图册；带状地形图；地质研究地图。他收集了几乎整套的《汤姆士导览》——包括1915年导览刚开始出版时的四册——还有汤姆士的竞争对手《雷尼地图集》也几乎收齐了。他有普通地图，也拥有许多稀有地图：1891年和1903年出版的特殊版本地图集；1592年出版的欧洲地图集。他们那栋乡间小屋的总面积甚至还不到一千平方英尺，但费瑟斯想方设法将大约十万张地图、连带着他所收集的酒店肥皂和餐厅火柴统统塞了进去。

2012年，费瑟斯去世，享年五十六岁。凯勒比他走得更早。这栋乡间小屋的所有权转给了凯勒的亲戚，他们决定将它卖掉，为此专门聘请了房产经纪人马修·格林伯格，将小屋挂到市场上售卖。在这间小屋里，凯勒和费瑟斯一同度过了一段平静而悠长的生活。就跟往常一样，当格林伯格第一次去看房子时，他希望能在此找到居住者遗留下来的日常痕迹——也许是一副令人伤感的景象：旧鞋子和旧夹克、一个被忽视的花盆、一张钉在墙上的照片，以及一只破盘子。凯勒的小屋里却满满当当，每一寸都塞满费瑟斯的地图，仿佛随时都会爆裂开来。这些地图堆在地板上，堆在文件盒里，塞在橱柜里，甚至还塞进了烤箱。一套立体音响也已经非常努力地为一堆《汤姆士导览》腾出了空间。格林伯格不知道该怎么办，也不知道这些地图是垃圾还是有价值的东西，但他无论如何都无法说服自己将这间小屋直接视为"大型垃圾箱"。相反，他给图书馆打了电话，联系上格伦·克雷森。"你应该来看看这个，"格林伯格告诉他，"我的房子里全是地图。"

那天晚上，克雷森兴奋得睡不着觉。当早晨终于来临时，他和十位馆员朋友带着一些空盒子去了小屋。短短一天内，他们就打包了两百多箱收藏品。经此一役，中央图书馆的地图收藏量增加了一倍。费瑟斯的收藏数量之大，令人叹为观止。它们足足占据了相当于两个足球场大小的书架位置。这个巨大发现的复杂之处在于，这些收藏运送过来时杂乱无章，没有任何配套规律可言——这是图书馆方面所犯的一个大忌，在这里，收藏的可查找性是绝对重要的。将地图编入索引非常烦琐且费时，要求严格，极度费眼，不能容许出现任何误差。每一张地图都必须按照印刷公司的名称、地图名称、印刷年份、地图所描绘的地点以及任何需要注意的特征进行索引，以便对其合理分类。截至我们碰面的这天为止，C.J. 已经为两千张地图编制了索引。他理想中的工作日是连续进行七个小时的编制工作，不需要午休时间，但他父亲坚持要他至少要吃一个三明治。此刻，他已经迫不及待地想要开始一天的工作了，于是克雷森就跟他穿过一道锁着的门，来到未归类地图的存放处。在等他们回来的时候，他父亲立刻向我提起，穆恩一家和中央图书馆之间有着一段极为特殊的历史记忆。

　　"发生了什么？"我问道。

　　"你知道 1986 年的那场大火吗？"约翰说，"C.J. 的祖父是当时在现场灭火的消防员。图书馆前门那里有一块纪念消防员的铭牌。你可以在上面找到他的名字：霍华德·斯莱文上尉。"

　　当我站在那里为这个巧合感到震惊时，克雷森正从书架上取出一张 C.J. 刚刚发现的地图，它夹在某份街区地图集的两张活页之间。克雷森也是个认真的地图爱好者，对手绘地图情有独钟，他将地图在阅览桌上铺开，俯身仔细观摩。他接连好几次轻叹着"哇噢"，最后，他直起身来，轻敲着这张摊开来的地图，对我说道："这正是其中一张……特殊时期才会有的一张……"他非常激动，摇晃着脑袋："我以前从未亲眼见过。"实际上，这是一张在1932年洛杉矶夏季奥运会期间特别绘制的地图，当时正值大萧条。正是在这届奥运会，伟大的运动员贝比·迪德里克森 ❶ 在全世界面前首次亮相。整张地图呈乳黄色，有着线条优美的道路标记和红色矩形图块，标记了市内多家奥运场馆，包括著名的"玫瑰碗"、格里菲斯公园和长滩水上运动场。这显然是为了帮助游客在这片面积广阔的土地上能合理规划自己的行程路线，地图顶端印着一句振奋人心又颇具魄力的口号："避免混乱。"这张地图有宝丽来快照那种能够冻结历史瞬间的感觉。如果不是有幸能被C. J.发现，它可能会永远夹在街区地图集的活页之间。现在它被发现了，从而得以获救。它将作为"洛杉矶公共图书馆费瑟斯地图收藏"的一部分被编入索引和目录。这块微小的碎片将帮助解答图书馆一直试图回答的更大谜团——关于永远循环、永不休止的人类终极难题：我们是谁？

❶ Babe Didrikson，美国知名运动员，在田径、篮球、高尔夫、棒球等体育项目中均取得非凡的成就，被认为是有史以来最全能的运动员之一。在1932年的奥运会上，她在女子80米跨栏、女子标枪及女子跳高三项比赛中获得两金一银的成绩。

15

洛杉矶的旧图书馆被烧毁了
向下坍塌
市中心的图书馆啊
就这样
我的大部分
青春……
……那个奇妙的地方
洛杉矶公共图书馆

摘自查尔斯·布考斯基《七旬炖菜》（1990）之"梦想的燃烧"
查尔斯·布考斯基 著
818 B932-1

大火一经扑灭，洛杉矶市消防部门马上开始着手调查火灾成因。该部门全部三个纵火调查小组都被派去调查此案，联邦酒精、烟草与枪支管理局的调查组也参与其中。几名调查员在图书馆长期卧底，以防纵火犯回到犯罪现场。其余调查员则在附近搜查，回应举报电话，跟踪线索并寻找证据。

　　整座城市用户外广告牌和电台广播大肆宣传，希望能得到与纵火犯相关的讯息。全市十万名政府雇员都在工资信封里找到一张便笺，要求尽可能提供讯息，并为有效信息悬赏最高三万美元。前后有四百多人打来举报电话，或通过邮寄方式传来各种信息。实际上大部分信息都没什么用。其中反复出现的是：纵火者很可能是利比亚特工，因为当时利比亚和美国的关系非常不稳定。有趣的是，这种推测并非被直接说出，而是通过一系列语焉不详的暗示，引导收信人联想到利比亚。当然，有些内容更加直白：

　　"先生们，烧毁你们图书馆的纵火犯是……西亚多尔五世先生——经营限制级色情影院的那位。他是马萨诸塞州的黑手党头目……也是一个毒枭，他正在洛杉矶推销他的毒品！"

　　"亲爱的先生们，关于那起图书馆恶性纵火事件，请考虑（真实姓名已隐去）为犯人的可能性。首先，此人有严重的精神问题……请向精神科医生详询：他会立即被诊断为精神错乱。"

　　"亲爱的先生们，这个人，理查德·W——可能就是他放火烧了你们的图书馆。他认为自己具有上帝意识，而且他还是白羊座。他已经承认，自己跟摩托车黑帮团伙一道犯下强奸罪行，还可能杀了人。去年我曾经当面对他说：下地狱去吧，离我远点。但他还是一直在骚扰我，要我做他的虔诚信徒。因为我是东亚人，他就对我怀有明显的偏见——他跟我说，我是个女巫，还有三个月可以活。如果他……在图书馆里借了什么书，内容很可能就是关于上帝意识、佛教、禅宗或者与巫术相关的。也许他不想还书，所以干脆烧毁了图书馆，因为他什么也还不上来。"

调查人员得知，洛杉矶一位著名的通灵师对此案发表了评论。这位通灵师名叫格瑞·鲍曼，号称自己已经七万五千岁了，跟一些只有两英尺高的马匹生活在南美洲的茂密丛林之中。信徒约翰是他的精神向导。鲍曼通过信徒约翰来向公众传话，他说话时的声音有些刺耳，带有浓重的澳大利亚口音。人们非常乐意接受鲍曼，他的广播节目《与众不同》也拥有广泛的受众。在对图书馆纵火案发表评论时，他正在与信徒约翰进行沟通。

> 提问者：有没有可能说出或指认与案件相关的人？
>
> 鲍曼（信徒约翰）：我们对此话题不感兴趣。
>
> 提问者：还会有人试图烧毁图书馆吗？
>
> 鲍曼（信徒约翰）：会有的，六个月内。还会有人试图烧毁这座旧图书馆，就在六个月内。
>
> 观众（喘着粗气）：为什么？！
>
> 鲍曼（信徒约翰）：因为（肇事者）愚蠢。他们的动机其实是出于愤怒……所以他们把对别人而言有价值的东西夺走，并试图剥削他人，因为他们觉得自己被剥削了。你们能明白吗？所以他们会进行猛烈攻击……六个月内，他们会再次尝试。

纵火案通常难以调查，让人恼火。即便是世界上最大的一场火灾，也可能只是由一根火柴引起的——现场至多留下一丁点证据，但这点证据也很可能会被大火彻底吞噬。火会缓慢燃烧，在一切看起来不太对劲之前，纵火犯有足够的时间离开。大火的开端微小得难以察觉——火焰闪烁，烟雾卷起。大火彻底爆发时，纵火犯可能早在远处。很难想象还有什么犯罪方式能够比纵火更完美：凶器会消失，犯罪行为几乎不会引起注意。在所有重大刑事犯罪中，纵火案的罪犯最难以起诉，定罪率不到百分之一。一个纵火犯有百分之九十九的概率会逍遥法外。

图书馆大火难以调查，是因为它发生在公共场所。除非你借了书，否则你在图书馆的时间是没有任何记录的，基本等于匿名。中央图书馆的大火在开馆一个小时后发生，但是，在大楼疏散时已有两百名读者在内，也无法知道此前到底还有多少人进出。调查人员没有办法缩小搜查范围。图书馆对所有人开放，这就意味着每个人都有可能是嫌疑犯。

纵火案调查组希望图书馆工作人员能仔细回忆，提供一些失火前自己所见到的馆内读者情况，因为他们在工作时可能会留意到那天早上有什么人行为不太正常，这类线索至少能让调查员有着手调查的方向。有一名文学区馆员提到，那天早上，她看到一位金发的陌生年轻人走进员工的工作间，给自己倒了一杯咖啡。工作间很容易就能进去，但显然不属于公共空间。于是，馆员把他给赶走了。在另一个分区，有人看到一个年轻人——有可能是同一个年轻人——进入了一处禁区。当班的馆员训斥了他，但那人声称自己是新来的员工，正打算检查这边堆叠的书。馆员相信了他的说法，当即表示很欢迎他入职，请他回去继续工作。大约在同一时间，一个年轻人出现在历史区的图书堆放处，那里除了工作人员外，所有人都不得入内。该区馆员注意到这个年轻人，问他是不是这里的员工，他回答说自己正在找报纸。然后他突然就转身离开了。图书馆正式开门前，在主要供员工进出的希望街入口，图书馆警卫拦住一名试图提前进入、但没有出示员工证的年轻男子。警卫告诉他，还没到对外开放的时间。年轻人说自己只是在找电话，然后直接走进大楼。警卫反复说明他不能进来，并且抓住他的胳膊，阻止他往里走。在警卫坚持要他离开时，年轻人似乎很生气，但还是转身离开了。

在图书馆，非法闯入并不寻常，但并不怎么引人注意。因为这个年轻人最终还是答应了每一个让他离开的请求，也就没有人留下书面记录，追问他的名字，或进一步寻求其他警卫的援助。每次遭遇都只持续了很短时间，没有给人留下太多印象。所有与这个年轻人打过照面的工作人员都能回忆起类似的特征：他的身材和体重均为中等，有一头金色的头发，柔软的刘海拂过前额。这一切都与那名年长妇女的描述非常相似：她在火警警报响起之后，被一名突然冲出图书馆的男子给撞倒了。根据这些描述，一位素描画家开始着手疑犯速写。最后完成了一幅二十多岁男子的肖像：他双眼突出，眼距较近，鼻翼肥厚，蓄着海象胡子；发型像是费拉·福赛特在《霹雳娇娃》剧集里的剪短版本。

1986 年 4 月 29 日之后，哈利·皮克在哪里？据我所知，他保持着一贯四处溜达的状态，到处打零工，和朋友闲荡，试镜新角色，继续做着能够成功的美梦。他偶尔还会为一个名叫伦纳德·马丁内特的旧金山律师跑跑腿。哈利和德米特里·霍特尔斯已经不再是一对了，但他们仍然是朋友。霍特尔斯经营一家豪华轿车出租公司，有时会雇哈利当司机。和哈利做的任何事一样，这种帮忙也是要付出代价的。有一次，哈利提出要给一辆豪华轿车换机油。于是，他抽干发动机里的机油。然后，在注入新机油前，他去别的地方抽了根烟，也许之后又抽了一根，或者到不知道什么地方散了会儿步；总之，他离开了好几个小时。与此同时，另一名司机上了这辆车，却没有意识到发动机里根本没有机油。开不到几英里，发动机突然爆炸了。霍特尔斯告诉我这个故事时，深深叹了口气。"哈利就是哈利，"他说，"只有他才能干得出这种蠢事。"

火灾发生当天，霍特尔斯一直在喜来登酒店的泊车服务台跟朋友聊天。电话铃响了，是哈利，他听起来有些忘乎所以。他坚持要霍特尔斯猜猜他早上是在哪里度过的。霍特尔斯等着听到他和汤姆·克鲁斯或尼克·诺特❶一起喝酒的故事。相反，哈利大声宣称，自己是在图书馆的火灾里度过的。他喋喋不休地说起，空气有多么灼热，一位英俊的消防员不得不把他抬出大楼。这个故事听起来十分可信，却没有什么道理。霍特尔斯无法想象哈利出现在图书馆的情景；他甚至想不起来曾见过哈利读书。唯一讲得通的是，不管这事是不是真的，哈利喜欢置身于任何一处壮观的公众场面中。霍特尔斯由着他讲了一会儿，接着就把这事忘掉了，就像他平时对待哈利的故事一样。

发现自己能够大声讲出这个故事时的畅快感，一定激发了他身上某种潜在的情绪。或许他在被人聆听的过程中找到了乐趣，自己仿佛成了黑色电影中的角色，这令他莫名兴奋。那天晚上，他回到圣菲斯普林斯，和高中的朋友一起玩得很高兴。他讲述了那场大火——这一次，他的故事变得更宏大了。他说自己当时就在大火旁边，一位英俊的消防员把他抬了出去，以及——是他点

---

❶ Nick Nolte，美国演员、模特，参演过《细细的红线》《卢旺达饭店》等众多经典电影。

燃了这场大火。这都是些醉话，很容易就被大家嗤之以鼻，他的朋友们怀疑他在编造故事，但哈利坚持说一切都是真实的。当他回到洛杉矶之后，哈利又对室友讲了一遍，这次的故事是另一个版本。他说，自己当时在图书馆为马丁内特律师事务所做一些法律条文的研究。火灾发生后，他帮一位老太太从窗户逃生。然后，一位英俊的消防员把他给抬出了大楼。

他不停重复这个故事，每次都会稍作调整，好像一个在做新夹克的裁缝，这里接上点布料，那里来回缝几针，做完后才考虑衣服怎样最合身。他告诉丹尼斯·维恩斯，他那天早上去图书馆，是在研究如何申请公务员工作。维恩斯从未听哈利谈起图书馆。他认为这只是哈利在自吹自擂，因为这个人就是喜欢把自己置身于随便一件大事之中。维恩斯已经习惯了随时向哈利查证事实，就顺口问了些简单的细节。但哈利并不知道。维恩斯相信哈利在撒谎。他认为哈利可能是在市中心见到了消防车，就决定说自己亲历了火灾，因为这将是有趣的谈资。

图书馆纵火案的调查人员特里·德帕克不久前告诉我说，这些事情令人非常恼火。所有线索都失效了；他们没有任何有用的证据，没有目击证人。不仅如此，他们也没有想到作案动机，尽管德帕克倾向于认为，无论是谁犯下此案，都可能是"归属于纵火狂那一边"的人。之前馆员们对那个在咖啡机旁的陌生入侵者的描述，是当时唯一的对潜在嫌疑犯的目击证明，但这也没有发挥什么用处。所有这些馆员只能肯定地说，在火灾发生的那天早晨，有人被目击在本不属于此人的地方，仅此而已。

火灾发生一个月后，有位名叫梅丽莎·金的女性拨打了举报电话，说他哥哥的室友和通缉令上的男人长得一模一样。她还说，这位室友哈利·皮克告诉她哥哥，他在火灾发生时就在图书馆。她说哈利最近申请了圣莫尼卡消防局的工作，但考试并未及格。德帕克觉得这条消息很有意思，于是告知了乔·纳波利塔诺，一位已经退休、正在协助办案的前火灾调查员。乍一看，哈利·皮克并不符合调查员眼中的疑犯所具有的典型特征：他和图书馆之间没有任何联系，他就像本市成千上万的年轻人中的一个，在洛杉矶摸爬滚打、不停跳槽，从一间公寓滚到另一间公寓，平时有些不负责任，却充满幻想，被此地不间断的希望和阳光所鼓舞。但纳波利塔诺注意到一项事实，那就是哈利告诉别人他那天在图书馆里。还有，他申请了消防员的工作。就像格伦代尔市那个臭名昭著的约翰·伦纳德·奥尔一样，消防员纵火犯确实存在，这在消防界是个顽固且令人倍感苦恼的问题。根据全国志愿者消防联合会在 20 世纪 90 年代出版的《消防员纵火案》一书中的说法，每年约有一百名消防员因为纵火被逮捕。虽然哈利不是消防队员，但他已经对这一职业有了兴趣。他没能通过考试，所以他可能更倾向去做出报复性行为。除此之外，他也符合消防员纵火犯的典型特征：通常是十七至二十五岁之间的白人男性。

因此，纵火调查组决定监视哈利一段时间。哈利也注意到有人在监视他。当他发现调查人员坐在他家门外的汽车里时，他并没有生气，而是跟他们聊天，还端来咖啡和甜甜圈。被监视这事对哈利来说有些不可思议。当然，他觉得自己能够摆脱这个麻烦，就凭着他擅长向陌生人施展的魅力。在他看来，这只是他主演的生活荒诞剧中的一幕罢了。

第二周，梅丽莎·金的母亲打电话给纳波利塔诺。她先问了三万美元的悬赏是否还有效。当被告知还有效时，她说，自己最近去看望了儿子，同时也看到哈利·皮克，她注意到哈利剪了头发、剃了胡子，好像是在改变外貌。她还说，在她到访的第二天，哈利给她打了个电话，大喊"我不是纵火犯"。除此之外，他还说："之所以会发生这一切，仅仅是因为他当天刚好在图书馆里，看起来所有事全混在一起了，但这并不意味着是他放的火。"

纳波利塔诺认为是时候讯问哈利·皮克了。他和特里·德帕克在家里讯问了他。他们注意到，哈利在说明情况时似乎很紧张。哈利说自己确实很紧张，因为担心被当成嫌犯。德帕克问他火灾当天去了哪里，哈利说在图书馆。他说自己一直在市中心为马丁内特跑腿，然后准备找一个吃早饭的地方。他看到图书馆就决定进去，因为那栋建筑物很美丽。他觉得当时花了大约半小时在馆里走动和观赏。上午 10 点时，他闻到了烟味，听到有人喊："着火了。"他急着出去时，撞上了一位老太太，但他停下来，扶她起来，帮她走到人行道上。哈利说，他在馆外还看到一位认识的高等法院法官，他们站在一起目睹大楼被烧毁的全过程。

哈利接着说，他敢打赌，纵火的人并不是故意要把火烧得这么大的。调查人员记下他的陈述，并注意到其中与事实不相符的地方。火灾发生时，没人闻到烟味，因为触发警报后，至少有半小时没有产生任何烟雾，也没人喊着火，因为直到消防部门在书库里发现着火之前，并没有可见的火焰。德帕克问哈利，最近是否修剪了头发和胡子。哈利犹豫了一下。他总是很关注自己的外貌，出门前向来会好好打扮一番，并以一头金发为荣，但是他告诉调查人员，他已经完全想不起来有没有修剪过了。

16

《好莱坞巴比伦》（1975）
肯尼斯·安格 著
812.09 A587

《如何绘制建筑》（2006）
帕姆·比桑特 著
X 741 B368

《为了纪念历代最伟大的工程成就及人类历史上最伟大的奇迹——巴拿马运河的通航，圣迭戈巴拿马－加利福尼亚博览会敞开大门，邀请全世界光临》（1916）
对开本 917.941 S218-4

《上帝之鼓及其他来自印度传说的系列故事；哈特利·亚历山大的诗歌》（1927）
哈特利·伯尔·亚历山大 著
811 A376

自从查尔斯·卢米斯被逐出他的图书馆之后，"人类百科全书"在洛杉矶公共图书馆馆长这一位置上进行了一些不太成功的尝试，产生了一定程度的负面影响。最后，图书馆董事会选择了来自密苏里州的馆员珀德·赖特——他是个安静的人，面容和蔼亲切——来清理卢米斯留下的残局，结果他在短短八个月后就选择了辞职，前往堪萨斯城管理那边的图书馆去了。他的继任者是纽约市阿斯特图书馆的负责人埃弗里特·罗宾斯·佩里，在该位置上待了二十多年。佩里身材矮小，长着一方颇为威风的前额，目光敏锐，身着他自以为休闲的服饰：三排扣西装搭配一条四手结领带。相比之前狂飙猛进、雷厉风行的卢米斯，佩里以沉着冷静、不动声色著称。"他完完全全就是个生意人，"董事会在佩里的一次采访后这样说道，"善于倾听；不怎么说话……有新英格兰人的守旧性格，如同花岗岩一般顽固，稳稳地伫立在佩里为人处世的地基之上；总之，想象力与创新精神并不是他这个人性格中的组成部分。"董事会怀疑佩里在建立真挚友谊这件事上"没有任何天赋"，因为在任何情况下都看不出他内心的情感波动，但他们觉得他会成为一名十分出色的馆长。董事会的看法实际上是错误的，因为佩里其实充满了热情，可这份热情精准地投向图书馆——他办起事来一丝不苟，严格按照"此人是否对图书馆有帮助"来区分人群，以此发展人际关系。图书馆的工作人员都很尊敬他，尊称他为"佩里神父"。

　　在那个时期，这座城市充满活力、蓬勃发展，每一分钟都在重写自身的辉煌。1903 年，南加州石油业大爆发，很快引领了全国相关产业的发展。1910 年，洛杉矶的电影业正式起航——大卫·格里菲斯执导的电影《在古老的加利福尼亚》开始在此制作，电影业就此迅猛发展。城市充斥着各种各样的混乱，街上混杂着油井工人、尚未成名的年轻女演员、外国移民、骗子、打字员、牛仔、编剧、码头工人和牧场主——所有人都涌了进来，或在某个角落环视四周、等待机会，或是想方设法地寻找生机。无论面对何种情况，他们都加入了这场城市的争夺大战。洛杉矶的扩张速度如此之快，令人感觉不安。后来，城市逐渐发生了改变——它的活力如阳光般持续高涨，逐渐演化为疯狂，一股怪诞的暗流开始涌动，有些事情开始失控。即便在光鲜亮丽的好莱坞，也充斥着吸毒、酗酒、性丑闻和谋杀，黑暗如天鹅绒般，从不透出一丝光亮，强烈的绝望和孤独交织于外人无法窥见的私人生活之中。1920 年，奥丽弗·托马斯——与女演员玛丽·皮克福德的哥哥杰克结婚的前齐格菲尔德女郎 ❶——因过量服用杰克·皮克福德的梅毒药物而死。1921 年，演员"胖子阿巴克尔"因强奸和谋杀弗吉尼亚·拉佩而被捕——弗吉尼亚是位颇具雄心、前程远大的女演员，在遇害时已经喝醉，并注射了吗啡。一年后，导演威廉·德斯蒙德·泰勒被发现死于背部中弹。

很多人到洛杉矶时都是身无一物，同时期待着能得到一切——因此，城市里几乎一切免费的东西都被发掘了出来。免费的图书馆吸引着这群新来的人。洛杉矶图书系统的书籍流通量先是迅速翻了一番，接着又连续翻了两番。1921 年这一年，就有超过三百万本书被借出，大约每小时借出一千本。平均每天有一万人从图书馆门前经过。图书馆馆员每年要回答二十万次问询。阅览区人满为患，通常只能找到站立的空间。图书馆的读者构成和这座城市本身一样鱼龙混杂。据《时代》周刊报道，在名为"小朋

---

❶ 齐格菲尔德指百老汇知名制片人小弗洛伦斯·齐格菲尔德（Florenz Ziegfeld Jr.），他在筛选演员时发掘了很多女明星，后者被统称为齐格菲尔德女郎。

友们的欢乐时光"的儿童读书会上，"富裕家庭的宠儿与衣衫褴褛的顽童擦肩而过……一个从小娇生惯养、享受着奢侈生活的小女孩跟保姆来到这里，抱着一个脏兮兮婴儿的俄罗斯或意大利小女孩也来到这里，她俩在这里读到的故事却是完全一样的"。午餐时间，商人们靠墙排队，手肘相碰，穿着条纹西装，打着漂亮领结，随手翻看杂志和各类图书。

在这个从灌木丛生的沙漠中变出来的新地方，有着一股自我完善和革新的热潮。图书馆正是其中的重要组成部分，因为它为人们提供了塑造全新自我的工具。1925 年，有个名叫哈里·皮金的人独自完成了环球航行，成为有史以来第二位达到此成就的人。他造船的图纸和大部分航海知识，正是从洛杉矶公共图书馆借来的书中获得的。他的船——"岛居者"号——绰号为"图书馆领航员"。

彼时，图书馆已在洛杉矶运作了将近四十年之久，它反映和影响了这座城市及其周边的广阔领域。在实行禁酒令的第一年，洛杉矶不可避免地也要遵循禁令，每一本关于如何在家中酿酒的书都被借了，且大部分没有归还（《洛杉矶时报》有篇标题为"图书馆的酒类书籍可能会被扔掉"的报道表示，如果颁布禁酒令，所有家庭酿酒指南类书籍可能都会被销毁，这引发了人们对这些书的追捧）。战争的到来自然也影响到图书馆。1917 年，美国图书馆协会成立了图书馆战争委员会，埃弗里特·佩里被任命为西南部部长。该委员会最终收集了六十万本图书，寄给驻扎在海外的美军，以满足他们的阅读需求。除此之外，协会还在全国各地提供各种战时项目。他们发誓要与"红色妄想做斗争"，迅速筹办了一系列研讨会，还警告图书馆赞助者赶紧远离不爱国的错误思想。作为活动的一部分，佩里指示馆员将那些"歌颂德国文化荣光"的书统统铲除掉。一位馆员向他报告称，她在一些德国历史书中发现了书写潦草的"杀死英国人"口号。美国图书馆协会高度赞扬了洛杉矶图书馆的战时项目，尤其是鼓励市内大批移民阅读英语，参加图书馆集体活动，帮助这些人"美国化"。在一篇通讯中，协会热情地祝贺洛杉矶图书馆成功举办活动，并获得了社会的认可。这次集体活动被描述为："一位受过良好教育的犹太妇女向身边的一大群人讲解英国文学……这些犹太人现在都忙着阅读英美文学的精华部分！"出于某种原因，这篇夸张故事在结尾列出了市民阅读习惯的小细节。有些看起来荒唐又古怪，几乎达到超现实的境界，比如洛杉矶的中国人偏爱希腊文学，消防员则喜欢关于兔子的书。

到了现在，当地图书馆——以及全国各地的图书馆——已经成了美国城市景观中的基本组成部分，它是城市的枢纽，是市民在日常生活的中转站。每个人都会来图书馆。在这个四通八达的十字路口，你甚至可能找到自己一度失去的人。市民来这里寻找失踪的亲人，有时会在藏书上潦草地留下讯息，希望失踪者能看到——仿佛图书馆已经变成一套公共广播系统，它以静制动，等待着接连发出的呼叫和期盼能够在哪天得来回应。书页空白处布满用铅笔书写的请求，然后又被扔回图书馆的书海中。"亲爱的珍妮：你把自己落在哪儿了？"1914年，洛杉矶图书馆某本藏书的某一页上写着，"我一路找你，找了整整三座城市，还登了广告，却徒劳无功。我知道你很喜欢书，所以在我能拿到的每本藏书上都写下这段请求，希望能够引起你的注意。请按旧地址给我写信。"

没有人确切知道，这个恐慌持续蔓延的地方，是否能算得上是一座城市。洛杉矶看起来不像中西部和东部的那些旧城，它的整体形状如同旋转起来的陀螺，整座城市由离心力所创造：一切区域都是离散的，而非由坚实的核心发展而成。这座新城与旧日的牧场融为一体，市中心甚至依旧有橘子园存在。洛杉矶是西海岸最大的城市，也是全美唯一一座没有独立图书馆大楼的大都市。1914年，埃弗里特·佩里安排图书馆从租金昂贵的"汉堡"大厦搬到附近另一栋租金较便宜的大楼里，在那里，市公共图书馆跟一家药店和一家食品杂货铺共用场地——这显然是个会令所有人尴尬的选址。1921年，为建设图书馆而发行公共债券的事项被列入市政投票表决项目之一。支持者强调，洛杉矶图书馆独立建筑的缺失，是洛杉矶作为一座城市却没有城市典型公共资产的耻辱——实际上，就连这样的一种提法，也是在相信它确实是一座城市的前提下寻找存在于城市规划中的痛点。"成熟点，洛杉矶！"一本宣传小册子上如此说道，"拥有属于自己的公共图书馆，与那些真正进步的城市并驾齐驱！"另一些册子则大力督促人们购买相关债券："各位纳税人先生，每年支付五十美分！让洛杉矶一雪前耻！"一部在城市周边影院播放的短片展示了拥挤不堪的阅览室。一份支持债券发行的传单上直言：

我们为什么需要一个像样的图书馆家园？

因为：每座有自尊的城市，都拥有属于自己的图书馆家园。旧金山和西雅图在我们眼中看来，简直如同一处拥有自家漂亮图书馆的小村庄，这是他们文化和精神发展的最好证明。

194

他们可以说，洛杉矶还没有发展到有资格建设一流公共图书馆的地步，反观我们，则因为羞耻和屈辱而低下大都会公民那高贵的头颅。

当地一位名叫卢瑟·英格索尔的历史学家公开发表了一封热情洋溢的信件，支持城市修建图书馆。在这封名为"我们公众的耻辱"的信中，英格索尔恳求公众竭尽全力去消除洛杉矶不称职的图书馆系统带给本市所有公民的"无法容忍的凌辱"。他为图书馆馆员挤在"被鳕鱼、洋葱、汉堡包牛排和林堡干酪包围"的宿舍里感到万分遗憾。

债券发行项目的表决非常成功，以百分之七十一的赞成票获得通过。但最终只筹得两百五十万美元用于图书馆建设，即便在当时，这数额也算相当微薄；举例而言，纽约公共图书馆大楼的建设预算为九百万美元。洛杉矶发行的图书馆建设债券总额，甚至不足以买下原本打算用来建造图书馆的土地——最后，第一笔筹款只买下其中一部分地块。1923 年，为剩余地块筹款的第二套债券发行方案摆在选民面前，需要再一次投票表决。为了提高市民参与度，市政府专门举办了一场比赛，为它选出支持口号。参赛作品众多，其中包括一首受到广泛欢迎的儿歌："稀奇稀奇真稀奇 / 猫和小提琴 / 牛跳过了月亮 / 但图书馆跳不赢 / 所以我们选民，必须要努力 / 足够的空间，为它而争取。"不过，获胜的口号是一则言简意赅的声明："图书馆将属于你 / 坚持下去，胜利在望 / 再次投下'赞成'票。"最终，洛杉矶有了足够的资金，开始建造属于自己的图书馆。

和洛杉矶的很多地块一样，图书馆是从一场坚决而彻底的地块开发改造开始的。市区的大部分地块都被连绵不断的山丘挤压成遍布褶皱的山脊。这些山丘曾被视为洛杉矶市的地标。但是，随着城市开发的推进，山丘逐渐被认为是一种相当烦人的地貌。人们需要上下攀爬，建筑物也只能分散修建——这一切都阻碍了发展。而且，由于地形过于陡峭，即使恰好有面积合适的地块，也无法支撑起大型建筑。像好莱坞和华兹这样的平坦地带，因为拥有得天独厚的地势，结果发展速度反而比市中心快得多。总之，市中心的山丘令开发商左右为难。1912 年，有个商业协会提议铺设一条从太平洋直通市中心的管道，然后将管道注满海水，借此将山体炸开。还有人建议用液压千斤顶将山丘抬起来，然后将它们推倒，或者派一支锄耕机队将其直接凿开。

　　无论如何，图书馆的选址就定在花街和格兰德大街之间，与第五街和第六街相连。这里位于邦克山山脊的南翼，坡度非常陡峭，大家将这里取名为"诺曼山丘"。因为实在太陡，不适合建造图书馆这么大的建筑物，只好先使用一批蒸汽铲车，直接铲掉山峰，持续铲下去，直到剩余地形的大部分都在水平位上，仅在格兰德大街留了一个微小的坡度。（最终，市中心的许多山丘都被夷为平地。邦克山本身的高度也降低了六十英尺。）

　　在请缨设计图书馆的众多建筑师当中，最受欢迎的候选人是纽约建筑师贝特伦·古德休，他因设计圣迭戈 1915 年的巴拿马－加利福尼亚博览会建筑而在加州备受关注，那是一个日光充沛的建筑群，有灰泥抹面的墙体、陶土屋顶和奢华的装饰。这座建筑非常受欢迎，以至于在南加州和其他地方都掀起西班牙殖民复兴建筑的热潮。

古德休身材修长，举止文雅，有着女孩子般的白净肤色，一头茂密的波浪式金黄头发，独具一种悲剧即将来临前的忧郁气质。他出生在康涅狄格州，十五岁时在纽约一家建筑公司里当学徒。除了建筑，他还擅长书籍设计和排版。他发明了"切尔特纳姆字体"，这是世界上最为流行的字体之一，被《纽约时报》作为头条标题字体使用了几十年。古德休是一个工作狂，经常一天里有十四个小时待在绘图桌旁。他也时常忧心忡忡，有些神经质，会出现莫名其妙的疼痛，以及无时无刻的焦虑。当接触到伟大的艺术作品时，他的情绪会在莫名的狂喜和悲伤的自我贬低之间来回摇摆。他的朋友认为他性格反复无常，富有诗意。在空余时间里，古德休喜欢为想象中的城市画一些复杂的草图。

古德休最早的建筑作品是一些新哥特式的教堂，以及带有尖屋顶和精致石块交织贴面的住宅。他的观点在1892年时发生了天翻地覆的变化。当时他游历了墨西哥和西班牙，爱上了他们建筑中明亮的色彩和热情洋溢的氛围。1902年，他前往埃及和阿拉伯半岛，着迷于伊斯兰建筑的圆顶和瓷砖排列。古德休在世纪之交时，第一次来到加利福尼亚。当回到纽约之后，他告诉朋友们，他觉得加州非常迷人，很想再回来。不过，洛杉矶对他而言是个完全陌生的地方。在一封信中，古德休将其描述为"一座令人苦恼的大城市，这里几乎没有黄金西部的土著子民，而是一群来自堪萨斯州、内布拉斯加州以及爱荷华州的各种各样的电影演员和移民……"

在完成巴拿马－加利福尼亚博览会的设计工作后不久，古德休第一次搭乘飞机，从天空中看到的景色改变了他的观念。他惊讶于加州那粗犷、简朴的外表在遥远的视角中所呈现出来的巨大力量，哪怕在仅有一英里的高处看去，它们都如此深邃。搭乘飞机改变了他对建筑的看法。古德休的下一份工作是内布拉斯加州国会大厦。他的设计比以前的更具有流线感，也更加注重几何感，以低矮而宽阔的石基和摩天大楼的塔状造型为特色。在内布拉斯加州的大草原上，这座建筑就像一座机械时代的纪念碑，如同一座石灰岩灯塔。从天上看时，它有着强大的存在感。

在这一时期，古德休逐渐产生了新想法，他认为建筑应该是一种书——是可以"阅读"的存在。他希望一座建筑的形式、艺术、装饰表面、碑文，甚至它的景观，都能够与反映建筑目的的统一主题联系起来。如此一来，体验一座建筑就会更具有沉浸式体验。所有相关事物都将统合起来，一同讲述这座建筑的故事。

这种独特的设计和装饰，是典型的宗教建筑中常有的，但在世俗建筑中很少见。古德休知道这是一项复杂的任务；他不再只是简单地设计建筑的式样，而是要同时考虑它的内部建构和周边地块，还有里面所悬挂的艺术作品。他意识到需要整个团队来协同工作。建筑师规划建筑，作家开发叙事主题，雕塑家创建三维装饰，艺术家负责色彩和外表。他们将共同为同一个概念服务。在开发内布拉斯加国会大厦时，古德休就开始探索，他的团队中有著名的雕塑家李·劳瑞、艺术家希尔德雷思·梅耶尔和哲学教授哈特利·伯尔·亚历山大。亚历山大除了是一名学者外，还是诗人和研究美洲土著文化及政治思想的专家。他创造了"肖像学者"这个词，用以形容他在这个项目中的角色。

内布拉斯加州国会大厦花了十年时间才建成。古德休使用了将视觉与概念统合的象征手法，两者结合的理念对建筑特征的体现尤为重要。这座建筑取得了巨大的成功，受到人们广为传颂，成为影响世界各地公共建筑风格的范本。

　　到了 1922 年受聘于设计洛杉矶图书馆时，古德休已经设计了几十座著名的建筑。他赢得许多奖项，也得到数十项重要的委托任务。他拥有幸福的婚姻。古德休非常溺爱自己的两个孩子，他和妻子也都很受欢迎，总是被邀请参加聚会和晚宴。尽管如此，古德休仍旧经常忧郁，沉迷于对死亡和衰老的研究，这令妻子颇为恼火。工作有助于分散他的病态。图书馆并非古德休做过最大的项目，但他为之振奋。他将以一种从未体验过的自由来接近图书馆。他相信，图书馆的设计可以将他在视觉世界中所学和所爱的一切，都融合成他最珍视之事物——历史、书籍、哲学、设计、人生抱负以及创造力的纪念碑。

　　他开始绘制草图。古德休的想法是将西班牙殖民复兴建筑的幻想景观与更现代的轮廓结构相结合。在主题上，他将这座建筑想象成对知识荣耀的颂扬——实际上，它将是一座人文主义的大教堂，用以庆祝伟大的文明成果。每一道门楣都会讲述一个故事。所有的墙壁都会传递信息。他邀请了劳瑞和亚历山大再次加入团队。古德休感到自己正在创造一个比内布拉斯加州国会大厦还要意义深远的建筑。他觉得自己正在摆脱所有受过训练的习惯和那些正统的风格。他甚至不知道该如何描述自己正在做什么。"我的哥特式风格不再遵循历史公认的准则，"他在写信给一个建筑师朋友时说道，"我的古典建筑绝非书本上的古典式样……在洛杉矶，我有了一座风格奇特，或者说没有风格的公共图书馆。"这座建筑于他而言，变得异常重要。"我对这座大楼的成功有着深深的热情，"他对埃弗里特·佩里说，"我保证要做一件令这座城市引以为豪的事情。"他可能会想象，自己有一天会在图书馆里待上一段时间。他热爱加利福尼亚，1920年时，他在圣塔芭芭拉市附近为自己建造了一座房子。

他的第一份草图描绘了一座矗立在巨大块状底座上，同时被低矮穹顶挤压的建筑。拥有建造计划决定权的市艺术委员会认为，该设计不够全面，并且"平庸乏味"。报纸刊文抨击道："根据目前对外公布的设计，市政府将获得一座小型图书馆。"古德休对此有些生气，但同意修改图纸。当他拿出最终定稿的版本时，它已经变成一座风格完全不同的建筑。第一幅草图中的装饰性拱形窗户，现在被设计成一排排的流线型长方窗格。块状底座变得方正，整体变窄，与上升的阶梯平台分离，组成一个立体派的组合物，外形简洁且多角，四周都有入口。低矮穹顶不见了。这座建筑的顶部巨大，设计上却颇为精巧，呈金字塔式的塔状构造。这座塔被数千块色彩鲜明的瓷砖所覆盖，顶部是一只人类的手托举着明火，金色火炬延伸至金字塔的顶端。浅黄色灰泥的立面装饰着李·劳瑞的建筑雕塑，其中包括思想家、神明、英雄和作家。整座建筑由哈特利·伯尔·亚历山大的主题"学习之光"来概括。其中包括柏拉图的"对美的爱照亮世界"；法国学者布莱斯·帕斯卡的"思想形成人的伟大"；以及亚历山大自己的名言，这句话似乎体现了公共图书馆的精神，"书邀请所有人，不约束任何人"。这座建筑就像是停留在舌尖上的味道，却很难去解释形容。它古典且对称，却包含些许异域元素——可能是少许波斯或者埃及的风格。这里充满巧妙的幻想，又跟工具箱一样干净整齐。

1924年充满了变化和征兆。这一年，图坦卡蒙陵墓被打开，《蓝色狂想曲》❶首次公演。古德休的建筑融合了埃及的风格和格什温的爵士抒情。艺术委员会很喜欢新草图，于是他回到纽约，紧张地制订最终方案。他希望这座图书馆不仅能给人留下难忘的印象，更希望能让洛杉矶人"全体起立，好好琢磨它一番"。4月中旬，他即将完成全部工作。这一年，古德休将年满五十五岁，计划在华盛顿特区最近竣工的那座建筑——美国国家科学院新总部的落成典礼上，度过自己的生日。尽管古德休性格中有些忧郁晦暗的倾向，但他对图书馆项目的进度感到很满意。也许，他比以往任何时候都要更高兴。

4月23日，在没有任何先兆的情况下，伯特伦·格罗夫纳·古德休死于严重的心脏病突发，令他周围的人都感到难以置信。尽管图书馆对城市很重要，这项工程吸引了人们的关注，但奇怪的是，洛杉矶大大小小的报纸上几乎没有古德休去世的消息。只有《洛杉矶时报》在一篇专栏文章中提到了，题为"图书馆建筑师之死令人痛惜"。

---

❶ *Rhapsody in Blue*，知名交响乐乐曲，融合了古典音乐的原理以及爵士的元素。

17

《前往一个没有文盲的世界》（1938）

弗兰克·查尔斯·劳巴赫 著

379.2 L366

《教世界学会阅读：扫盲运动手册》

弗兰克·查尔斯·劳巴赫 著

379.2 L366-2

《以传帮带方式实现全世界成功扫盲》

弗兰克·查尔斯·劳巴赫 著

379.2 L366-4

《向文盲传道的人：弗兰克·查尔斯·劳巴赫生平》（1966）

大卫·E.梅森 著

379.2 L366Ma

我参加了识字中心的一个对话班。老师的名字听起来像是挪威语。学生们纷纷做了自我介绍，说自己是韩国人、中国人、墨西哥人、厄瓜多尔人、萨尔瓦多人和泰国人。这节课以一场关于英语中最长单词的生动辩论开始。老师本人，即乔尔根·奥尔森，说英语中最长的单词应该是 antidisestablishmentarianism（反对解散国教主义），我以前就怀疑过它是否属实，现在也不确定。不过，只要这个单词够长就行了。当奥尔森讲这个词时，将它描绘得非常美妙，所有人都被逗笑了，除了那个泰国女人。接下来的几分钟里，全部学生都在讨论这个词。接着，奥尔森开始讲解下一项内容。他指了指身后的白板，上面用大写字母写下"容易记混的单词"这几个大字。他举的第一个例子是 latter（后者）、later（之后）、ladder（梯子），讨厌的"三胞胎"式单词。ladder 很容易对付，但 latter 与 later 很麻烦，即便花了好几分钟对具体差别进行解释和举例后，这两个词仍旧令大家垂头丧气。于是奥尔森说，他稍后会让大家再复习巩固一遍。然后，我们就讨论起另外几个同样难于分辨的单词：confident（自信的）、confidante（女性知己）、confessor（忏悔者）。

在"容易记混的单词"的休息间隙，有学生跟我聊了他们的职业。他们当中有管家、洗碗工、电脑维修师、建筑工人、学生和美甲师。有些学生年纪轻轻，也有上岁数的，但大多数都是青壮年。开课时间正是学校上课的时间，所以没有小于十八岁的学员。学生之间的气氛友好而轻松。房间里有几对关系很好的学习搭档，会互相说几句英语。不过，他们的英语水平有限，目前只掌握少许词汇，没办法在平时交流或工作时让人感到舒适。另外一个问题是：在这个房间以外，他们可能永远不会见面。所以，互相练习口语的机会仅限于这个房间里。当奥尔森让他们大声练习时，他们总会无意识地胡乱发音，语法方面也经常犯错。不过，哪怕是最笨嘴拙舌的尝试，只要足够努力，就能够得到其他同学的大声鼓励，这令我备受触动。英语对话课有一套具体的教学计划，并非让大家随意瞎聊，但这里确实也可以成为练习口语的契机——无论你的英语有多么结巴、口音有多重，都可以去练习交谈。"你周末过得怎么样，蒂娜？"来自中国台湾的建筑工人问美甲师。他说得很正式，小心翼翼地说出"周末"这个词。来自萨尔瓦多的美甲师笑着回应道："挺不错。"她咯咯笑了笑，继续说道，"我只说'挺不错'是因为我不知道还能说什么。"

这时，奥尔森轻敲黑板，说道："伙计们，还有几个新词，我想让你们在对话中试一试。听好了，shard（碎片）、implicit（隐性）、convulsive（痉挛）。再说一遍，shard、implicit、convulsive。"奥尔森说完，一种绝望的气氛笼罩了房间。

和会话课上的人们一样，在图书馆系统中学习读写的学生里，大约有百分之七十的人不以英语为母语。其余的只在三年级时学过一点阅读理解，或压根就没学过阅读。洛杉矶中央图书馆拥有整个图书馆系统中最大的识字中心，城市各处的二十个分馆也设有这类机构。它们统一由图书馆管理，共由近六百名志愿者组成。

会话课在识字中心的会议室里进行，那是一个温和的米色房间，有种牙科医生办公室消过毒后的单调感。在我走出这间会议室时，他们正在努力消化 convulsive 这个词。穿过识字中心的主要区域，这里有几张沙发、几张桌子，还有几位值班的老师。我在卡洛斯·努内斯身旁坐下，他是会话课的老师，在教课之余会来这里和那些寻求帮助的人进行一对一面谈。他每周还要辅导一些普通学生。努内斯曾在一家呼叫中心工作，因后背受伤，导致伤残，只好选择离职。他一度懒散地待在家里，什么都不做，过了一段时间后便感到极为厌烦，开始通过电视购物买东西，像强迫症一般买个不停。与此同时，他还开始暴饮暴食。这种状态让他决定走出家门。在重新工作的诸多计划中，他尤其喜欢"去当一名志愿者"，于是便突发奇想，打电话给图书馆自荐。他现在有来自法国、俄罗斯、委内瑞拉、巴西、中国，甚至是加拉帕戈斯的学生。（"你能相信吗？"说到这里时，他扬起眉毛，以此致敬加拉帕戈斯。）他教那些非英语母语的人如何看懂电话账单、学校通知与纳税表格。他替那些不识字的人撰写私人信件，有时也帮他们回信。努内斯每周都会跟一个名叫维克托的年轻人会面两小时。维克托出生在墨西哥，却在洛杉矶长大，想申请美国国籍。努内斯坐在一张米色的小书桌旁处理这些事务，桌上摆着一套《入籍教育工具包》，几本识字指南，以及一本最新出版的《新娘》杂志。

维克托打算在这天下午过来，努内斯提前准备好了入籍材料。当他整理书堆时，一位头发密且长的年轻女子走进识字中心，她先在门口签到，然后走到努内斯身边。她告诉他，自己正在写一篇关于欧内斯特·海明威的论文，目前找到了一些材料，可一句话都看不懂。女子的口音圆润，充满音乐感，也许是加勒比海附近的口音。说罢，她拿出那一页材料的复印件。努内斯一边读，一边向她做出对应解释，同时还潦草地写着笔记。她走后，一名年长的亚裔男子出现在努内斯的桌旁，问他"香肠卷"是什么。努内斯被这个问题难住了。几分钟后，又有一位身材瘦长、肌肉发达、穿着"活力小子"夹克、眼睛略有些无神的年轻人坐到努内斯的桌旁。努内斯向我介绍，他就是维克托。维克托向我打了招呼，然后告诉努内斯，自从上次会面之后，他就一直在练习，现在他觉得自己已经完全掌握这些材料了。

于是，努内斯便开始提问："苏珊·B. 安东尼具体做过些什么？""请列举出发生在 20 世纪的一场战争。""国家的最高法律是什么？"这些问题全都很难回答。早些时候——在维克托来这里之前，努内斯告诉我，维克托因为工作出意外而有些失忆，现在有时会很难记住答案。不过，就在这一天，他几乎将所有问题都答对了。在还没完全想好答案时，他会用拳头猛击手掌，就仿佛是接球手在棒球比赛上将手套击软一样。当他们结束问答时，努内斯盛赞了他。这时，维克托说想要再复习一遍。于是，努内斯开始新一轮提问："苏珊·B. 安东尼具体做过些什么？""请列举出发生在 20 世纪的一场战争。""国家的最高法律是什么？"

18

《菲什伯恩：罗马宫殿及其花园》（1971）
巴里·W.坎利夫 著
所属系列：古代的新面貌
942.25 C972

《诡秘的诸神合一》（1968）
伊迪丝·斯塔尔·米勒·佩吉特·昆堡 著
366 Q3

《露西·盖赫特》（1935）
威拉·凯瑟 著
CIRC

《太空狗莱卡：外太空的第一位英雄》（2015）
杰尼·维特洛克 著
X 636 W832

在经历了古德休突然去世的震惊之后，他的合伙人卡尔顿·温斯洛总算缓过神来，向洛杉矶全城保证，他可以代替古德休完成全部图纸，使项目如期进行。私底下，古德休的团队遭受了极大打击。劳瑞和古德休是相识三十年的老朋友。在正式回到图书馆的设计工作之前，他为古德休设计了一座陵墓，上面装饰着古德休职业生涯中最重要建筑作品的浮雕，墓碑下方镌刻着一段拉丁语铭文："不是自己喜爱的装饰，他连碰都不会去碰。"（这座陵墓位于纽约市代祷礼拜堂，这也是古德休设计的第一座教堂。）劳瑞还决定在洛杉矶图书馆的外墙加上古德休的雕塑。这座雕塑的体量较大，比建筑的东南入口拱门还要高，置身于一处排成长条的名人雕塑装饰带中，与版面设计和印刷术领域内的其他权威比肩。比如约翰内斯·古腾堡和威廉·卡克斯顿，后者将第一台印刷机带到了英国。在雕塑中，古德休正坐在绘图桌旁，身体前倾，目光向下，仿佛就要开始画画。

1925 年 5 月 3 日，图书馆正式奠基。光是为巨大的圆形穹顶大厅浇筑混凝土就花了二十一个小时。当时，这是该市历史上最大规模的混凝土浇筑工程。圆形大厅的枝形吊灯是地球和太阳系联合而成的巨型模型，使用了青铜和玻璃材质，重达一吨，维护起来非常麻烦，于是便在塔内安装绞盘，让吊灯可以自由升降，以便定期清洁。这栋建筑的部分墙面内饰直接使用了粉质土灰泥，其他部分则选用各种装饰物和艺术品，总共花了几年时间才完成。楼梯扶手和壁龛里都设有雕塑，天花板上则安排了俯视下方的雕塑作品。两只巨大的黑色大理石制狮身人面像安置在主楼梯两侧。在一处壁龛里放有图书馆的象征：一座被称为"学习之光"的火炬雕塑，在整栋建筑的金字塔塔顶上也有一座大了一倍的相同雕塑。

另一处壁龛里则有一尊真人大小的女神像，眼睛无色，表情强势，她被称为"文明女神像"。这栋大楼里共有十五间阅览室，分别沿着大楼的周边环绕布置，还设有几英里长的开放式书架，但大部分书都存放在大楼内部，即四个七层楼高的混凝土筒仓式书库里。混凝土书库里的书架全部用钢铁格栅制成，在当时，这种格栅被认为可以防火，还能抵御地震。

古德休希望图书馆的游览者感受到的，不仅仅是自己正身处于一栋美丽大楼，也希望他们能意识到，自己正被人类智慧的强大力量环绕着，文明与历史叙事的影响力正在他们身上起作用，而图书馆的游览者将成为这种三维冥想中的一部分。甚至连花园都在他的设计计划之中。他呼吁在这片土地上种植橄榄树、柏树、荚莲和木兰花，这些植物都是有可能在古罗马花园中见到的。古德休觉得，它们将能有效地延伸图书馆所藏学识的沉浸式体验。树木之间有各种各样的雕塑，其中还有一座被命名为"文士之泉"的喷泉，上面装饰着世界上最伟大的作家的群像。

1926 年 6 月，大楼竣工，1926 年 7 月 15 日，洛杉矶图书馆的新居终于对外开放了。大家对这栋建筑的最初反应是赞不绝口，与此同时，人们的具体感受又颇为复杂。"这座建筑绝对令人震撼，"评论家梅雷尔·盖奇在《艺术之乡》杂志上写道，"就像所有带有极强创造性的艺术品一样，它令人颇为不安；当然，它给人的整体印象是满意的，但同时又让人费解。它没有遵循公认的建筑体例，但我们可以通过它看到西班牙、东方、现代欧洲建筑的诸多风格，就好像各种民歌穿插在一首伟大的交响乐中，以一种真正的美国精神将其升华到难以想象的全新高度。"另一位作家形容这栋建筑物"像小孩子的眼睛一样坦率、开放且诚实。它与众人面对面，不害怕也不羞耻。它没有什么需要解释的，也不需要向任何人致歉"。

图书馆的启动典礼十分壮观。在一名打扮成欧洲古代风笛手的男人带领下，一千多个身着盛装的孩子在大楼周围游行。游客将这里围得水泄不通。四处充满了欢欣鼓舞的气氛，就仿佛图书馆不仅是全新的市政府财产，同时还是每位洛杉矶公民的个人成就——它代表着一个真正通过群策群力而实现的共同愿望。在开幕式当天发行的导览手册《就像走进童话故事书里一般》中，就完全展现了新图书馆这种激动人心的氛围。"一座仙境中的魔法城堡！丰富、美丽的色彩运用。轮廓优美而和谐。田园诗画般的优美环境。倾诉着一种永恒的喜悦……来访者在思想上与诗人、先知、哲学家、艺术家、科学家们透过书本所传达出来的讯息相协调……一本童话故事书般的建筑物得以最终落成……因为在这里居住着的是我们最古老、最友好的朋友——书籍。"对这栋崭新建筑的唯一反对意见来自一小撮怀有神秘主义倾向的人，他们认为图书馆设计中的三角形和火炬意象，其实蕴藏着某种不为人知的邪恶崇拜。他们坚称，古德休一定是资深的魔鬼崇拜者，要么就是共济会成员，因为他在设计中悄悄使用了仅属于撒旦的符号，而图书馆本应是一处神秘的圣地。虽然他们的担忧最终被打消，但即便是在今天，还有一个名为"警惕公民"的网站依旧坚持这一主张。

图书馆董事会主席是当地一位名叫奥拉·蒙内特的律师，他的家族在1906年变得非常富有，当时蒙内特的父亲发现了价值一亿三千一百万美元的黄金。通常情况下，蒙内特说起话来温和且矜持，有着乡村俱乐部成员的那种翩翩风度，但这座新图书馆深深打动了他，以至于他的献礼演讲听起来像是在用方言说话。演讲稿后来出版发表，格式如同诗歌一样：

> 生命的积极参与者与杰出的演员——
>
> 他们都会想方设法呈现如下一些主题，
>
> 最深刻的真理乃是生命的奥秘：
>
> 人类本身的悲剧存在；
>
> 强烈欲望所造成的冲动；
>
> 希望与虚荣；
>
> 天定命运；
>
> 过去的时代；
>
> 历史纲要；
>
> 生命中不倦的旅行者；
>
> 大地及海洋中的劳动者；
>
> 再也没有人走过这条路；
>
> 瞧瞧看啊，这些主题读起来就像是一本伟大作品的目录，这本作品就是"生命之书"，由一位伟大剧作家——上帝所写！对于这本书的使用者，对于读者、学生和学者，在您研究这部宏伟的剧作时，在您研究这本鼓舞人心的人生之书时，洛杉矶公共图书馆是您的绝佳选择。

启用典礼结束后，人们蜂拥而至。其中有些人是专门来找事的。偷书贼四处游荡，尽其所能地夺走各种东西。一些更有野心的骗子利用图书馆的现存规则，设计了精心的骗局。其中一个骗局是：他们假扮成旅行社，用他们从图书馆藏书中剪下的异域照片制成宣传册，宣传那些永远都不会发生的旅行。图书馆犯罪的集中爆发令洛杉矶全城震惊，以至于 1926 年的一篇社论抱怨道："不仅有偷书贼，还有其他罪犯在图书馆里横行。他们既不是使用阅览室的读者，也不是来借书的人，而是来谈生意，制订犯罪计划，或相约来这里买卖吗啡。"年底，图书馆保安报告称，他们一共逮住五十七名"毁坏书籍者"，一百零五名在书中涂写乱画的人，七十三名犯下一般不良行为的人，二十三名伪造偷换藏书的人，八名藏匿馆内书籍的人，十名更改借书到期日期、企图蒙混过关的人。总共有六十三名罪犯被起诉，六人被判定为"精神异常"并被送去精神病院治疗。

新大楼还没有完全完工。圆形大厅里空空荡荡，画家迪恩·康沃尔总共花了六年时间才完成壁画。康沃尔是个很擅于表现自己的人，曾在约翰·辛格·萨金特 ❶ 的伦敦工作室里工作。他会专门雇用选美比赛选手来当模特；绘制壁画时，他会将自己吊在巨大的脚手架上。这些手段吸引了无数的观众来看他作画。在当时，中央图书馆为他提供了九千平方英尺的绘画空间，这是有史以来最大体量的公共建筑物壁画。

当年在图书馆学校所受的教育，并没有办法帮助埃弗里特·佩里在如今全新的角色上做好准备，因为这是一栋囊括了无数雕塑、雕刻、固定装置和喷泉的巨型建筑物，需要一位此前从未有过的统筹管理员。佩里有时很担心重要陈列品在馆内的保存状况。1930 年，他专门写信给雕塑家李·劳瑞，征求保养意见："亲爱的

---

❶ John Singer Sargent，美国艺术家，曾在意大利、西班牙、法国、英国等地作画，一生创作了大约九百幅油画和两千多幅水彩画，以及不计其数的素描和木炭画。

劳瑞先生，您有没有什么具体的指示，如蒙不弃，请告诉我们应该如何保养及清洁两尊狮身人面像和文明女神像。"他的信笺是这样开头的："实际上我根本不知道应该怎么做，如果真要做清洁的话，我想恐怕不应该用水。"（劳瑞则回信说，文明女神像偶尔需要用干布掸掸灰尘。）

与此同时，佩里还得监督这座巨型图书馆的种种日常事务。查尔斯·卢米斯曾敦促馆员向读者主动出击。佩里则指示他的员工培养更温和的接待习惯，比如，"尊重读者提出的每一个请求。别忘了如何微笑。尽量不要有先入为主的看法。"他为那些忘记支付逾期罚款的人设计了新的通知，带着他素来温文尔雅的语气："亲爱的 ____，您的图书借阅卡可能已经被您遗忘，您将被要求缴纳罚金 ____ 元。请您在未来几天内打电话到……来清除这一逾期记录，好吗？洛杉矶公共图书馆留言。"罚金数额也非常人道，弄脏一张书页罚一美分，逾期还书罚五美分，等等。但如果你用墨水涂画一本书，或者更糟的是，当你啃咬了纸张之后——"啃咬书籍"是佩里列出的违规清单中的一项单独条目——那你就必须掏钱来替换书籍。如果你在借阅藏书的过程中患上了白喉、斑点热或鼠疫，就必须专门通知图书馆。你归还的书需要经过熏蒸才能重新流通，但会由图书馆方面来承担相关费用。

图书馆开馆时的辉煌时刻已经过去了三年，此时，股市暴跌，大萧条开始了。崩溃恰好发生在洛杉矶引以为豪且令人振奋的那段时期：这座城市正在飞速发展，不断扩张，到处在修建道路和建筑，无数的摩天大楼涌现。城市的支柱产业——电影业、石油业和航空业——在当时都十分年轻、蓬勃发展，带来宛若新生的光彩，看似能对蔓延于整个国家的经济顽疾免疫。但它依旧蔓延到了洛杉矶，摧毁了企业、工厂和银行。数以万计的移民从中西部来到这座城市，他们的农场经历多年的干旱和深耕后，沃土早已化为齑粉。在前往加利福尼亚州之前，他们目睹了自己在俄克拉何马州和堪萨斯州的土地在干燥的灰色云层下被吹散飘远，扬起的沙土使远至纽约的天空变成一片漆黑。

图书馆是大萧条时期的慰藉。这里温暖、干燥、实用且自由，为人们在绝望时代提供了抱团取暖的场所。在图书馆里，你会感受到富饶和兴旺。这里有充沛的信息，当其他一切都让你感到匮乏和破碎时，这些知识却可以让你完全免费地带回家。或者，你也可以坐在一张阅读桌旁，吸收所有知识。或许你来到图书馆，就会遇到一些不同寻常的事。比如，1938 年的某一天，诗人卡尔·桑德伯格来到中央图书馆当时的"孩童故事时间"区，弹起吉他，说起保罗·班扬 ❶ 的故事。不过总体而言，无论图书馆能向公众提供什么，当时总归是一段悲伤且绝望的历史时期。1932 年的新年夜，一位名叫查尔斯·芒格的人在图书馆花园的池塘里自杀。

股市崩盘后，图书流通量增加了百分之六十，注册用户数量几乎翻了一番。据《洛杉矶时报》报道，这些读者中的许多人都是从"廉价公寓蜂拥而出"的。与此同时，随着政府税收收入的减少，图书馆的预算削减了近四分之一。佩里下定决心要让图书馆和以前一样脚踏实地，为读者提供最有效的服务，尽管那时的它比现在拥有更多的资金，读者数量反而比现在少得多。他指示员工去挑选和引进那些看似多余的书，包括"关于唯心论的书、桥牌书、低级趣味的书、矫揉造作的诗歌集，以及有关占星术、

---

❶ Paul Bunyan，美国和加拿大民间传说中的英雄人物，形象为一位身形巨大、具有超强劳动能力的伐木工人。

命理学、手相学、算命的书"。他列出一系列推荐阅读的书目，揭示了当时人们的担忧和思虑。1928 年，有一份名为"近十年文学中的犹太人"的书单，其中包括《你们外邦人》《我是女人，也是犹太人》《百老汇二十年》等书。1931 年，在"失业困境"这一大标题下，佩里推荐的书包括《裁员及其防范》《失业保险出了什么问题？》以及《负责任地饮酒》。1932 年的书单中则有《资本主义注定要灭亡吗？》以及一本内容详尽的战争相关图书。人们希望图书馆能修复他们自身，并教会他们校正自己的生活。

在许多美国人都没有工作的情况下，CBS（哥伦比亚广播公司）电台推出了一档名为《工作中的美国人》的节目，这是一系列关于各种不同职业的广播剧，包括玩具制造商、爆破手、饲养火鸡的农民和菠萝种植者等。其中还有一期专门讲了图书馆馆员。这期节目刚开始时，有个名叫海伦的小女孩向父母和叔叔宣称，她计划要成为一名馆员。

> 母亲：海伦，一想到你未来要成为一名图书馆馆员，我就觉得那场景真是有些好笑。为什么你会想要成为一名馆员呢？要知道，这只是一份给需要帮助的老太太提供服务的工作啊。
>
> 海伦：这就是问题所在。你就是这么想的，并且你对此一无所知。我热爱书籍，而且，我也很愿意帮助人们去热爱书籍。
>
> 父亲（对母亲说）：这就是你让孩子整天埋头看书的后果。女孩子根本不该为读书而烦恼。
>
> 海伦：噢，爸爸，你怎么能说出这么老套的话！我真的很想成为图书馆馆员，真的！你怎么看，奈德叔叔？

奈德（和蔼、温柔地回应）：要我说，如果这个女孩真的想成为馆员的话，那就让她去吧。你们知道，时代变了。据我所知，如今典型的馆员形象，应该是时髦又聪明的年轻女孩。

1905 年，查尔斯·卢米斯在图书馆大战中战胜了玛丽·琼斯，自此往后，一直是男性在掌控洛杉矶公共图书馆系统。当时，美国的图书馆馆员大约百分之八十都是男性。几年时间内，一部分也是因为安德鲁·卡内基的努力，这个职业的性别平衡出现了些许改变：男性馆员的数量逐渐下降到了百分之二十。不过，大多数受雇用女性的职位是基层工作人员或文员，从未进入过管理层。不过，埃弗里特·佩里的副主管是一位女性，名叫阿尔特希亚·沃伦，在女性馆员中是一个例外——而且，她还担任过另一个行政职位：圣地亚哥图书馆系统的部门主管。沃伦来自芝加哥一个富有的知识分子家庭。她的祖父是联邦法官。她早年还住在芝加哥时就开始了图书馆生涯，在芝加哥最贫穷的社区里的一座分馆工作。当她主管圣地亚哥图书馆系统时，也同时在照顾患有躁郁症的母亲。1925 年，她母亲病情恶化，沃伦决定离开图书馆。她在帕萨迪纳市附近买了一套复式公寓，她住其中一半，另一半用来安置母亲和照料母亲的护士。虽然已经辞职，可她名声在外，当埃弗里特·佩里听说她来到洛杉矶时，坚持说服她成为自己的二把手。

沃伦身材健硕，下巴方正，蓬松的波浪形头发被随意地扎成一团。她很有幽默感，人们喜欢和她待在一起。她经常说自己是个老姑娘，但事实上，在刚开始进入洛杉矶公共图书馆系统工作后不久，她就爱上了儿童部门的负责人：一位名叫格拉迪斯·斯通的女士。1931 年，沃伦和斯通搬到了一起，此后形影不离，直到

1956 年斯通去世。

埃弗里特·佩里的任期始于洛杉矶公共图书馆还在旧址时的最后几天，当时它还是洛杉矶最早期的城市遗迹之一，一座位于美国西南部的前哨站。在当时，洛杉矶并不是一个能让你想起书的地方：这里是喧闹的先驱者聚集的场所，他们仍在探索如何在山谷与山丘之间建造房屋。短短的几年内，城市和图书馆都发生了翻天覆地的变化。佩里是连接图书馆过去和未来的纽带。他当初很支持伯特伦·古德休，因此，他认为自己对维持图书馆如今的状态负有很大的责任。在带领图书馆进入它的第一处永久家园后，佩里不得不应对大萧条时期出现的、也是洛杉矶市公共图书馆系统有史以来的第一次经营危机。实际上，即便是在那几年可怕的动荡中，他也表现得极为稳重，但算不上一位富有魅力的领袖。他的一些前辈显然比他更为耀眼：比如查尔斯·卢米斯，他在位时很振奋人心，会向四周持续散发光芒。至于埃弗里特·佩里，就跟图书馆董事会在他第一次接受采访时所注意到的那样，他"只做生意"。不过话说回来，他也是一个能够坚持将事情做成的人，如花岗岩般持之以恒。无论如何，他十分热爱这座图书馆，工作人员和读者也同样爱他。1933 年 8 月，佩里心脏病发作。起初，他似乎已经在渐渐康复，但在三个月过后的万圣节之夜，他还是去世了。馆员们对此非常难过。佩里如果泉下有知,他会很高兴地收获一个好消息：阿尔特希亚·沃伦会被任命接替他的位置。

沃伦可能是图书馆管理者中最热心的读者。她认为，图书管理员最大的责任就是去贪婪地阅读。也许她提倡这样做，是为了确保馆员了解自己所管理的书，但是，对于沃伦本人而言，这一倡导其实是基于情感与哲学双重层面的：她希望馆员仅仅是出于自身爱好而热爱阅读；然后，作为附加的好处，他们可以因此激发读者，让他们同样永不满足地去读书。正如她在 1935 年一次由图书馆协会组织的演讲中所说的，馆员热爱读书，就应该"像酒鬼饮酒、鸟儿歌唱、小猫睡觉或小狗回应出门的邀请一样自然而然，而不是出于职业良心考虑，或需要经过训练才能办得到。那是因为他们本身就更愿意去做这件事，而不是世界上的任何其他事情"。在中央图书馆生涯中，沃伦为了鼓励人们抽出时间看书，还专门出版一本小册子，列出了大量关于利用碎片时间阅读的小提示——《阿尔特希亚实现阅读的方法》。如果能获得额外的阅读机会，她甚至会赞成你去撒一个小谎。"如果那天晚上你答应跟你最好的朋友去吃晚饭，这位朋友还照顾过你的姨妈，那么，你只需要打电话说你得了重感冒，怕她会被你传染上。"她在册子里的一处小提示里写道："这样，你就可以好好待在家里，像大蟒蛇一样吞下那本小说《露西·盖赫特》了。"可以说，沃伦是一位阅读的福音传道者，而不仅仅是一名馆员。她不停地寻找新的途径，将大批书送到公众手中。例如，她认为孩子必须在三年级或三年级以上才能拿到借书证这个规定太过严苛，所以，她向任何一个能签下自己名字的孩子开放了会员资格。

　　沃伦上任时继承了一份业已萎缩的政府预算，以及想要从图书馆得到更多的公众。1933 年，洛杉矶成为美国第五大城市，但该市图书馆系统内流通的书籍数量比全国任何图书馆都要多。为了节省开支，沃伦采取了一系列令她个人感到痛苦的举措：减少图书馆的开放时间；不再为已离职的员工找寻继任者；关闭之前在医院和购物中心开设的小书亭；对购买新书进行限制；除外，她还被迫关闭泰莎·凯尔索创办的图书馆学校。

话说回来，当在财政上负担得起时，她也尽可能地扩大了图书馆的服务范畴。她建立了咨询部门，让家长可以直接打电话询问某部电影是否适合儿童观看。（馆员发明了一套图书馆评分系统，包括"这部电影不适合容易感到紧张的孩子观看"等级别。）除此之外，她还扩大了主咨询台。同时增加一部咨询服务的专用接入电话。咨询服务非常受欢迎，而且，人们使用它的方式也是馆员之前没有预料到的：很多人要求帮忙解决填字游戏。最终，沃伦禁止馆员回答这类问题，因为一旦专注于填字游戏，就几乎没有时间去回答其他问题了。1937年，作为咨询部门日常业务的部分参考，图书馆编制了一份来电者问题的详细清单，其中包括：

　　　　罗密欧具体长什么样

　　　　1929年美国的产奶总量

　　　　具有文学价值的黑人奴隶作品

　　　　人类绝育的数字统计

　　　　洛杉矶的收音机数量

　　　　各慈善机构为低能者所做的工作

　　　　格伦代尔的犹太家庭总数

　　　　夏威夷的丧葬习俗

　　　　人类的平均寿命

　　　　眼睛虹膜上是否能感知不朽

1940年4月，一个非常炎热的星期六下午，阿尔特希亚·沃伦一个人坐在办公室里，用打字机敲出一封写给"1972年12月7

日洛杉矶市图书馆馆员"的信。她想让未来的馆员在图书馆成立一百周年纪念日时打开这封信。她认为，自己能给图书馆未来的继任者留下一条信息，就好像留下一枚时间胶囊，这将会很有趣。"三十二年前，我在你的办公室里所遇到的麻烦与希望，你或许会觉得很有意思。"她这样写道，"三十二年前的麻烦肯定都是很有意思的。"沃伦提到，兴许这封信被打开时，她碰巧还活着，那她就已经八十五岁了，在当时看来，这个年纪或许已近乎不朽。她写道，从尊敬的埃弗里特·佩里那里继承图书馆，对她而言是多么困难，与佩里"如远古橡树般的顽强不屈"相比，她感觉自己更像是一棵"柔软摇曳的白杨树"。她继续写道，20世纪20年代，图书馆耗资巨大，财政往往入不敷出，与股市暴跌带来的冰冷冲击形成了鲜明对比。当时她被迫三次削减馆员的工资，几乎快买不起任何新书——这封信的内容时而欢快、时而痛苦，充满了清醒的认识——由于预算有限，她注定要令员工和公众失望。公众从图书馆得到的东西比他们想象中要少，她的员工比她曾经期盼的还要更受委屈。她懊悔地说，自己将太多时间花在一些微不足道的小事上——比如，决定是否要为圣佩德罗分馆的锅炉买一台新的恒温器，是否需要拿出一笔钱来为卫生间购买纸巾——但她真正希望的是在全市范围内建立一座图书馆乌托邦，员工全部都是有着超强满足感和自豪感的图书管理员。

整体而言，这封信读起来非常乐观。很明显，沃伦相信图书馆会长盛不衰。她在最后的签名写道："我的心与你的工作和你同在！"这封信一直存放在洛杉矶市公共图书馆馆长的办公室里，直到指定日期才被怀曼·琼斯打开。

1941 年，美国参加了第二次世界大战，图书馆也进行了相应调整。圆形大厅里一吨重的枝形吊灯被降下，以防爆炸震动大楼，直到 1944 年，它都一直安置在地板上。为了配合夜间使市中心建筑变暗的行动，沃伦宣布图书馆将在日落时关闭。但是有太多战争相关人员要求在晚上使用图书馆，无奈之下，她只好恢复原本的时间，甚至额外延长了开放时间。为了执行市政府的熄灯政策，她给窗户装上遮光窗帘。整座城市的图书馆都提供急救课程，并出售战争债券。他们在新设立的国防咨询处分发政府传单。中央图书馆所收藏的国际科学资料中，包括来自德国和意大利的专利信息，资料极其丰富，是西海岸为数不多的此类藏品之一。陆军和海军会定期向图书馆咨询，了解轴心国在军火库中究竟拥有什么。

等到美国军队被正式派往海外之后，咨询部门的馆员就开始接到新的一类咨询电话。上级禁止士兵说出自己部队具体的部署地点，所以他们经常在寄回家的信中提供相关线索，希望能以猜谜的形式告诉家人自己驻扎何处。家属猜不出来，只好接连向图书馆求助。正如一名馆员所说的："我们会被追问'世界上哪里的男人会把头发梳得笔直？'或'哪里的人会在鼻子上戴环？'，又或者'哪个国家的妇女穿长裙和白围裙？'这类问题。"

这一年的晚些时候，沃伦向图书馆请了四个月的假，参加了"胜利图书运动"，这是一项全国性的活动，为军队阅览室、战地医院和军事训练营捐赠书籍。她在每个州都任命一位负责人，统筹安排了相关的新闻稿和广播节目，鼓励人们将书带到收集点。她召集男女童子军挨家挨户请求捐赠。到了 1942 年 3 月，胜利图书运动总共收集到六百万册图书，并向全国各地和海外部队分发书籍，而此时正是欧洲图书馆着火的时候。那一年，罗斯福总统在美国图书馆协会的大会上发表演讲。"书籍不能被大火毁灭掉——"他如此宣称道，"人死如灯灭，书却永垂不朽。"

战争结束了，现代洛杉矶开始了大规模发展。种植利马豆的田地和橘子园被重新开垦，重新安置那些拥有三间卧室的平房。一拨又一拨士兵复员归来，接着是一批又一批家庭，来到井喷式出现的飞机场、电子厂和石油钻机附近。正是在这一时期，哈利·皮克的家族离开了扎根多年的密苏里州，离开了他们的农场，举家迁徙朝着西部出发，前往能提供全新机会的加利福尼亚。洛杉矶开始急速膨胀，变得异常繁荣，城市边界不断扩张。如果你离开一段时日，回来时甚至有可能认不出你的邻居，这就是发展的速度。图书馆几乎快要跟不上这样的发展步伐。不断有新的社区过来要求设立分馆，这些新社区就在不久前还只有西红柿种植园的地方，但他们并无法拿出建设分馆的资金。

沃伦带领图书馆度过大萧条、战争以及战后最初的动荡岁月。1947年，她决定要休息一下，就跟埃弗里特·佩里劝说她从事这项工作之前她曾计划的一样。沃伦离开前受到了盛情款待和祝贺。她收到数百封怀着真正感激之情的读者来信，其中一封来自阿道司·赫胥黎。他写道："我必须借此机会告诉您，我在图书馆体验到的服务有多么好，您建立起来的选书模式非常合理。"

沃伦的继任者是哈罗德·哈米尔，一个长着大耳朵、有着一头蓬松金发的年轻人，和电视剧《荒野镖客》中的詹姆斯·阿尼斯颇有些相似。哈米尔此前管理着堪萨斯城的图书馆系统。他是一名现代主义者。对于那些具有前瞻性思维的精英来说，那个时代是他们受聘管理图书馆的完美时机，因为新技术正在大规模崛起，能应用于图书馆的各种崭新应用也陆续被发明出来。哈米尔广泛接受了这些创新。他引进了名为"照片借阅"的图书馆结账系统，这套系统先利用微型摄影机拍摄待借阅图书的照片，再来做进一步处理；他还成立了视听部门，这是市公共图书馆系统第一次拥有如此时髦的部门；同样是他，首次在中央图书馆增加了微缩胶卷和微缩胶片的收藏。

1957 年 10 月，俄罗斯第一颗人造卫星成功绕地球轨道飞行。11 月，第二颗人造卫星带着赫赫有名的太空狗莱卡进入太空。同年，一位德国天文学家发表一份已确定的行星和恒星目录。当年的四位诺贝尔自然科学奖得主当中，有三位来自美国以外的国家。美国人害怕自己的国家在数学和科学方面落后，便在全国范围内对教育加大投入，在关键领域上更是不惜成本。第二年，洛杉矶公共图书馆系统借出的图书数量比过去几十年都多。不仅如此，洛杉矶的选民还支持发行总额高达六百万美元的债券，用以新建多达二十八座分馆——此类事情的发生不可能是巧合。

1957 年光顾过图书馆的都有谁？《时代》杂志的一份报告指出："专职艺术家和设计师使用图书馆的次数明显增加……外交部声称：图书馆方面所制订的、帮助流离失所者的一系列计划，带来大量拉脱维亚人、立陶宛人、犹太人、德国人和俄罗斯人。"这座城市的演变过程，在科学区来访人群的身份构成中表现得尤为明显。如今，再也没有人要求借阅柑橘或鳄梨种植方面的书了。关于如何寻找黄金的书统统闲置在书架上，它们在 30 年代的需求量一度很大。取而代之的是关于铀矿勘探、组装计算机、发明新产品和申请专利的指南。那一年的推荐读物是一系列关于原子能应用的书。根据科学区的报告，"'街上的路人们'和专家都对今天的科学感兴趣。"然而，到了1960年，科学类图书的普及程度已经比不上馆员称之为"安心型崇拜"的图书，即与积极心理学、神秘主义、巫术、戴尼提❶和预言家诺查丹玛斯❷等主题相关的图书。

自古德休大楼建成以来，独立的儿童部门一直是中央图书馆的重要组成部分。然而，直到1968年之前，中央图书馆一直都没有设立专门的青少年部门。20世纪60年代以前，"十二岁到十九岁之间存在着一个与成年人有着明显差异的生命阶段"的观念才刚刚出现。到了1968年，图书馆终于认识到"青少年"阶段的客观存在。新成立的青少年部门跟儿童部门一样，提供对应年龄段的书，定期举办各类活动——包括民歌合唱、柔道课、摇滚音乐会等——希望能够吸引青少年群体来图书馆，让这里更像一处社区中心，而不仅仅是书库。过了一段时间之后，唱歌活动逐渐退出历史舞台，让位给青少年生活当中不那么纯真的方面——该部门开始提供与性爱、自杀、吸毒、帮派争斗和离家出走相关的活动项目。

---

❶ Dianestics 是一套关于锻炼思维和身体的理论，其科学依据遭到诸多质疑。

❷ Nostradamus，16世纪法国占星师、医师和预言家，支持者认为他成功预言了法国大革命、拿破仑和希特勒的崛起、两次世界大战、阿波罗登月等诸多大事件。

19

《关于父母应当如何养育青少年的傻瓜指南》（1996）

凯特·凯莉 著

370.16 K29

《十几岁的儿子：如何理解他，如何同他取得联系》（1989）

路易斯·简·戴维茨 著

S 372.1 D265

《青少年星球：成年人应当如何向今天的年轻人解释各种事情》
（1998）

吉多·L.博巴蒂 著

S 372.1 D265

《亲爱的远方爸爸》（录像）

VID301.57 D2855

在电影《欢乐谷》中，两兄妹意外被困在一部 20 世纪 50 年代电视剧中，这部电视剧描述了一座看似完美、实际上却带有性别歧视和种族歧视、整体氛围压抑且墨守成规的郊区小镇。《欢乐谷》于 1998 年上映，由盖瑞·罗斯担任编剧和导演，他还亲自参与了一部分摄影工作。1993 至 1996 年，盖瑞·罗斯曾担任洛杉矶图书馆委员会主席职务。因此，在《欢乐谷》正式上映后，罗斯将电影的首映收入作为福利捐赠给图书馆，以此帮助建立一个规模更大的全新青少年部门。图书馆二楼的一个角落以前供音乐部门使用，现在这里设计了一张非常大的圆形公共书桌，上面画了鲜明醒目的图案，室内则放上许多大豆麻袋模样的懒人沙发，还额外留下不少幽静私密的角落和空隙处，以供年轻人独处。无论如何，你绝对不会将这里误认为是图书馆内的其他区域。青少年服务区于 2000 年 3 月举行开幕仪式，在《吸血鬼猎人芭菲》中扮演图书馆馆员的著名演员安东尼·斯图尔特·海德出席了开幕派对。

我最近一次拜访青少年服务区时，当班的馆员是一位身材苗条、态度从容、举止得体的年轻女子，名叫玛丽·麦考伊，她戴着猫眼形眼镜，发型略显凌乱。在成为馆员前，麦考伊曾是本地一个颇为知名的朋克乐队的成员。她的离去是朋克摇滚的损失，却是图书馆的收获。麦考伊被招募到青少年部门，因为她之前的身份对年轻人而言很有亲和力。实际上，他们也确实完全被她吸引住了。她很酷，可以成为无所不谈的知己，但她算不上是个好说话的人。"我不会让他们得逞的。"她说，"举个例子，今天早上，我在这里看到那帮孩子——我知道今天是上课的日子，所以就很温和地问他们为什么不去上课。"结果是学校正在举行一次针对高年级的封闭测验，他们不能去学校，才在图书馆消磨时间。要是他们真逃课了，麦考伊会用不怎么温柔的态度劝说他们，让他们赶紧回校。

　　作为青少年部门的馆员，麦考伊可能会有些措辞不当。青少年部门的馆员一般将自己视作非官方的建议者、兼职风纪委员和家庭作业指导员的混合体。对许多在家里得不到父母照顾的孩子，他们扮演着父母的角色。"他们是我的孩子。"其中一位馆员对我说道。实际上，很难将这种扮演父母的责任心完全限制在图书馆内，一旦与孩子建立起充分信任的关系，在馆外扮演父母的心理诉求就会很强烈。"所以，做这件事必须拿捏好分寸，"麦考伊说，"你基本上要避免出现干涉过多的情况。不过有时候你会凭良心行事，不再去理会具体的规则。比如，这里曾有个女孩，身上没有任何证件，真的很需要我们的帮助。当时所有部门的同事都出了钱，给她买了一张公交卡，还凑了一些小东西来帮助她。"

　　我们正聊着时，一个女孩朝着书桌走去，脸上画着高高扬起的夸张黑色眼线，手里还拿着一包奇多。"你是不是以为自己不看书时就可以在这里吃东西？"麦考伊告诉她，这里不允许随便吃东西，于是女孩便走到满是漫画书的书架前，抖动着手里那一大袋奇多。有些孩子会选择一次连着看二三十本漫画。漫画书架占据了一面墙的大部分区域，剩余的一点位置有块布告栏，贴着一张插图海报："正在找你的第一份工作？如何着装：基本休闲式穿着，会议式着装。如何打一个常规的领结。"

　　这个部门过去常常挤满了来使用电脑的青少年。现在许多人的家里已经有了电脑，要么就是可以直接用智能手机上网。但他们依然会来这里，不过是为了利用图书馆免费提供的打印机，或者只是单纯不想跟父母在一起。青少年服务区共藏有三万本书，大量棋盘类桌游，以及最新版本的《吉他英雄》主机游戏，最重要的是——这里还有其他同龄的孩子。不过,恰恰因为有很多孩子,也总是会有很多麻烦。

麦考伊发现，自己在这里最常说的两句话就是,"嗨,注意你的语言,不要讲脏话"和"嗨,在懒人沙发上不要靠得太近"。最近,在懒人沙发上发生的亲密行为比麦考伊预想的要频繁得多,她觉得那些被故意触碰的孩子并不会为此感到开心,于是特意安排了一场关于如何辨别健康人际关系的研讨会。会议就安排在我前来访问的那天下午,由"和平战胜暴力"社会服务机构主办。

另一位名叫特蕾莎·韦伯斯特的青少年服务区馆员刚来上班。她和麦考伊谈过了,麦考伊提醒了研讨会的事。韦伯斯特点点头,然后又说:"你知道的,我们得找个人来跟这些孩子聊聊政治。其中一个居然问我什么是共和党人。"说到这里,两人都惊讶地摇了摇头,然后突然大笑起来。

三名来自"和平战胜暴力"组织的志愿者手持画架、标语牌和一大堆手册走了进来。麦考伊四处提醒孩子研讨会马上就要开始了。会议在房间内电视机所在的位置举办。这时,有个戴着小铁圈耳环、长得精瘦又结实的男孩从一只箱子里取出电视遥控器,想要开电视。麦考伊过来告诉他,要等到会议结束后才能开始看电视,他的表情顿时显得非常沮丧,整个人一动不动,仿佛根本就听不懂。"你是说……"过了好一会儿,他才开口说道,"我现在不能看电视了,对吗……"麦考伊抱着极大的同情点了点头。最后,男孩只好把遥控器重新收起,离开了会议现场。几个女孩在附近的懒人沙发里坐了下来。其中一个搂着她的男朋友,不停地高声叫嚷着,还顽皮地拍打男朋友的胳膊。在房间最远处——

那个几乎已经超出房间范围的小角落里，有个孤零零的身影郁郁寡欢地坐在那里，连帽卫衣的兜帽也被拉紧，遮住了他或她的脸。志愿者走来走去，跟孩子打着招呼——包括坐在最远处的孩子——并且分发一张名为"青少年操纵和控制行为"的轮盘图例。玛丽·麦考伊则在旁边来回走动。

一位志愿者走到参与研讨会的成员面前，先进行了自我介绍，然后开始问有没有人能想到关于不健康人际关系的例子。那个抱着男朋友的女孩停止了嬉闹，大声喊道："蕾哈娜和克里斯·布朗！"

"不必是明星。"坐在她旁边的女孩说道。听她的语气，似乎对这个例子感到恶心。

"我爱蕾哈娜！"旁边马上又有人说。

"好吧，好吧，是个好例子，"志愿者说，"还有其他例子吗？"

有个在房间后面的小女孩说："比如……有人发疯似的打你？"然后传来几声"嗯哼"的同意声。在畅聊了几分钟并重新讨论轮盘图例上的内容后，与会者朗读了一首令人沮丧的诗歌《大卫给我带来了鲜花》，诗中的女孩不停地为滥用暴力的男孩寻找借口。房间里的气氛慢慢缓和了下来，孩子们坐得更加笔直，停止了窃窃私语、互相搂抱和说俏皮话。

我蹑手蹑脚地走了出去。不过，在离开这里前，我又在办公桌前停下，那里的馆员告诉我，他叫罗素·加里根，已在青少年服务区工作了十七年。我问他是否喜欢这份工作。他说："嗯，我心目中的英雄是阿尔伯特·施韦泽 ❶。他讲过这样一句话——'所有真正的生活都是面对面发生的。'我在这里工作时，经常会想

---

❶ Albert Schweitzer，著名博学家和多面手，身份包括神学家、音乐家、作家、人道主义者、哲学家和医生，因"对生命的崇敬和不懈的人道主义工作"获得 1952 年诺贝尔和平奖。

起这句话。"

离开青少年部门后，我准备要离开图书馆了。不过，我决定再去儿童部门看看。儿童部门是一个装饰得美丽又梦幻的房间，室内有深色的木头、不太明亮的壁画和一排大约有女贞树树篱那么高的书架。我走进教室，身后是一名老师，他正领着一个五年级的班级，说着"请用你们在图书馆里该用的声音来说话"这句话——几乎是以念咒语一般的单调语气在向孩子重复提醒。"故事时间"区域就在巨大的原木问询台左边；一名馆员正带领着一个大约由二十多个孩子和十几名成年人组成的小组，高唱着字母歌。他们围成一圈，如一个不断旋转的旋涡。一个穿着蝙蝠侠球衣的小男孩被一个穿着"保持冷静"和"摇滚起来"连体衣的女孩拥抱并摇摆着。一个穿芭蕾舞短裙的孩子试图朝着她的方向走去。另一个剪了莫霍克人发型的男孩正蹒跚地走过来，盯着女孩看。当字母歌唱到"Z"的时候，馆员开始用类似"脑袋、肩膀、膝盖、脚趾"的方式来演绎这首歌，以便教导孩子学会更多单词。孩子们则给这首歌——现在图书管理员正唱到"脚趾、地面、耳朵、鼻子"——带来了自己的诠释。比如，轮到他们唱时，歌词就变成"手、手、手、手"。儿童部的负责人玛德琳·布莱恩特告诉我，"故事时间"区域过去最多只能吸引三四个孩子，但最近几年，随着年轻家庭陆续搬回市中心，现在基本上能有三十名观众。她做了一次实验，在不久前举办了一场专门针对婴幼儿的"故事时间"活动，结果非常受欢迎，甚至儿童区还经历了一次严重的婴儿车堵塞事故。

黛安·奥利沃·波斯纳所担任的职务是探索与创意部副主管，

当我走近咨询台时，她就坐在咨询台后面。此时此刻，她的双眼有些湿润，似乎正在读一封极度煽情的信。

"部门……"她哽咽着说道，"我们部门收到了莫·威廉斯寄来的一封信！那可是莫·威廉斯！《别让鸽子开公共汽车》是我最喜欢的书之一。我的天啊，我想我要哭了。"

一个看上去三岁左右的小女孩走到桌前，递给奥利沃·波斯纳一张纸，上面都是随意涂鸦的图案。"这是给琳达小姐的。"她说道，然后抖了抖这张纸。奥利沃·波斯纳接过涂鸦纸，告诉她画得很漂亮。小女孩拖着脚在地毯上走了一会儿，然后说："你能把它给琳达小姐吗？你认识琳达小姐吗？琳达小姐在哪里？我现在能借些蜡笔吗？你知道恐龙吗？你能教我字母表吗？图书馆里有恐怖故事吗？不是鬼故事，就是恐怖故事。"

20

《混乱螺旋：曼森谋杀案的真实故事》（1974）

文森特·布格里奥西 著

364.9794 M289Bu

《高温环境职业标准制定准则：修订版》（1986）

613.6 C9345

《美国暴动史：1765－1965》（1966）

威拉德·A.希普斯 著

320.158 H434

《文字与影响：匈牙利电影史》（1968）

伊斯特万·尼梅斯库蒂 著

791.939 N433

1966 年，馆员通常在工作间使用的咖啡机，被中央图书馆全面禁止。咖啡机需要的瓦数——比食品搅拌机多，比烤面包机少——对图书馆陈旧而薄弱的线路系统而言，实在太容易过载了。这是 20 世纪 60 年代针对大楼脆弱的电气系统采取的众多措施之一。在书库里，七十五瓦的灯泡统统被换成四十瓦，这种低功率灯泡常被用于烤箱和冰箱内部的照明。低功率灯泡只能发出昏暗的微光，使馆员几乎不可能在书架上找到书。手电筒和矿帽的需求量很大。

　　到了 20 世纪 60 年代中期，中央图书馆虽然还算是中年，却有着老年建筑才有的阵痛。市议员吉尔伯特·林赛所在的选区包括中央图书馆，他喜欢将图书馆称为"那一大块垃圾"。《加州杂志》则将这里称为"建筑挡泥板"，完全是"功能性上的失败"。在 1926 年时尚且梦幻的建筑，如今已破旧不堪，掺入了各种杂质。一些华丽的桃花心木镶板被涂上油漆。有着黄油形状灯管的青铜阅读灯，已被装有普通荧光灯管的常规灯具取代。根据 1993 年由图书馆基金会出版的《学习之光：洛杉矶公共图书馆，一段图文并茂的历史》一书的描述，这里到处都是文件柜和书桌，人们甚至常常会与李·劳瑞最优秀的雕刻与雕塑作品相撞。似乎没有任何人在管理这座大楼。关于图书馆事务的各种决定也显得颇为随意。当时的一位主管曾下达命令，要将朱利安·埃尔斯沃思·加恩西的画作《伊凡霍》进行粉刷，彻底遮盖住它——究其原因，只不过是因为他个人觉得这些画作非常沉闷。书籍数量要比书架上的空间多得多，溢出来的书滚落到楼梯间和角落中，无人打理。有一幅名为《野牛狩猎》的美丽壁画，它是 20 世纪 30 年代公共事业振兴署的艺术项目，现在却因为受到雨水破坏而被人用油漆直接涂上。有些壁画很脏，看起来简直像是黑色的抽象画；画中的人物模糊成一团，仿佛岩石一般。（油烟覆盖得太厚了，以至于最终像是不粘锅涂层一样，反而在火灾中保护了画作。）大楼的六个入口只有两个还能正常使用。希望街入口处华丽的青铜门被带有紧急闭锁系统的工业防盗门所取代。建筑物外部最初浅黄色的灰泥已经进行过多次局部修补，以掩盖水渍和涂鸦的痕迹。

除了外表和各种装饰物外，这座大楼的基础设施也摇摇欲坠。书库里不仅黑乎乎，而且还漏水，每次下雨都会有几十本书被浸到湿透。在寒冷的天气里，锅炉运转总是过载，锅炉工人不得不一天给它浇三次水，以防止突然爆炸。天气炎热的时候，情况则更糟。图书馆的墙壁和银行保险柜一样厚，窗户也很少，有些窗户还接通了电源，全部关得严严实实，以防偷书贼来袭。室内没有空调，从不通风换气，穿堂风几乎不存在。当气温持续上升时，他们会取出一批破旧吵闹的落地风扇，将热空气吹得到处都是。风扇还几乎占据了所有可用的电源插座。当时，图书馆正在将杂志和报纸扫描为微缩胶卷。当使用落地风扇时，扫描仪就没有插头可用，不得不暂停整个项目。

不管风扇旋转得多么卖力，大楼里的热浪还是打败了它们。政府决定在气温上升到超过九十五华氏度时关闭图书馆——也就是说，当大楼内部温度达到九十四华氏度或以下的任何高温时，一切如常。更经常出现的情况是，即便在盛夏时节，温度计也会在热浪中助纣为虐：它们似乎有自己的思想，与任何实际温度毫无关联。读者汗流浃背，馆员也非常难受。为了记录他们的不幸并提出正式的投诉，他们保存了部门里的温度记录。例如，在一个可怕的 6 月，历史区记录中出现了以下内容：

6 月 3 日 历史区七十八华氏度。建筑物严重过热。

6 月 5 日 温度为八十一华氏度。建筑仍然严重过热。读者怨声载道。

6 月 6 日 温度为八十二点五华氏度。极度潮湿且不舒服，并且更加炎热！！！

6 月 10 日 温度为八十二华氏度。持续变热。

6 月 11 日 温度为九十华氏度。简直像豌豆汤一样在冒烟了。热到爆炸！

6 月 18 日 温度为九十一华氏度。荒谬的环境状况，无法形容。

6 月 19 日 温度为八十九华氏度。可怕至极。

6 月 20 日 温度为八十八华氏度。难以忍受。

6 月 21 日 温度为一百零四华氏度。人们被迫在这种条件下工作简直荒唐透顶……可怕的高温使这里变成了地狱！……这太离谱了。

6 月 22 日 温度计被盗。

不幸的是，在城市里的人们对一切全新、崭新、新鲜又新潮的事物产生兴趣的同时，图书馆却正在老化。新的社区、建筑和道路拔地而起，老旧的事物却在被忽视和遗弃的阴影下萎靡不振。战后，市中心开始变得破败不堪，人口稀少。这座城市原本的中心位置已不复过去的时尚摩登。高档的零售店从市中心涌入比弗利山庄、橘子郡和布伦特伍德市的全新购物中心。留在市中心的只有杂乱无章的小商店和小门面，下午 5 点之后，这些商店无一例外都变得格外安静。几十年来，由于担心会发生地震，洛杉矶市的建筑物全都不允许超过十三层。当其他美国城市开发出由大大小小尖顶构成的天际线和各种独特的塔楼时，洛杉矶市中心仍是一大片矮胖的房屋，显得十分土气。禁止高楼的禁令终于在 1957 年被取消。一开始时什么都没有发生；洛杉矶市中心与其他大城市相比，仍然显得十分矮小。正如开发商罗伯特·马奎尔所说，洛杉矶似乎注定是一座矮胖的城市，"只有十层楼高，到处都是地狱般的景象和被遗弃的城市废墟"。

20 世纪 60 年代是南加州的焦虑时期。白人匆忙逃到圣费尔南多和东部的山谷地带，将非裔美国人困在离市中心更近的破败街区里。如果你是黑人，那你别无选择，只能待在这些事实上就是贫民窟的地区。洛杉矶的房地产是根据人种颜色为基础来进行划分的，这是为了无耻地维护白人社区的完整性。1963 年，具有里程碑意义的《拉姆福德公平住房法》获得通过，它被认为是促进种族平等的最重要进展之一。然而，到了 1964 年，一些看似不太可能成为盟友的组织和机构——比如约翰·博奇协会 ❶ 和《洛杉矶时报》就联合起来，共同支持 1964 年颁布的一项投票法案，该法案旨在取消一些购房时能够令买卖双方不会受到种族歧视的保护措施。该法案最终以二比一的比例获得通过——这是对民权运动的否定，也是对加州自我进步形象的否定。它将这座城市分裂为以"白人洛杉矶"为代表的舒适居住区和以"黑人洛杉矶"为代表的绝望贫民窟。甚至连图书馆也成为种族冲突爆发的斗争场所。

---

❶ John Birch Society，1958 年成立的美国保守主义政治组织。

馆员们陆续发现有些像书签一样的纸条被塞进图书馆各处的书当中。这些纸条的设计看起来很像是"库恩公司航线"出售的游船票，上面的语言颇有些粗鲁，说是乘坐一艘"形状仿若有鳍的、凯迪拉克一样的船"去非洲旅行，船上有切成片的西瓜、海洛因和"埃莉诺·罗斯福的相框照片"。底部的标语是："三 K 党。邮政信箱2345，密苏里州腹地。"

洛杉矶警察队伍里也大多是白人，在贫穷的非裔美国人社区里咄咄逼人，有时行为很残暴。1965 年的一个晚上，有个白人警官在瓦茨区巡逻，这是市中心东南部一个生活艰难的区域。警官以酒后驾车的嫌疑拦住一名黑人司机。拦截逐渐演变成双方对峙，最终扩大为一场充斥暴力与愤怒的骚动。动乱持续整整六天，直到国民警卫队被召集过来后才结束。三十四人死亡，一千多人受伤，城市里四十六平方英里的地区变成废墟。在瓦茨区事件之后，陆续出现不同类型的暴力事件。比如曼森家族谋杀案、音乐家山姆·库克被枪杀案、罗伯特·肯尼迪遇刺事件，一切似乎都在暗示这座城市本质上有什么东西被破坏掉了，注定要走向灭亡。

图书馆在市中心的悲伤中悄然颓败。在瓦茨区事件之后的阵痛时期里，市中心的存在感变得越来越稀薄，与此同时，边缘聚集的人口也变得愈发密集。暴乱打破了许多乐观的信念，其中之一就是相信书籍是美好和真实的——在图书馆的书架上，你可以找到所有问题的答案。如今，人们的生活似乎都受到不小的震动，变得不可理喻，超出我们所能知道或理解的范畴。覆盖在桃花心木镶板上的灰色涂料，与曼森谋杀案或瓦茨区邻里间所过的悲惨生活并不等同，但它们似乎都处于同一个分崩离析的灰暗空间中。

1966 年，一份名为"绿色报告"的城市研究文件建议拆除古德休大楼。报告建议用一栋比现在大一倍的建筑物来取代它，新建筑应有开放的室内空间以及大量停车位。与传统的图书馆相比，这座拟议中的图书馆更像是一座图书仓库，它将不再位于市中心的靶心位置，而是选择偏安一隅。这项提议得到不少拥护，包括当时的市图书馆馆长哈罗德·哈米尔和市议员吉尔伯特·林赛，后者声称本市应该"找到一些情况持续恶化的贫民区土地，在上面建一座漂亮的图书馆"。

洛杉矶似乎总是朝着永恒的未来前进；这是一座人们还未曾来得及留下记忆的城市。1966 年时，洛杉矶还没有一个有组织的建筑保护团体。对许多人而言，新洛杉矶拥有历史建筑这种说法，似乎只是开玩笑时的妙语罢了。但是，这座城市有很多有意义的建筑。其中有些流淌着奇特的血脉，比如中央图书馆。还有许多是当地建筑的典范，完美捕捉到它们所处时代的特征，对城市外观和整体氛围的形成至关重要。总的来说，旧建筑在城市历史、建筑学或公民性方面都没有受到足够的重视。反而是建筑之下的土地的开发潜力，才真正得到更多关注。大多数旧建筑没有经历过哪怕一场争取自身生存的战斗就倒塌了。其中许多是由于人们急于追求现代化而被快速淘汰掉了。洛杉矶消失的建筑杰作包括：世纪之交修建的好莱坞酒店；建于 1927 年、具有异国情调的阿拉花园酒店；玛丽·皮克福德设计的古典都铎式豪宅"皮克费尔"，以及 1926 年由她的情人威廉·伦道夫·赫特建造的马里恩·戴维斯海滩别墅。在图书馆对面的街道上，里奇菲尔德石油公司的总部设在一座壮观的装饰艺术风格大楼里。大楼的表面为黑色和金色，屋顶装饰直接使用了以霓虹灯来照明的石油井架。当里奇菲尔德与大西洋炼油公司合并成为 ARCO 时，公司管理层认为，装饰艺术风格的大楼并不是他们想要的那种造型优美、国际化的形象。于是，这座辉煌的旧建筑转眼就被拆除了，取而代之的是一座摩天大厦，唯一的特点就是——它是城市中第三十二高的建筑。"（新）里奇菲尔德高塔的兴建，无非是为了庆祝一场未来的葬礼。"雷·布拉德伯里这样评价道，"人们只能希望快来一场地震，唯有这样才能令它赶紧消失。"

古德休大楼——太小、太旧、装饰过于艺术、过于古怪——似乎注定要遭受灭顶之灾。直到一个由建筑师组成的团体（包括巴顿·菲尔普斯、约翰·韦尔伯恩和玛格丽特·巴赫）决定召集那些决心拯救图书馆的人，准备为之一战——大家很清楚，情况非常紧急，于是便想方设法、团结一心，建立了这么一个坚定的古迹保护小团体。他们对外的正式称呼是"美国建筑师协会南加州分会图书馆研究小组"，并且选择在建筑师弗兰克·盖里捐赠的办公空间里碰面。研究小组向洛杉矶市文化遗产局提出保留该建筑的项目提案。经过审议，文化遗产局同意了提案，并将中央图书馆指定为洛杉矶市历史文化遗迹第四十六号。

即便在如此糟糕的情况下，人们也依旧会使用图书馆。阅览室里经常挤满读者，借阅台前的队伍在大厅里蜿蜒伸展。20 世纪 60 年代，芝加哥的人口比洛杉矶多。不过洛杉矶的图书馆更为活跃：人均借阅量为四点二册，而芝加哥仅为二点七册。究其原因，也许是作为年轻城市里的年轻图书馆，洛杉矶图书馆总是想尝试新事物。创新委员会定期召开会议，集思广益，提出并执行各种新计划；图书馆变得更易于使用，为访客提供各种全新功能，从而在公众心中的地位变得更加重要。例如，增加免下车书籍归还功能，以及儿童保育中心。另一项建议是在图书馆内设立两种职能不同的公众聚集场所：一种称为"今日中心"，里面会实时提供时事新闻与股票行情；另一种的重心在其他方面，其特色主题将会来自"政治活动家、同性恋解放运动人士、新兴诗人、第三世界团体、激进科学家等"。后者将会添置一块大型涂鸦白板，并且安排可以随时参与的诗歌节活动，还会有供大家休憩用的沙发和舒适的椅子，每天二十四小时持续开放。

尽管互联网和电子媒体在那几十年时间里还没出现，但你已经可以感觉到，即便是在 20 世纪 60 年代，馆员也很清楚，传统的图书借阅服务不可能永远是图书馆机构最主要的职能了。一份创新报告颇有先见之明，给出了如下建议：不要让公众对图书馆产生先入为主的狭隘概念，因为图书馆"实际上越来越朝着信息中心和藏书库的方向发展"。

通常而言，能够持续提供优质服务的图书馆咨询台，对读者保持忠诚度非常重要。中央图书馆的咨询台被称为"南加州答疑网"（Southern California Answering Network，简称 SCAN），不仅在当地，在全国也很受欢迎，因为东海岸的居民在东部时间下午 5 点后依旧要提问各种问题，在所在地的图书馆关闭时，他们可以通过洛杉矶中央图书馆的 SCAN 再获得额外三小时的答疑时间。负责 SCAN 事务的馆员长期保存着他们收到的各种请求记录，读起来简直就像一段段剧本概要；每一则消息都是一张生活快照，总是会有人说："让我们给图书馆打电话问问吧！"

"读者来电。想知道怎么用瑞典语说'领带在浴缸里'。

他正在写剧本，需要用瑞典语。"

"一位读者打电话为她酗酒的丈夫要一本关于肝脏的书。"

"读者想知道关于'熊在北极咳嗽'的具体解释。(无法提供答案)"

"读者打电话询问，如果广播或电视中播放国歌，是否有必要立即起立。该读者解释说，一个人只需要做那些自然而然的、非强迫的爱国行为；比如，正在洗澡、吃饭或者打牌时就不必起立。"

"读者是希伯来语作家，想在'锡安(Zion)'这个词及关于阴茎的各种英文词语中寻找一个双关语。在此要求下，我们虽然找不到直接相关的合适词语，但是在'交配'一词的表述当中有一种是'mtsayen'，我们或许可以用它来搭配'tsion'完成双关。"

"一位有着西班牙人姓氏的新娘疯狂打电话过来，说自己要嫁给一个亚美尼亚人。急需亚美尼亚语日常对话工具书和烹饪书。"

"一位女士，她请的园丁只会说西班牙语。每当她想要跟园丁交流时，都会打电话给我们。今天询问的内容是——如何用西班牙语说'你有可以拿来切割细长金属棒的工具吗？'"

"这位读者是一名演员，必须在表演中模仿匈牙利秘密警察。需要有人来教他单词发音。我们找到一个会说匈牙利语的馆员来同他交谈。"

"询问在《梅森探案集》中，佩里·梅森的秘书德拉·斯特里特是否是以街道的名字来取名的，无论是或不是，是否有一条真正的街道叫'德拉街'❶？"

"读者请求我们的帮助，希望我们能够为其父亲的墓碑题词。"

1973 年，图书馆甚至还增加了一项名为"午夜猫头鹰"的电话咨询服务，时间定在图书馆关门之后很久，每天晚上 9 点至次日凌晨 1 点。拨打"H-O-O-T-O-W-L"可以帮你找到一位馆员，他几乎可以找到任何问题的答案。"午夜猫头鹰"的口号是"不用打架就能赢回你下的赌注"。很显然，在深夜里，洛杉矶各地的人们都在为一些琐事打赌，比如七个小矮人的正确名字等。该服务每隔三分钟就会接到一个电话，将所有接到的电话加起来，每年大约能有三万五千个电话。"午夜猫头鹰"是保守派团体最关注的目标，他们认为它是为"嬉皮士和其他夜猫子"服务的。但图书馆坚持了下去，没有取消这项服务。除了周六和周日的晚上，"午夜猫头鹰"服务一直都在坚持运作，直到 1976 年底。

---

❶ 斯特里特（Street）亦意为"街道"。

21

《借口》（1916）

乔治·艾伦·英格兰 编剧

M

《道德的重新发现，重点涉及种族与阶级冲突领域》（1947）

亨利·C.林克 著

323.3 L756

《魔鬼的胜利：从伊甸园到启蒙运动的谎言史》（2015）

达拉斯·G.丹瑞 著

177.3 D392

《加菲猫的体重增加了》（1981）

吉姆·戴维斯 著

740.914 D262-1

当对图书馆火灾的调查逐渐集中在哈利身上时，他开始一遍又一遍地改写自己的故事，每次改写都有点偏离之前的故事。这就像是在读《选择你自己的冒险》，在每一个生死关头都需要选择走不同的路线。当一位名叫托马斯·马卡尔的 ATF 探员询问他时，哈利说火灾当天他在市中心，想要进入图书馆，但一名警卫在入口处拦下了他，说图书馆已经关门了。哈利表示，那天晚些时候，他才知道大楼着火了。询问结束几个小时后，哈利又打电话给马卡尔，说自己之前说错了，事实上，他从未去过中央图书馆。四天后，马卡尔和另外一位 ATF 探员迈克·马塔萨再次与哈利当面对质。这一次，他们让哈利宣誓自己的证言属实，希望能阻止他不断更改故事情节。但故事依旧发生了变动。哈利告诉他们，那天早上他本打算去市区游览。然后，在某个时刻，他突然意识到，自己应该要赶紧给马丁内特打个电话，于是就需要马上找一部电话。当他开车四处找时，注意到了一栋美丽的旧建筑，以为里面可能会有，就把车停在附近。当他正打算进去借电话时，一名黑人警卫——他特意提到了人种——告诉他，大楼已经关闭了。在警卫拦住他前，他已经进到大楼里，走了好几英尺。当他准备转身离开时，撞上了一位明显上了年纪的妇女。他协助她重新站稳，护送她出了门。据哈利回忆，女士曾向他致谢。

哈利讲完之后，还说他对火灾感到非常抱歉，希望马卡尔能尽快抓住纵火犯。除此之外，他还说很能体会马卡尔工作的重要性，自己最近申请了圣莫尼卡消防局的工作，但笔试没有通过。马卡尔还拍了一张哈利的宝丽来照片准备给目击者看。哈利很友好，态度上也很合作。马卡尔拍下照片后，哈利说自己很愿意接受测谎检查。他似乎急于证实自己的说法。

几天后，哈利打电话给马卡尔，说想推迟测谎检查。他们聊了一会儿，哈利突然告诉马卡尔，到目前为止，自己所说的一切都是捏造的。不过他并没有解释为什么撒谎。事实是——至少在这一刻的事实是——他那天根本没有去过图书馆附近，而且他这一生中也从没去过图书馆。火灾发生的那天早上，他在几英里外的 101 高速公路上，正前往圣菲斯普林斯。在开车的时候，他听见新闻说图书馆着火了。当开车经过市区时，他能看见烟雾上升。马卡尔颇为同情地听完，然后在笔记中写道：据他所知，哈利是"一个有抱负的演员……他编造了一段火灾时在图书馆的故事，使他的生活显得更加有趣和刺激"。

　　哈利最终同意在 1986 年 10 月 27 日接受测谎检查。审查官询问他一些常见的问题——火灾那天他是否在图书馆；他是否参与了火灾事件；他是否知道是谁放的火。他对每个问题的回答都是"不"。迈克·马塔萨开车送哈利回家，一路上都在闲聊。哈利向马塔萨抱怨，说自己正在节食，因为最近他开始停止使用可卡因，吃起饭来总是狼吞虎咽。他的体重增加了很多，这让他很烦恼，一点也不喜欢自己现在的样子。马塔萨在脑中记下了这一点，因为他还记得，当警卫看到哈利的宝丽来照片时，说这像是那个要求使用电话的人的胖版。不只是警卫，看了照片的馆员也说了同样的话：这个人看起来很面熟，但那个闯入图书馆的人的头发更长，身材还很苗条。

　　不久后，哈利的测谎结果被公布给纵火案调查团队。根据一系列生理学标准，审查官得出结论，哈利·皮克"在回答相关问题时试图瞒骗"。于是，调查人员再次展开调查，询问了哈利的朋友、室友、雇主和父母，试图寻找更为确凿的线索——或许存在着一系列的事件或动机，能使案件从毫无进展的状况中挣脱出来，多少能有些转机。但是，大家对哈利在那天的行踪描述并不一致。在一些事件上，他们的讲述有所重叠——哈利需要一部电话，英俊的消防员——但在许多方面，他们的故事都差距甚远。他在那里；他不在那里。他对图书馆很熟悉；他从未去过图书馆。那天他闻起来有烟味；他并没有异味。这就像透过万花筒看东西，只有断裂的碎片和重新组合排列。在这些人的描述中，唯一不变的就是，大家都认为哈利擅于讲故事。"哈利很难直接给出一个正确答案。"他的一名朋友告诉调查人员。"他不知道捏造的谎言和真相之间的区别。"一位前室友说，他把哈利赶出去是因为他难以控制的撒谎行为。"这很让人心烦，"他说，"他真的控制不了自己撒谎。我们再也受不了了。但他是个好人。"

哈利的问题在于，他并不是直接撒谎，事后绝不修改。恰恰相反，对于这起事件，他提出了如此多的故事版本，相信其中一个，就意味着不能同时相信另一个；他编造了一连串的谎言，每一个都与之前所讲的相互矛盾，不像那种更为常见的单向否认——不管是不是真的，至少在内部是保持一致的。哈利的故事完全不存在内部的一致性，所有情节都是彼此矛盾的，令人感到迷惑，因而也几乎不可能去相信他。你最多只能从中挑出某一小段相对固定的内容，只相信这一小段属实的。但是，就在你开始逐渐习惯他对这段"真相"的演绎时，他又会转而提出另一套说法，使你原本的信任落空。不知为何，我对哈利·皮克怀有一种真挚的情感，或许是因为他那种跌跌撞撞向前冲的热情，以及对名望纯粹的渴望和追求。不过话说回来，他讲的各种故事确实总在变化中，让我无法找到任何能够真正确定的版本。相对应地，我也从来不能真正确定他究竟是个什么样的人，或者说他究竟相信些什么。

调查人员去拜访了哈利在洛克希德公司工作的父亲。父亲告诉调查人员，他认为哈利确实有能力去烧毁一栋空置的建筑物，但绝对不会烧毁一座图书馆，因为哈利热爱艺术和古董。父亲还说，哈利是个很好的孩子，清楚自己的人生规划，知道自己到底想做些什么。事实上，哈利刚刚告诉他，说自己已经通过了考试，哈利·皮克的名字已被列入圣莫尼卡消防局的候补名单当中。

慢慢地，人们开始觉得这场火灾是一条悬而未决的过期新闻。洛杉矶大大小小的报纸都开始以一种令人厌烦的语气报道后续情况，使用诸如"继续调查"和"正在进行调查"之类的陈词滥调。唯一能够引起调查人员兴趣的嫌疑犯是哈利，但对他不利的证据就像水银一样，难以捉摸，反复无常。3月，调查人员决定开始尝试一种新方法：目击证人看到照片后的反应，以及哈利关于节食的谈论，一直令他们印象深刻。于是，他们设法搞到哈利两年前拍摄的驾照相，当时他比现在瘦，蓄着长发和小胡子——这一形象更接近他在火灾那天的模样。在那之后，他剪了头发，剃了胡子，停用可卡因后增加了体重。

共有八名图书馆馆员声称目击到一名可疑男子，调查人员向他们展示了新准备的照片组。其中六人从中挑出哈利的驾照相。另两人无法辨认出任何人。八人中有六人的指证，足以让哈利再接受一次讯问。

现在，他的故事又变了。哈利说，他这辈子从未去过中央图书馆。在火灾发生的那天早上，他和两个朋友在一起。而且，他还说出了朋友的具体名字，明确表示他们会为他作证。然后，在上午10点时，他离开了洛杉矶，独自开车前往圣菲斯普林斯。他去了父母家，家里没有人，但他还是进去了。同时，他还用父母家的电话给伦纳德·马丁内特打电话。他对这一说法非常有信心，他还说，马塔萨可以向电话公司核实，获取他打过电话的证据。

几天之后，通用电话公司提供了 1986 年 4 月 29 日上午圣菲斯普林斯皮克家的电话记录。没人使用皮克家的电话给马丁内特的律师事务所打过电话，也没有接到马丁内特打来的电话。

又过了几天，调查人员再次讯问哈利，这一次，故事内容再次完全扭转。他解释说，火灾发生的那天早上，他和两个朋友在一起——不是他先前提到的那两个人。在闲逛了一段时间后，他离开朋友们，前往法国市场：法国市场位于西好莱坞，是一个小商铺和小买卖聚集的脏乱地。哈利的脚上长了跖疣，他和他的足病医生尼古拉斯·斯蒂芬·威尔基有约，后者在法国市场有一间专门的办公室。

威尔基治好了哈利的跖疣，便关闭了办公室，和哈利去法国市场的一家咖啡厅吃早午餐。一位十分可敬的神父，巴兹尔·克拉克·史密斯，也加入了他们的行列，三个人悠闲地吃了一顿饭。在清理桌子时，服务员偶然间提到，图书馆着火了。哈利唯一知道的图书馆是洛杉矶法律图书馆，因为他常去那里为马丁内特办事。哈利以为服务员的意思是法律图书馆着火了，决定打电话让马丁内特知晓此事。这是他 4 月 29 日早上行踪的最终版本。哈利告诉调查人员，之前所说的一切不过是在开玩笑罢了。

想要准确记录哈利·皮克的不在场证明并不容易。有些内容是全新且独立的，有些内容是对以前版本的修订和改造。调查人员在统计证词时说，哈利给出了多种不同描述，其中包括：他独自待在大楼里，并戏剧性地逃离了火灾；他在图书馆外观察火灾；开车经过时看见了大楼着火；开车去圣菲斯普林斯的路上，偶然看见着火；最后，在法国市场，与可敬的斯蒂芬·威尔基和神父克拉克·史密斯在一起，完全与火灾错开。神父隶属美国东正教教会，哈利偶尔会待在那里。

他是一个很有技巧的撒谎者，懂得如何将真相等分，再均等分配到各个故事版本当中。通过这种方式，他向调查人员和朋友讲述了各种相互矛盾、变化多端的故事。他不断地胡编乱造，不仅是为了逃避法律责任，更因为他本来就会对每个人撒谎，这是他天性使然。而且，他从未停止过对故事的修改。在被捕数月后，他向前男友德米特里·霍特尔斯供认，那天他在图书馆的洗手间，跟一个陌生人发生了关系，然后心不在焉地将香烟扔进垃圾桶。这个故事直接将案件牵扯到他身上，还制造出一个合乎逻辑的好处：火灾是一场意外，他之所以不断撒谎，是为了掩盖自己对霍特尔斯不忠的事实。但这个故事显然不是真的。大火从未烧到洗手间。为什么要坚称自己犯了一个根本不可能像他描述的罪行？这件事至今为止仍是个谜。有时我很想知道，哈利是否还记得何为真相，或是他是否听到了什么小道消息，但因为某些原因，他没办法去指认谁。

在得到关于哈利驾照相片的肯定答复之后，调查小组确信是他引起的火灾。一份记录了十五项重点的备忘录详细阐述了他们的推断。他们列举了他各种不在场证明的矛盾之处；他改变了外貌；馆员挑选了他的照片；他没有通过测谎仪检查。而且，他对当日发生的一些事拥有第一手的了解，除非他去过那里，否则不可能知道。

例如，他多次提到自己撞倒了一名妇女。没有任何新闻提到这件事，但它确实发生了——那名妇女和值班警卫都证实了这一点。如果哈利在她摔倒时不在场，那么他显然是不可能知道这件事的。

调查人员列出了他们最终的、全面的一套推理，包括作案动机。他们相信哈利那天去了两次图书馆。第一次抵达是在早上 7 点 30 分左右，警卫将他拒之门外，因为大楼不对外开放。然后，他在上午 10 点左右回来，那时图书馆已经开放了，他在图书馆里待了大约一个小时，图书馆工作人员在二楼禁止非工作人员进入的地方多次发现这名可疑的金发男子。调查人员认为，他是因为生气才放火烧楼的。警卫抓住他的胳膊，阻止他进入大楼。他之所以折返回来，就是为了报复而烧毁大楼。

1987 年 2 月 27 日，星期五下午晚些时候，哈利·皮克在家中被逮捕，并被带到好莱坞分区看守所接受审问。他整个人神情沮丧，泪流满面。尽管在过去几个月，他已经受到多次严格审问，但似乎无法想象自己真的是嫌疑犯，对遭到真正的逮捕完全无法接受。

纵火调查队选择在星期五的晚些时候逮捕他，是因为这通常是新闻的盲区时段。这是故意的：检察官希望尽可能少地引起注意，想让哈利在被正式起诉之前，甚至在找律师之前，直接坦白罪行。他可以被拘留七十二个小时，之后要么被正式起诉，要么被释放。调查人员希望他直接招供，因为事实上，他们仍然只有间接证据，没有实物或确凿的证据证明哈利当时在图书馆里，更不用说他真放过火的证据了。保释金定为二十五万美元，调查人员知道他很难筹到这笔钱。

哈利被捕后的风平浪静并没有持续多久。首先，市长汤姆·布拉德利向消防部门发表了一份专门的贺词——这似乎是很不明智的过早之举，因为哈利还没有被正式起诉，而且布拉德利本人可能也很清楚，对哈利的指控最多只是不痛不痒。除此之外，在一个没有任何保密措施的无线电频道上，消防部门的两名员工讨论了这次逮捕，当地报纸刚好在监听，寻找相关线索。结果，哈利的故事立刻就被引爆了。《洛杉矶时报》将哈利形容为一个兼职演员和"跑腿男孩"，并以"向朋友说大话而导致嫌疑人被捕"为题发行了最新一期。克拉克·史密斯神父发声了，他是哈利最后一次描述中提到的不在场证明的证人，也是哈利对外坚称最有效的无罪证明。神父为他的朋友提供了一份听起来很苍白的辩护：他告诉《时代》周刊，哈利一点都不像警察根据多方证词画出来的嫌疑犯素描，而且，如果他真的知道会发生这样的事，那他肯定不太可能会留胡子。最近，我从德米特里·霍特尔斯那里借了几张哈利的照片，他的大部分照片上都蓄着浓密的小胡子，特征非常明显。

可敬的史密斯神父并没有提到，哈利不可能放火的最根本原因，是因为当时他正跟自己一道坐在法国市场的咖啡馆里。实际上，史密斯只提供了一套逻辑复杂的证词，这套证词使哈利无休止更替的供词和否认全都如此令人恼火。当调查人员说哈利对自己的行踪描述相互矛盾时，认识他的人都笑了。史密斯神父告诉记者，你首先得了解哈利，他会给出相互矛盾的说法，一贯如此。

22

《人类信息检索》(2010)
朱利安·华纳 著
010.78 W282

《食品安全，家庭主妇的态度和做法》(微缩胶片) (1977)
朱迪斯·莉亚·琼斯 著
NH 614.3 J77

《特雷贝克斯坦的囚徒：危险边缘的十年！》(2006)
鲍勃·哈里斯 著
809.2954 J54Ha

《新手饲养马尔济斯犬指南》(1997)
薇琪·艾伯特 著
636.765 M261Ab

如果要举一个与感官剥夺槽❶截然相反的例子，那无疑就是在图书馆的即刻信息部门度过的周一早晨了。电话一整天都在以那种怪异、杂乱的电子音响个不停，五位咨询馆员不停接着电话，从一个话题迅速跳转至另一个话题，坐在他们中间听那些对话，会令你的大脑如同橡胶一般充满弹性。

　　"周一上午总是很忙，"部门主管罗兰多·帕斯奎内利说，"对不起，请等一下。"他摁了一下电话按钮，说："你好，这里是即刻信息，有什么可以帮到你？"

　　"我从五岁起就想成为一名图书管理员了，"馆员蒂娜·普林森塔尔说，"等一下。这里是即刻信息，有什么我能帮忙的吗？好的，好的……你是不是想问，'什么是小屋男孩❷？'"

　　"我们有很多回头客，"大卫·布伦纳说，他坐在普林森塔尔隔壁的办公桌旁，"我们有一位年长的先生，经常打电话询问关于神话、科幻小说、一战之类的问题。他还经常询问一些女演员和名人的事，问我是否知道他们的近况。事实上，他问过朱丽叶·刘易斯，还有'暴动小猫'乐队中的女性成员。"

　　布伦纳旁边的馆员哈里·诺尔斯说："噢，还有一个家伙，每隔几个月都要打电话过来询问达娜·德拉尼的事，她是电视剧《中国海滩》中的一位女演员。"

　　普林森塔尔挂断了电话，写了些什么。"有时候，我会对人们的问题感到惊讶，"她一边说，一边用铅笔轻敲着办公桌，"有一次，一位读者打电话来，说她正准备开始吃一罐没有任何保质期的豆

---

❶ 感官剥夺槽，又名为隔离槽，是一种隔音、封闭、不透光的水箱，箱内有与皮肤温度相同的盐水，使用者将漂浮在水中，通过消除外部感受来进行休养或冥想。

❷ cabana boy，指在海滩、酒店、私人庄园的年轻男性服务员，有些可能会提供性服务。

子，这样做是否可行。我的回答是，我知道有一个名叫'仍然美味'的网站，可以用来查询很多东西的保质期。可即便如此，对于一位贸然吃下一罐没有写具体保质期的豆子的女士，我也不会为她的健康负责！"

我说，他们好像每个人都懂很多东西。

布伦纳说："我这完全是为了参加《危险！》节目❶。"

"我是为了通过测试。"诺尔斯说。

"这是我工作的第一周！"普林森塔尔继续说道，脑里还想着豆子的保质期，"我告诉她豆子的平均保质期是多长时间，但我希望她最后没有真去吃。"

"是的，今天所有分馆都开门了。"布伦纳对着电话说。

"你好，是的，借书证每三年过期一次。"诺尔斯回应道，一边说话，一边拨弄着卷曲的电话线，说着说着又放开手，电话线弹了回去。

"如果可能的话，我们会尽量在部门内处理各种事务。"帕斯奎内利说。他在中央图书馆当了三十五年馆员。如今，他的办公桌上形成了一座中等大小的山丘，里面有便笺、书籍、文件和小册子。"当然，一旦有必要，我们也会展开相关讨论。比如，假设有人打电话过来说'我想知道玛丽莲·梦露是怎么死的'。那我们就可以直接在部门内部解决问题，然后'砰！'的一声挂断电话。但如果他们问她究竟是不是自杀的，那我们就得将问题转送至文学部了。"

普林森塔尔挂断电话，摇了摇头。"为什么会有人会打电话来

---

❶ *Jeopardy!*，美国知名问答竞赛综艺节目。

问'蚱蜢和蟋蟀哪个更邪恶'？"她并非对着某个人，而是随口说着。然后，她做了一次深呼吸。

电话停了一会儿。空气逐渐开始颤动。这时电话又响了。

"这里是即刻信息……当然……好吧，我想这是一本英国图书？"普林森塔尔答道，"噢，冰球里的国王队。"她在电脑里输入一些东西，"是的，有几本体育方面的书。在艺术和娱乐区。"

"我发誓，有些人是直接用快速拨号功能来找我们的，"布伦纳说着，同时挂断了一个电话，"有个女人——我们管她叫'皮草'——她一直在请求拼写和语法方面的帮助。她说自己是个诗人。有时她会在一个小时内拨打二十五次电话，询问编辑相关的问题。"

"并不是每个人都有互联网，或者知道应该如何使用互联网。"诺尔斯说，"你好，这里是即刻信息。"停顿。"请再说一遍标题可以吗？是《改变生活的清洁魔法》吗？噢，是《整理一下》。我这就去查查看。请稍等。"

"你在下载电子媒体时收到错误讯息？"帕斯奎内利对着电话答道，"请稍等。"

"我们收到很多讣告问题，"诺尔斯对我说，"还有很多礼仪问题。实际上，讣告本身就有很多礼仪问题。你好，这里是即刻信息，我能帮你……嗯哼。当然。你能拼出来吗？C-e-l-e-s-t-e，姓氏字母是 n 和 g？只是 n-g？好的，请稍等。"

"你是说迪伦是作者的名还是姓？"布伦纳看着电脑屏幕问道，"好吧，太好了，请稍等，我马上帮你查。"

"我的朋友认为，因为我是图书管理员，所以我什么都应该知道。"普林森塔尔对我说，"看奥运会时，朋友们会突然说：'蒂娜，他们在奥运会上的滑雪成绩如何？'或是出乎意料地问我：'蒂娜，鹦鹉能活多久？'"

"这本书的名字是《新手饲养马尔济斯犬指南》吗？"诺尔斯询问道，身体朝着电脑屏幕前倾。他听了一会儿，然后问："那么，你的意思是说，你是一位新主人，正在找关于饲养马尔济斯犬的指南？"他暂停说话，把听筒夹在下巴下面，在键盘上敲了几个字。看到屏幕弹出的内容后，他笑了。"好吧，你运气不错，"他对打电话的人说道，"我们都有。"

23

《工会化：图书管理员的观点》（1975）

西奥多·刘易·盖顿 著

331.881102 G992

《1956 年的停车场：洛杉矶市中心街道外停车场清单》（1956）

388.3794 P2475-9

《理查德·内特拉：内容包括迪翁·内特拉所写的一篇文章——回忆我与理查德·内特拉的往昔岁月》（1992）

曼弗雷德·萨克 著

G 720.934 N497Sa

《加州最致命的地震：一段真实历史》（2017）

亚伯拉罕·霍夫曼 著

551.2209794 H699

关于应该翻新还是彻底淘汰古德休大楼的拉锯战，持续了将近十五年。其中包括失败的债券发行工作、没起到任何作用的可行性分析报告、对应的特别工作小组、多次提案（甚至有过一份直接取消主图书馆、只设立分馆的提案）、课题研究小组、请愿书、公开听证会，以及更多的公开听证会。多年以来，大家一直听从查尔斯·卢克曼的建议，他是一位饱受争议的建筑师，先是被洛杉矶市政府聘请来提出规划建议，担任参谋角色，随后却直接举荐自己，希望亲自负责该项目。与此同时，还有一场相当激烈的辩论，即关于中央图书馆的停车问题。实际上，中央图书馆附近只有区区几个停车位。大多数工作人员都选择将车停在几个街区之外，然后再穿过市中心那些令人觉得危险的街区，一路走到图书馆。随着图书馆雇员数量的持续增多，馆员开始强烈要求增加停车位。他们建议在图书馆西侧草坪和花园上直接建设员工停车场。

洛杉矶的馆员——以及全国大多数图书馆员工——都拥有优秀的工会组织，擅于为自己发声，并且颇为固执己见。他们在1967年时成立了图书管理员协会，1968年加入了美国州、县和市政雇员联合会。我遇到的许多馆员都有政治或社会服务背景，或是拥有社会活动家的才能。有几位馆员原本打算加入和平队，最后却进入了图书馆学校。其中一位原本计划当护林员，后来却被书吸引了。一位馆员在工会新闻中写道：她是一名"图书管理女祭司"，她的雇用合同就是"她的入教誓言"。

相较于自身喜好，中央图书馆的馆员实际上更看重与同事之间的关系。虽然让工作环境成为一个家庭的概念如今看来有些老套，但在图书馆工作，确实会让人感觉正身处大家庭之中，其中

258

包含了亲密、喜爱、八卦、冲突和羁绊。工作人员普遍认为，行政部门（通常）与图书馆委员会（几乎总是）无法理解每天都在书堆里和与读者打交道是什么感觉。对于从未在馆内工作过、从未在书架上整理过书、从未与读者真正打过交道的"馆员"，大家当然都会有所鄙夷。当约翰·萨博被聘用时，许多馆员对此表示高兴，因为他从借阅台起步，在每个岗位上都待过。他们说："他是一个真正的图书馆人。"这与仅仅只是一名管理者截然不同，后者对这个地方毫无真正的感情。

工作人员通过图书管理员协会来传递各种意见，这个工会组织拥有独特的技巧，总是能很生动地展示这些意见。比如，工会组织了集体告病罢工、停工和基于"不服从命令"规则的抗议解雇活动。有一次，工会在图书馆委员会会议上展示了一只活生生的火鸡，以此举例说明他们对削减预算提案的意见。1969年2月，停车问题闹得沸沸扬扬。馆员们进行了一次集体告病罢工，以支持为花园铺路的计划。这座花园是古德休设计中必不可少的一部分，巴顿·菲尔普斯的建筑历史学家小组致力于保护它，但工作人员的不满实在难以应付。虽然"图书馆本身究竟该怎么办"这一更大的议题早已陷入僵局，但工作人员眼下似乎只想要得到一座停车场，别的问题以后再说。

建筑师罗伯特·亚历山大是加州著名建筑师理查德·内特拉的商业伙伴，他决定挺身而出，抗议对花园的破坏。他把自己拴在"文士之泉"附近的一块石头上，说自己要一直待在这里，直到铺路计划被图书馆放弃。巴顿·菲尔普斯和玛格丽特·巴赫的团队提出一项保护花园的动议，但是被否决了。作为最后的努力，小组建议将临近的停车场进行扩容改造——根据巴顿·菲尔普斯的说法，图书馆委员会甚至从未对此做出任何回应。最后,馆员的坚持获胜,新停车场计划被批准。罗伯特·亚历山大无可奈何,只好把自己从那块石头上解下来。几周后,西侧草坪和花园里的固定装置、雕塑、喷泉和植物都被拆除,铺上一层厚厚的柏油。似乎没人关心花园雕塑被移走后会发生些什么,也没人在意它们的去向。其中最重要的一项文物,文士之泉——古德休为历史上的伟大作家所建的纪念碑——至今仍不见踪影。多年来,人们陆续在几间私人住宅里发现几座重要雕塑。其他的则被深藏在图书馆地下室潮湿的角落里,还有很多一直都下落不明。

花园柏油路铺好后不久,洛杉矶市公共图书馆馆长哈米尔宣布他将退休,回到学术界。图书馆委员会开始在全国范围内搜寻哈米尔的继任者,于是,怀曼·琼斯被雇用了。他继承了一座已饱受无尽苦痛的建筑,人们至今仍没有为如何治愈它达成共识。作为馆长,琼斯被称为"建造者",而不是"程序员":他在作为得克萨斯州沃斯堡图书馆系统主管的上一份工作中,负责监督了几十座分馆的建设。他甚至比哈米尔更渴望用推土机推平古德休大楼。但当市艺术委员会宣布指定图书馆及其所在土地为艺术作品时,这一计划遇到了阻碍。不久之后,这座图书馆被列入国家历史遗迹名录。

1971年,这一年的冬天,洛杉矶盆地遭受了里氏6.7级的西尔玛大地震的破坏。地震造成六十四人死亡,周围的一切都被震碎了,从高速公路天桥到范诺曼下游大坝,再到西尔玛的退伍军人医院。余震的震波在图书馆下方剧烈震荡。超过十万本藏书从书架上弹了出来。将藏书放回书架上是一项十分繁重的工作,因此,市政府呼吁志愿者来帮忙。洛杉矶市市长请求州长罗纳德·里根和总统理查德·尼克松提供紧急资金，帮助修复中央图书馆以及两座因为受损严重而关闭的分馆。正是在这一年，洛杉矶的图书馆系统已有了一百年的历史。

24

《布布什卡套装（互联网上的奶奶）》（2012）

娜塔莉亚·苏里埃娃 著

Ru 510.78 S562

《诚实的生活：活得自然而真实》（2013）

杰西卡·阿尔巴 著

613 A325

《无家可归者的日常活动模式：研究报告》（1988）

肖恩·雷奇 著

362.509794 R347

《宋美龄》（2006）

劳拉·泰森·李 著

92 C5325Li

1871 年，洛杉矶公共图书馆有位参观者发表了一篇文章，设想未来的图书馆将奇迹般地被压缩成手提箱大小。考虑到当时的图书馆是一种真实可触的客观存在——实实在在的书页和装订，庞大的藏书数量，占据着厚重密实的空间——这样的想法似乎跟人类登陆火星一样荒谬。当然，多年以后，随着计算机与互联网的发明，一切正在成为现实。目前，图书馆所藏的大量资料并非全都得以在线浏览，但"只有口袋大小，并且被封装在一只小塑料盒内"的概念早已实现。图书馆看到互联网的未来，并主动向其伸出了手。首先，他们建立了供公众自由使用的电脑基站，接下来又提供了免费的无线网络。如今，中央图书馆和全国其他许多图书馆都拥有自助服务亭，任何人都可以借一台笔记本电脑或平板电脑来随意使用一天，就跟去借实体书一样。

中央图书馆的计算机中心是个大而长的房间，有一排实用为主的计算机工作站，以及总共五十五部台式计算机。这里看起来似乎平平无奇，但只要它开放，全部电脑都会被读者占满。单从表面上看，如果你不知道自己此刻正身处图书馆内，那你可能会觉得是在印度的某个客户呼叫中心里。每天上午 10 点整开馆后，许多等待进入图书馆的人都会径直走向计算机中心，经过大厅和扶梯时还互相推挤、争先恐后，以便顺利抢到位置。五十五台电脑的名额一满，就有一份等待名单开始运作，并且迎来很多人的抱怨。除了抱怨，大多数访客至少在进门时会向当班的馆员低声说句"早上好"，即便是那些看起来不爱说话或太过内向而不关心社交礼仪的读者，也都会问好。不久前，在计算机中心当班的其中一位馆员维奥拉·卡斯特罗在谈到这些读者时评价道："他们确实试图表现得很友好。"卡斯特罗是一位身材高大的非裔美国人，穿着时髦，像在银行里工作的那类人。另一位当班的馆员雅儿·吉利神情亲切、开朗，脸颊上打了好几个孔，说话时脸上的佩环总在晃来晃去。

卡斯特罗说，她在图书馆工作了十七年。"我本来是要去当律师助理的，好吧，最终来到了这里。"她说着，轻轻发出一种介于笑声与叹息之间的声音。

"我很高兴能来到这里，"吉利说，"在此之前，我在格伦代尔市管理了八年无家可归者收容所。图书馆绝对比那里清净多了。"她笑着补充道："我有妻子，还有三个孩子，所以光是在家里就足够有戏剧性了。"

这天早上，计算机中心有几个看起来像学生的访客，还有一位穿着崭新西装的中年男子。不过，大多数访客看起来都像无家可归者，或者至少正在经历一段艰苦的生活。"他们都是些好人，"吉利说，"但我们毕竟有自己的一套时间规定。在社会保障局定期来检查的前几天，他们总是会在这里待到开放时间的最后一刻，那时就会有些麻烦。不过现在，访客都会乐意……"她指了指一名警卫，后者正以分开双腿的警察姿态站在入口旁。当他看见吉利指他时，便朝着吉利笑，提了提自己的腰带。"我们现在有了自己部门的专职警卫，提供全天候服务，"她接着说了下去，"我们只是想尽量遵守规则罢了。其实也并没什么过于极端的事，但有些规定……他们真的不怎么喜欢。"

我问，有哪些规定不受欢迎。她说："比如，你不能在这里跳舞或唱歌。不幸的是，他们当中有许多人很喜欢唱歌。"

计算机中心比较沉闷，光线昏暗，温暖的空气中弥漫着汗酸味、体臭味和从衣服里散发出来的一种独属于泥土的植物味道——顺带说一句，这块泥土似乎正要施肥。不过，这里也同时存在着一种令人愉快的、全神贯注的氛围，仿佛每一个人都不知不觉地被带离了图书馆，前往他们想去的任何一个世界。我在房间里转了一圈，迅速地瞥了一眼每台电脑屏幕上的内容：空当接龙的纸牌游戏，一个关于席琳·迪翁故事的八卦网站，《摩登原始人》，篮球比赛，一个求职网站，脸书网站，在线象棋游戏。有个男人向我打招呼，说他正在写简历。维奥拉·卡斯特罗跟我说，有些访客确实在看色情内容，但馆员并不会去管他们，除非跟儿童色情相关，那是绝不被允许的。当她提到这件事之后，我突然想到自己最近查阅过的 1980 年图书管理员研讨会。那次的主题为"中央图书馆的性爱研究"。研讨会回顾了中央图书馆内所藏性爱内容的相关政策。其中包括一些书籍和杂志，其内容有裸体舞蹈、脱衣舞、选美比赛（收录在"体育"目录下），还有接吻比赛。研讨会没想到，有一天你可以坐在图书馆里，拨号上网并查找你可以想到的任何一种性爱内容，其中很多是你无法想到的。

当我在计算机中心转悠时，一个坐在角落桌子旁的男人突然喊道："噢，天哪！"这引起了其他上网者的注意，他们纷纷紧张地转头张望。于是，我自觉地回到办公桌旁。卡斯特罗挥了挥手，对我说道："没事，这没什么的，真的。他每天都这样。"我们聊着天，周围也慢慢安静了下来。她告诉我，她的孩子三岁时就拿到了借书证，每个孩子都是。就在这时，有个穿着阿迪达斯运动衫、略显紧张不安的年轻人走到办公桌前，他告诉卡斯特罗，打印东西时出了点麻烦。卡斯特罗站起来，和他一起走到打印机前，敲了一下机器，按了几下按钮，使它重新开始工作。然后，她回到办公桌前，小声对我说道："他有些不好意思，因为他在打印一张杰西卡·阿尔巴❶的裸体照片，恰好卡住了。"

　　与此同时，警卫也缓步走向办公桌。"这没什么的，"他说，"你想要听些更戏剧化的事？那你不妨去好莱坞分馆看看。前几天，我们有位女士带来了一只工作用狼。"

　　吉利和我异口同声地惊呼道："一只狼？"警卫耸了耸肩，继续说道："嗯，或许其实是只狗吧。不过我可以发誓，它就跟狼一样大。"

　　我坐电梯下楼，感到非常开心。我喜欢这里的电梯，墙纸上贴着旧卡片目录里的卡片——那些沾有污渍、卷了角的 2×5 英寸矩形厚纸片，总有人在印字机上敲得不够用力，结果有些字母从黑色变成了灰色，设计电梯的艺术家大卫·邦恩在挑选墙纸所使用的卡片时，一定觉得十分有趣。此时此刻，我正靠着《狗类全集》《猫类全集》《编织进阶全集》《赛马马具全集》《情色艺术全集》。

　　我是在去见大卫·阿吉雷的路上，他是图书馆的安全负责人。阿吉雷队长有着像半球形铜鼓一样厚实的胸膛，他跟我热情地握了手。当他微笑的时候，眼睛周围会有一圈皱纹。他曾经是洛杉矶动物园的安全主管。2006 年，他来到图书馆履职，有四十六名职员要向他汇报工作。其中二十六人分配到中央图书馆，其余则到分馆。"这是关于图书馆安全的大事，"阿吉雷队长说，我们开始在大楼里走来走去，"图书馆用户有百分之八十是男性，而馆员有百分之八十为女性。这要时刻记住。"

　　据阿吉雷队长说，中央图书馆每周大约有一百起案件报告。

---

❶ Jessica Alba，美国女演员，因《神奇四侠》《罪恶之城》等电影为人所知。

很多都是他口中所谓的"财物冲突"，也就是说，有人偷了东西。"财物冲突"主要发生在族谱区，因为人们太过专注于追踪"萨莉姨妈"的踪迹，以至于不会留意到随身携带的财物已被人顺手牵羊。另一个主要发生地是计算机中心。阿吉雷说，那里会发生许多"时间冲突"，也就是说，有人在电脑前的时间超过了两小时限制，让其他人很生气。在宗教区，他收到的许多投诉都是在抱怨人们用太大的声音与上帝交谈。阿吉雷每小时都会在大楼里走一遍，尤其留意洗手间、自行车停放架和花园这几处高危地点。通常他都会遇到一些小问题。不过有时，警卫们会有一些重大发现。几年前，杰斐逊分馆的警卫发现有人住在屋顶上。在韦斯特伍德分馆的屋顶上，警卫发现了一座精心设计的玛丽莲·梦露的神龛。在过去的六年时间里，阿吉雷在中央图书馆巡视时，总共发现了三具尸体。最常见的死因是心脏病突发或中风。"五年前，我们发现了一位先生，他是图书馆聘请的临时工，死在了宗教和哲学区。"阿吉雷说，"他看上去身无分文，但当我们检查尸体时，在口袋里发现了一个折叠起来的纸套，里面有两万美元现金。"

其中一名警卫告诉我，他在图书馆里的职位更像是心理学家或神父，而不是安全人员。图书馆的警卫通常来自洛杉矶警察局的在册警官。每一年，图书馆要向警察局支付超过五百万美元的安保服务费。实际上，警卫的有效性遭到一些机构的尖锐批评。在图书馆卧底三个月后，隶属于 NBC（美国广播公司）的分支机构播出一系列多方调查后的特别报道，声称"警察花了许多时间在手机上发短信或聊天，而不是去巡逻"，从而导致中央图书馆和至少两个分馆出现"猖獗的性交易和毒品使用状况"。这一系列报道引起轩然大波，令许多人对图书馆警卫有了成见。可实际上，许多事发生在馆外的人行道上，那是城市警察的责任，与图书馆无关。不过，报道中至少有一件事是对的，那就是图书馆必须处理无家可归者或精神病患者聚集时出现的各种复杂问题，警卫任何时候都必须严阵以待。我在中央图书馆采访过的一些馆员觉得，记者试图猛烈抨击约翰·萨博。不过，他们讲的各种故事不会令约翰·萨博感到困扰。"公共图书馆的最美妙之处，就是对所有人免费开放。"当我问及萨博时，他给我发了一封邮件，写道："有了这一承诺之后，我们图书馆，以及全国各地的公共图书馆无疑每天都在面临严峻的挑战。当然，这些问题并非是图书馆独有的——它们是巨大且复杂的议题，属于全社会范围内需要共同解决的矛盾。实际上，我们正在努力为无家可归者提供服务，解决他们的卫生保健等基本问题。通过这些服务项目，我们意在积极改变目前的社会现状。"

每天都有许多无家可归者到图书馆，其中许多人都选择在花园里和大楼周围闲逛。有些人什么事都不做，但看起来蓬头垢面，似乎不太可靠——他们的存在会令人感到紧张和焦虑。我见过有人在花园里喝酒吸毒——并不是在大楼里——但如果我有一个小孩，靠近他们显然会令我不安。实际上，我在整座城市的公共场所都能看到有人喝酒和吸毒，在公园里、人行道上和公共汽车站旁。社会上有什么问题，图书馆也会有，因为社会和图书馆之间的边界是相互渗透的；好的东西不会被挡在图书馆外，坏的事物也同样如此。图书馆的社会问题常常会被放大。无家可归者、吸毒者和精神疾病患者，是洛杉矶每个公共场所都会遇到的问题。其中有个显著区别在于，如果你在街上看见精神病患者，你可以马上走到马路的另一边，成功避开。而在图书馆里，你却需要跟他们共享一处更小也更私密的空间。公共性质就是图书馆的本质，存在于共享的阅览桌、书籍与卫生间中。

图书馆对所有人开放的承诺亦是一个巨大挑战。对许多人而言，图书馆可能是他们唯一必须与精神不稳定者或极度肮脏的人共处的地方，这很可能会令人不舒服。但是，如果图书馆不对所有人开放，也不可能会成为我们心中所期望的社会机构。几年前，我参加过一次关于图书馆未来的国际会议，每个人——来自德国、津巴布韦、泰国、哥伦比亚以及世界各地的馆员——都发现自己要面对无家可归者问题的挑战。图书馆应对这一挑战时一向困难：问题难以解决，永远左右为难。人们来来去去，但馆员必须整天都待在馆里，几乎每天都要应付这些难以相处、有时甚至会付诸暴力的人。这个议题比图书馆本身还要宽泛，是整个社会层面上需要解决的重大议题。图书馆所能做的，就是尽力规范化管理。在 Reddit❶ 对 NBC 调查研究的讨论中，没人去指责图书馆，或抨击它是吸引城市里最麻烦人群的磁铁石。大多数评论者指责警方没有加强管控力度，应该做得更细心些。在提到 NBC 的报道时，一位网友写道："这次'调查研究'只是在向大家表明无家可归者是个社会问题罢了。"另一位网友写道："我有个消息要告诉大家：这种事不仅仅发生在图书馆。欢迎来到洛杉矶。"

阿吉雷队长穿过大楼时，会向遇见的每一个人干脆利落地打招呼，包括那些愁容满面的男士——他们拖着摇摇晃晃的手推车

---

❶ Reddit 是全球最受欢迎的网络论坛之一。

路过，车上满载着不辨形状的暗色物体。"我喜欢跟大家一起工作。"我们经过一个在长凳上睡着的人。阿吉雷轻轻拍了拍他，那个人坐了起来。"嘿，伙计，不要睡觉。"说罢，他转过身来继续对我说，"我可不管对方是谁——不管是市长还是临时工。任何人都可以同情别人两分钟的，不是吗？"尽管几年前，有一名情绪激动的男子用针刺伤警卫，但总体而言，图书馆里的各种琐事都是温和而友好的。那名男子是个艾滋病毒携带者，因此被控谋杀未遂。被刺的警卫并未因此染上艾滋病，但受袭后的多年都必须接受检查，以确保自身安全。

阿吉雷队长对于工作中的一件事不太喜欢，就是他有时不得不告诉人们，他们闻起来是什么味道。图书馆有相应规定，只要有必要，他就得这么做。阿吉雷很清楚，这实际上是一种侮辱行为，不论你的处境有多糟糕。"这很可悲，但我们有时不得不这样做，"他愁眉苦脸地说，"最重要的是，为了让其他读者觉得舒适。"我们乘自动扶梯下到历史区，朝着书架走去。格伦·克雷森在桌边朝我们点了点头。族谱区的一位女士正在吃饼干，于是阿吉雷走向她，瞥了她一眼。"你不能在这里用餐，夫人。"他开口说道。

"噢，但我并没有用餐，"女士回答道，"我是在吃零食。"

"也不能吃零食。"

女士看起来很吃惊，说道："我还以为可以呢！"

我们在历史区闲逛，顺着一排排书架依次检查过去，以确保没人藏身在此做坏事，同时也提醒一些人注意随身财物。没什么值得特别注意的，于是，我们便朝着门口走去。这时，有个身材瘦小、皮肤黝黑的男子拦下阿吉雷，紧张兮兮地告诉他，自己刚才看见有人在男厕所里睡觉。

"好的，谢谢，我们会处理好的。"阿吉雷回应道。

那个人开始浑身发抖了。"其实是两个男人，而且是同性恋！"他继续说道，声音越来越大，"我愿意做证人！这是白人和西语国家的风俗！一个白人跟一个墨西哥人！"阿吉雷环视了一下四周，其他读者听到骚动时都有些激动。"让我们去大厅里好好谈谈。"他用低沉柔和的声音说。那个男人跟他出去了，但我们一停下来，他就开始大喊大叫。阿吉雷拿出无线电通话机，呼叫值班的高级安保人员斯坦·莫尔登。"斯坦，"他冲着通话机说道，"我们要送走某个人。到历史区这边来。"然后他转过身，开始跟那个男人聊天，直到莫尔登出现在自动扶梯之前，阿吉雷都在试图将他引到种族歧视和同性恋团体之外的话题去。阿吉雷用眼睛指示着莫尔登，设法在那个男人尚未意识到情况有变时，将他领向自动扶梯。几乎就跟跳芭蕾舞一样，莫尔登走到扶梯底部，转身完成一个旋转动作，那人就跟莫尔登一道上了扶梯。

"不是什么大事，"阿吉雷说，目送莫尔登随着扶梯上行，"他是常客。他将失去今天开放时间内自由来往图书馆的权利，但明天就会恢复良好的行为了，尤其是下雨的时候，他的表现更良好。如果被赶出图书馆意味着必须冒雨外出，那么人们显然不想失去一整天都待在这里的权利。"

我们在楼下转了几圈，然后又回到正厅。办公桌旁的警卫递给阿吉雷一份当天的报告，里面列出六个安全问题，包括将某人请出图书馆、在借阅台前爆发的家庭纠纷，以及警卫办公室厨房里被堵住的水槽，等等。"我们还从四楼带走了一位男性访客，"另一名站在桌旁的警卫告诉阿吉雷，"他走得非常缓慢——当时我就觉得很不对劲。"

阿吉雷去开会了，我开始和斯坦·莫尔登交谈。莫尔登又高又瘦，身上有一种狡黠机智的、时不时令人惊讶的幽默感。这天早些时候，我看见一名男子在警卫处走向他，惊慌失措地描述他丢失的钱包，讲了至少五分钟。当他说话时，莫尔登一直冷淡地盯着他，一言不发。一直等到他说完后，莫尔登才把手伸到桌子下方，接着又砰的一声在桌上摔下一只棕色特大号钱包。"兄弟，我不知道你是怎么弄丢这个的。"莫尔登说，"除了厨房的水槽，你什么都没少 ❶。"

　　莫尔登出生在得克萨斯州，但后来他听了沙滩小子的一首歌，想定居南加州。接着，他第一个想到洛杉矶，就决定来此长住，不再考虑其他城市。在众多馆员中，他以擅长中高音和高音萨克斯管而闻名，偶尔也会在员工聚会上演奏。不过，他真正的爱好是玩杂耍，这是他在 YouTube 上看视频自学的。他为这座城市工作了三十年——前二十年，他在市政厅里当警卫；后十年，他在图书馆工作。"在这三十年里，我见过好些浪荡街头的人。"他说，"这很令人难过。因为我很了解他们。"他告诉我，几年前，他无意中听到一个无家可归的女人说自己每天都在街上睡觉。于是他决定给她一点钱，让她到旅馆里住个几晚。"我是个单身汉，有多余的钱。"他说，"信不信由你，大约七年后，我又见到她，她告诉我，她的情况好转了，想还我钱。"莫尔登一边说着，一边略显惊奇地摇了摇头。我们在艺术和音乐区转了一圈。一位老妇人来到书桌旁，对馆员说："我厨房里有九只小猫。你对猫咪感兴趣吗？"馆员抬头看了她一眼，向莫尔登挥了挥手，然后转身向老妇人说，图书

---

❶ "除了厨房水槽外的所有东西"（everything but the kitchen sink）是美国谚语，意为所有事物都包括在内，一件不落。

馆里不准养宠物。那位女士用厌恶的神情抽了抽鼻子："为什么？猫可比人干净多了！"

"我是在图书馆里长大的，"莫尔登对我说，"我爱读书，我新一年的计划是今年读一百本书。但我现在才刚开始读第一本，那是一本蒋介石夫人的传记。"

一个男人朝着我们走过来，向莫尔登点头示意，然后说道："你知道我应该怎样做才能在我女儿的 Facebook 上屏蔽别人吗？"莫尔登摇了摇头，提出了一些不错的建议。然后我们便离开了艺术和音乐区，前往营业部。"我们这儿有很多笨蛋，"他说，"也有很多厉害的人。很多人以为我们什么都知道。"

两年后，莫尔登就可以退休了。他没有家庭，也没有其他任何需要担负的责任，但他心中有一项退休计划。不久前，他跟一个来自斯里兰卡的人交上了朋友，他跟那个人学到了很多这个国家的知识。这名男士和他的妻子最后搬回了斯里兰卡，但仍与莫尔登保持着联系，给他发了在斯里兰卡首都斯里贾亚瓦德纳普拉科特的房子和社区的照片。莫尔登对这个国家做了详细的研究，他很喜欢自己所学到的知识。因此，他决定退休后直接搬到那里去。"在那里你可以过得很好，"他告诉我，"物价很便宜。"我说，跨越整个世界到另一个国家居住，似乎是一场很大的冒险。他耸了耸肩说："但我已经看过照片，也读过那些关于斯里兰卡的书——我现在已经很了解了。"

25

《特朗普式策略：针对中小投资者的房地产亿万富翁课程》
（2011）

乔治·H.罗斯 著

电子有声读物

《空间权及地下隧道道路地役权个案研究》（1965）

美国房地产估价师协会

333.01 A512-7

《我爱你，菲利普·莫里斯：关于生活、爱情与越狱，一个真
实的故事》（2003）

史蒂夫·麦克维克 著

364.92 R967Mc

1973 年，超过一千五百名图书馆工作人员签署了一份请愿书，抱怨中央图书馆的高危工作环境。在将请愿书递交给管理层后不久，洛杉矶消防局列举并提交了多达二十六处违反消防法规的问题。巴顿·菲尔普斯告诉我，他很清楚这栋大楼已经残破不堪，但他仍然对一些违规的判定表示怀疑。"总有人把手推车和箱子堆在消防通道里，后来，也不知道怎么回事，消防部门就接到了投诉电话，"他说，"感觉他们是故意这样做的，只为了拆毁这栋建筑。"支持拆毁的人和文物保护者相互纠缠，持续讨论如何新建或翻修图书馆，但实际上什么都没有改变，两个派别都在怀疑对方的真实意图。

有天早上，一个名叫罗伯特·马奎尔的房地产开发商来到 ARCO 公司的办公室开会。他站在一扇窗户旁，俯视着图书馆，看着它正逐渐变得乱糟糟的模样。在那一刻，他突然下了决心，决定尽己所能将图书馆修好。不久前，他向我描述了从 ARCO 公司看到的景象："第五街上一堵可怕的高墙……一道狭窄得可怕的楼梯，将你带到上面的街道上——看上去令人难受。所有的醉汉都在楼梯间撒尿。"我想知道他对停车场有什么看法。"噢，上帝，是的，停车场。"他几乎是呻吟着说道，"总而言之，有一座非常有趣但破旧的大楼，还有一处非常可怕的停车场。但我仍然认为保护这栋建筑至关重要。"

马奎尔是本市最成功的房地产开发商之一。他许多规模最大的项目都安排在洛杉矶市中心。跟许多人一样——包括在保持图书馆完整性上发挥了巨大作用的建筑保护主义者——马奎尔希望洛杉矶能够发展出一个民众可以切实感到"确实是城市中心"的市中心。一座破败的图书馆矗立在"城市中心"显然是不行的。

马奎尔习惯于创造新事物，但他十分热爱古德休大楼，并致力于拯救并修复它。不仅如此，他还知道，当时实力异常雄厚的ARCO支配着一股强大的社会慈善力量，而且也十分赞成拯救原来的这栋建筑。ARCO总裁罗德里克不想让一座摩天大楼取代原来的图书馆，因为这样会挡住他的视线。ARCO的首席执行官罗伯特·安德森则是一名古典建筑爱好者。

问题的关键在于钱。从经济学的角度上讲，他们更倾向于直接废弃旧馆，变卖土地，然后用所得收益在别处建一栋新馆。20世纪80年代，市中心逐渐成为商业区，图书馆下面的那一大块土地，后一分钟都比前一分钟更值钱，卖掉土地后换来的资金可能足够支付在更便宜的土地上新建图书馆的几乎所有费用。修缮和扩建现有大楼将花费近一点五亿美元。债券和各种花哨复杂的融资可能会为其中一部分开支买单，但肯定无法负担全部。

那时在东海岸，人们开始尝试用一种新的方式获得许可，以建造比地区法律所允许的建筑最高高度更高的建筑物。每座城市都存在高度限制，并不是每一座建筑物都能盖得跟法律允许的高度一样，但是，即便是那些低矮的建筑物，仍然拥有其上方直至许可高度的这段空域的一切权利。20世纪60年代初，芝加哥的一位开发商首次提出空间权的概念。一旦这一案例被承认，空间权就成为一种可供销售的商品。例如，如果你有一栋只有七层楼高的建筑——古德休大楼就是如此——但分区规划中允许它有六十层楼高。那你就可以将它的"空间权"卖给另一个想要建造高于其地块允许高度的建筑项目。空间权经受住了法院的挑战，并逐渐成为市中心发展的常见手段。不过，还没有人在洛杉矶试过这样做。

他们总共花了八年时间才安排好出售图书馆的空间权。据马奎尔说，到了 1986 年，转让空间权一事终于获得批准，该项目就像"疯了一样"。他的公司以两千八百二十万美元买下，计划用这份空间权在图书馆对面建造两栋高耸入云的摩天大楼。其中一座将是西海岸的最高建筑。他还买下了图书馆以前花园下的土地，建造了一座巨大的地下车库，希望旧花园能够得到修复。建筑师诺曼·菲弗受聘翻新原来的建筑，并设计了一栋新的翼楼，面积将是旧图书馆的两倍。那时，古德休大楼的藏书量将是原来的五倍。新的翼楼最终会为这些书提供足够的空间。原来的建筑将会被打磨、抛光，并尽可能遵循古德休的原意。至此，每一个主张拆除旧建筑的人都不得不承认：古德休大楼将会继续存在下去。

地下空间和空中空间的兜售，筹集了修复和扩建图书馆所需的近三分之二资金。菲利普·莫里斯烟草公司表示，他们愿意支付剩下的三分之一——该公司当时正计划投资一座历史建筑，如此一来，公司被征收的高额健康税就能获得减免。洛杉矶市议会基本接受了这项提议，但经过再三考虑，还是觉得让烟草公司来资助洛杉矶公共图书馆会造成不好的影响。于是，剩下的那部分资金空缺需要从其他地方筹得。

26

《真实犯罪故事：来自地区检察官办公室》（1924）

亚瑟·特莱恩 著

364.973 T768-1

《汤姆·布拉德利不可能完成的梦想：教育纪录片》（2014）

DVD 92 B811To

《赞美诉讼》（2017）

亚历山大·D. 拉哈弗 著

347.90973 L183

《管住嘴！书面诽谤和口头诽谤的外行指南。对诽谤领域的有趣探索，包括对意识形态、种族歧视及宗教诽谤的分析》

莫里斯·L. 恩斯特 著

347.5 E71a

罗伯特·谢恩是洛杉矶的一名刑事辩护律师，他的客户都非常另类，包括地狱天使摩托车俱乐部的头头；歌手里克·詹姆斯，他被指控用一根破裂的管子折磨一名女性；一个因为给演员约翰·贝鲁西注射致死剂量药物而被起诉的女人。谢恩的下巴宽厚有力，眼神专注又锐利，还会用一种消除自身存在感的方式来打消他人的顾虑。我从未完全想明白他第一次见到哈利·皮克是什么状况，但他们之间的联系实际上可以追溯至1983年，当时，谢恩派他的手下去为一起谋杀案的辩护人找合适的证人。不知为何，调查人员偏偏找到了哈利。尽管跟陪审员交谈时，哈利提到自己是一名演员，会使证词的可靠性大打折扣，但哈利的聪明才智还是成功吸引了谢恩。他知道哈利需要工作，所以时不时地雇用哈利给自己跑跑腿。不过，时光荏苒，他们慢慢失去了联系。因此，当哈利打电话给谢恩，请他代表自己应对纵火案时，谢恩感到十分惊讶。"我很清楚，这座城市对他一无所知，所以当即决定接下这个案子。"有一天，谢恩在午餐时跟我说道，"这起纵火案是那类被律师们称为'无偿但耀眼'的案子。"他开始笑了起来，等着看我是否听懂了这个笑话。当我表示没明白时，他耐心解释道："这意味着你并不是为了钱才承办这个案子，不过，虽然拿不到什么钱，但会为你引来海量关注。张扬而耀眼，同时又是公益性的无偿服务。懂了吗？"

谢恩说，当他听说哈利的名字跟图书馆大火有关时，感到极为震惊。他对我说："实话实说，当我听到那则新闻时，差点把车直接开到高速公路外面去。""他肯定不是纵火犯。"打从一开始起，谢恩就认为这座城市的手伸得有些太长了，因为火灾发生在将近一年前，公众渴望有人被逮捕归案。他对哈利那天早上无法解释自己行踪的行为，以及他像副扑克牌一样不断变换不在场证明的做法感到困扰。"哈利只是有点傻而已，"谢恩说着说着，放下了手中的三明治，"他喜欢被人关注。他太想出名了。"

哈利在看守所里待足了三天才被释放。他的家人们为此感到羞耻。"我这辈子从来没有像那样哭过。"他的姐姐布伦达告诉我，"我感觉每个人都在盯着他看，好像他只是个同性恋混球。没错，他确实喜欢公开讲各种蠢话，并不意味他真这么做了。"在图书馆火灾发生前不久，布伦达自己的房子也被烧毁了；哈利被捕时，她正住在旅馆里。家里发生的火灾被认定为电力故障所致，但她担心有人可能会暗示两起火灾之间存在着某种联系。她很害怕这点会被人拿来对付哈利，所以选择跟他保持距离，以防万一。

在释放哈利的文书工作完成后，狱警无缘无故地让哈利空等了两个小时才放他离开。谢恩认为他们只是在报复哈利，因为跟这座城市里的其他人一样，他们都想把火灾归咎在某个具体的人身上，哈利显然就是那个人。当哈利走出看守所时，一群记者和一大堆摄影机正在门口等着。哈利没有表现得太过沮丧或懊悔，反而带着灿烂开朗的笑容。也许他当时是在强颜欢笑；也许对他而言——无论因为何种原因——这种微笑实际上是情感映射，一种受到极大关注后的由衷喜悦；也许，当他看到那么多摄影机时，长期壮志未酬的演员梦令他忍不住笑起来。无论出于何种原因，无论如何反应——关于哈利被捕的每一个故事当中，都会提到他的这种笑容，令他看起来厚颜无耻，好像计划已久的恶行最终得逞。

当地报纸竞相报道此事，尤其是在哈利向几个朋友坦白罪行的消息传出后，报道更是铺天盖地而来。谢恩避开了各种问题，他说哈利真正犯下的罪行是愚蠢，但是无害的。相当于人们开些机场放炸弹的玩笑罢了。"他喜欢开玩笑,"谢恩对《洛杉矶时报》说道,"他确实开了几个不该开的玩笑,毕竟哈利有着与常人不同的幽默感。"他补充道,哈利讨人喜欢,如果能够逗乐朋友,即便说他是纵火犯,他也会去找这个乐子。谢恩称赞调查人员是"顶尖的人才做出了杰出的工作",但这次,谢恩说,他们抓错人了。

据谢恩所说,1986 年 4 月 29 日这天,哈利的早上是从 9 点开始的,当时哈利正给伦纳德·马丁内特帮忙,要向市中心的法庭递交文件。上午 10 点,他应约去了好莱坞足病医生斯蒂芬·威尔基那里,随后与史密斯神父、足病医生共进早午餐。一吃完,他就开车去了他父母位于圣菲斯普林斯的家,并在上午 11 点时抵达。这些事乍一看似乎井然有序,但在我看来,恐怕是一份紧凑到难以想象的日程安排。任何在洛杉矶真正待过的人都知道,很少有人能够在市中心办完事,然后在一个小时之内赶到好莱坞,如果有的话,也很少有人能够在好莱坞那边吃过早午餐后,又在一个小时内赶到远在三十英里之外、人口稠密的圣菲斯普林斯。

不过到了最后,日程安排的可信度并不怎么重要。1987 年 3 月 3 日,负责此案的助理检察官斯蒂芬·凯召开新闻发布会,宣布哈利不会被起诉。"虽然有充分的理由相信嫌疑人对中央图书馆纵火案负有责任,但目前可接受的证据不足以支撑刑事诉讼。"

火灾调查员对此极为愤怒。迪恩·凯西——这位花了大量时间进行调查的助理消防队长——在凯的声明发布后,也向记者发布了一则声明。"我们仍相信皮克就是火灾的肇事元凶。"凯西声称,"对此,我们心中没有任何疑问。我相信,他们释放了一名确实有罪的嫌犯。"当记者向他大声提问时,凯西继续说道:"这件事真是令人沮丧。我们花费五百多个小时,通过内部渠道反复调查此人……对调查人员而言，这是非常困难的事情，洛杉矶的每个居民肯定都怀有同样的疑问——我们为什么不能直接逮住这家伙？"

斯蒂芬·凯很明白地向公众暗示，一旦有更多证据浮出水面，哈利仍然会受到指控。他说："这个案子还没有结束。"但是，在哈利被释放后，调查并没有继续推进下去。没有新的证人出现，也没有找到任何物证——没有任何确凿的证据表明哈利与这起纵火案之间存在着关联，或证明究竟是什么引起火灾；调查人员认为，最初起火的地方大概是在烟囱里的某个位置，仅此而已。至于指控哈利最有利的理由，是他曾向许多朋友坦白此事，可实际上，他不承认的次数比他承认的还要多。凯还特意告知众人，哈利的供词在刑事法庭上可能不会被接受。调查人员非常确信哈利就是纵火犯，一旦这个结论被否定，他们就很难再振作起精神，拿出新的精力去应对这个案件、寻找新的嫌疑人。一旦凯宣布不会起诉哈利，调查的势头就戛然而止了。

许多调查人员开始怀疑凯没有继续追究案件的真正动机：会不会有其他不方便公开的战略原因？刚好，本市的地区检察官正在审理一起针对麦克马汀幼儿园所有人及工作人员的性虐待案件，这起案件最终扩大为美国历史上耗时最长、费用最高的刑事案件。到了最后，这起性虐待案件竟然直接被对方律师彻底击溃：陪审团没有给任何人定罪。在对麦克马汀幼儿园案的公诉无可避免地走向失败的过程中，地区检察官办公室最不希望的就是在图书馆火灾这种的重大案件上遭受又一次失败。要知道，拿那些并不可靠的不利证据贸然提出诉讼，实在太过冒险了。

哈利走出看守所，重新开始了他的生活。然而，他找工作的运气却不怎么好。姐姐黛布拉告诉我，哈利已经声名狼藉，没有人愿意雇用他。"他们会说:'噢,你不就是那个烧了图书馆的家伙吗?'就是这样。"她说。哈利当时似乎想彻底忘掉整件事。可是突然间,他又上了新闻。在 1988 年 1 月的一次记者招待会上,哈利和他的临时雇主伦纳德·马丁内特一起出现,后者现在是他的代言人了。对于聚在一起的记者们,马丁内特说道:"很难相信一个完全无辜的人(比如哈利)会被政府特工殴打和监禁,他们这样做仅仅是为了逼供。"因此,马丁内特说,哈利·皮克正在通过民事法庭起诉洛杉矶市政府。马丁内特说,哈利在狱中的这三天时间里,"背部和颈部软组织受伤,需要治疗……还有精神创伤,神经系统也受到冲击和损坏",以及"在找工作的过程中遭到排挤,失去个人收入,以及获取个人收入的能力……有理由相信,他在未来的很长一段时间内都将无法继续工作"。哈利将以错误逮捕、诽谤他人、玩忽职守、造成他人精神创伤、侵犯隐私、殴打他人等罪名起诉市政府,索赔一千五百万美元。除此之外,他还要单独起诉纵火案调查员迪恩·凯西,索赔五百万美元,理由是凯西在告诉记者哈利是一个"有罪的自由人"时涉嫌诽谤。哈利总是缺钱,一场可能给他带来两千万美元的民事诉讼完全吸引住了他。不过我敢打赌,最令他高兴的事情之一,想必是申诉文件中的一句话:"在原告被捕时,他是一名兼职演员。"

　　这个故事的后续发展令我感到困惑。哈利被捕后当然是被吓到了,或许在看守所里确实也经历过粗暴对待。但他似乎并不是那种有决心起诉市政府的人。哈利会去做这件事,唯一让人信服的理由就是:这是一种很合适的方式,让他可以重新获得万众瞩目,就跟他之前被当作纵火嫌疑犯时一样。不过,我还是隐隐约约地感觉到,这起民事诉讼案中其实有一只看不见的手在推动着。

在长期的跑腿工作中，哈利认识了不少律师。他们中会不会有人暗中鼓励哈利提请民事诉讼？此案作为刑事案件的受理过程被驳回之后，罗伯特·谢恩就不再参与此案了。可是我很想知道，伦纳德·马丁内特是否还在怂恿哈利继续提出诉讼？马丁内特在这个故事里进进出出，看起来似乎只是个配角，但到处都有他的身影。我对马丁内特知之甚少，无论在哪里都找不到他。我试着追踪过他，最后发现只有一堆已经完全打不通的电话号码。有一个位于棕榈泉的、他名下的电话号码是可以打通的。我反复拨打，却一直没有人接，自动应答信息告诉我：此电话不接受来电。

当初调查哈利的纵火案调查小组对这起民事诉讼感到极为愤怒，尤其是凯西队长，他在得到保证说他的工会将会负责处理对他的个人指控之前，早已想方设法地做了很多事情。仅仅保护自己和城市不受哈利提出的诉讼伤害，这种做法实在太过被动，不能令调查员感到满意，他们决定主动出击。他们中的一伙人找到一位深受他们敬佩的市检察官维多利亚·钱尼。她今天当上了上诉法庭的助理法官，但 1988 年时还在市检察院的民事责任部门，常跟洛杉矶市消防部门的人员合作。钱尼告诉我，当时，调查人员如此一致地认定哈利就是纵火犯，令她感到颇为震惊。她回顾了他们准备的诉讼材料，提出一种新的策略：她建议他们直接在民事法庭上起诉哈利，而不是单纯苦等，看是否能够在未来的某个时间恢复刑事诉讼——这跟哈利起诉洛杉矶市时采用的策略是一样的。在刑事法庭上，判决必须是意见完全一致的，证据必须表明该案不存在任何被质疑的可能性。但是，在民事法庭上，一个案件只需要证明存在有利证据即可，判决则由多数票来决定，并不需要全票通过。在刑事法庭的审查下，对哈利的指控可能会被全盘击溃，但是，钱尼相信此案能经受住民事法庭更为温和的推动，从而判哈利有罪。

消防部门签了名，于是，钱尼便开始着手调查哈利的案子。洛杉矶的人们确实能够理解哈利一千五百万美元的索赔要求，反击时不止瞄准了这个数额，还额外加上了好几百万美元：在哈利正式提请诉讼的三周以后，洛杉矶市向高等法院提出了交叉诉讼，要求哈利赔偿该市更换图书馆被毁书籍的费用、修复受损书籍的费用、灭火用水的费用以及修复受损建筑物的费用；除此之外，还有在工作中受伤的消防员的补偿费用。最终，本市以两千三百六十万美元的赔偿金额要求，向哈利提请民事诉讼。

27

《图书与文献的保护》（1957）

W. H. 兰威尔　著

025.7 L287

《麦克唐纳·道格拉斯的故事》（1979）

道格拉斯·J. 英格尔斯　著

338.8 M136In

《打捞被水损坏的书籍、文件、微缩照片和磁性媒体：1985 年
8 月达尔豪西大学法律图书馆与 1985 年 11 月罗亚诺克弗吉尼亚洪
水的历史案例》（1986）

埃里克·G. 伦德奎斯特　著

025.8 L962

经过两年的冷冻，这些书终于可以准备进行解冻、烘干、熏蒸、分类、清洗、修复和恢复的工作了。航空制造商麦克唐纳·道格拉斯公司在洛杉矶南郊建有一处分部，他们提出尝试烘干第一批共计两千本藏书。麦克唐纳的工程师研究了被水渗透的纸张的材料特性，决定使用他们的太空模拟室来进行解冻和烘干流程。他们将选择出来的书放置在一个铝制的方托盘上，并用一块坚硬的铝板将其压平。被压的书堆到六层楼高，整个设备用蹦极绳固定，并放置在一间四十英尺宽的真空室中，这间真空室通常用于测试卫星在不同的大气和气象条件下的运行情况。房间里的温度逐步升高到一百华氏度，书在里面放置五天。然后，室内的气压逐步下降到每平方英寸三万立方英尺的标准——等同于在地球上方约十四万英尺处的气压。压力间歇性地上升和下降，温度也在剧烈的波动中同步升高和降低。当第一批书完成此过程时，总计渗出六百加仑水。

洛杉矶市政府在为图书回收争取资金，并将合同分包给埃里克·伦德奎斯特公司、文件再处理公司和阿尔迪克斯公司。这些公司采用不同的系统来获取相同的结果。文件再处理公司拥有五个压力室，类似于麦克唐纳·道格拉斯的真空室，利用巨大的真空压力，通过升华过程来除去书中渗出的水。伦德奎斯特公司估计，这些舱室将抽出近二十五万磅的水。阿尔迪克斯公司与美国国家航空航天局在这一项目上合作，将书放进一间舱室里，每隔二十五秒就抽空一次室内的空气，用以带走书中蒸发出来的水汽。这两种系统都需要随时留意书本身的湿度状况，对参数进行及时调整，干燥一本书需要花上将近一周的时间。据古籍修复员们估计，这些书的含水量普遍在百分之十到百分之百之间——换句话说，有些书里的水和纸一样多。修复员们喜欢争论真空干燥是否比直接除湿更好。埃里克·伦德奎斯特在他所处理的书盖上"DR"的印章，因为他确信自己公司的系统要比阿尔迪克斯的更好，打算在项目结束时进行比较。他敢于让我在图书馆内随意找他和阿尔迪克斯处理过的书进行比对。"我们处理过的书是完全平整的，"他说，"看起来就跟从来没被淋湿过一样。"

一旦一批书被干燥好了，就会被运到市里的首席文物修复员萨利·布坎南那里，她将会指导她的员工对每本书进行检查，检查表中包括如下问题：

> 书页是不是有严重褶皱？
>
> 有没有鼓包部分？是否扭曲得不再是"方形"？
>
> 外部联结和内部联结部分是否牢固？
>
> 书脊完好无损吗？
>
> 衬页是否牢固？
>
> 此书是否可以平整地打开及合上？

布坎南告诉图书馆工作人员，修复这些藏书，准备好对应的索引编目，让它们最终回归到书架之上，一共需要花费三十六个月。"总的来说，工作人员对可拯救的书感到满意。"布坎南在给怀曼·琼斯和伊丽莎白·泰奥曼的信中这样写道，"许多藏书看起来状况很不错，很明显，这些书不会很潮湿，被水浸湿的部分最多就只到底边的一两英寸位置而已……但是，有些书的封面已经有明显的霉变迹象了。"布坎南说，有些书已经彻底没有挽救希望了。它们要么被严重烧焦，要么书页完全粘到一起，要么书里的整个章节都不见了。

　　恢复中央图书馆藏书项目是人类有史以来最大的图书干燥项目。大约有七十万册藏书——共计七万五千立方英尺的印刷材料——被水浸湿过或者被浓烟熏燎过：在大多数情况下，是这两种兼而有之。中央图书馆大火之前，最大的图书干燥项目也只不过涉及十万本书。如今，压力室连续几个月都在嘎嘎作响。最后，经过全套干燥流程的书中有百分之二十状况良好，可以立即回归书架；有百分之三十五的书干燥良好，但需要重新更换装订。余下的书中，有百分之七十五需要额外进行大规模清洁或熏蒸。所有使用铜版纸印刷的书，在潮湿状态时都变得又滑又黏，全都毁了。

　　1988 年 6 月 3 日——在"绿色报告"建议拆除古德休大楼二十多年后——人们开始修复原来的建筑，图书馆的新翼楼也正式破土动工。直到此项目完成之前，图书馆一直在春天街道的临时办公地点进行日常运作。这个地方让任何人都不满意，但至少中央图书馆的重建工程终于启动了，因此，临时办公地似乎是可以忍受的。

　　菲弗为古德休大楼补充设计了全新的翼楼，但没有采用跟过去一样的复古形制。洛杉矶市政府已经购买了现有建筑南面的一块地用于新翼楼的建造，这里将与古德休大楼的南墙相连。菲弗的设计以一个八层的中庭为中心。尽管扩建工程规模巨大，但它不会挑战原有建筑的高度，因为八层楼中有四层楼将会位于地下。大部分学科部门会被重新安置在新翼楼内。部分藏书将不会再被安置在旧书库中；新的存放地点将会是一处通风优良的场所，新翼楼里也会安装最先进的灭火喷水系统。图书馆的访客将会乘坐层层叠叠的自动扶梯，在八层楼高的中庭之间上下穿梭。穿过这两栋新旧建筑时，就像是穿过一座异乎寻常的剧场，然后再在瀑布上翻滚而过。

28

《每分钟三十三次革命：抗议歌曲的历史，从比莉·哈乐戴到绿日乐队》(2011)

道林·林斯基 著

784.491 L989

《抛狐运动，以及其他被遗忘且危险的运动、消遣和游戏》(2015)

爱德华·布鲁克·希钦 著

796.009 B872

《穿越：戈诺沃节奏的室内乐，第三卷》(2006)

格诺·沃尔夫冈

古典乐 CD

《针织不再是烦恼：基本技巧及易学指导，适用于所有尺寸的服装》(1917)

伊丽莎白·齐默尔曼 著

746.21 Z73

如果你想象一座图书馆可能会包含的所有东西，恐怕一时间并不会想到太多。比如，你不会想到，洛杉矶图书馆里其实收藏了大量餐厅菜单，最早开始于图书管理员丹·斯特拉尔和比利·康纳，以及一位来自帕洛斯韦尔德斯的眼科医生。这位眼科医生从1940年起收集菜单，后来向图书馆捐赠大部分收藏。他用这些菜单作为约会生活的日记本，在很多菜单的背面写了笔记，记录哪位女朋友陪他去了餐厅。除此之外，还有很多你意想不到的东西。在艺术和音乐区的一组盒子里，你会发现"转身剧院公司"的戏服、道具，还有又大又可怕的木偶。这家成人木偶剧院于1941年至1956年期间在洛杉矶蓬勃发展。在这个分区的其他地方，还有藏书票、水果箱标签、乐谱封面和电影海报收藏，以及美国最大规模的斗牛资料收集，当然——还有卢米斯的亲笔签名。在负责数字化的高级图书管理员泽奇特尔·奥利瓦完成编目工作后，那些来自洛杉矶抵抗军的反战海报和小册子也会加入到图书馆的"短时效物品收藏系列"当中。图书馆里有那么多藏品，那么多书，多到我有时甚至很想知道，是否有人能够知晓这里所有的事物。当然，相比之下，我更喜欢这样想：图书馆比个体的思想更为广阔、更为宏伟，它需要许多人共同协力，才能够形成对其自身收藏之物的完整索引。

　　在图书馆里，我没料想到的事是关于音乐的。我知道这里藏有各种音乐相关书籍、CD 和盒式磁带，但不知道竟然也有可以拿来直接进行演奏的乐谱。一天下午，我和艺术与音乐区的高级图书管理员希拉·纳什在一起，她示意我跟她一起回到房间中央。截至目前，我对艺术与音乐区的每次访问都充满期待——这个部门寂静无声，几乎有些令人昏昏欲睡，虽然挤满读者，他们却都在温柔而沉默地翻阅着开本巨大的艺术书，或排队等候在桌旁，询问在哪里可以找到大提琴的理论书、抗议歌曲相关图书或《钉珠与纽扣》杂志的最新一期。"艺术与音乐"的定义很宽泛，它下面的分类包括手工艺、运动、游戏、园艺、集邮和舞蹈等，广泛程度令人费解，以至于在不久前，这个区的名字终于正式改为"艺术、音乐与娱乐"。

纳什和她的丈夫罗伊·斯通在洛杉矶图书馆加起来一共工作了七十九年（在我采访他们之后不久，两人就都退休了）。格伦·克雷森和斯通在火灾发生后，立即去寻找纳什的手提包，当时他们发现专利室已经烧焦了。纳什和斯通都是热爱图书馆的人。除了担任高级图书管理员外，斯通在图书管理员协会中当了很多年会长。他曾向我吐露，之前在市中心一家分馆工作时，当地毒贩经常来图书馆，请他帮忙填写纳税申报表。他认为，在图书馆所扮演的众多罕见角色中，这是一个颇为完美的例子：图书馆是一个政府实体，是一片知识的海洋，是一个不带有任何批判性、拥有极大包容性且基本上非常友好的地方。

在把我带到房间后方之前，纳什正在打电话，帮助一个想要知道迪齐·迪恩的出生年份的人。她用嘴型向我暗示——"他明明可以直接用谷歌搜索的"，然后伸手指了指电话听筒，耸了耸肩。她的办公桌上乱七八糟，堆放了好几本《好莱坞报道》、一本关于美国总统家居的书、一本名为《异想天开羊毛织物》的小玩具编织指导书、一本赛马杂志、一本国际象棋杂志，还有一本最新出版的英国版《VOGUE》。

当她终于将迪安的生日告诉了电话里那个男人之后，我们穿过书架，在一只巨大的文件柜旁停了下来。纳什打开了文件柜的一个抽屉。里面有几十张管弦乐乐谱，黑色音符在八条横杠上翩然起舞。该部门拥有两千多份管弦乐乐谱，每份都有每种乐器在乐曲中的对应配器谱。这些乐谱就跟书一样厚。1934年，当洛杉矶交响乐团创始人小威廉·安德鲁·克拉克将自己收藏的七百五十二首乐谱交给音乐部门时，图书馆就正式开启了乐谱收藏之路。下一批收藏则是在1948年增加的，当时图书馆直接收购了一座专门承接管弦乐乐谱租借业务的小型图书馆，此后，乐谱藏品数量一直稳步增长。除了乐谱之外，图书馆还拥有成堆的乐谱笔记。主要捐赠者为作曲家梅雷迪思·威尔逊，他在20世纪60年代中期捐赠自己的全部藏品。不久之后，他所写的戏剧《音乐人》在百老汇正式上演，并成为1962年最成功的歌舞剧之一。

这些乐谱的售价非常昂贵。每份乐谱的价格从三百美元至九百美元不等。管弦乐团里的音乐家都需要对应自己乐器的乐谱才能演奏。假如每位音乐家都需要自己购买乐谱，那可能会是一笔难以承受的开支，尤其是对那些小型管弦乐团而言。洛杉矶有几十个管弦乐团和音乐演奏团体，比如洛杉矶医生交响乐团、巴拉莱卡管弦乐团、橘子郡吉他乐团、内城青年管弦乐团等，这份名单还在不断增加中。洛杉矶的在职音乐家比美国任何一座城市都多。它还拥有全国为数不多的、能够借出乐谱的图书馆之一。这些事实的共存似乎并非偶然。

纳什管理着音乐相关藏品的借用与归还，同时也是大量相关秘密的守护者。古典音乐界规模较小，竞争异常激烈。沙漠交响乐团不想让亚美尼亚仁爱总联盟管弦乐团知道他们在冬季的演出计划，菲律宾裔美国人管弦乐团也不想让新谷交响乐团知道自己的计划。不过与此同时，他们也不希望彼此的节目有重复，比如最后两家都在叫卖勃拉姆斯《德意志安魂曲》的门票。纳什拥有一种周密谨慎的天性，如果她知道某个室内乐团刚刚借用了伊戈尔·斯特拉文斯基的《三首弦乐四重奏小品》，那么她将会采取一种极为微妙的手法，指引另一个室内乐团远离这份乐谱。与此同时，她也拥有宽容忍耐的天性。音乐家们似乎总是不记得他们的乐谱应该在什么时候归还图书馆。其中一些借阅者已经累积了高达一万两千美元的逾期罚款。"嗯，他们都是些很有艺术修养的人。"纳什边说边整理出了一堆里姆斯基－科萨科夫的乐谱，"他们似乎都拥有一种将东西放错地方的才能。"

29

《民事诉讼程序手册》（1979）

加州市政法院书记员协会 编纂

347.9 A849

《硝化甘油与硝化甘油炸药》（1928）

福基翁·P.纳乌姆 著

所属系列：世界化学译丛第一辑

662.2 N194

《火焰信息的奥秘》（1983）

卡罗尔·法利 著

X

《怪力乱神：新宗教与邪教争议》（2001）

詹姆斯·R.刘易斯 编

291.0973 O225

1988 年 6 月 8 日，洛杉矶市——以维多利亚·钱尼为代表——在高等法院第 672658 号档案中撤销了哈利·皮克的案件，并将结合哈利对本市的诉讼与本市对他的诉讼来对付哈利。钱尼法官最近跟我谈论过这个案件。她说，尽管市政府对哈利的指控来势汹汹，但她觉得哈利很讨人喜欢。在遇见哈利时，他看起来非常年轻帅气。在哈利身上有一点略显无辜；他一点也不世俗，而且从来不会令人感到冷酷无情。不过话说回来，钱尼认为他身上有些悲剧特征。"他总令我觉得他已经彻底迷失了方向。"我们坐在她在联邦法院的办公室里时，她这样对我说道；"他有一段凄惨的童年。成年之后，又总是在一份工作和另一份工作之间来回辗转。"除此之外她还告诉我，她不信任史密斯神父，这个人经常穿着黑色长袍，戴一个镶嵌了宝石的十字架。钱尼对他略知一二，知道他是如何将那些孤独的人吸引到他的宗教团体里。她认为史密斯神父对于哈利而言，已经成为父亲一般的存在。

在新一轮的证人陈述中，哈利的证词开始坚持一份与他刚面临刑事指控时截然不同的时间表。哈利现在坚称，他过去所说的在市区观光和送文件的事情都是不真实的。他说，4 月 29 日清晨，他跟室友们在家里度过。上午 10 点，他开车到可敬的威尔基那里治疗脚疣。治疗持续了将近一个小时，然后他、威尔基和史密斯神父三人共进午餐。当他们的服务员正在清理桌子时，提到图书馆着火了。这是哈利第一次听说此事。他说，那天下午晚些时候，他对那场火灾的陈述仅仅是他讲给朋友听的笑话而已，自己所说的一切都是捏造出来的——包括帮助过一位老太太，以及被一位英俊的消防员带走等，都是假的。"我是朋友们关注的焦点，他们当时都相信我。"他作证解释了声称是自己引起火灾的原因。哈利说，自己唯一的罪行就是过于天真，他说："我没想到自己会因为这个故事而被捕。"

钱尼接着请威尔基神父宣誓作证。在宣誓后，神父表示他的专业是足病学，和克拉克神父一起管理美国东正教教会——这是一个小型且独立的教会。克拉克神父帮助威尔基神父管理他的诊疗室，还兼职做他的司机，因为威尔基神父身体不好，不被允许开车。威尔基说，他第一次见到哈利·皮克是在1984年，当时哈利来找他治疗脚疣，现在他已经把哈利当成朋友。

钱尼向威尔基询问了火灾当天的更多细节。他回答的内容跟哈利一模一样：在10点左右见到哈利，治疗结束后一起吃了饭。突然，威尔基向前一倾。钱尼停止了她的询问。"对不起，神父，你哪里疼吗？"她问道，"我注意到你正紧抱着胸口。"

威尔基抓住自己的胸口，用一种断断续续的声音继续说道："是的，有一点。"他又停顿了一会儿，然后接着说："我一分钟前……五分钟前……吃了硝酸甘油之类的药品。这对心脏有些帮助。"钱尼问他是否需要休息，他摇摇头回答道："我……我……我想把这事完成，谢谢。"他并不想休息，因为担心自己一旦休息，就会睡上好几个小时。"让我试着……试着忍一忍。"他说，然后重新振作起来，开始详细介绍在法国市场咖啡馆午餐的细节。

洛杉矶市政府就为何坚称哈利·皮克应该对火灾负责提出了自己的论点：他的不在场证明前后矛盾；好几个人在一组照片中认出了他；有"可供审判的决定性事实"表明他有罪。钱尼再一次详细列举了火灾给洛杉矶纳税人带来的损失：六十二万五千美元用于购买灭火及保护书籍时所使用的锯末及救护罩；三百万加仑水，"具体费用还待确定"；更换或修复一百多万本藏书的费用；建筑物损坏的修理费；受伤消防员的医疗费用。本案最重要的一个论点，是假设火灾是由"非自然"原因所造成的。是否是人为纵火，之前从未引起过任何争论；调查人员宣称此案是人为纵火，他们的评估旋即被判定为事实。正如钱尼所说，调查人员"排除了所有意外的、自然的或是机械的失火可能……换句话说，火苗是从人手里拿着的明火开始的"。

　　中央图书馆的火灾案令我感到极为困惑。尽管已经尽力去理解，但还是不能说服自己就是哈利放的火。没错，他确实符合一般纵火犯的特征：年轻的单身白人男性。但大多数纵火犯都有烧掉东西的心理冲动，在童年时就开始表现出这方面的强迫行为。据我所知，同时也据所有档案记录所显示，哈利此前从未有过纵火的经历。他申请了一份消防局的工作——或者只是他的个人说法——也许是因为他对消防的兴趣比其他人意识到的还要多。但是，实际情况是有很多人都在申请，而且绝大多数都不是纵火狂。尽管哈利说自己要当演员，但他对消防员的兴趣来源还是有一定道理的。消防员这个工作具有戏剧性，算是英雄，也有社会地位。他父亲说，可以想象哈利会去焚烧一座空置的大楼，这似乎只是一种笨拙的表述，即他认为哈利可能会凭冲动行事，对一座无关紧要的建筑做出不负责任的行为，但他不是那种想去破坏一座美丽、重要且充满生机的大楼的人。

　　在市政府提出新理论之前，没有人提到任何与动机有关的观点。调查人员认为，哈利去图书馆时并没有恶意，但当警卫将他拒之门外后，他开始心烦意乱，一气之下就放了火。这个理论确实有一定的逻辑性。但哈利与警卫之间的冲突似乎更像是一件琐碎小事，并非有挑衅性质，而且，哈利似乎并不是那种会对一次微小的责骂就做出强烈反应的人。但哈利在询问中曾经提到，在门口拦住他的警卫是非裔美国人——这究竟是一次无意识间的提及，还是意味着更多内幕？根据 2015 年的一项调查，在哈利的家乡圣菲斯普林斯，只有不到百分之四的人口是黑人。在他成长的过程中，这个数字可能更小。我从未听说哈利是种族主义者，但注意到他一再提及警卫的种族。

如果他感到愤怒，很容易就能溜进图书馆的角落，划下一根火柴。也许除了一个小小的挑衅手势外，哈利什么也没有干。又或许他用火柴点燃了一本书，却没有考虑接下来会发生些什么。在调查的早期，哈利告诉探员托马斯·马卡尔，他认为纵火的人并不是有意将火烧这么大的。也许哈利并不会放火焚烧图书馆这类庞大建筑，但他会不会在情绪不稳时疯狂划动了火柴呢？我可以想象：哈利可能会因为警卫有点不耐烦，在此之后，每当有馆员来阻止他时，他都感觉受到了更大的冒犯。他可能从口袋里摸出了一纸板的火柴，什么也没多想。但之后，也许就发现自己身处僻静的地方，独自站在被烧得嘎吱作响的书报堆中了；演员哈利·皮克，总是处于被人注意的边缘，实际上却老被人忽略，形象一天比一天破旧陈腐，乐观的情绪正在瓦解，没有什么事情像他想的那样发生，一点也不像他对周围人甚至对自己吹嘘的版本。也许他让自己从满满一纸板的火柴当中取下一根来，将火柴粗糙的橘黄色头部轻轻地划过磷面，突然间，他手里掌握了火焰，于是开始为自己的勇敢感到振奋，那一刻，他认出了那个总是敢为人先、令人钦佩的孩子，他没有想象下一分钟或接下来七个小时会发生些什么，就在那一刻，他几乎处于一种脱离肉体的亢奋状态。当他看到火焰咬上了书，顿时意识到这是他无法控制的事情，我可以想象他匆忙离开，争分夺秒逃走，就像你打破了妈妈最喜爱的花瓶一样——不是因为你对它感到难过，而是你知道将要为此付出巨大的代价。

钱尼法官更倾向于认为哈利故意纵火是想引起其他人注意。在这方面，他简直贪得无厌，无法满足。但哈利通常的招数是夸耀一些闪光的东西，比如，他跟雪儿去喝酒了。他想展示一个由名流和巨星构成的生活版本。在一座公共建筑里放火这种事，并不能令他像通常自吹自擂时那样感受到他人的欢腾热情。纵火并不迷人。这是一桩凶残且丑陋的罪行，受到城市里所有人的谴责。承认是自己引发了火灾，确实可能使他成为新闻事件的焦点人物，但也让他在许多人眼中变得可鄙可憎。他真的想要那样的关注吗？正如德米特里·霍特尔斯告诉我的："哈利一直在让人们感到开心。"这场大火并不符合这一点；它过于阴暗，过于真实。

但哈利确实告诉过人们是他引起的火灾。面对调查人员时，他不断地修改自己的证词。如果只是一个小谎，为什么还需要一次又一次地去修改自己的不在场证明呢？他为什么没有通过测谎仪？1986年4月29日早上，他到底在哪里？如果他不在图书馆，他又是怎么知道那天早上的细节？如果不是他干的，那是谁干的？

几年前，我在《纽约客》上读到过一个令我毛骨悚然的故事。作家大卫·格雷恩在他的文章《火刑审判》中，讲述了得克萨斯州男子托德·威林厄姆的故事——1991年，他因纵火杀害自己的三个孩子而被定罪。对威林厄姆不利的关键证据是不断蔓延的大火在房子里留下的痕迹，纵火调查员称之为"烧灼痕迹"。纵火者长期以来的一个信念是，火在其发源地燃烧得最为炙热。房子木地板上最深且最暗的碳化痕迹就在孩子们的床下；而且，床下没有任何东西可能会自发起火。因此，调查人员认为是有人故意纵火。当晚，除了孩子，唯一在家里的只有威林厄姆，他声称火灾开始时自己一直在睡觉，之后也尽可能去救孩子。最终，威林厄姆被判定有罪，主要是因为烧灼痕迹显示是从孩子们的床下起火的。他被判处死刑。在所有上诉都失败后，他于2004年被判刑。

威林厄姆一直坚称自己无罪，他的家人要求一位著名的科学家兼火灾调查员杰拉尔德·赫斯特博士在行刑前不久重新审理此案。赫斯特开始试图确定是否真的是纵火案。他认为起火地点的分析是错误的。尽管孩子的床下有严重的烧灼痕迹，但他并不相信火是从那里开始的。赫斯特又检查了一遍房子。以法医学观念来重新审视所有证据，表明火灾从前廊开始，那里有一颗火花从小炭火架上溅到地板上。火焰顺着大厅窜进孩子的卧室。他们床下的严重烧灼痕迹，只能证明火在那里停留了很长一段时间。不过赫斯特的分析结果为时已晚，无法改变威林厄姆的命运。但这项分析成功引起人们开始高度关注火灾发源地假设的可靠性。

早在1977年，法医学家就警告说，纵火调查的现行规范大多都含有虚构臆造的成分。如果一栋被烧毁的建筑物的窗户变得油腻，调查人员普遍会认为一定有人使用过助燃剂，并在玻璃上留下了残留物，因此是人为纵火。但是，现代建筑材料中充斥着石油产品，如果发生燃烧，这些产品极有可能会在窗户上留下残留物。据推测，极热的火势是由助燃剂造成的，这表明发生了纵火事件，但科学家们现在已经了解到，火灾的温度与成因并无直接关联，也与是故意纵火还是意外发生无关。烧灼痕迹是威林厄姆被定罪的核心因素，这比其表面上看来的"证据确凿"更加具有误导性。实际上，烧灼痕迹并不能说明火是从哪里开始的，只能表明火在某个时间段曾经停留在那里。燃烧最严重的区域并不一定是起火的地方。

关于如何调查火灾的第一份科学报告发表于1992年，也就是中央图书馆火灾发生的六年之后。这份由美国国家消防协会发布的报告中驳斥了许多关于纵火的假设。它特别反对被称为"否定本体"的法律原则，这一原则通常被用作判定蓄意纵火的证据。从字面上看，"否定本体"一词的意思是缺乏一个主体。它假设如果没有任何证据可以表明某一案件不是犯罪案件，那么该事件即可被判定为犯罪案件。在发生火灾的情况下，否定本体原则意味着一旦排除了所有意外来源，即使没有确凿证据证明失火是因为纵火，该火灾也将被视为纵火案。如果没有证据表明火灾是如何发生的，就直接假定火源是打火机或火柴盒，而且已被从现场拿走。这就像是找到了一具尸体，排除了明显的死因，比如心脏病发作或中风，然后宣布为谋杀案，即使此时没有确凿的证据表明此案就是谋杀案。这忽略了死亡存在由未被发现的自然因素引起的可能性。

多年来，法律学者和法医学家一直对否定本体原则提出质疑。震颤婴儿综合征是另一个依赖否定本体原则的理论，其造成的后果是灾难性的。震颤婴儿综合征背后的逻辑是完全反向的，就像纵火一样。如果一个婴儿死亡，而且似乎没有明显的自然原因，警察过去通常会认为一定是有人通过剧烈摇晃杀死了婴儿，这种方法几乎不会留下任何明显的痕迹。神秘的死亡被归因于一种看不见的杀人手法，而不是因为婴儿本身很脆弱，可能死于我们并不理解或需要很长时间才能发现的生物学原因。在过去,父母或护理人员被判杀害婴儿是基于否定本体这一不合逻辑的原则。十年前,医学期刊和法律分析人士开始对震颤婴儿综合征背后的思维逻辑和否定本体原则的合法性进行争辩。一些儿科医生和法医曾在这些案件中为控方作证,现在他们为辩方作证,并且许多震颤婴儿定罪也被推翻。

美国消防协会的报告强调了误判火灾发生地点的危险性,特别是在起火点被认为是火灾调查关键因素的情况下。每栋建筑内部都有可能存在引发火灾的物品。如果调查员宣称火灾发生在仓库地板的中央,或是在一个没有什么家具的起居室中央——远离任何易燃物品——那么很自然就会得出有人纵火的结论。

但要得出这个结论,就要先确定火灾究竟是从哪里开始的。在大多数已被推翻的纵火案中,起源地的认定都是错误的。以托德·威林厄姆案件为例,火从孩子的床下开始的说法,和火是从炭火架旁的门廊开始的说法,两者之间就左右着一条生命的生与死。在1995年伊利诺伊州的一起案件中,一位名叫威廉·阿莫尔的男子被指控纵火杀害岳母。火焰灼热,在完全闪络的状态下燃烧了十多分钟。调查人员依然相信,他们能够辨认出房间中的初始火源位置,尽管此时房间只剩下几根木头和烧焦的地板,他们也对此深信不疑。阿莫尔因过失杀人罪被判处四十五年有期徒刑,依据是纵火调查小组的声明:火灾一定是由阿莫尔故意将点燃的香烟扔到地板上引起的。最终,他的案子被以更严格的科学方法进行核查。在对照研究中,像在阿莫尔案件中一样炙热的大火中,精确定位火源地的准确率在百分之六到百分之十之间,这表明几乎不可能正确判定起源点。另一项研究证实,点燃的香烟不可能引发足够摧毁公寓等级的火灾。经过更严格的研究之后，用来给阿莫尔定罪的证据转眼就土崩瓦解了。于是，在入狱二十二年后，他于 2017 年获释。

中央图书馆通风不良，落地扇破旧不堪，灯的插座也有火花迸溅的吱吱声，还有极高的"火灾荷载"——这是每平方英尺可容纳易燃物品的量度。所有这些可能引起火灾的原因都被调查员直接排除在外，因为他们确定起火点就是书库书架上的一小块区域。书架上的任何东西都不可能自燃，调查人员就直接得出结论：起火的唯一可能原因是"有一个人手持明火"。

但是，如果中央图书馆火灾的火源并不是发生在调查员所认定的地方呢？ 2011 年，当过消防员的现纵火调查员保罗·比伯成立了一个专门的纵火研究项目团队，以"无罪计划"组织为原型，后者成立的目的在于重新审查他们认为是错误的重刑罪定罪。纵火研究项目做的也是同样的工作，不过目标主要集中在纵火案上，特别是有人因此丧命的案子。比伯喜欢称自己为"法医学极客"。他对纵火案的怀疑始于 1997 年，当时，他正在调查一个名叫乔治·索里特斯的人，此人被指控犯下三起纵火谋杀案。调查人员将地板上的污迹标记为助燃剂的倾泻痕迹，尽管化学分析并没有发现房子里有任何使用过助燃剂的迹象。索里特斯被判无期徒刑。十三年后，在根据美国消防协会的新建议重新进行调查后，将这些痕迹作为助燃剂使用的证据被科学地排除掉了。人们一直没有找到起火的真正原因。因此，索里特斯被释放了。

"索里特斯案让我发现了火灾定罪和相关证词中的各种谬误之处。"比伯最近告诉我，"起火点被草率地判定出来，并不能提供任何对应的科学依据。"比伯开始相信，许多纵火案调查人员所提供的证词，其实不过是出于善意的职业敏感，并没有真实可靠的实证依据。他不认为这是调查人员故意歪曲讯息，而且他们也不是一直在出错。他认为，真正的问题在于，他们所给出这类解释的基础依据是有问题的。在没有坚实的科学依据来支撑他们的现场发现的前提下，比伯认为，这类由消防界人士所提供的证词理应被视为普通的参考证词，而非一锤定音的专家证词。因为专家的证词应该是基于可重复的科学方法之上的系统分析，但陪审团往往认为消防界人士所提供的证词具有特殊的权威性。

比伯怀疑许多纵火案的定罪都是基于有漏洞的现场调查。威林厄姆大火被认为是纵火研究项目的经典研究案例之一。自那以后，比伯和他的工作人员已经审查了数十起他们认为存在问题的纵火案。当他们使用科学方法而不是纵火调查的陈旧信条来重新调查后，发现这些案件中有三分之二并非人为纵火。相关定罪也都是错误的。

关于误判纵火的统计数字令人震惊。在全国范围内，这一比例与纵火研究项目在研究案例中发现的数据相同：经过重新审查的火灾案件中，有三分之二的火灾实际上并不是由纵火引起的。免责登记处收集了有关推翻重刑罪定罪的统计数据，这些与案件相关的数据起始于 1989 年。截至目前，该项目总共列举出了一千五百起被推翻的定罪。其中三十起为纵火罪。十起火灾确实是纵火，但被判有罪的是错误的人。另外的二十起火灾案件中，科学家证明了这些火灾并非故意纵火，而是由一些普通物件偶然引起的，比如发生故障的小型取暖器。在这些案件当中，无辜的人们被判犯下了自己从未做过的罪行。

比伯告诉我，许多火灾调查员认为他对纵火的评估速度过快，对调查人员所需掌握的技术手段也过于挑剔。他也明白，在火灾中很难找到有力的证据。"在火灾现场走动是非常困难的，"他说，"即便调查人员千方百计地抵达了火灾源头，由于环境过热，也很难真正接近那里。好不容易过去之后，又要将水倒在上面，架子和家具倒塌，整个区域都是碎砖。在如此恶劣的情况下，你竟然还要想着能不能找到可靠证据！我告诉你，几十年来，嫌疑人都是被这些摇摇欲坠的证据给送到监狱里去的，这种做法实在太过疯狂了。"比伯处于纵火理论的极端边缘，但越来越多的调查人员开始相信研究纵火的老办法正如比伯说的实际上是"胡说八道"，他与业内主流思想之间的距离也正在逐步缩小。

我整理了一份关于中央图书馆火灾的相关资料，资料很厚，包括洛杉矶消防局和国家消防协会发布的报告。报告几乎以一分钟接一分钟逐步推进的方式描述了火灾的详细路径。查阅他人发布的档案资料，根本无法与实际的现场调查相提并论，比伯警告我说，从他人的研究成果中得出自己的结论是不可能的。看过那些资料之后，我依然对他的指导意见很感兴趣。自从我第一次同他谈话以来，一直在思考关于中央图书馆火灾的调查情况。这场火灾发生于 1986 年，离国家消防协会的最终指导方案公布还有六年时间。自那以后，这个领域已经开始逐步远离许多长久以来坚持的假设性推理，转向协会建议的基于科学的硬派做法。分析纵火案的惯例——关于如何观察烧灼痕迹、火灾温度和混凝土剥落，以及是否有明显的原因证明火灾是由纵火所导致——纵火调查员们内部代代相传的这套假设性推理方法被推翻了。监狱的门锁，开始为那些被事实证明并没有真将房子点着的冤假错案受害者打开了。纵火案调查在图书馆被焚毁后的那段时间里发生了显著变化。

我说服比伯检视中央图书馆火灾的资料，便将资料直接发了过去。几周后，他给我写了一封长长的邮件。我突然意识到，自己竟然在这场大火的世界里沉浸了四年多。现在，如果我选择相信比伯给出的分析，或许会有什么东西能够令这段经历变得更有意义些。无论如何，我开始仔细阅读这封邮件。"在报告所述情况下，火势起源地……比东北区书库二层大致区域更明确具体的判断皆是不合理的。基于一个更明确的着火点的猜想皆是不合理的。"他这样告诉我。根据他目前所掌握的资料，确实能够明确的一点是：准确判断出火源地点几乎是不可能办到的，特别是在大火燃烧了将近七个小时、将所有触及的东西都烧成灰烬之后。比伯说，他认为比较合理的当时情况是：火灾确实发生在东北区书库内的某个地方，因为消防员首先是在那里发现烟雾的，但确定一个更具体的着火点是很不现实的。然后，在这大片区域内，有很多物品可以在没有任何人参与的情况下轻易引发火灾。在这封邮件的最后，比伯写道："事实上，即便整个空间只是完全燃烧了两分钟或三分钟，然后数千加仑的水被灌进隔间里，水泥墙被千斤顶锤打穿，书架倒成一片……想要弄清起火的具体地点也是件愚不可及的事情。这不是口头上说做不到，而是他们根本就无法办到。"

比伯继续补充道，一旦调查人员怀疑是人为纵火，他们就会开始寻找证据来支撑这一怀疑，并且很可能会停止调查那些实际上很有可能的意外原因，比如电线和咖啡壶。他们相信，火灾是由"一个人手持明火"造成的，并试图去证实这一点。"到头来，我还是无法知道1986年洛杉矶中央图书馆起火的真正原因，"比伯写道，"但是，他们（调查人员）其实也跟我一样。"当我将比伯所说的这些话告诉一些火灾调查人员时，他们的态度是不置可否。"只有成功收集到所有事实的人才有资格对火灾的成因发表意见。"罗恩·哈默尔说,他是当时参加救火行动的其中一名消防队长,描述过图书馆里的火焰是可怕的苍白无色状态。他继续补充道,不管是什么人,只要没有证人和证词,没有亲自检查过现场,那就不可能发表真正专业的意见。

我看到邮件后,马上给比伯打了个电话,让他再讲讲他的想法。关于那场火灾,我们两人谈了很久,他解释了自己对于这起案件的看法。比伯将哈利的供词和笨拙的不在场证明归因于他性格中的怪癖,再加上处于压力之下的人,本身就经常会做出虚假供词和错误陈述。比伯说,如果消防局能够提供哪怕任何一项能够站得住脚的重要证据,地区检察官都肯定会指控哈利。因此,洛杉矶市政府最终拒绝起诉这一事实,实际上也证实了这一切都只不过是消防部门的猜测和臆断而已。还有,这次的嫌疑犯对他们而言可以说是一个完美的目标——哈利是个沉迷于吸引外界注意的人。比伯说,他们既没有恶意,也没有想要伤害哈利的意愿,只是一系列错误的假设,加上一个本身就容易受到苛责的人,才造成了这种结果。"归根结底,他们是警察——警察本来就喜欢逮捕人,"比伯说,"事情就是这样。"

正要挂断电话时,比伯又说了一句话:"在我看来,他们恐怕是抓错人了。"他深吸了一口气,补充道:"实际上,恐怕也没什么人是他们真正要找的。"

30

《明日图书馆研讨会》（1939）

艾米丽·米勒·丹顿 著

020.4 D194

《图书馆服务的未来：人口学角度视野及对应影响》（1962）

弗兰克·利奥波德·希克 著

027.073 S331

《未来图书馆：洛杉矶公共图书馆分馆设施总体规划》（1985）

洛杉矶公共图书馆 出版

027.47949 L881Lo-4

《图书馆技术：为什么图书馆在谷歌时代比以往任何时候都重要》（2015）

约翰·G.帕尔弗雷 著

025.018 P159

深冬时节，我跟中央图书馆馆长伊娃·米特尼克一起待了一天。碰巧这一天正好是她当馆长的最后一天，因为她刚刚被选为新成立的"事务与学习部门"主管，米特尼克将这个职位称为自己的"理想工作"。新的部门将处理图书馆与公众之间的各种联结方式，包括志愿者项目、暑期阅读和所有针对新移民的服务。洛杉矶是最早创建这项服务的图书馆之一。自 2016 年推出以来，全国多个图书馆纷纷效仿。

米特尼克身材瘦削，但不知何故，她看起来简直像个精灵，拥有一张漂亮的脸庞和一双润泽晶莹的眼眸。她的身上流淌着图书管理员家族的血脉。她的母亲，维吉尼亚·沃尔特，在洛杉矶图书馆系统内部工作了几十年。当维吉尼亚周六要上夜班时，经常会带着米特尼克一起去图书馆。所以，米特尼克从小就在书堆之间闲逛，在借阅台后面玩躲猫猫。米特尼克称自己为"图书馆捣蛋鬼"，她告诉我，在自己认识的孩子里有许多最终也成为馆员，部分人跟她一样在洛杉矶公共图书馆系统中工作。米特尼克一生中大部分时间都在图书馆里度过。在以一个蹒跚学步的孩子的视角经历过那些周六夜班的日子之后，1987 年，她正式开始在这里就职——那时她在图书馆学校上学，还没有真正毕业呢。

按照洛杉矶这座城市的普遍标准，我跟米特尼克共度的那一天非常特别：天空灰蒙蒙一片，阴雨绵绵，非常潮湿。雨并非倾斜而下，而是直直地进溅到地面上，发出沉闷的声响，硬币大小的雨滴在人行道上反复弹跳，像是那种你用力拧干湿毛巾时会不小心溅出来打湿衣服的水滴。当我开车去图书馆时，沿路经过了好几只翻倒在地的垃圾桶，它们在丘陵般上下起伏的街道上被大风刮倒，然后直接滚落下去，要么就是被挡在路边，撞到停靠的汽车，僵持在了那里。垃圾桶那么大块的物体挡住水流，形成了不断泛起泡沫的水洼。我知道，图书馆今天会很忙碌；每当天气不好的时候，住在街上的人们都会被吸引到舒适的阅览室里去。

我到的时候，米特尼克已经在她的办公室里了。她正在啃一个看起来很干瘪的三明治，同时盯着电脑屏幕上一个名为"迎接挑战：重新设想公共图书馆"的网络研讨会。全国还有一百多个图书馆的馆长也加入了这个会，可能也在嚼着自己的干瘪三明治。米特尼克将音量调低，在咬东西的间隙匆匆地记着笔记。管理中央图书馆对她而言是一次巨大的飞跃。她在图书馆的头二十八年里，大部分时间都是在不同的儿童部门做着一些与实际操作相关的基层馆员，而不是一名管理人员。最近，她又回到了儿童部门：除了管理中央图书馆之外，她现在还担任青少年和儿童部门的主管，因为预算削减和随之而来的人员缩减，迫使剩下的馆员不得不加倍地承担责任。随着研讨会的继续，米特尼克拿出一份日程表，回顾了当天的安排，其中包括许多外部联络活动，而非与书相关的活动。今天早上9点，她在这里与卫生部的工作人员会面，后者向全市的图书馆馆长们提出建议，这座城市里大约有四万五千名无家可归的人，这伴随着一些更为严肃的细节——比如如何在无家可归者身上寻找臭虫与虱子，如何发现肺结核的症状，等等。在会面期间，米特尼克离开了一分钟，去查看隔壁房间的另一个研讨会，那里的馆员正在接受如何教导孩子计算机编码知识的在线培训。然后，她冲到大厅里，去核实一群负责在马克·塔普礼堂旁的庭院里摆放盘子和玻璃杯的宴会承办人是否已经到位。这天中午，图书馆职业网络高中的第一个班级即将正式毕业，毕业典礼结束之后，学生与他们的家人将被邀请共赴庆祝午宴。

网络研讨会和她的三明治差不多在同一时间告一段落，然后，米特尼克跟我一起下楼，去了图书馆主厅旁边的一个房间里。那里有一长队人正从房间门口蜿蜒排开，一直延伸到大厅里，队伍几乎一直排到了借阅台旁边。米特尼克向我解释说，这是"万物之源"项目的一次试运行——原来就是约翰·萨博在我跟他共度的那天里提到的、来自全市各地的社会服务机构在图书馆内的一次大型聚会。米特尼克和萨博认为："万物之源"的优势在于，人们可以在一个大会议室的空间内搞定他们所需的所有服务，而不需要先从一栋大楼里的退伍军人服务中心走出来，再到另一栋大楼里领取食物券，然后再从又一栋大楼拿到住房补助。如果一切顺利，萨博和米特尼克希望能够定期在图书馆里举办"万物之源"项目。米特尼克最近注意到，除了借书之外，人们似乎真的很喜欢在图书馆里聚会。她在讨论小组和电影放映中看到了巨大的人流量，最近约有两千人参加了一场创客大会，这是一个由技术爱好者、玩客和工匠共同组织参与的大型集会。

　　"万物之源"的大门还没有打开，但长长的队伍似乎已经对这个项目表达出了由衷的认可。"没错！"米特尼克挥舞着拳头喊道，"我就知道！大家都来了！"她全力支持图书馆在社会服务中发挥作用，但她也有自己的局限性。她告诉我，作为中央图书馆的负责人，她最大的成就之一就是消除了她口中常说的所谓"罪恶的小隔间"——即每个图书馆部门都存在的单人阅览室，为访客提供了私密空间。但是问题在于，有些人认为这些私密空间的最大价值并非阅读，反而是性行为或毒品交易。"各种可怕的事情正在那些空间里发生，"米特尼克说，"不过话说回来，我只是单纯觉得没有必要继续保留这些小隔间。实际上，没有人有理由拥有图书馆里的免费私人工作间。所以隔间就被移除了。”

来自社会服务机构、食物银行和精神卫生组织的社工将塑料桌子摆成一个大的 U 字，如此一来，人们就可以像在自助餐厅里排队时那样，从一张桌子移步到另一张桌子。米特尼克和我在洛杉矶无家可归者服务局的一位工作人员旁边找到了座位，这位工作人员在身上所有能穿孔的地方都穿了孔，脑袋后面扎着马尾辫，他说自己叫赫克托，面前的桌上摆了大约四十支圆珠笔，旁边放着一本装满已预先填好部分内容的申请表格的笔记本。

“我们正在做的这些事——”赫克托一边对米特尼克说话，一边微笑着在笔记本上轻叩，仿佛敲出了所说话语中的重音符号似的。“真是——”轻叩，“——太棒了！”

房间里一旦准备妥当，米特尼克就开始向警卫斯坦·莫尔登示意，后者正站在队伍的起首位置。莫尔登点了点头，让到了一边。队伍开始在门口拥堵起来，然后又逐渐在房间里蜿蜒前行。我看了一眼米特尼克，当一排排人走进来时，她的脸上保持着微笑。“看到了吗？”她对我说，声音听起来很兴奋，“看到了吗？”

那么多人走了进来，他们如此渴望得到信息。由于人实在是太多了，我被迫成为一名现场信息录入人员。我的工作是如实写下来访者们的名字，询问一些关于他们自己及其所要求权益之类的基本问题。我觉得很紧张——坦承这点并不令我心里感到有多舒坦。实际上，我一直都很害怕那些无家可归的人；或者说得更确切些，我害怕身处他们周围时总会感受到的那种可怕的不可预测性。几年前，当我们一行人在纽约人行道上行走时，有个无家可归的女人突然冲了过来，挥拳猛击我的胸部。如今，在被众多无家可归者包围的情况下，害怕的感觉也变得更加强烈了。不过，令我想象不到的是，人们从一张桌子缓缓移步到另一张桌子，每个人都安安静静，表现得很有风度，甚至对队伍的缓慢移动过程也很有耐心。在他们当中，有些人的衣着十分整洁，有些人则穿着破破烂烂的衣服，上面的污迹经年累月地积累，仿佛已经形成了如皮革一般的光泽和纹理。在我这里第一个录入信息的，是一位颇有些女王气场的女士。她的手里拎着一只大小跟水果店里放橘子的箱子差不多的手提包。"我无家可归，"在告诉我她的名字之后，她这样说道，"我可能需要一张公交卡。"她在包里翻了翻，抬起头来，看了看我，然后继续笑着说道："嗯哼，你的眼睛和头发可真漂亮！"她转向身后的那个男人，他坐在一台破旧的轮椅车上，旁边跟着一只穿着残障人士服务动物背心的灰白色工作犬。狗子看起来颇有些无聊。"瞧瞧她，威利斯。"她对坐在轮椅上的男人说道，示意他赶紧看一看我。

　　我完成了他们的身份注册，以十分抱歉的态度示意他们继续朝前走。我的下一位客户是个皮肤乌黑发亮的英俊男子。他穿着一件圆领毛衣和一条休闲裤，整个人看上去就跟牙医一样整洁。他告诉我，他的名字叫大卫，接下来，我询问他一些标准问题。第一个关于他目前的就业情况。其中一个可供多选的项目是"已退休"，他觉得这个选项很好笑，直接笑了起来。停下笑声之后，他开口说道："我完全不认为'已退休'能够用来描述我目前的状况。虽然没有正式工作，但我总是在做些事情。比如，我在一支无伴奏四重唱乐队里唱歌，这让我很满意，尽管做这种事并没有任何实际收入。"我继续询问下一个问题："你现在最需要什么？"他回答道："我现在最迫切需要的就是食物。"

说罢，他又开始笑了起来，聆听他的声音令人颇为愉悦，因为他拥有一副深沉圆润、层次丰富的好嗓音，像是电影明星和专业旁白配音员才会有的。我问他有没有做过配音工作，他回答说，之前有人向他建议过，但他并未从事过相关工作。他的外表与他目前的处境非常不协调，于是，我继续同他谈话，希望他能告诉我他的个人情况。他说，自己以前有固定的工作和房子，甚至还拥有第二套房子作为出租财产，但他做了他所提到的那个"非常糟糕的财务决定"，于是一个接一个地失去了自己所拥有的全部东西。五个月前，他开始住在车里。作为以前生活的一部分，他仍然坚持保有一间健身房的会员资格，这样他就可以去那里洗澡，并且有机会打理自己的仪容。"我不想让自己彻底离开那里，"他说，"我需要保持自身清醒和仪容整洁。"

队伍在大卫后面挤成了一团，我们不得不停止交谈。在他走到隔壁桌子前，我用手机录下了他的问候语，以及对天气的简单描述。在接下来几次信息录入的间隙，我将录音发给了一位朋友，托他发给那些需要雇用配音演员的人。我想，怀有这样的希望恐怕是件愚蠢的事情，不过话说回来，在这间屋子里，我觉得一切皆有可能——难以解决的无家可归问题能够得到解决，一个有着共同目标的社区群体可以团结到一起，一切都有个结果。我幻想未来很快就会有光明的希望出现，大卫能够凭借电话录音里的优势获得一份出色的旁白工作，对他来说出了问题的事情最终都能迎刃而解。所有收到录音的人都认为大卫的声音很神奇，但直到现在都没有招募他。不过他们表示肯定会记住这个人。在"万物之源"换班之后，我再也没有见过大卫。

米特尼克和我谈到了图书馆的未来。她是个理想主义者，认为图书馆正在适应当今的世界——知识在我们身边流动，同时也被实体书所捕获。像萨博和其他许多渴望创新的图书馆人一样，米特尼克认为图书馆是信息与知识的交换中心，而不仅仅是堆积书面材料的仓库。她是一大群相信图书馆正在对社区起着至关重要作用的人们当中的一员。从目前的大多数数据来看，这个乐观群体所抱持的观念似乎是正确的。根据2010年的一项研究表明，近三亿美国人在一年中至少使用了美国一万七千零七十八家图书馆当中的一家。在另一项研究中，超过百分之九十的调查者表示，关闭当地图书馆会给他们生活的社区造成实质性损害。美国的公共图书馆数量超过了麦当劳，是零售书店数量的两倍。在许多小城镇，图书馆是你唯一可以浏览实物书的地方。

图书馆是老式的、陈旧的公共场所，在三十岁以下的人群当中却越来越受欢迎。使用图书馆的年轻群体人数要比老年群体多，尽管这些年轻人是在一个充满着流媒体的数字时代长大的，但是，几乎有三分之二的年轻人认为，图书馆里有些重要资料在互联网上是找不到的。与老一辈人不同，三十岁以下的人群也不是都会在办公室工作。因此，他们总是会在家以外的地方寻找舒适的工作场所。许多人最终会选择在咖啡馆或酒店大堂里工作，要么就是加入到现在正蓬勃发展的共享空间中去。他们中的一些人发现，图书馆实际上是人类社会最初创立的共享工作空间，完全免费，优势明显。

人类一直在坚持一种愿景：创造能够共享书籍与思想的公共空间。1949年，联合国教科文组织发表了一份公共图书馆宣言，确立了图书馆在联合国议程上的重要性。宣言指出："图书馆是让公民使用信息权和言论自由的前提。在民主社会中，自由获取信息对于公开辩论与创造公众舆论是十分必要的。"

即便实际情况不允许在某个长期聚居点建立一座真正的图书馆，但人们还是需要它，对此，图书管理员也早就适应了。第一座有正式记录的流动图书馆始于1905年。当时，一辆由马匹拖曳着前进的马车式图书馆在马里兰州华盛顿郡四处提供借阅服务，一时之间传为美谈。将图书馆直接带给读者的想法深入人心，许多图书馆引进了仿照马里兰州一号流动图书馆的运书马车。在最开始的一段时期里，这类马车集中向远离城镇图书馆的伐木工人、矿工和其他工人运送图书。1936年，公共事业振兴署成立了一个由驮马图书管理员组成的下属单位，专门为肯塔基州山区里的社区提供服务。直到该机构在1943年完全失去资金供给之前，强壮的女骑兵们坚持不懈地从深山里的一个村庄骑到另一个村庄，每月给社区提供三千五百多本书和八千多册杂志。1956年，联邦图书馆服务法案资助了近三百个图书流动站，为各个农村社区提供服务。

如今，许多公共图书馆都设有下属的流动图书馆，为城市中没有分馆的地区提供包括借阅在内的各种服务。洛杉矶公共图书馆系统目前还没有流动图书汽车，但他们有三辆图书自行车，它们被派往城市中的不同社区，携带一只装有部分图书的车座挂包。还有其他一些私人流动图书馆，比如佛罗里达州的贝斯图书巴士，就是作为移动扫盲项目长期存在的。在全世界八十多个国家里，共有六万个免费小图书馆提供图书交换服务——拿一本书走，自己给出一本书作为交换——这些书放在比露天鸟舍大两倍左右的实木柜子里，属于非营利性质的免费小图书馆组织的一部分。但实际上，这些微型图书馆都是由一个个愿意将小木柜放在自家前院，再用捐赠书籍将柜子填满的个人来建立并负责管理的。

全世界共有三十二万个公共图书馆，为地球上每个国家里的数亿人提供服务。这些图书馆大多设立在传统建筑中。其他有些则是机动性的，根据所在地的地形与天气，可以骑自行车，可以是徒步者背的背包，或是采用直升机、船、火车、摩托车、牛、驴、大象、卡车、公共汽车和马作为图书馆载具。在赞比亚，一辆装有四吨重图书的卡车沿着常规路线穿越农村地带。秘鲁的卡哈马卡省没有图书馆大楼，所以，七百名农民在他们的家里腾出空间，每人都负责保存镇上图书馆里的一部分藏书。在北京，约有三分之一的图书馆藏书是从自动借书机上借出的。在曼谷，一列装满书的火车被戏称为"年轻人图书馆列车"，为无家可归的儿童提供服务——他们通常住在火车站附近的营地里。在挪威，位于峡湾里的那些没有建造图书馆的村庄都拥有一艘图书船，它会在霍尔达兰、莫雷奥格罗姆斯达尔和索恩峡湾的海岸上停一个冬天，向村民们出借各种文学作品。瑞典、芬兰、加拿大和委内瑞拉同样有图书船。一些流动图书馆专注于特殊的社区，为他们带来独特的文化资料。挪威有一辆专用的流动图书车，可以将萨米语的资料带给遥远北方的萨米族牧民。

大大小小的动物也在为世界上许多移动图书馆提供动力。驴和骡子是最常见的图书馆动物。在哥伦比亚的马格达莱纳省，一位名叫路易斯·索里亚诺的教师担心周边小村镇的居民们无法进入图书馆，于是，他组织建立了独立运营的驴子流动图书馆。周末，他骑着一头名叫阿尔法的驴子，领着另一头驮着装满图书的挂包的驴子贝托前行。在一个月的时间里，索里亚诺穿越了整个省，然后又从另一个方向返回。在津巴布韦西北部的恩卡伊地区，驴子所拉的电子通讯图书馆手推车将书和印刷品带到偏远的村庄里，同时还携带收音机、电话和传真机，甚至还能帮助当地人接入公共互联网。肯尼亚有一个骆驼图书馆，为加里萨和瓦吉尔地区的游牧民聚落提供书。有时，当村民们前来查找他们的阅读材料时，骆驼们会坐下来，它们粗糙的皮毛形成了一座鲜活的护堤，将图书馆的特殊空间与广阔田野分隔开来。

在洛杉矶，我遇到的图书馆馆员并非那种挣扎在某个垂死行业里、阴沉又沮丧的倒霉员工，他们坚信自己正在做一些十分重要的事情，并因此而振奋，表现得开朗又热情。从2013年的美国图书馆协会会议开始，我开始积极参加这些会议，想看看我对他们的乐观印象是否真的成立。那一年的会议在芝加哥的麦考密克论坛广场举办，那是一处以巨大玻璃结构建筑为主体构成的空间，似乎拥有一套独立的大气与天气运作模式。

我漫步在一座布置了七百个独立展位和近七千家参展部门的展览馆里，旁边还有成千上万名图书管理员和图书馆支持者。这场活动人山人海，简直就像是一个由全新的民族组成的崭新国家。这些图书馆人来自柯林斯堡、佩恩斯维尔、欧文、奥什科什、安克雷奇、奥斯汀以及田纳西州的一些小镇。我知道这里也有洛杉矶市的馆员，但人实在太多了，我并没有碰见他们。馆员们有的穿着花衬衫，或是印有闪闪发亮的"阅读够摇滚"字样的T恤，还有些馆员的肱二头肌上有着书和杜威十进制数字的文身。如果他们有先见之明，那肯定就会在来这里之前先穿上自己最舒适的鞋子，否则就难免要在位于大厅四个角落里的其中一个"快乐脚底鞋垫"卡座上停步，摆弄摆弄自己的鞋子，给它们配上一双合适的鞋垫。"图书馆馆员们过得都挺痛苦的，"大厅西北角"快乐脚底鞋垫"的售货员一边为我调整鞋垫，一边对我说道，"毕竟没有人像馆员那样，需要整天站着工作。"我喜欢图书陈列，不过与此同时，我也真的对那些相关的机械设施感到着迷，普通人可能永远都不会意识到图书馆竟然需要那些小玩意儿和小部件来维持运作。MJ 工业公司展示了一系列令观众感到震撼的图书分拣系统；克罗马克书架管理公司大胆承诺"图书错架问题就此终结！"；在这里还能看到来自"ASI 标牌创新"厂牌的拳头产品——自动结账亭；另外还有一种叫作"博普西图书馆"的概念产品，它提出了这样一个问题："你的移动策略是什么？"在印刷厂商、主流出版商和以猫类小礼品出名的基督教圣经书籍出版商之间，有些摊位陈列着一些看似随意的独立出版图书，比如《普普先生的长途旅行》（有插图，并且同时提供英文和西班牙文版本），以及青年革命出版公司的主打（也许是唯一的）书：《由第一夫人亲口讲述的同性恋总统回忆录》。

在芝加哥之行的几个月之后，我又去了丹麦的奥胡斯，参加了一年举办两次、名为"下一座图书馆"的会议，这是一次"展望未来、探索 21 世纪公共图书馆不断变化发展之本质"的国际性聚会。当年的主题为"反思"。这场会议吸引了来自全球三十八个国家的数百名馆员前来，顺道庆祝奥胡斯中央图书馆新馆的开放。这是一座看起来尤为清新可人的建筑，我甚至都有些流连忘返，其他人显然也不怎么想离开。这座建筑位于奥胡斯湾上，由一堆混凝土楔子状的形体堆砌构成，里面的空间高耸而开阔，从阅览室里可以直接看到室外的海景。书架之间排得很宽，让人觉得这里的空气和光线都比平均水平要好。这是一座像休息室一样的图书馆；到处都是大枕头，以防你突然想趴在地上看书时没有地方可以靠；主楼梯特别宽，坡度又很徐缓，已经被奥胡斯的婴儿们当作室内游玩的攀爬架了。我们这些专门为参加"下一座图书馆"会议而来的人，要么陶醉在新大楼建筑里，要么就是在图书馆咖啡馆里大口喝着美味咖啡，除此之外，我们还在这里参加了一系列关于创新、参与、拓展与学习的课程。这些课程有些是会谈式的，有些是互动参与式的。比如，我就参加了一个关于如何用乐高积木搭建东西的课程。说实话，我一直没搞明白，这种课程与未来图书馆之间到底有什么联系，但乐高公司的全球总部就在六十英里外的丹麦比伦德，所以我猜，或许会议组织者只是想利用一下当地的知名产品，没有更多的深意。

在每一次会议上，大家都会强调图书馆可以做的事情将会越来越多，但与此同时仍旧是个读书的地方。老实说，一座图书馆可能的发展方向似乎是无穷无尽的。在奥胡斯图书馆提供的各项服务中，参加会议的人们普遍对"结婚证管理局"感到印象深刻。一位来自尼日利亚的馆员告诉我，她所在的图书馆提供艺术与创业的培训课程，一位来自纳什维尔的图书管理员则向我描述了那里的城市图书馆是如何进行种子交换项目并开办戏剧剧团的。

会议期间，我经常想起洛杉矶市公共图书馆当年的馆长泰莎·凯尔索，如果她也能来参加奥胡斯会议，会不会有一种宾至如归的感觉：她早在 19 世纪 80 年代就已经建议洛杉矶公共图书馆对外出借网球拍，还有出借棋类游戏的绝妙点子。在"下一座图书馆"和 ALA 的许多事情，令我想起了过去的洛杉矶图书馆人，他们是我通过查阅历史资料的方式结识的人物。如果查尔斯·卢米斯跟我一起参加"芝加哥文身图书馆馆员鸡尾酒会",他可能会重新考虑自己所提出的"图书管理员普遍都很无聊"这一观点。至于C.J. K.琼斯博士——那位"人类百科全书"——恐怕会觉得时至今日,大英图书馆和丹麦皇家图书馆也不过尔尔,"常驻维基百科"这样的全新形容才是正确又恰当的。

在奥胡斯,我和西雅图公共图书馆前馆长黛博拉·雅各布一起参加了比尔和梅琳达·盖茨基金会举办的"全球图书倡议"活动。盖茨基金会负责报销参加会议的全部费用,所以雅各布一直催促我前来参加。她碰巧也很喜欢奥胡斯市,并且提到她打算退休后在那里租一套公寓长居。雅各布身材矮小、肩膀宽阔,栗色的头发极其富有弹性,她的笑容灿烂,看上去总是很开心。与此同时,她还有着钢铁一般强健的体魄。在我们于奥胡斯会合的前几周,她接连去了不丹、印度、南非和旧金山,尽管去过这么多地方,但当我真正见到她时,她还是一副神采奕奕的模样,丝毫没有舟车劳顿的感觉。比尔·盖茨和梅琳达·盖茨很早以前就开始对图书馆事业感兴趣了:支持公共图书馆是他们第一批慈善项目当中的重要组成部分。甚至在创立慈善基金会之前,他们就已经开始支持图书馆了:这项工程开始于1997年,目标是要让每一座美国本土图书馆都能连上互联网。到了2002年,当他们终于完成全部美国本土图书馆的互联网联结之后,决定继续扩大与全球图书馆之间的紧密合作。"全球图书馆倡议"成立于1998年。它的第一个项目是帮助世界各地的图书馆连上互联网。当时,世界上尚有百分之六十五的人口无法上网,这使得他们无法从互联网上获取资讯,无法发展对数字世界的认识。该倡议认为,图书馆是提供公共互联网的完美场所。某种意义上而言，"全球图书馆倡议"已经将图书馆钦定为通往未来的世界门户。

在过去的二十年里，该计划的目标已经扩展到不仅仅只是用网络简单联结世界各地的图书馆。它还向发展中国家的诸多图书馆项目、"世界读者"和Kindle，以及各大国际扫盲组织提供捐款，向博茨瓦纳、立陶宛、越南、摩尔多瓦、牙买加和哥伦比亚等地的共计一万三千多家图书馆提供了直接资金援助，并且为当地图书馆的设备和工作人员培训提供额外资金。最近，雅各布也加入了该计划，她在各地协助培训图书馆馆员，并尝试着让他们彼此之间取得联系——特别是在非洲，那里的受训馆员经常会被国家和国家之间的壁垒孤立开来。除此之外，她还想培养下一代的图书馆培训专家，即被她称为"图书管理员火花塞"的人，她认为他们将为馆员这一职业未来的可持续发展铺平道路。在她看来，洛杉矶市图书馆馆长约翰·萨博就是目前最佳的火花塞人选之一，但她也在考虑他之后的下一代人。她最近对我说："我们需要确保，当我们离开这个世界之后，会有强有力的人们过来接手尚未完成的事业。"说到这里，她又补充道："哇噢，刚才我在说'当我们离开这个世界之后'的时候，几乎都快要哭出声来了。"当我们通电话时，雅各布本人正在南非，跟前乌干达国家图书馆馆长格特鲁德·卡亚加·穆林德瓦坐在同一间办公室里，后者现在是非洲图书信息协会和对应机构的主管。几年前我写了一本关于兰花窃贼的书，所以雅各布认为我大概会想要知道这样一件事：卡亚加·穆林德瓦刚好是一位热情的兰花收藏家。当她去参加国际图书馆会议时，大家都知道她会买下几朵兰花，然后偷偷带回家去。"这难道是违法的吗？"我听到卡亚加·穆林德瓦在电话后方问道，"黛博拉，我可不认为这是违法的。"

　　自2014年起，比尔和梅琳达·盖茨基金会开始致力于关注健康与科研方面的问题，决定删减一些不属于这些领域的项目。"全球图书馆倡议"并没有被突然中断，而是给予了四年半的时间来逐步结束运作，以便它所帮助的图书馆和馆员有时间来适应这种新变化。到该项目于2018年12月结束时，"全球图书馆倡议"共计投入了二十年时间和十亿美元，用于联结、培训并资助世界各地的图书馆、图书馆馆员和扫盲计划等。我和雅各布一起参加的"下一座图书馆"会议是在2015年举办的，就在雅各布发出邮件宣布该项目即将结束之后不久。雅各布是图书馆界的强大力量。会议上似乎每个人都认识她。虽然许多人都能从这个项目当中受益，不过，大多数人对于项目即将终止的反应并不是恐慌和绝望，而是一种打算自力更生的决心——即便没有盖茨基金会的慷慨捐助，也要继续做他们正在做的事情。对此，雅各布似乎感到十分欣慰。"我们没有像安德鲁·卡内基那样直接出资兴建图书馆。"雅各布说，"我们鼓励并培训图书管理员，让他们彼此之间取得联系，从而帮助社区协同发展。我觉得这种方法挺不错。"

　　尽管如此，"下一座图书馆"会议上的每个人都在讨论资金来源，以及钱永远都不够用的问题。这个话题在图书馆界是一个亘古不变的话题，几乎不用说，只要有一个以上的图书管理员在房间里，这个话题就会出现。不过话说回来，就像美国图书馆协会的与会者们一样，我在"下一座图书馆"会议上遇到的每个人似乎都对图书馆的未来感到兴奋——甚至包括那些在波兰乡村的市政厅地下室里经营着小图书馆的人，或是身在肯尼亚、资金严重不足的人们。仿佛每个人心中都有一份伟大的认知：图书馆永恒存在，他们本身也在不断成长，而且他们会一直坚持下去。

当我最近一次访问克利夫兰，参观世界上最大的数字内容提供商"超速行驶"公司的总部时，我仿佛走进了另一个通往未来的门户。如果你曾经从图书馆借阅过一本电子书，那么你很可能实际上是从图书馆储存在"超速行驶"公司巨大的档案收藏当中借来的，这些收藏的总数已经达到了数百万之多。当 1986 年史蒂夫·波塔什创立公司时，"超速行驶"的主要业务是向图书馆出售软盘和 CD 光盘。波塔什告诉我："那些东西当时就已经在逐渐消亡，我们却在消亡中看到了技术发展的新方向。"几年后，公司开启了商界人士喜欢称之为"转折点"的全新项目，将公司重新打造成了一个庞大的电子媒体集合体。事实上，正是"超速行驶"公司发明了电子书借阅这一概念。当时，图书馆正在想方设法实现非实体书籍借阅这方面的业务，但考虑到实际情况，想要实现非实体书籍借阅，将会需要海量计算能力和数据管理能力，这些都是图书馆无法仅凭自己力量办到的。有了"超速行驶"公司之后，只需要建立起合适的会员制度，就可以直接向读者提供所需的借阅材料，而不必再去做令人气馁的幕后工作。举个例子，洛杉矶公共图书馆的数字馆藏实际上就全都存放在克利夫兰"超速行驶"公司负责运营的服务器上。

第一个尝试使用"超速行驶"的公共图书馆正是克利夫兰公共图书馆，它在 2003 年时正式启动了电子书借阅服务。最新统计数据显示，来自七十个国家的总计四万多座公共和学校图书馆（以及一些学术或企业图书馆）正在使用"超速行驶"所提供的业务来实现电子媒体借阅功能，其中包括有声读物、音乐与视频，以及海量电子书。这个数字的增长速度是如此之快：当我初次访问"超速行驶"公司总部时，他们已经拥有了多达三万七千名图书馆会员。一个月后，当我再次打电话确认数据时，这个数字已经显著增加了——短短一个月时间就增加了百分之八以上。刚开始时，它似乎只是个疯狂的想法，但在成立仅三年内，"超速行驶"的图书馆业务就已经借出了一百万本电子书。到了 2012 年，它的借阅量已经达到了一亿册。截至 2017 年底，它已经达到了借阅十亿册图书的里程碑。平均每天都有超过七十万册图书通过"超速行驶"图书馆业务实现借阅服务。这家公司非常成功，几年前，日本乐天集团斥资四亿一千万美元收购了它。

我在"超速行驶"公司新总部的大厅里与波塔什见了面，新总部宛如一块玻璃与混凝土交织而成的巨大石块，粗粝又引人注目。它坐落在克利夫兰市中心以西一处长满青草的山脊上，倘若将其安置在远古时代的某处深谷当中，那么它必定是用一块令人印象深刻的庞大冰块雕琢而成的建筑物。与许多创立了开创性科技公司的人不一样，波塔什是个踏实的成年男性，他的三个成年子女——两个女儿和一个儿子——跟他一起在公司工作。波塔什本人性格温暖而和煦，长着一头茂密的棕色头发，他谈论"超速行驶"公司时的方式，像是父母在描述令自己骄傲的孩子一般。"超速行驶"本质上是一家以技术为主导的公司，但波塔什身上有一种图书馆人的作风，完全不像是技术人员。他认识我所提到的每一位洛杉矶图书馆管理员，包括他们平时的生活和工作细节，还有属于他们的传奇轶事。例如，在他带我参观大楼之前，我们至少花了五分钟来谈论中央图书馆藏书服务部的负责人佩吉·墨菲，波塔什非常清楚墨菲刚开始在图书馆里工作时，是如何偷偷溜进放着危险图书的笼子里看书的。"超速行驶"总部的大厅又大又高。大厅中央有一块大约十平方英尺大的屏幕，上面显示着世界地图。每隔几秒钟，地图上的某个地方就会弹出一个气泡，显示图书馆的名称和刚刚被借出去的电子书的书名。屏幕令人着迷。如果站在那里看个几分钟，你会看到，在法国阿尔勒的一个小图书馆里，有人刚刚借了纪尧姆·穆索的《就在这一刻》；科罗拉多州的博尔德市有人借了《哈利·波特与被诅咒的孩子》；在墨西哥城，有人借阅了瓜达卢佩·内特尔的《我出生时的身体》。这种感觉，就仿佛你正在看全世界的实时思维地图。

"超速行驶"图书馆业务也许会是图书借阅的未来，但它与图书馆本身的未来是两码事。图书馆是一处隶属于社区的物理空间，我们聚在这里实现信息共享——除此之外，没有任何一处其他地方能够符合这种描述。也许，在不远的未来，我们的书将会完全来自"超速行驶"所提供的服务，图书馆将变成更像城市广场一般的存在：一个当你不在家时就是家的地方。

31

《民事诉讼精要》（2003）

玛丽·凯·凯恩 著

美国法律精要系列

347.9 K16 2003

《拥有高中文凭即可选择的优秀职业：医疗、医学与科学（电子书资料）》（2008）

黛博拉·波特菲尔德 著

电子书

《艾滋病：神秘之处与治疗方法》（1984）

艾伦·坎特威尔 著

616.97 C234

《追问尘埃》（1939）

约翰·芬特 著

纸书在架

1991 年，图书馆火灾发生五年之后，人们终于可以想象，在不远的将来，中央图书馆即将搬回古德休大楼，新的翼楼将会开放，一切都将恢复正常。此时古德休大楼仍然关闭着，但建筑工人已经用高压清洗的方式清洁了墙壁，铲除了油烟，摆放并归置好各项事物。相邻的地块上已经挖出一个大洞，为新的翼楼腾出空间。建筑设备的轰鸣声，钢铁与钢铁相撞时的尖锐鸣响，响彻了格兰德大街、第五街、希望街和花街。几英里外，图书修复人员正在给每一本受损的藏书加压，用吸尘器抽真空，不断进行整理与维护，然后对外宣布这本书已经得到拯救，或已经毫无希望。准备重新上架的藏书数量正在不断增加。由"拯救图书"运动筹措来的、准备用来购买新书的善款已经达到了一千万美元的目标。3 月，全新的翼楼竣工。内部工作紧锣密鼓地开始了，尽管外面还有建筑围栏和耷拉下垂的橙色特纳斯护网，但这个地方已经开始显示出图书馆的形态和规模。图书管理员们从零开始，对所有藏书重新进行编目，并将三种现存藏书——安然无恙地熬过大火的、打捞出来之后成功获救的旧书，以及买来代替那些已经无法得到挽救的四十万册藏书的新书——在书目索引中合并到了一起。

洛杉矶市政府对哈利·皮克提起的民事诉讼，以及他对洛杉矶市的反诉，双双进展缓慢——这里有一份证词，那里有一份动议；法国市场咖啡馆服务员的一份声明，一份市检察官关于损害赔偿的文件——然而，没有任何东西是具有一锤定音之效的。这个案子并没有加速解决，反而一路拖延了下来。它变得愈发令人迷惑。在哈利最近的供词中，他又一次改变了自己的故事。现在他坚持说，自己是在治疗脚疣之前——而不是在治疗之后——与威尔基和克拉克神父共进早餐的；他说，他们是在上午 10 点抵达的餐厅，而非中午时间，威尔基神父也更改了证词，他说自己在上午11点时安排了另一位病人，这位病人来得有点晚，他、哈利和克拉克在11点过几分钟的时候就离开餐厅，他自己直接回了办公室。

这些新的事实和时间彼此之间难以调和。图书馆的第一个警报是在上午10点52分时响起的，但直到11点11分，消防员在小说区发现烟雾时，才知道这是一场真正的火灾，而非一个假警报。因此，最早知道图书馆起火其实是在上午11点11分。根据哈利提供的新时间表，服务员提到火灾的时间应该是在警报响起后不久。但这明显是不可能的。除非服务员有警车扫描设备，偷听到警察之间的对话，否则他不可能这么早就听到火灾报告。不过，就哈利有罪与否而言，时间的变化并不重要，因为这仍然是同一个不在场证明——哈利声称起火时他与威尔基和克拉克在一起。重要的是，哈利对证词不断地进行修正，这种行为使得这一天的真相看起来就像是落在水上的一滴油那样漂浮不定。每形成一个连贯的图案之后，它都会立刻变形，无法辨认，你以为自己已经清楚看到的东西——比如一个圆圈、一朵云、一张脸——都会迅速消失在一个没有任何形状可言的混沌旋涡当中。我不知道为什么哈利会认为改变时间有助于他的不在场证明。相反，这进一步加深了我一开始时的感觉，即他说谎其实是一种无意识的冲动行为，如此自然，以至于谎言从嘴里飞出来之前，他根本就没机会去衡量谎言的代价。

某种程度上而言，哈利似乎与这个案子脱节了。他对市检察官的要求反应迟钝，很少主动出击。他的索赔要求包括据他所说在看守所受伤后所产生的医疗费用，但当维多利亚·钱尼要求他出示为他治疗的医生姓名，以及他支付账单的收据时，他一直没有给出回应。钱尼甚至要求哈利的律师跟进这项要求,律师说稍后会进行核实的。几个月时间过去了,钱尼再也没有收到任何回复,甚至没有收到律师要求给予更多时间、以便获取相应信息的请求。

也许哈利分心了,因为他有了一个新的男朋友——据黛布拉·皮克说,那是"一个叫艾伦的好男人"。她说,自己已经不记得他的姓氏了,但她知道他很富裕,所以,哈利不再需要为钱痛苦了。为了不让父母知道这件事,哈利搬到了艾伦在棕榈泉附近的大宅子里。我可以想象,对于哈利而言,找到一个爱他的人,走出那套破旧的西好莱坞公寓,远离室友的围观,这是多么令他感到宽慰的事情啊。也许这就是他对这场官司兴趣减弱的主要原因;他不愿意再去想起那场火灾了。如今,在他所住的漂亮大宅里,跟他那位好男人腻在一起,身处棕榈泉阳光明媚的慵懒状态之下,想必他已经对好莱坞式的掠夺和撕咬失去兴趣。他是一个有缺陷的、自毁型人格的人,一生都在跌跌撞撞中度过,一路上充满坎坷,但也许在这个时候,他已经开始感觉到某种接近幸福的东西了。

他告诉朋友,自己想要一份比演戏更可靠的工作。在考虑了各种可能的选择后,他决定当一名医疗助理。这个选择似乎是一次面向过去的伟大告别,但这份工作确实提供了很多他一度渴望的东西:这份工作能够让他开心,感受到当一名英雄的快感。于是,他在当地一所护理学校开始学习——黛布拉不记得学校的名称了。她告诉我,哈利真的很喜欢这份学业,尽管他也会抱怨一件事。他说,当学生们学习如何抽血的时候,他们采取了互相练习的模式,而且还反复使用同样的针头。

1991 年 7 月,民事诉讼的当事人聚在一起召开进度讨论会议。

维多利亚·钱尼已经好几个月没见到哈利了，当他来到她办公室的时候，她惊呆了。与上次会面时相比，他显得十分憔悴、干瘪；他那强壮、阳光的好容貌已消失殆尽。连他那头原本光彩夺目的头发也变得十分稀薄，皮肤呈现出黄疸病人才有的那种黄褐色。哈利的律师宣称，他召开会议是要求加快审判。他出示了一份哈利医生的声明，上面显示哈利患有重型肝炎，肝脾肿大，而且"医学上对他是否能活到六个月以上表示怀疑"。

早在十年前，1981 年，加州大学洛杉矶分校一位名叫迈克尔·戈特利布的学者就已经发表了一篇文章，描述了一种他称为"获得性免疫缺陷综合征"的病症，这被认为是艾滋病研究的首批文献之一。自那以后，这种疾病在洛杉矶开始了残酷且广泛的爆炸性蔓延。疾病在这座城市的存在是完全公开的。1985 年，演员洛克·哈德逊承认自己感染了艾滋病；同年，好莱坞举行了第一次艾滋病游行，吸引了数千名游行者。就在哈利要求加急审判的几个月之后，魔术师约翰逊宣布他为艾滋病阳性，并从洛杉矶湖人队退役。

哈利的家人对他变成同性恋这件事一直都很不满意，与此同时，他们对他通过同性恋接触感染疾病的可能性也深感不安。医疗技术学习班是一个很方便拿来解释他染病原因的机会。黛布拉告诉我，哈利班上的每个人都因为共用受感染针头而染上了艾滋病。有一次她告诉我，哈利是班上唯一去世的人；另一次，她告诉我班上所有人都去世了。医护人员意外感染艾滋病是有可能的，但这种情况实际上很少见。根据 2007 年发表在医学杂志上的一篇文章，全世界共有九十八例确诊和一百九十四例疑似的医护人员意外感染病例。如果洛杉矶真有哪个医疗助理学习项目在学习过程中有五到十个学生都感染了艾滋病——尤其是因为不卫生操作而集体感染的情况，媒体肯定会竞相报道的。但我从来没有发现任何地方提到过类似事件，直到今天，我也无法找到证据证明这个故事是真实的。当我询问德米特里·霍特尔斯这件事情的时候，他笑着告诉我："那个针头的故事？我一向认为那是在胡说八道。"讽刺的是，当霍特尔斯和哈利依然是一对情侣的时候，有一天哈利回到家里，问他是否听过一种新的疾病——某种同性恋癌症。霍特尔斯并不相信他所说的话。"那听起来很疯狂，"霍特尔斯告诉我，"哈利真是个骗子。我当时只觉得这是他所讲的又一个愚蠢故事罢了。"

哈利变得越来越无力、矮小、虚弱。在与维多利亚·钱尼会面后，伦纳德·马丁内特向法院提出上诉，要求将审判日期提前。法官同意了，并将审判时间安排在 1991 年 9 月 12 日。马丁内特寄希望于完全不要有审判，他认为市政府最终会放弃诉讼，结束这场漫长的争论。就这一点而言，代表洛杉矶市政府的律师对本市与一名即将死于艾滋病的男子对簿公堂这件事也很不满意。以城市身份提请的诉讼大多都是象征性起诉。哈利根本就没有钱，也永远无法为那次火灾的任何一部分损失承担赔偿责任。钱尼和消防员们愿意继续跟进此案，完全是在借此表明自己应尽的责任，尤其是在他们已经无法让哈利就刑事指控出庭受审之后。但在民事法庭上，即便这里的定罪标准更加宽松，也无法保证洛杉矶市一定会胜诉。实际上，根本就没有确凿证据表明那天哈利就在图书馆，也没有任何证据表明他与火灾有直接联系。考虑到哈利现在病得十分严重，以城市身份提起的诉讼可能会显得更具有报复性及更为残忍。

在审判开始前几天的另一场会议上，洛杉矶市政府出乎意料地提出一项建议，由政府出面向哈利提供三万五千美元作为和解费用，一次性解决这个案子。与哈利要求的一千五百万美元相比，这笔钱简直微不足道，即便是与洛杉矶市通常了结案子时所开出的金额相比也是极为微薄。尽管如此，哈利还是接受了提议。对这座城市而言，这可真算是做成了一笔大买卖，因为审理结果实际上并不能确定，洛杉矶市很可能会为此付出更多的代价。1991年10月2日，洛杉矶市政府预算部门签下了这张三万五千美元的支票，结束了洛杉矶中央图书馆火灾一案——至少就他们对哈利的追责而言，这样已经算是解决了。

哈利在棕榈泉度过了自己最后的日子。他再也没有离开过自己真正的家，靠着艾伦的关心和经济支持来寻求安慰。刚开始时，这笔安置金肯定会让人觉得是笔意外之财，但很快就被他的医疗费用给覆盖掉了；光是治疗艾滋病的最基本药物，每月的花费就接近五千美元。他患有肝衰竭、肝炎、脾脏肿大，随之而来的是一系列更可怕的疾病后果。"我们很亲密，就像双胞胎一样，"他姐姐黛布拉最近这样告诉我，"他死的前一天，我六神无主，与人说话时简直就是语无伦次。我什么都知道。我告诉自己的孩子们，我们再也见不到哈利叔叔了，他不会再活下去了。"1993年4月13日，小哈利·奥马尔·皮克于加利福尼亚州棕榈泉市的一家医院逝世，死于艾滋病并发症。他们在霍普乡村教堂举办了一场私人葬礼，这座教堂是一栋可爱的小尖顶建筑，坐落在鲍德温公园市一条安静的街道上，距哈利成长的圣菲斯普林斯以北大约十四英里远。

32

《故事的结尾：独幕剧》（1954）

理查德·托马斯 著

822 T461

《故事的终结》（2004）

莉迪亚·戴维斯 著

电子书

《故事的结尾》（2012）

莉莉安娜·海克 著

所属系列：绿洲书馆国际翻译丛书

《故事到此结束》（2017）

简·福琼 著

电子书

1月1日是帕萨迪纳玫瑰碗游行的大日子。洛杉矶公共图书馆总是会在游行队伍中安排一辆自己的花车。游行队伍每年都会有一个特定的主题。1993年的主题是"游行中的娱乐消遣"。图书馆的花车上塑造了一个体形巨大的书虫形象：这位书虫正在读报纸。坐在这位书虫旁边的嘉宾之一，是洛杉矶市公共图书馆馆长伊丽莎白·马丁内斯，她在怀曼·琼斯于1990年退休之后正式接手了这份工作。书虫正在读的报纸上所写的头版标题是"中央图书馆于1993年10月3日重新开放"。罗伯特·里根——1980年至1998年期间担任图书馆的公共信息部门主管——公开表示，在玫瑰碗游行上公布这一日期，恐怕是在与命运展开一场豪赌，但他相信他们真的会成功。

还有很多事情要做。随着重开日期的临近，图书馆举行了好几次书架派对活动，数百名志愿者前来帮忙拆开共计两百万册图书，并将它们重新归置到新书架上。这些聚会乍看起来有些像是志愿者在火灾过后来清点时的场面，但就参与者的情绪而言，更像是当时情况的对立镜像：一个能够重获信心、复兴的机会。"因为我喜欢看书。"一位志愿者在记者问她为什么要专门花费时间来此地时回答道。接着她很快又抱怨："今天有很多过于年轻的孩子做事慢腾腾的，或是无所事事。他们拖慢了整理书架的整体速度。"讲到这里，她停顿了一下，又补充道："但是，为图书馆的开放而努力这件事本身，倒是令人非常满意。"图书管理部门在 ARCO 的帮助下筹办了一场盛大的开幕式，有巴西民间舞蹈演员、日本鼓手、弗拉明戈舞者、西非歌手、韩国音乐家参与演出，有美国职业摔跤演员的表演，舞台上还出现了蜘蛛侠、达菲鸭和兔八哥的身影。

没有人知道有多少人会在时隔六年半之后来围观图书馆重新

开放。也许这座城市已经习惯了图书馆的衰败状态，习惯于他们被暂时困在一处很偏僻的地方；也许古德休大楼的奇迹——这座在1926年开张时一度让人们魂牵梦绕的"魔法城堡"——已经一去不返了。但是，在开幕庆典当天，全城人都想去看图书馆了。在当天现场，至少有五万人与恐龙巴尼 ❶ 共舞，人们穿过圆形大厅，乘坐层层叠叠的自动扶梯来到新的汤姆·布拉德利翼楼的最底层，有超过一万人首次报名领取借书证。每个人当然都很喜欢看艺人们的表演。但是，正如罗伯特·里根在最近的 10 月 3 日对我说的："唯有图书馆才是真正的英雄。"

哈利·皮克案子的结局并不明朗；事实上，与其说这是一个结论，不如说是一种掩饰。这种解决方式并没有真正解决"究竟是谁引发了火灾"这个根本性问题，也没有真正搞清楚是否确实有人引发了火灾。不仅如此，它最终也没能提供哈利·皮克在 1986年 4 月 29 日这一天的真实行踪，甚至连一套基本确定的、不再变化的证词都无法提供。它没有回答哈利是不是那个"手持明火的人"。我无数次地反复思考自己认为的实情，尤其是关于哈利是否亲身参与其中的判断。每一次我认为自己总算找到了打算去信任的故事版本时，总会有什么东西在它看似无懈可击的表面上打孔，让它显露出难以掩饰的漏洞。于是，我只好再次回到开头，从头开始摸索。到了最后，我已经彻底搞不清楚何为真实，甚至都不知道究竟应该相信什么。最终，我也不得不去接受这种模棱两可的说法：我确信，在很久以前，洛杉矶中央图书馆遭遇了一场可怕

---

❶ Barney the Dinosaur，一头紫色恐龙的卡通形象，出自儿童节目 *Barney & Friends*。

的火灾，一个笨手笨脚的年轻人被卷入其中。除此之外，其他一切都是不确定的——生活几乎总是如此。它将是一个没有结尾的故事，就像一首歌在最后一小节中特意安排了一个挂留和弦——那种奇怪的、不和谐的、开放的声音，让你渴望听到更多东西。

有一天，我很晚才去图书馆，几乎就赶在关门之前。外面的光线已经很黯淡了，整体看去，图书馆显得困倦而舒缓。中央图书馆和布拉德利翼楼非常巨大，当人群逐渐消隐时，图书馆会令人感觉非常私密，几乎就像是一处孩童的秘密基地。而且，它的空间是如此之大，以至于当你置身其中时，会对外面的世界毫无感觉。我先到历史区拜访格伦·克雷森，从他那里获知费瑟斯地图整理的最新进展。然后，我从一个部门漫游到另一个部门，不为任何特定的目的，只是闲逛。我穿过美丽的中空圆形大厅——每次进入大厅都是一次华丽的惊喜——然后走上楼梯最宽阔的那一层，在我前行的道路上，文明女神一直都在凝望着我。寂静沉默比冷峻庄严更能抚慰人心。图书馆是个缓和孤独的好地方，是名副其实的遗世独立之所，可以让你部分介入到几百年来一直进行着的某场对话中——即便此时只有你一个人在场。图书馆也是个充满耳语的地方：你不需要将一本书从书架上拿下来，就知道里面有个声音正等待着向你倾诉故事。在那个声音背后，是一个真正相信他或她若在讲话就会有人认真倾听的作者。恰恰是这种笃定的态度，总是令我感到吃惊。要知道，即便是那些最奇怪、最特别的书，也是带着一种近乎疯狂的勇气写下的——作者坚信，一定会有人觉得他的书很重要。我被这种信念的珍贵、质朴和勇敢彻底打动了，自然而然地也对收集和保存这些书籍与手稿满怀着希望。这里的一切仿佛都在宣称：所有故事都很重要，因此，我们要尽一切努力去创造东西，将我们彼此联结，与我们的过去和未来联结。我意识到，在了解图书馆的整个过程当中，我其实一直在说服自己。我希望讲述的是历久弥新的故事，想要创造出经久不衰的事物，如此一来，只要有人还在读我的书，我就可以永远活下去。一个接一个的故事：这是我的生命线，是我的激情所在，是我理解自己的方式。我想起妈妈，她在我完成这本书差不多一半的时候去世了。我知道，当她看见我在图书馆里时会有多么高兴。我可以依凭她的这种想法，轻而易举地将自己带回到早已逝去的年轻岁月。而她，依旧会在那一刻停留，依旧温柔和善，岁月还横在她的面前，未曾匆匆到来。当我抱着一堆书摇摇摆摆走向借阅台时，她会对我露出微笑。我知道，如果是我们一起过来的话，她刚才肯定会提醒我：如果可以随意选择世界上的任何一种职业，那她肯定会选择成为一名图书管理员。

我环顾了一下房间，看见零星的几个人。有些人在看书，有些人只是在休息，就好像在公共场所享受一段仅属于私人的时光。至于我，在这里总是很受振奋。这就是我要写下这本书的原因：我在讲述一个自己无比热爱的地方——它并不属于我，但我能够感觉到，它是我的。这种感觉是多么奇妙、多么特别。世界上所有的谬误，似乎都被图书馆那简单到不言而喻的承诺所征服：这是我的故事，请听我说；我在这里，请告诉我你的故事。

警卫摆好椅子，又摆正桌子，喊道："四分钟！离关门还有四分钟！"我们这边的几个人啪的一声合上书，收拾好东西，上楼去了。在借阅台前，一个身材魁梧的男人胳膊下面夹着三本书，跳起了摇摆晃动的舞步。人们出门时，小心翼翼地走过他的身边。

致谢

本书的最终完成有赖于许多人耐心且慷慨的帮助，他们将自己的时间和故事托付给了我。我最需要感谢的是中央图书馆的工作人员，在大厅里四处游荡的这些年来，他们始终都很热情好客、乐于助人；我还要特别感谢格伦·克雷森、约翰·萨博、伊娃·米特尼克和彼得·佩西奇，每当我带着更多问题前来询问时，他们从不退缩。谢谢你，艾玛·罗伯茨，谢谢你为我拖出了那么多箱资料。我也非常感谢与我交谈过的许多前任工作人员，其中包括海琳·莫切德洛夫、伊丽莎白·泰奥曼、苏珊·肯特、方丹·霍姆斯、乔安娜和罗伯特·里根，以及已故的怀曼·琼斯。还有洛杉矶图书馆基金会——特别是肯·布雷彻和路易斯·斯坦曼——他们从一开始就很支持这个项目，对此我深表感谢。我得到了洛杉矶消防局前任和现任成员们的帮助，尤其是那位在档案部门工作的、坚韧不拔的女性——杰西卡，她幽默地满足了我的请求，同意我继续深入挖掘，并找到了我被告知早已消失的资料。

我要特别感谢哈利·皮克的家人，尤其是他的姐妹黛布拉和布伦达。也要感谢德米特里·霍特尔斯，他分享了许多关于哈利的回忆，并且提供了书中使用的肖像。

感谢所罗门·古根海姆基金会、麦克道威尔艺术家营地、雅多公司和班夫艺术与创意中心的帮助，使这一项目成为可能。能够得到他们的支持，我感到非常幸运。

衷心感谢阿什利·范·布伦，感谢她妙语连珠、颇具见地的阅读指正；感谢她一路以来的鼓励；感谢她为本书搜集整理照片；感谢她是一个如此之好的朋友。还有朱莉·泰特，她在堪称疯狂的截稿日期前做完了事实核查；谢谢你，朱莉！

我所有的朋友都尽管避免过多地询问我"这本书是否写完了"这个问题，对此我感激不尽。对于手把手的协助和恰到好处的调剂，我需要特别感谢埃里卡·斯坦伯格、克里斯蒂·卡拉汉、萨莉·桑普森、珍妮特·塔什吉安、杰夫·康蒂、黛布拉·奥尔琳、劳里·桑德尔、凯伦·布鲁克斯、莎拉·瑟尔，以及我所有要好的朋友们；我爱你们。

谢谢你，金伯利·伯恩斯，谢谢你的智慧与热情。

理查德·派恩，我永远靠谱的经纪人：你是最棒的。

奇普·麦格拉斯，最好的老板，感谢你在书还是一团乱麻的时候就开始了阅读，还给了我完美的建议和最大的鼓励。

谢谢你们，大卫·雷姆尼克和维吉尼亚·坎农，谢谢你们允许我暂别《纽约客》来做这件事。无法想象世界上还有谁能够找到比你们更专业的团队或更好的编辑；当我意识到我竟然能够跟你们共事时，我一直在掐自己，以确保自己不是在做梦。

我在西蒙和舒斯特出版公司与最优秀的团队一起工作。非常感谢卡罗琳·雷迪，她使这一切成为可能；理查德·罗勒，一起共事的出版人；达娜·特洛克，营销天才；朱丽安娜·豪布纳，她知道如何完成任何相关事务；克里斯汀·莱米尔和丽莎·欧文，贝丝·托马斯和帕特丽夏·卡拉汉，她们在幕后发挥着神奇的作用；塔玛拉·阿雷亚诺，她对所有重要细节都做了调整；杰基·塞奥、劳伦·彼得斯·科莱尔和卡莉·洛曼，是他们令这本书变得如此美丽。

还要谢谢你，安妮·皮尔斯！能够跟你一起再写一本书，我感到很开心！乔菲·法拉利·阿德勒——卓越非凡的编辑，智慧之神的代言人，手持最锋利的笔——无须多言！乔恩·卡普，这是我们的第五本书！能够跟你合作，我感到很幸运。谢谢你，谢谢你多年以来的友谊、支持和鼓励。

有一句话如今已是老生常谈——"如果没有谁谁谁，我肯定写不成这本书。"但就我的丈夫约翰·吉莱斯皮而言，这句话可谓货真价实。他实在是太神奇了！首先，他帮我查阅了大量研究资料——尽管我几乎看不懂他的笔迹，但如果不是他的加入，我恐怕现在还在翻阅那些档案。他耐心阅读了我写下的每一个字——还读了好几遍——并提供了出色的修改意见和发表建议，每当我觉得写某篇文章的任务过于艰巨时，他都会鼓励我。最重要的是，他在整个过程中都给了我支持与爱，对此我深表感激。

还有我的儿子，奥斯汀，是他带我走进了这个故事，并且忍受了我在那些漫长夜晚及周末的工作，要知道，在那些时间里，我们本来可以一起玩《堡垒之夜》的，我爱你。

妈妈，我为你写了一本书。

于加利福尼亚州洛杉矶市

2018 年 5 月

资料来源

洛杉矶公共图书馆和 1986 年那场大火的故事需要进行多年的研究，需要对现任和前任图书馆工作人员进行数十次采访，需要深入消防局的档案和洛杉矶市的法庭记录中，还需要在图书馆的珍本室内挖掘出大量早已发霉的档案箱。在此过程中，我找到了大量相关讯息，包括 20 世纪 20 年代关于图书馆的剪报，30 年代的书单，每个年代在图书馆内所需办理的各种手续，以及数以百计的图书馆馆员在他们职业生涯的某个阶段在中央图书馆所留下的无数令人着迷的零碎杂物。这些资料对本书的写作至关重要。除此之外，我还在许多关于加利福尼亚州图书馆历史的书籍和已发表论文中发现了大量有价值的文献。以下是这些文献的选摘列表：

书籍

Banham, Reyner. Los Angeles: *The Architecture of Four Ecologies*. University of California Press, 2001.

Battles, Matthew. Library: *An Unquiet History*. New York: W. W. Norton & Company, 2015.

Bradbury, Ray. *Fahrenheit 451* (Sixtieth Anniversary Edition). New York: Simon and Schuster, 2012.

Burlingham, Cynthia, and Bruce Whiteman, eds. *The World from Here:*

Treasures of the Great Libraries of Los Angeles. New York: Oxford University Press, 2002.

Casson, Lionel. *Libraries in the Ancient World*. New Haven, CT: Yale University Press, 2001.

Davis, Mike. *City of Quartz: Excavating the Future in Los Angeles*. New York: Verso Books, 2006.

Ditzel, Paul. *A Century of Service, 1886–1986: The Centennial History of the Los Angeles Fire Department*. Los Angeles: Los Angeles Firemen's Relief Association, 1986.

Fiske, Turbesé Lummis, and Keith Lummis. *Charles F. Lummis: The Man and His West*. Norman, OK: University of Oklahoma Press, 1975.

Gee, Stephen, John F. Szabo, and Arnold Schwartzman. *Los Angeles Central Library: A History of Its Art and Architecture*. Santa Monica: Angel City Press, 2016.

Gordon, Dudley. Charles F. *Lummis: Crusader in Corduroy*. Los Angeles: Cultural Assets Press, 1972.

Klein, Norman M. *The History of Forgetting: Los Angeles and the Erasure of Memory*. New York: Verso Press, 1997.

Knuth, Rebecca. *Libricide: The Regime-Sponsored Destruction of Books and Libraries in the Twentieth Century*. Westport, CT: Praeger Publishers, 2003.

Palfrey, John. *BiblioTech: Why Libraries Matter More Than Ever in the Age of Google*. New York: Basic Books, 2015.

Polastron, Lucien X. *Books on Fire: The Destruction of Libraries Throughout History*. Rochester, VT: Inner Traditions, 2007.

Rose, Jonathan, ed. *The Holocaust and the Book*. Amherst, MA: University of Massachusetts Press, 2001.

Soter, Bernadette Dominique. *The Light of Learning: An Illustrated History of the Los Angeles Public Library*. Los Angeles: Library Foundation of Los Angeles, 1993.

Starr, Kevin. *Americans and the California Dream, 1850–1915*. New York: Oxford University Press, 1986.

———. *Golden Dreams: California in an Age of Abundance, 1950–*

1963. New York: Oxford University Press, 2009.

————. *Inventing the Dream: California through the Progressive Era*. New York: Oxford University Press, 1986.

————. *Material Dreams: Southern California Through the 1920s*. New York: Oxford University Press, 1990.

Thompson, Mark. *American Character: The Curious Life of Charles Fletcher Lummis and the Rediscovery of the Southwest*. New York: Arcade Publishing, 2001.

Ulin, David. *Sidewalking: Coming to Terms with Los Angeles*. Oakland, CA: University of California Press, 2015.

Wiegand, Shirley, and Wayne Wiegand. *The Desegregation of Public Libraries in the Jim Crow South: Civil Rights and Local Activism*. Baton Rouge: LSU Press, 2018.

Wilentz, Amy. *I Feel Earthquakes More Often Than They Happen: Coming to California in the Age of Schwarzenegger*. New York: Simon & Schuster, 2007.

文章和论文

Blitz, Daniel Frederick. "Charles Fletcher Lummis: Los Angeles City Librarian." UCLA Electronic Theses and Dissertations M.L.I.S., Library and Information Science thesis (2013).

Hansen, Debra Gold, Karen Gracy, and Sheri Irvin. "At the Pleasure of the Board: Women Librarians and the LAPL, 1880–1905." *Libraries & Culture Magazine*, vol. 34, no. 4 (1999).

Mackenzie, Armine. "The Great Library War." *California Librarian Magazine*, vol. 18, no. 2 (April 1957).

Maxwell, Margaret F. "The Lion and the Lady: The Firing of Miss Mary Jones." *American Libraries Magazine* (May 1978).

Moneta, Daniela P. "Charles Lummis—The Centennial Exhibition Commemorating His Tramp Across the Continent." Los Angeles: Southwest Museum (1985).